目次

夏　2014年6月14日〜8月31日

気にかけてくれる人がいる／安静にしすぎてはいけない／日常に回収されていく／基礎しか残っていない家／「歩く家がいるらしい」という発想／なんで歩道がないところがあるのだ／毎日誰かになにかをもらっている／住んでいた土地を土に埋めるということ／装置と現場の断絶／切実さの塊みたいなビニールハウス／公共の人／越喜来南地区復旧拠点／釜石ラーメン／体が大黒柱になる／「情報もってる？」／移動を常態化する／灯籠とダンプカー／景色はきれいだけど、蚊がたくさんいる／温泉巡り／歩くことは土地と踊ること／一人でも賑やか／駅をつくるという暴力／十和田湖の交差点／一周回って楽しいと感じる瞬間／ここはホテル鹿角／日本の未来／土地のもつ歌は、タイトルとは別のところにある／ババヘラが先か、熊が先か／「旅のお方、食べてくれ」／遊園地みたいな家／知らないまま通り過ぎる無数の街／招かれざる客／道の駅の住人／「ここに蛇が死んでます！」／まずは動きはじめないと／自分から数えて三番目の物語が見たい／日常を終わらせるために／盆休み／歩く日々に戻る／「麦」と書いたペットボトル／「日本十周です」／全部「フリ」に過ぎない／毎日違う家に生きている／雨がずーっと降っている／敷地は持ち歩くことができない／「ちょっと失礼だけど」／速く行ける乗り物ほど安くするべきだ

秋　２０１４年９月１日～11月30日

おこわ事件／風呂までの冒険／「私はもう終わった人だから」／雨が降っている。もう服がない。／話が止まらん彼女／深刻になるのは死んでからでいい／会う人にはまた会うのだ／編集された世界の住人／あの夜に感謝／「まつしろ現代美術フェスティバル」／被災地はどこか遠くじゃなくて／「なんかスピード感が足りないんですよね」／それぞれの日常がはじまる／迷うことへの迷いを消したい／「個人的には応援したいんですが」／「だってみんな家は持ってるじゃない」／状況の中でいかに遊ぶか／敵を攻撃するつもりで家の絵を描く／ハエになればいい／規則にはかなわない／親不知の洞門／台風十九号／「ワタリやっとるのか」／責任者に出会えない日／神輿を担ぐ／美術が好きだと言える人間で良かった／国って僕たちのことじゃないのか／日本が冬に入る準備をしてる／理解から逃れつづける／二つの川に挟まれた町／アップデートされる身体感覚／歯を磨きながら国道を歩く／「君は面白いけど、まだまだやれる」／越前市のファニチャーホリック／高雲寺の離れの一室で／切実な居場所／「お寺ってそういう場所やからな」／山の上で自給自足生活しとる夫婦／怒りの矛先がわからない／最低限の明かりの下で／「福島からなにを学んだんだ」／峠を越えたら都に入る／「植木鉢を運んでもらえる？」／日本全体が自分の体になる／寒いですけど生きてます

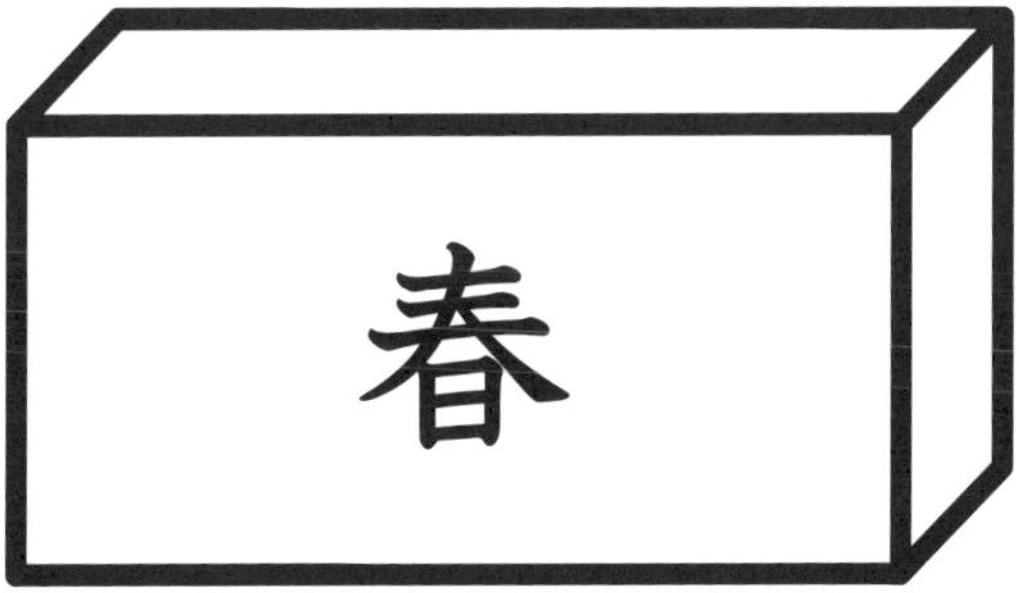

2014年4月5日〜6月13日

２０１４年４月５日

これから僕は「移住を生活する」ということをはじめてみる。これは、それまでの僕自身の生活を俯瞰するための方法。

この閉じた生活のすべての元凶は、あの「不動産」とか「家」とか呼ばれるものである。ここからなんとか頭ひとつぶんでもいいから抜け出し、俯瞰するために、「いくつもの家のペン画」と「ペン画から生まれたような家」を使ってみる。

ふり返ると不思議な一年だった。

去年の三月頃「このままやっていたら、自分は駄目になってしまうような気がする」と感じ、共同アトリエを出て、展示やプロジェクトのお誘いも断って、ビアガーデンのホールスタッフと清掃員のバイトをやりはじめた。そこで時給制のアルバイトの多くは、基本的に人間性の否定で成り立っていることがわかった。

そこでは、それまでやってきたことや人間性や思想や信念なんか、全く無意味なものになってしまう。職場でいかに他の人と同じように動くか、職場が定めた「ダンス」をいかに完璧に踊りこなすか、それだけが求められる。人と違うことをしたり考えたりすると嫌われる。自分で自分に命令してなにかを制作したり、自分の通った足跡を見て、考えて、また次の制作に挑んでいくような作業は、全くなんの意味ももたない。自分にしか基準がないものは、なにもやってないのと同じだという「錯覚」を覚え込まされる。それがアルバイトの現場だった。

この一年、それまでの生活がなかったかのようにバイトばかりしていた。嫌な歴史、二度と戻りたくない日々を自分の精神に刻み込むために。感覚をひらくために。深く潜るためには、その必要のない現場に身を置く必要があった。労働によってのみ、僕たちは個別性を獲得できる。

十月には香川に引っ越してきて、第二期のバイト生活をはじめた。自分でもわけがわからなかった。なぜ自分は香川県の海鮮料理屋で働いているのか。なんでこんなところで「いらっしゃいませー」とか言ってるのか。なんなんだこれは。油断すると笑えてきちゃう、そんな日々。

はじめは、「なんてうまく設計された世界なんだ」と感心した。それがだんだん、「お金と食べ物は等価な『交換』のはずなのに、食べ物を提供するほうがお金を払うほうに対して敬語なのはなぜなのだ」という疑問に変わっていった。エンデの本を読んでわかったのは、「プラスの利子」という考え方が、お金の力を必要以上に大きくしてしまっているということ。お金を動かさずに貯めておけば増えていくという「貯金」の概念。これはすなわち敷地境界を設定し、他と自分の資産を区別することによって競争をつくり成長してきた、この社会の成り立ちにかかわる。

縄文時代に定住がはじまったのは、土器が発達したからという説があるらしい。要するに、物を蓄えるようになって、人は定住をはじめた。稲作が分業を生み、貯金につながっていったのだろう。

なんとなく見えてきたのは、僕らの生活が思っていた以上に閉じたものであるということ。僕たちは閉じ込められている。自動販売機を夜通し動かすために、ハンバーガーをひとつ百円で買うために、十キロ離れた仕事場にすばやくたどり着くために、仕事をしている。明日の仕事と生活のために、今日の仕事と生活を営む。

わかりやすい悪者なんて、一人もいない。人に向けて指したはずのその指は、気づかないうちに自分自身に向けられている。あなたは僕であり、僕はあなたである。原発事故を起こしたのは僕でもある。原発反対を叫んでいるのも、原発推進をしているのも僕である。「お前たちは」という呼びかけは「私たちは」という呼びかけと同じだ。この輪から抜け出すことはできないけれど、対象化することはできるかもしれない。抜け出したいという志向性そのものに形を与えることはできる。可動域の少ないロボットのようにはなりたくない。定められたダンスを踊ることが「楽しい」と思えてしまう体になりたくない。

原発の再稼働に反対だと、どうも主張しきれないのはなぜか。人になにかを薦めるときに、あるいは批判するときに胸をかすめる「お前はどうなんだ」というあの感覚はどこからくるのか。それを暴くための方法を。

僕はいま二十五歳。もう四半世紀生きている。一世紀なんて、僕が思う以上にあっという間に過ぎ去っていくのだろう。最近、有島武郎の短編「小さき者へ」を読んだ。百年近く前に書かれたものだ。あっという間なのだ、百年なんて。量としての年月なんて。取るに足らないことなのだ。

4月7日

今日は「動きはじめの日」。『移住を生活する』とは「移動の中に留まる」ことを試みること。これから発泡スチロールの家を担いで歩き、国内を移動しながら生活する。動きながら、各地の民家の絵を描きためる。

そうして最終的に「たくさんの地域の家のペン画」と、「僕の家」を同じ空間に展示する。白い壁に黒い線が入っているのは、「家のペン画」と対応させるため。それぞれの地域で土地に固定されている「家のペン画」と、発泡スチロール製の僕の「ペン画のような家」を展示する。その展示のイメージがずっと前からある。

　道路や公園に家を置いて寝るのは違法行為らしいので、誰かの敷地に家を置かせてもらいながら寝泊まりして、移動していく。

　移動の予定は未定だけど、これから暑くなる夏にかけて東北のほうまで北上し、寒くなる前に南下していく、という感じで動きたい。

　以前のように映像を撮ったりはしない。「コミュニケーション」を目的とするようなことでもない。以前とは問題意識が違う。もっと根源的に、この定住と貯蓄を前提としたこれまでの僕自身の生活を対象化し、日々の生活のために日常をこなしていったような、あの閉じきった生活からの脱出を試みるのだ。

　この社会は、人の知性と欲望をちょうどよく満たしながら、世の中が発達していくように、とってもよくできているように見える。できているように見えるけれど、店員が客に対して無条件に敬語を使ったり、雨が降ったらすぐ中止すべきビアガーデンでテーブルを拭きつづけるよう強いられるのはなぜなのか。自然資源とお金の量は本来対応していなくちゃいけないのに、コンビニを二十四時間営業にするために、家から職場まで十分で行けるようにするために、お金をただただ無限に増やしていくために、そんな行き過ぎたもののために僕たちは一生懸命働いているんじゃないか。その結果、電車は脱線し、原子力発電所は爆発してしまったのではないのか。生まれた瞬間戸籍に登録され、住所のある自宅にお金やモノを蓄えることに幸せを見いだしてしまうのは、事態の悪化に加担することになるんじゃないか。モノを使わずに蓄えることが許されない生活は可能だろうか。

　そんな経緯ではじめてみます。お金はほんの少ししかないので、これから描きためていく家の絵を売ったお金でこの生活がつづけられたらよいなと思っています。よろしくお願いします。

　今日は、吉原の展示で知り合った川田君に誘われて、蟻鱒鳶ル《アリマストンビル》の岡さんたちの花見の会に行くため、吉原から三田へ向かった。

　歩きながら、昨日岸井さんとした「家の壁の外側は公共」だという話を思い返していた。未分化な状態の場所を壁で囲うことによって「プライベート」がつくられるとしたら、「公共」はその結果として生まれるにすぎない。

と考えると、「公共空間」だけをつくることはそもそもできない。これは北川フラムさんがやった大地の芸術祭がうまくいったせいで、その後その「アートプロジェクト」の部分だけを抜き出してやろうとするけどうまくいっていない事態と関係がありそう。あるいは、被災地における伊東豊雄さんと川俣正さんのアプローチの違い。伊東さんは最初から「公共のもの」をつくろうとした。川俣さんは「自分が勝手にはじめたあとで、公共は生まれる」ことを知っていた。僕の家は歩くことによって常に公共を動かしているようなものになる。「動くプライベート」と言うよりも「動く公共」と言ったほうがしっくりくる。だって僕の家は、壁の外側だけよくつくり込んでいて内側は全く無頓着で、ガムテープやビスやらがむき出しなのだから。

道中、カメラをもったお兄さんに話しかけられて、事情を話したら、花束をくれた。テレビ東京の「日曜ビッグバラエティ」という番組の企画らしい。

三田に着いたら時間が早すぎて持て余し、家を道路に置いてストレッチとかしていたら、近くの大学に通う水上さんという人に話しかけられる。事情を話したら、「頑張って」と言ってくれたので、僕の名前と電話番号とウェブサイトを書いた紙を渡して別れる。

その後、ツイッターで「近くにいます」と連絡してきた近くの大学に通う石山と一年ぶりに再会し、「スタバ」でお茶をした。スターバックスなんて普段ほとんど行かないけれど、家を置けそうなちょうどいいスペースがあったのが決め手。

知らない番号から着信。さっき声をかけてくれた水上さんだった。「帰って村上のウェブサイトを見たらもう一度会いたくなった」らしく、スタバで合流。僕と石山と水上さんという面白いメンツのお茶会がはじまる。

水上さんは実はハードな登山家で、僕の家の中の銀マットを見て「なんかグッときた」らしい。僕はなにも聞いてないのに、「よいコインランドリーがある」と教えてくれて、わかってるなーと感心した。

その後もう一人、石山と同じ大学の久保田が合流し、四人で話していると、僕を花見に誘ってくれた川田君が現れ、五人でぞろぞろと花見会場に向かう。

岡さんは、急に現れた僕たちのことも、かなりオープンに迎えてくれた。いろいろな人が集まってる。水上さんも普通に混じって話しているのも面白い。岡さんは感覚が開ききったまんま固定されているような人で、かっこよかった。

水上さんの家に家を置かせてもらい、寝る。

4月8日

朝、水上さんを学校まで見送り、神保町へ。

吉原の展示に来てくれた小田嶋くんが居候している美学校のビルへ向かう。

屋上にある部屋で寝泊まりしているらしく、家を最上階まで持ち上げた。外で見るとたいした大きさじゃないけれど、建物の中に入ると大きく見える。水上さんはこの現象を「IKEAと一緒だ」と言ってた。

その後、二人で近くの天丼屋さんに昼ご飯を食べにいく。神保町はオフィス街なので、お昼どきはどのお店も入り口に列ができる。僕たちも十五分くらい待った。

テーブルがコの字もしくはL字で、回転率を上げるため空いた席から座らされ、「効率よく」おいしい天丼を食べられるようになっている。僕も後ろに並ぶ人たちからのプレッシャーを感じながら天丼を食べる。

川沿いを歩いていたら、七階建てビルくらいはありそうな巨大な円形のコンクリートの塊がいきなり現れた。首都高の大橋ジャンクションをコンクリートで囲っている。屋上に「目黒天空庭園」という施設があった。すぐそばの超高層マンションと九階でつながっている。親子連れが多かったけど、あまりに高いところにあるので地に足がついてなくて、みんな嘘っぽく見えた。マンションの高層階に住むのが幸せ、みたいな価値観は、完全にバランス感覚を崩していると思う。

家に帰ると、昨日の日記を更新して就寝。すでに肩こりが結構キテる。

4月9日

小田嶋君から大丸焼なるものをいただいて、出発。「十二日の夜に、ここ(美学校の屋上)で何人か集めて鍋会をやるからよかったら」と誘われる。

神保町を出発して、再び三田に向かう。水上さんが「大江戸温泉物語」でバイトをしていて五百円で入れるというので、石山と久保田とみんなで行くことに。家は水上さんの家にいったん置かせてもらう。

レインボーブリッジを歩く。レインボーブリッジ、間近でみるとめちゃくちゃでかい。水上さんの家から歩いて一時間ほどで「大江戸温泉物語」に到着。「スーパー銭湯」みたいなものだろうと思っていたけど、予想を超えていた。

気がついたら三時間くらい経ってた。お風呂に入ってたのは四十分くらい。あとは水上さんや石山の話を聞きながら、飲んだり食べたり。水上さんとは一昨日知り合ったばかりなのに、不思議な感じ。しかし楽しすぎた。こんなことしてていいんだろうか。

帰ってきて、家を水上さん家から久保田の家に移す。水上さんとはとりあえずお別れ。

石山も一緒に泊まる。寝る。

4月10日

引きつづき久保田の家に滞在。

久保田から、國分功一郎さんの『暇と退屈の倫理学』という本を教えてもらう。ハイデガーが「人であるということは、住むということである」というようなことを言ってた。退屈という感覚は、定住開始後に生まれたんだろう。留守番も、同じ時期に生まれた。僕は留守番と鬱には関係があると思っている。出発前に本を読んでおきたかった。

僕は家を担いで歩いてるとき、なんとなく退屈さを感じているのかもしれない。視界が悪いのもあるけれど、家をかぶると「歩いている」という感覚ではなくなる。自分よりも地面のほうが動いてる感じ。

4月11日

久保田の家を出て四谷方面へ向かう。

途中、永田町を通ってしまい、警官五、六人に囲まれる。免許証を見せて事情を説明したら「不愉快な思いをさせて申し訳ない」と言ってくれた。

「国会の警備をしているからね、ああ、普通だな、とは思えないんですよ」

今後、このへんは避けたほうがよさそう。

新宿区原町で絵を一枚描く。中学生と高校生に冷やかされる。笑え笑え。幼児を連れて自転車に乗ったお母さんに「頑張ってください」と応援される。

「うちはマンションだから（家を泊めるのは）ちょっと無理かなあ。みんなきつきつの中で暮らしてるから」

夕方日本橋あたりで「村上さん」と声をかけられる。事情を話すと、その両国在住の男性（ヒヨシさん）は面白がって、「両国駅に来たら電話しな」と言ってくれた。

駅近くでヒヨシさんと合流すると、近所のいろんな人に僕を紹介してくれた。下町で祭りがあるので、近所のつながりが強いみたい。

それで結局、町会長のお店の前に家を一晩置かせてもらうことになる。町会長が名刺をくれて、「なにか言われたら名刺を見せて『許可もらってます』って言えばいいから」と言ってくれた。ヒヨシさんたち曰く、その名刺はここらでは黄門様の印籠みたいなものらしい。町会長が決めたことは、誰も文句が言えないという。

そのあと、ヒヨシさんと奥さんとマサさんという若い人と一緒に寿司屋で飲む。ヒヨシさんがご馳走してくれた。

僕の計画について「詰めが甘い」と

秋葉原のスタジオに向かう途中、歩く
家に出会ったんやけど、声かける勇気
なくて盗撮しました。ファンタジーな
街やなぁ。バングドールのリハでした。
茉由@mayudara　2014年4月11日

いろいろとダメ出しを受ける。

寝る前に、「家の絵を描くならここがいい」と言って、古くからあるちゃんこ屋さん「川崎」を紹介してもらう。

今月は都内をうろうろするつもりだったけれど、もう北上してもいいのかもしれない。

4月12日

ヒヨシさんから言われたこともあり、両国の町会長の家の絵を描いてプレゼントした。

向かいの「國技堂」の奥さんから朝ご飯の差し入れをいただく。あったかくて甘いコーヒーがうれしい。その後、ちゃんこ屋さん「川崎」の絵も描く。そのコピーを「川崎」の豊さんが買い取ってくれた。

その後神保町に向かう。途中で「Creative hub 131」に寄ると、一階部分が「Gallery CAUTION」というギャラリーになっていた。オーナーの浜田さんと話し込む。さっき描いたばかりの「川崎」の絵を買い取ってくれた。

美学校屋上での鍋パーティに呼ばれていたので、美学校まで来た。なりゆきで水上さんも参加。六人くらいで鍋を囲む。山登りや美術や演劇や愛について話す。みんなそれぞれ切実な事情を抱えて日々を生きているのだ。

水上さんはタルトをつくってきてくれた。二日かかったらしい。すごい。イチゴの上にクッキーの家があって、家の中に人の形をしたクッキーが入ってた。

4月13日

ビアガーデンのバイト時代の仲間に誘われて、上野で飲む。家は美学校に置いたまま。こういう場面で「村上さんはいまなにやってるの？」と聞かれたときの説明のしにくさ。

その後、アーツ千代田３３１の「island」で勝さんの個展を観る。伊藤さんと勝さんがいて、話し込む。

今日はGallery CAUTIONに滞在。

永田町で警官に囲まれたことを思い出す。彼らはなんの権利があって僕を呼び止めるのか。「こんな格好してたら、声かけられるのわかってるでしょ」って言われたけれど、でもじゃあ僕はどうしたらよかったのだ。どうしてほしいのだ。僕には他に方法が思いつかない。そして、このやり方でたぶん間違っていない。

僕の説明を聞いても、顔を引きつらせて笑うことしか、あるいは不審な目を向けることしかできない人たちもいる。自分を笑えない人が他人のことを笑う。ケチをつける。人に簡単につっこむな。自分でボケてみろ。笑って、そしてさっさと忘れてほしい。自戒も込めて書く。

4月14日

昼過ぎまで、日本橋周辺をうろうろする。

古い町の一角がそのまま残されたような場所で絵を一枚描く。

その後、水上さんの実家の、葛飾区立石にあるカフェ、「レノロココ」に遊びに行く。同じく立石在住の新藤さんとも合流。水上さんも三田の家から来てくれた。三人で、新藤さんが紹介してくれた僕の今夜の滞在先、野村さんの家に行く。前にも新藤さんが紹介した作家の人が半年くらい滞在していたらしい。

みんなでカレーをご馳走になる。水上さんと新藤さんが帰ったあと、夫妻が出会った経緯について聞いていたら、なぜか泣きそうになる。住んでいる場所を出て、新しい場所で出会い、そこで家庭を築くのはすごく大変で、すごく素晴らしくて、その凄まじさが、平坦な語りを通して透けて見えてしまったからだと思う。

4月15日

朝、新藤さんと亀有で待ち合わせ、ギャラリーを見に行く。昼に野村さんの家の絵を描き、コピーにサインを入れたものをプレゼントする。昼食もいただいてしまった。

その後、新藤さんに勧められて日暮里の「HIGURE 17-15 cas」でやってる展覧会「ゲームボーイ」を観に行く。今回の展示作家はみんな初めて知る人だったけれど、見応えがあった。多摩美の佐藤くんは命がけで制作しているようだった。その話しぶりからは、彼が作家として生まれてしまった業を感じるようで、僕も背筋が伸びた。自分の家庭のことを取り上げていた石井くんは、制作と家族との生活が地つづきになっているようで、不思議に思った。僕はたぶん、家庭内で起きた出来事を制作に展開することができない。

石井くんとひろせくんは、ごく自然に緊張感なく、自分の表現を美術と呼ばれているものに寄せようとして作品をつくっていて、それは羨ましかった。

とくにひろせくんとは深夜まで話し込んだ。彼と僕はタイプが全然違うし、学校とかで出会っても絶対友達にはならなかっただろうけど、こうして表現の場で出会ってみると、持って生まれた業のようなものに共通点を感じて、話が自然にできた。彼はネットカフェで暮らす人にインタビューし、その人たちを「ネットカフェ難民」と呼んだメディアに対する抗議をしたりしている。ごく自然に代弁者として行動できていて、かっこいい。

夜はみなさんと飲みに行って、HIGURE 17-15 casで寝る。

4月16日

自分の居場所を簡単に定めてはいけない。次の場の可能性を考えずにその場に留まってしまってはいけない。「よい」とされるものの中に創造性があるわけがない。必要とされたら、すぐに出て行かなくちゃいけない。すぐにやめなくちゃいけない。

今日は芸大に通うナカザワさんのアトリエに家を置かせてもらう。上野。

高田冬彦くんとばったり会って一緒にご飯を食べるなど。

4月17日

僕は最後にひとつの展覧会をやるためにいまの活動をしている。これはなんかもやっとした感じのある「プロジェクト」ではなく、純粋な、展覧会というゴールのための制作活動のつもりでやっている。昔ながらの、それこそモダニズム以前の画家の気持ちで。

誰とは言わないが、終わりのないプロセスや、より多くの人とつながることが至上の価値であるかのようなプロジェクトを展開している人たちがいるけど、彼らはプロセスに終わりを設けないことによって、批評から逃れつづける。価値判断をさせない。ずるい。

僕はもっと具体的な、ひとつのイメージの力、形を持ったストーリーの力、一枚の絵の力を信じていたい。

今日も芸大に滞在。別件の仕事の絵を一枚描くなど。

4月19日

引きつづき家は杉並に置かせてもらう。御茶の水美術学院の芸大先端コースで一時間くらい授業をする。こういう形で話をするのは、自分の頭の整理にもなってよい。みんなまだ高校生なのに、ポートフォリオのためもあり、もう作品をつくっていた。ある子が、「これが自分の作品だって、自信を持って言えない」というようなことを言っていた。自分の感性が借り物でしかないんじゃないかっていう感覚には覚えがある。だからその頃はプレゼンが嫌いだった。そういう人は美大にもたくさんいた。なんでこんなことになるんだろう。

今日は、初めて自分の家から離れたところに泊まることになった。そこで話していて思ったことがある。二〇一一年の震災のとき、逃げなくちゃと思いつつ、なぜか動けなかった。新しい家を契約したばかりということが大きいのだけど、なんとなく東京という土地に縛られている自分を感じた。

契約した家やここで築いた人間関係が、生き延びるためには邪魔なものに思えたりもした。実は、いま連れて歩いている発泡スチロールの家も、すごく邪魔に感じることがある。どこかに許可を得てから置かないと安心して家から離れられないので、いつも家のそばにいなくちゃいけない。どこかに置いても、なにかされるんじゃないかと心配になって遠出ができない。

　僕はあれを「家」と呼んでいるけど、その正体は、あの震災のとき、僕を動けなくさせたなにかを具現化したもの。家というよりも、僕が生きていく限り、連れて歩かざるをえない荷物のように思える。

4月20日

今日は、吉原の展示のとき手伝いに来てくれた人のところに家を置かせてもらう。ここも杉並区。

　アパートの門が狭く、家は門をくぐらなかった。しかし警察に怒られるのでなんとしても敷地内に入れなくちゃ、と塀の上からベランダに入れようとしたのだけど、入らず斜めに立てかけた。一応敷地内に入ってるからセーフではあるが、不安定なうえに目立ちすぎるので、やむなく隣の部屋のベランダに置き手紙と一緒に入れることにした。

4月22日

今日は武蔵美の先輩にあたる坂田さんがやってるリノベーション専門の設計事務所「夏水組」の事務所前に家を置かせてもらう。僕は坂田さん夫婦の引っ越し先のマンションに一泊。今日も家と別々のところで寝た。

「一晩置いていいよ」と言ってくれたところに家を置けたときの開放感は、毎度すごいものがある。重い重い荷物から解き放たれた感覚。

　移動をはじめてまだ二週間余りしか経ってないけど、バイト生活時代に日記をつけておいて本当によかった。読み返すと、いろんなことを思い出して、自分がいまやりはじめたことが間違ってないのだと元気をもらえる。

　農業に携わっていれば、土地に縛られながら生きていることを実感しやすいけれど、誰もが仕事や（お金やモノや他者との関係もろもろの）貯蓄によって、土地に縛られながら生活を営んでいる。それは人間が争わずに社会を発展させるために生み出したすごい方法で否定なんかできないし、その中でパートナーを見つけたり子どもを育てたりして、幸せを感じながら生きていくのが人生なのだろう。

　毎日同じところに行って仕事をつづけていると、信頼度や給料は上がっていく。家に帰ったら仕事先であった嫌なことを忘れるためにビールを飲むし、その家の家賃はバイトの給料で払っている。

　あの生活が、あの閉じた生活がひとつのバージョンでしかないと示すために。他の生のありかたを考えるために、ぼくは展覧会をするのだ。

4月23日

今日は、巣鴨にある絵本の出版社「福音館書店」に家を置かせてもらう。僕が以前ここを通ったときに、編集部の何人かが家を目撃したらしく、その写真を見た編集者の高松さんが僕にツイッターで連絡をくれた。

なんでも瓦の造形を見て、「これはキチガイではない、美術方面の人だ」と、ビビっときたらしい。

福音館書店は『ぐりとぐら』や大竹伸朗さんの『ジャリおじさん』も出版している攻めた出版社で、高松さんも現代美術が好きらしく、面白い話がたくさん聞けた。

住所と一緒に暮らしていた頃に比べて、躁と鬱の落差が大きく、それが楽しいといえば楽しい。朝に襲われる絶望がいちばんきつい。

「（日本を回りはじめる）出発の日はいつですか？」という質問をよく受ける。僕は「すでに出発してる」のに。「どこか目的地に向かって動いてるわけではない」から「まだ出発していない」という結論に結びついてしまうのだと思う。すでに出発していることに気がつかないまま、いつか出発する、という意識にとらわれてしまうのは危ない。いつも「すでに出発している」のだ。気をつけないと。

夜は、セキュリティの問題で僕が社内に残って眠るわけにはいかなかったので、福音館書店に勤める夫婦のお家に泊めてもらう。

4月24日

朝、泊めてくれた人と一緒に、出社した。

家を編集部に置かせてもらい、僕は友達も参加してる展示を観に出かけた。

この生活には二段階の移動がある。家ごと「移動」するときと、家を置いて「外出」するとき。特に「外出」が許されるとき（家を置いていいよ、と言ってもらえたとき）の解放感は毎度ものすごい。気持ちが良い。今日は天気も良い。

で、ギャラリーに行こうと思ったんだけど、なんとなく「地下鉄に乗りたくないな」と思い、しかも観たら頭を使いそうな展示だったので、急に行く気が失せてしまった。でもせっかくの外出のチャンスなので、映画館に行く。

渋谷で「アクト・オブ・キリング」を観た。これがまたすごい映画で。安直に語ることが許されない。見なければよかったのかも、とさえ思ってしまう。

登場人物が歪みきっているように僕には見えた。みんな目の前の出来事をどこか「他人事」のように眺めていて、それでも涙や笑いや嗚咽が「精神の防衛機能として変に」あふれ出してしまう。だからこの映画を「○○のシーンの入れ方は××」などと「映像作品」として語ってしまうと、彼らのような「歪み」を自分が知らず知らずのうちに抱えてしまうことになるんじゃないかと思えて、話をするのも許されない。一人で観て一人で考えるしかない、そんな映画。

外出中、僕のあの家は「中で眠れはするけど、基本的になんの役割も果たさない」ところが愛おしいなと思った。ただ重くて目立つだけの、家の形をしている荷物。

大塚駅ホームに鳩の死体。なんの文脈も前兆もなく、突如挿入される死の風景。背筋が伸びる。映画の帰りには、路上でネズミがぼーっとしてた。

福音館書店に戻って家を取って出発する。

御茶の水美術学院で話した高校生と路上で偶然再会した。

夜は、吉原の展示でスタッフをやってくれてた茂原さんたちの中野の家に、家を置かせてもらう。

4月25日

今日も茂原の家に家を置かせてもらう。バイト先のカフェ兼ギャラリー「馬喰町ART＋EAT」に行ってご飯を食べて、仕事用の絵を一枚描く。

夜に人と飲みに新宿に行く。久しぶりに来ると、本当に人がたくさんいるんだなあと馬鹿みたいなことを思う。誰もが誰かとぶつからないように歩いている。

みんな必死だ。人にはそれぞれにしかわからない切実さがあるから、誤解を恐れて話ができないこともあるのだ。話がしたくないわけじゃない。とってもしたい話があって、本当は他のどの話よりも真っ先にしたいのだけど、あまりにその話をしたいがために、誤解のないように伝えたいので、結果話ができない。だから触れないでおいたほうが良いこともある、ということになってしまう。

「アクト・オブ・キリング」で、登場人物たちは言葉を使いこなすことを初めから諦めていたように見えた。知らず知らずのうちに、本当に話したいことが自分でも思い出せなくなる。「思い出せない」ことにも気がつかない。

帰ると、僕の家の中に街灯の光が差し込んでた。

4月26日

今日は西荻窪に住んでる友達のマンションの駐輪場に家を置かせてもらう。

西荻に行く前に、家は中野に置いたまま、展示を二つ観にいくために「外出」する。

ひとつ目は「TOTOギャラリー・間《ま》」でやってた乾さんの研究室の展示「小さな風景からの学び」。

これは疲れた。見ているうちに動悸が激しくなって、だるくなってしまった。一枚一枚を見たいのに、写真が小さすぎ&写真同士の間隔が狭すぎて他の写真が視界に入り、全く集中できない。分類作業そのものを量として置いただけの展示。すごい作業量だと思うし、この分類をやった学生たちは今後の設計の糧になると思うけれど、「それで?」という感じ。最終的なアウトプットは、映像とかのほうがよかったんじゃないか。それか、この作業をやった人と一緒に観るべきなのかもしれない。当事者たちは、この会場で何時間も話ができるだろう。その議論こそを見てみたかった。

その後国立新美術館で中村一美展。「存在の鳥」と題した鳥の図像のシリーズがやばかった。作品点数の多さと絵の大きさに圧倒される。民芸品を並べたような雰囲気。カタログをめくっていると、「飛翔しないものは存在ではない」という言葉があった。

その後中野駅で人と会い、五月四日放送予定のテレ東の番組の進行表を見せてもらう。僕は七日にたまたまカメラに出くわして、VTRで出ることになったのだけど、進行表に僕が「奇人」と紹介されていて、吹き出しそうになった。

奇人か。そうなっちゃうのか。誰か個人が悪いわけではないのだろう。テレビというメディアの体質の問題なのだと思う。面白い人を見つけて多くの人に紹介したいという気持ちが最初にあるはずなのだけど、テレビでやる以上、視聴者にわかりやすいように（ときに過剰に）噛み砕いて編集をしないといけないんだろう。

同じような理由で僕は「娯楽（エンターテイメント）」という言葉が嫌いだ。彼らは人生を、命をかけてそれをやっているはずだ。それを「娯楽」呼ばわりするのは失礼だと思う。彼らが命をかけてやっている以上、こちらも誠実に受け止めなくちゃいけない。

僕は、僕が好きな音楽や映画を「娯楽」とか「趣味」と呼びたくない。僕はもっともっと切実な理由で音楽を聞いて映画を観ているつもりだし、それは死なないためにであるとさえ思ってる。

04270535

いつだったか、「仕事終わりにお酒を飲むために仕事をする、そして年月が過ぎていく。そんな人生だったら悪くないな」と彼女が言っていた。彼女がそう言ってるのを聞いたら、ぼくもそう思えた。閉じた生活であることにどこかで気がつきつつも、それを受け入れて日々を過ごし、その中で楽しいことを見つけていけるのだったら。

僕たちはみんな一人で死んでいかなくてはいけないから、人と人の間には深い断絶がある。だから誰かと一緒に時間を過ごす以外に、有意義な時間はありえない。誰かと過ごすこと以外にやることなんてひとつもないのかもしれないのだから。

あの生活を否定するつもりなんて全くない。ただ、これはたぶん業のようなもので、僕はこうせざるを得ない自分を恨みさえする。

4月27日

今日は西荻窪の家から二十分歩いて、久我山の友人の家（というか、友人のマンションの部屋の前）に家を置かせてもらう。

夜、徒歩二十分のところにあるスーパー銭湯に行く。友達は引越しを考えていて、銭湯への道すがら「ここは静かでいい」とか「ここは車の音があるから嫌だ」とか「駅から近すぎるのもちょっと……」と言っていた。

共通の友達が会社を辞めたという話も聞く。これは意外だった。そういえば前に別の人が「なんで職場の人はみんな仕事に飽きないのかと思う」と言っていたな。

どうしたってなにかをつづければ飽きるようにできている。継続は力なり、という事実が他方にあり、その間で揺れ動くようにできている。

ザ・ローリング・ストーンズのキース・リチャーズがすごいのは、自分のギターがうまくなりすぎないように注意しているとしか思えないというところにある、と誰かが言っていた。ライブでのギターソロの映像なんか観ると、確かに素人っぽい初々しさがある。

明後日まで、家を置かせてもらうことに。

4月29日

今日は久我山から国分寺まで移動。先日メールをくれた先輩作家の田原さんの家に、家を置かせてもらう。

夜飲みながら話をする。僕も田原さんも建築学科を出て美術に転向した共通項がある。昔の共通の知人の話など。「三日までは家を置いておけるよ」と言ってくれる。うれしすぎる。

4月30日

今日も田原家に家を置かせてもらう。夜に西荻で人と会う。デザイン会社を昨年辞めてフリーランスになった人と、デザイン会社を今年中に辞めようとしている人。辞める人ばっかりで面白い。

時間が経つのが早すぎて、過ぎ去ったあとにしか認識できない。考えれば考えるほど、あらゆる物事が不安の種になり、少しでも気を緩めると襲ってくる。

奇跡のような一手なんて思いつかない。無理ははじめから承知だった。生まれたときから理不尽の中にいることは、とっくに発見していたはず。他に方法がない。いつかパラパラと駒が翻る。形勢が逆転する。

5月1日

家は今日も田原さんの家に置かせてもらう。ただし僕は外泊。外泊も全然ありだ。家を起点として生活が展開されるから、僕はルール（「夜は自分の家で寝なくちゃいけない」等）を自分に課す必要はない。

明け方近くまで、別の人の家である深刻な話を聞いていた。頭にはいくつも言葉が浮かんできたけど、口から先には出せなかった。良い言葉が浮かんだとして、僕がそれを言ったところでなんになるのだろう。

人が自ら死を選ぶとき。「生」から「死」への決断を下す、大事な天秤が耐えきれずに傾いてしまう瞬間。その心境を想像しようとすると、怖くて最後までできない。

5月2日

田原さんが授業で武蔵美に行くので、僕も家を持って遊びに行く。大学時代の恩師の土屋公雄先生と会う。土屋先生が担当する学部二年生向けの「基礎造形」という授業で、軽く話をすることに。

二十〜三十人というやや多人数を前に話をするのは、数年前に武蔵美で授業をしたとき以来。あのときはえらく緊張してうまく話せなかった記憶があるけど、今回はすらすらと言葉が出てきた。最初は学生たちの反応を見ながら話していたけど、みんながあまりにポカンとした顔をしているので、最後はもう勝手にしゃべっていた。

終了間際、土屋先生と対談のようになる。先生は僕が「旅」という単語を使ったことを取り上げて、こういう問いを立ててくれた。

「帰るところがあるから旅という。ジプシーは旅という言葉を使わない。君の活動が旅なら、どこに帰るのか」

僕はこの制作活動を飛行機のフライトのようにとらえていて、いまは離陸直後の状態にある。離陸した飛行機は着陸しなくちゃいけないから、いつかこの活動にも終わりを設ける。フライト中、上空にいるからこそ見える景色があるはずで、それがいま僕が描いている家の絵にあたる。フライト中になるべく多くの絵を描きためて、着陸後に展覧会を開き、見せる。あの生活圏から飛翔してあの生活圏に舞い戻ってくる、それを旅と言うならそうかもしれない。

また土屋さんは、僕の「この発泡スチロールの家は、邪魔でしょうがない」という発言を「とてもリアリティがある」と気に入っていた。それからこんな話をしてくれた。

子どもが小さいときに家を建てると、子どもが成長したとき不要な部屋がでる。人生が進むにつれて家の見え方は変わっていく。でも家は不動産だから古くなっても車のように簡単に取り替えたりできないし、そのうち壊すのにお金のかかる、邪魔なものになっていく。いま日本には六百七十万戸もの空き家があり、問題になっている。建築の学生にこんな話をするのは嫌だが、これから新しいものを建てる必要なんてあるのか?

僕の「家が邪魔な感覚」を空き家問題にダイレクトでリンクさせる飛躍はすごいな。

その後、土屋さんの提案でゼミ生の甲谷くんの家に家を置かせてもらうことに。そしたらその彼が翌日誕生日で、友達がサプライズの誕生日パーティーを開くのを目撃した。

学生が男子のみで誰かの家に何人か集まったときの、うだうだとした感じを久々に目の当たりにして新鮮だった。大学一年生のとき「ぬるま湯」と称し、男何人かで一人暮らししてる奴の家に用もなく入り浸って酒を飲んでいたことがあった。あの非生産的な、日々をただ消費するように過ごしていた日々を思い出した。あの頃に戻りたいとは思わないけど、なにも考えない時間への憧れはいつもあるな。

5月3日

北上開始初日。

十一時頃起きて、甲谷くんのところを出発。ここから北上をはじめる。当面は、茨城県常陸太田市の友達のレジデンスを目指してみることにする。iPhoneでルートを調べると百六十キロくらい。一日十五キロ進むとして、十日間くらいで着くはず。東京と違って、これからの移動は家を置かせてもらうアテがないまま進むので、早めに出発してなるべく早い時間に家の置き場を探しはじめないといけないのに、絵を描き終わったのが十四時で、出発が遅れてしまった。

十七時頃清瀬市内で神社を見つけた。まだ十キロしか移動してないけれど、もう日も暮れそうなので駐車場に一晩置かせてもらえないかお願いしてみた。宮司さんに事情を説明する。こういうとき「画家」と言うと話が通じやすい。宮司さんは厳しさも見せつつどこか慣れたような口調で、「わかりました。いいでしょう。ただなにもありません

2014年5月3日　東京都清瀬市中清戸の神社の駐車場

よ。水もトイレも使えません」と言ってくれた。良かった。

　その後、

「朝は何時頃出発するんですか？」

「特に決めていませんが、八時から九時ですかね。ご都合に合わせます」

「そうですか。こちらとしては、なるべく早く出ていただけると、助かりますね」

「そしたら、早めに出て行きます」

「一応、なにかあったときのために連絡先を教えていただけますか」

（名前と電話番号を書いた紙を渡す）

「こういうとき、何かあったらすべて責任は僕が負いますと書いた誓約書とか、用意しておいたほうがいいよ。信用されないよ」

「ああ、なるほど。すいません」

　というような会話をする。

　近くのコンビニでおにぎりを買って食べ、銭湯に行く。家を置いて外出するのがとても気持ちよい。このあたりは一度も来たことがない。緑がとても多いところで、風が強い日だった。昨日までの日記を書いて寝る。風が強くて何度か起こされる。

5月4日

朝七時半頃神社を出る。六キロほど北上し、新座付近に着いたのが九時過ぎ頃。

　野火止用水が走っていて、用水沿いにきれいな緑道がある。ときどき犬の散歩をする人やジョギングする人が通る。用水沿いにいったん家を置いて近くの家の絵を描いていたら、女性が突然、目を輝かせて「あの家は何ですか？」と話しかけてきた。事情を説明したら「私も現代美術が好きで、自分でも絵を描いてる」という。話しているうちになんか盛り上がってきて、「もしよかったら今晩家を置かせてもらえないか」と聞くと、なんとＯＫしてくれた。すぐ近くに旦那さんと住んでいるらしい。

　夕方落ち合う約束をして別れる。

　家を近くの公園に移動させ、絵のつづきを描く。大人も子どもも置いた家に近づいてきてドアを開けたりして遊ぶ。僕がそばにいても関係なく遊ぶ。遊具かなにかだと思うのか。

　子どものグループが集まってきた。中一、小五、小二の三人グループで、よく一緒に遊ぶらしい。「遊んでもいいけど壊さないでね」と声をかけると、「え！　お兄さんがこれつくったんですか？」「そう。これで移動生活をして絵を描いてまわってるんです」「それは……。とてもユニークですね！」と、中一の子が一人やたら食いついてきた。生意気にも彼女がいて、二人でディズニーランドに遊びにも行ったらしい。他の子が「早く〇〇の家行こうよ!」とせかすのだけど、「お前にはアートというものがわからないのか」と言って聞かない。その後「俺もわかってないけど……」と付け足した。十分くらい僕が絵を描くのを眺め、ようやく「それじゃ。このご縁は忘れませんよ」と言い残して去っていった。

　その後、武蔵美を出て高校の美術教師になった高貫から突然電話がかかってくる。いま新座にいると言ったら、遊びにきてくれた。いろいろと近況を聞く。彼女は学校を卒業してから教員になるまでが決して一本道じゃなかった。仕事が楽しいと言っていた。よかった。

　その夜、田谷さん夫婦と新座駅前の居酒屋で合流。高貫も入れた四人で、飲む。

　田谷さんは絵や銅版画をつくる作家さん。旦那さんは編集者でロック好き。若い頃、「あの年あの場所のライブ音源がヤバいらしい。聞きたい」と、ビートルズやストーンズの海賊版を買ってきては、「ハズレだ」とがっかりしたりしていたという。音楽を探すときにそんなルーレット的な感覚、僕は味わったことがない。YouTubeと早い回線があれば音楽をデータにして持ち歩く必要すらないと思っていたけれど、そもそもYouTubeにたくさんの音源がちゃんと上がっているのは、そうやって音源を手に入れてきた人たちのおかげなんだろう。

　ご夫婦二人がバトンタッチしながら話す感じが面白くて、一緒に過ごした時間の長さを感じた。奥さんはシュタイナー好きらしく、高貫も好きなので話が盛り上がる。

　僕が「家で歩いてるときはすごく暇。そして不思議なことに、自分が動いている感じがしない。世界が後ろに流れていくような感じがする」という話をすると、田谷さんが、それはタオイズム的だと言った。地球の運動に合わせて早すぎず遅すぎず動いている感じ。世界がこっちに向かってきて、こちらも世界に向かって動いている感覚。シュタイナー好きな田谷さんだからできる解釈のような気がして面白い。僕はシュタイナーをちゃんと通ってないのでもっと読んでみよう。

　ロスコやコーネルの画集やシュタイナーの本や「半農半X」や大竹伸朗さんのエッセイ集など、いろんな本があってどんどん持ってきてくれるので、それらを眺めながら寝る。

5月5日

　なぜ家に車輪をつけないのかとよく言われる。つけたら運ぶのはずっと楽になるのだろうけど、どうも気がすすまない。僕のやっているのは「家と呼ばれるものを動かして見せる」ことだ。

正直邪魔だけど、引きずってでも動かしながら生活して見せる。この「見せる」ことのために、文字どおり人力で持ち上げながら移動する必要があった。車輪などつけてはいけなかったのだ。

いま思えば、屋根が瓦なのも必然だった。瓦は家を地面に押し付けている重りのようなものだから。それが載った家を人力で持ち上げて移動する必要があった。

それと今日、車に抜かれるのがいちいち腹立たしかった。あんなに重くて硬いものが、あんなスピードで動いているのだ。速すぎて危なすぎる。

田谷さんが僕の今後数日間の家の置き場についていろいろ一緒に考え、計画を立ててくれた。うれしくて面白い。

とりあえず今日は、浦和にある喫茶店とギャラリーを兼ねたスペースに行ってみよう、そこなら大丈夫だろうということになり、高貫と一緒に歩いて向かった。田谷さんは後から自転車で合流。十二キロくらい移動した。

さいたま市に入る。夕方、お店が閉まってから店に家を置かせてもらう交渉をしたところ、なんとNG。もっと早く聞くべきだった。本当は昼間のうちにこういうところをあたって、ダメだったら神社や寺にあたるのがよいのだけどもう夜で、どこの神社も寺も閉まっている。たぶん置かせてもらえるという考えが甘かった。

少し焦ったけれど、田谷さんが僕以上に焦って「落ち着こう落ち着こう」とか言っていて、なんか楽しくなってくる。田谷さんも楽しそうに見えたけど気のせいか。

ツイッターで呼びかけると、大学時代にすごくお世話になった建築家の先生の自宅が浦和にあることがわかり、連絡したら快諾してくれた。田谷さんが、僕以上に実感のこもった「よかった！」を言ってたのが面白い。

ただしいろいろ事情があり、僕は浦和には泊まらずに、再び新座の田谷さんの家に帰ることになる。

5月6日

昼頃に浦和の齋藤先生の家を出発。昨日、高貫が連絡してくれ「うち泊まっていいよ」と言ってくれた越谷の柳さんの家に向かう。高貫と柳さんは、「KAPL」という越谷のスペースで知り合った仲らしい。電話の時点で、僕の話を聞きながらめちゃ笑ってくれていた。

浦和から十六キロくらい北東に進み、越谷に着く。途中ガラの悪めな中学生くらいの男三人組とぶつかりそうになる（三人横並びで、全くよけようとしない）が、かわす。

六時過ぎに柳さんの家に到着。近くのスーパー銭湯に連れていってくれた。

ゴールデンウィークの最終日ということもあり、小さい子どもを連れた家族（三世帯や二世帯のグループ）がたくさんいた。明日息子家族が帰ってしまうから、最後に大きな銭湯でも連れていってやろう、という人がたくさんいるんだろう。お父さんは明日から仕事なのだ。誰もがイメージしやすいゴールデンウィークの過ごし方。小さい頃、神奈川に住む従兄弟の家に家族で遊びに行ったことを思い出した。

　柳さんは昔からバックパッカーで、日本は全都道府県行ったし、アジアの国も回っているらしい。イスタンブールに行ったとき、アジアとヨーロッパの境界線がそこにあることを感じて感激したという。海峡の向こうとこちらで、生活水準が違ったという。

5月7日

近くの逆川で釣りをしているおじさんを、四人のおじさんが眺めながら話をしている。良い。

　家を置いた場所で近所を散歩すると、その土地で暮らす人たちの営みが細かいものまで輝いて見えてくる。家の前を掃除しているおばちゃんとそこを自転車で通過するおばちゃんが天候を話題にしながら挨拶を交わすところや、家の中から聞こえてくる子どもの声や、野菜や豆腐なんかがたくさん入った袋をぶら下げて歩く買い物帰りの人や、そういうすべての動作にそこで生活を営んできた時間が反射されているようで、まぶしい。

　今日は昼頃に柳さんの家を出て、流山へ向かう。田谷さんが流山近辺で家の置き場を探すべく、いろいろと呼びかけてくれていた。感激。

　道中、カーブミラーに映った姿を自撮りしてみる。面白い。いま僕の「顔」はこの「家の外観」にあたるので、外の窓ガラスやカーブミラーを通さないと自撮りができない。街に反射させないと自分が撮れない。家で移動していると、大きな窓ガラスの前を通っても、自分の姿が映らない。家が映るだけ。自分の体が消えてしまう感じ。体を「家の外観」という公共の中に消失させる感じ。

　三郷はヤンキーが多いから気をつけてと言われていたので、対処法を考えつつキョロキョロしながら歩いていたけど、幸い全く絡まれなかった。というか道中畑や田んぼばかりで、人とはほとんど会わなかった。

　十六時頃江戸川を渡って流山市に入る。今日も十六キロ移動した。身体が結構疲れているのを感じ、もうこのへんで探そうと思っていたら、赤城山・光明院という大きなお寺を見つける。

　チャイムを押して、「通りすがりの者なのですが和尚さんいらっしゃいますか？」と切り出してみる。そしたらとても面白がって、快諾してくれた。

　家を置かせてもらい、ご飯を食べに外出して帰ってきたら、ビールとミネラルウォーターの差し入れがあってびっくりした。和尚さんは僕のブログも見てくれたみたいで、そんな人と一回のチャイムでつながれた。うれしい。

0508 1725

　夜が永遠につづくわけではなく、夢の中に居つづけるわけにもいかない。夜はいつも明けてしまう。朝が来てしまう。人は変わるし、それが生きることだ。いつまでも同じ人と同じようには笑えない。そんなふうにできているのだ。強くなる必要がある。強さとは痛みを感じない鈍さのことではなく、痛みをちゃんと感じること。そして、それに押しつぶされずに跳ね返す精神のバネは、負荷が大きいほど反力も大きくなる。

　それまでの生活を客体化しようとした時点で、それ以前の人間関係がそれまでどおりにはつづくわけがない。それが客体化であり、避けられなかった。これは自分で望んだことなのだ。これからなにがあったとしても、それは僕が望んだのだということにしよう。ニーチェが命をかけて教えてくれたことだ。

5月8日

　流山のデニーズでバイトの面接をしているところに出くわす。

　気がついたらあの家と一緒に生活しはじめて一か月経っている。絵もいまのところ毎日描けてる。いま幽霊とかは全然怖くない。体調を崩すのと事故だけが怖い。

　流山のお寺を十時頃出て、取手に向かう。田谷さんが紹介してくれた徳澤さんが今日の滞在場所を確保し、夕食会を開いてくれるらしい。人がどんどんつながって、昨日のことがちゃんと整理される前に次のことが起こる。僕もいまなにが起こっているのかさっぱりわからない。

　今日はとても風が強かった。流山から取手まで十七キロ、途中なんども家が風にあおられた。水戸街道に入ってからは歩道が広くなって歩きやすくなったけど、それまでは歩道がないところも多かった。

　風に抵抗してまっすぐ歩こうとしたら負ける。風見鶏のような気持ちで、風がどこから吹いてきてるのかを感じて、正面を向けば耐えられる。風とのつきあい方と、風速九メートル以上のときは危ないことが、なんとなくわかった。

　夕方取手に着いて徳澤さんと待ち合わせ、知り合いの漢方薬局に家を置かせてもらい、少しお話しする。そこのおばちゃんがとても面白がってくれて、「阪神大震災で学んだけど、家は賃貸で住むべきだね。ローンを払い終わらないうちに壊れちゃって、そのうえ新しく建てた家のローンも抱えて苦しんでる人を見るとね」と言ってた。ダブルローンのことは、三宅島でも何度も聞いたな。

そのおばちゃんは、僕の「仕事によって生活が閉じてしまう」という話を聞いて、こんな話をしてくれた。

「昔大手の病院で薬剤師をしていて。毎日コンベアで流れてくる薬を調剤するだけの仕事だったんだけど。しばらくして、（おばちゃんは頭を指して）ここは辞めちゃいけないって言うんだけど。潰れないから大きな会社で働きなさいって両親に教えられてたから、辞めちゃいけないってここ（頭）が言うんだけど、（今度は胸のあたりを指して）ここが、辞めたいって言うのよ。しばらく頭と心が離れていくのよ。しばらく頑張ってたけど、ある日自分の一生がそうやって終わっていくイメージが見えて、それで辞めますって言ったのよ」

その後、徳澤さんが「パペエテ」という洋風居酒屋に取手の人を何人か集めて夕食会を開いてくれた。

「日本一周」という単語が頻発した。人力車で日本一周した男の人の話などを聞く。僕は全く考えてなかったけど、みんな僕のことを「日本を一周する人」という感じで話す。東京をうろうろしているときによく「いつ出発するの？」と聞かれたのを思い出した。僕はすでに出発している気持ちだったけど、どこか具体的な目的地に向かって動き出してないと、いまいち出発してる感じがしないんだな。

パペエテの人が、朝日新聞の記者さんを呼んでくれて、取材を受けた。

その後家はパペエテ近くのギャラリースペースに置かせてもらい、僕は取手市小文間の「なるほ堂」に泊まらせてもらう。

このなるほ堂がまた面白い場所で。笑楽さんという人がやってるのだけど、うまく説明できない。笑楽さんと会ったことのない人が見ても理解できないと思う。空き家を安く借りて犬や蛇や亀を飼いながら、畑でひまわりを育てたり、タロットカードのオリジナルバージョンをつくったり木刀をつくったり会社に行って人材育成についての講演をしたりする人。すべてがオリジナルすぎてどの文脈にもあてはまらないから説明ができない。

5月9日

すごい雷雨が通り過ぎていった。今日が移動しない日でよかった。

夕方までなるほ堂のまわりをぶらぶ

らしたり絵を描いたりしていた。すぐ近くに東京藝大の取手校舎があった。とんでもないところにあるな。

夕方取手の街まで出る。藝大新入生を取手の人たちが歓迎する新歓があると聞いて行ったら、なんと徳澤さんが名刺をつくってくれていた。超助かる。

家のない僕はそこでは完全に一般人だった。ＤＪが来ていたので学生たちと踊った。翌日首が痛くて回らなくなるくらい踊った。踊るのは好きだ。お酒を飲んで、身体をリズムに乗せていろいろなことをふり切るのだ。

夜、笑楽さんのパートナーの貝塚さんに「ボイススキャン」なるものをやってもらう。声を分析して色を判定し、その人の性質や抱えているものを診断する。僕は赤と紫が強かった。赤は生命力で、紫は使命感を象徴する色らしい。前にオーラソーマをやってもらったときにも言われたけど、「自分が表現したいこと」よりも「使命感」で行動する色が強いらしい。

5月10日

取手を朝九時頃出発。ここから一気に二十四キロ離れたつくば市松代に向かう。笑楽さんと貝塚さんを含む三人が見送ってくれた。

今朝の朝日新聞茨城版に載ったとの報告を受ける。

「結論が出るかわからない」なんて言ったかな。なにかの結論を出すつもりなんてないのだけど。でも「スケッチ旅行」という言葉にハッとさせられた。そうか、そう言えば通りがいいかもしれない。この生活は、ただの家のスケッチを「絵」に昇華させる作業。

いろんな人から、「お風呂はどうしてるんですか？」とか「洗濯どうしてるんですか？」とか「ご飯どうしてるんですか？」とか聞かれる。そういう生活に関する質問の一つひとつに、その質問者の普段の生活が反射されているようで面白い。この生活をやっていてつくづく思うのは、家の最大の機能は「寝る場所の確保」だということ。これさえなんとかなれば、洗濯やお風呂やご飯は外でもどうとでもなる。

つくばみらい市でコンビニの駐車場に家を置いてうどんを食べていたときのこと。大学生らしき男性二人組が「旅してるんですか？」と話しかけてきた。説明していると、別の女性が近づいてきて僕の家を指して「これ、ここに置いていくわけじゃないですよね？」と言う。僕は「置いていきませんよ」と答えたけれど、変な質問だなと思った。女性は納得したようで去っていった。そしたら大学生の男の子が「あの人ばかだな。置いていくわけないだろ。これがゴミじゃないってことくらいわかるでしょ」とつぶやいていいやつだ。

しばらく歩くと路上で女性に話しかけられた。つくば在住の建築家で、今朝の新聞を読んでいたらしい。少し話して意気投合し、「明日の夜うちに来なよ」と言ってくれた。旦那さんは土木の仕事をやっているらしい。

夕方つくば市松代に入った頃、ツイッターで連絡が来た女の子と路上で会って、栄養ドリンクを二本もらう。今朝新聞で見た小さな家が家の前を通りかかったから追いかけてきたらしい。なんだかんだ今日は飲み物の差し入れを四つももらった。すごい。みんな飲み物を渡したがるのが面白い。

今日家を置かせてもらうのは、東京で知り合った福音館書店・高松さんの実家。週末なら帰れるからと高松さんが招いてくれた。うれしすぎる。たくさんの絵本とガラスの置物と絵と植物があるおうち。あとお父さんが飼っている何羽もの鳥。

お母さんが、「じつは計画があって」と言う。なんと近くのホテルのバイキングを予約しているという。僕と高松さんとご両親の四人でバイキングだ。面白すぎる。

高松さんと知り合ってからまだ一か月も経ってない。ご両親からしたら僕はどこの馬の骨ともわからない完全に怪しい人間なんじゃないかと思うのだけど、とっても歓迎してくれた。食べながら、これをやることになった経緯について話した。お二方とも頷きながら聞いてくれた。

バイキングはとっても賑わっていて、家族連れやカップルがたくさん来ていた。おしゃれをした人や、ジャージのままの息子を連れてきている家族や、十人以上の大所帯の家族連れもいた。それぞれの家庭でこのバイキングのことを知ったお母さんあたりが家族に提案してホテルに予約をとって、いまそれを楽しんでいる最中なんだろう。すごく良い。すごく良い光景だった。

ゴミを出しながら近所の人と会話していたり、おじさんが釣りをしていたり、こうやって家族でバイキングに来ている、そういう場所に根ざした生活の営みがとても輝いて見える、という話をしたら、お母さんが「それはあなたが苦労してるからよ。苦労してるから、そうやって見えるのよ」と言った。

寝る前にいろんな絵本を見せてもらった。

シュルヴィッツという絵本作家の『よあけ』がすごかった。読むのに五分もかからない。一ページにひとつずつの絵と言葉が十数ページあるだけの短い本なのだけど。絵本の力。知らなかった。

5月11日

午前中、高松さんに案内してもらい国土地理院の資料館とＪＡＸＡを見学した。国土地理院の大きな日本地図でこれから歩く道のりを想像して自信をなくしかける。山だらけ。

　昼過ぎに松代を出発。昨日路上で知り合った建築家の女性（成島さん）のところに行く。約八キロ。

　とんでもない家だった。旦那さんの実家らしい。家は古いけど、窓ガラスの模様とかお風呂の設備は新しく、床には床暖房が入っていた。旦那さんも一緒に三人で、車で串焼き屋さんにご飯を食べに行く。

　いま全部で三つの家があるらしい。ひとつは人に貸していて、ひとつに住んでいて、残りがこの家。猫が三匹いる。旦那さんが朝晩来て餌をやっているらしい。成島さんは「家に頓着がない。だからあなたの考えもわかる」と言ってた。

　この家の周りにはいくつかの納屋と家がもう一軒あるのだけど、どれも使ってないみたい。この立派な家は今後どうなっていくんだろう。取手でも思ったけど、このあたりもやっぱり空き家がどうしようもなく多い。

5月12日

　よく「若いからできていいわよね」「私も若ければやってみたかった」と言われるけれど、そこでどう反応すればいいのかわからない。どういう意味で言ってるのか。たとえば僕はゲートボールをやっているおじちゃんたちに「歳とってるからゲートボールできていいですね」とは言わないし、小学生とかに「まだ小さいから友だちと鬼ごっことかで遊べていいなあ」とは言わない。「若いからできていいね」の意味するものはなんなんだ。全くわからない。なにも言ってないに等しいと思って受け止めればいいのかな。

　今日は昼頃まで家の絵を描いて、土浦に向けて出発。

　風が強かった。徳澤さんから、「北関東は強風地帯だからくれぐれも気をつけて」との応援メールをいただく。なるほど。

　本当に風が強かった。土浦までの距離は十二キロほどなのだけど、途中田んぼや畑ばかりで遮るものがなにもなくて、風がもろに直撃する。風速十〜十一メートルくらい。やばかった。車道から歩道に向けての風だったから、万が一飛ばされても田んぼに落ちるだけだ、そう思えたから進めた。逆向きだったら移動を断念してたと思う。風と戦いながら少しずつ歩いていたから、どんどん車に抜かされて、とにかく腹が立った。

　あんなにでかいものが、風をもろと

2014年5月11日　茨城県つくば市玉取の屋敷の敷地内

もしないですごいスピードで走っていく。特に大きなトラックが高速で抜いていくとき、もろに風圧を受けた。抜く直前トラックからはじかれるような衝撃が来て、その直後逆に車道に吸い寄せられる。やっぱり車は、なにかものすごく無理をして動いている。

土浦到着は十七時半頃。鈴木さんの部屋の前に家を置かせてもらう。以前石岡市で「アートサイト八郷」に参加したときにお世話になった人で、十日の新聞を見て連絡をくれた。僕は土浦を通る予定だったので、お邪魔することに。

鈴木さんにさっき描いた玉取の家（成島さんの旦那さんの家）の絵を見せたら、「屋根のつくり方と勾配からして、もともと茅葺だ」と言ってた。なるほど気がつかなかった。

風と戦って疲れていたので、二十一時過ぎには寝る。

5月13日

引きつづき鈴木さんの家に家を置かせてもらうことにして、今日は絵を描いたあと、七日で止まっていた日記をまとめて書いた。

「日記を書いた」ということを日記に書いていいのかわかんないけど、とにかく五日ぶんを、途中まで土浦駅のフードコートで、その後漫画喫茶に移動して書いた。

夕方になると、フードコートに地元の高校生たちが勉強しに来た。男の子は男だけ、女の子は女だけのグループ。みんなまじめに勉強しているのだけど、ときどきどちらかの一人が異性のグループに話しかける。良い。

5月14日

九時半頃鈴木さんの家を出発。十三キロくらい歩いて石岡駅近くまで来る。

今夜家を置かせてもらおうと、お寺を二軒あたったけど、どちらも住職さんが外出中だった。昼はどこも出かけているんだろう。ちょっと休んでから行こうと思い、ドラッグストアに家を置いていたら、子ども連れの女の人に話しかけられる。その人がやってるお店の建物が看板建築で文化財登録されているものらしく、見に行ってみる。

石岡には文化財の看板建築がたくさんあるらしい。見学マップもあった。知らなかった。

「マック・ジェイ」というそのお店の子が僕の家にえらい興味津々で、質問を浴びせまくってきた。

「なんで作ったの？」と聞かれたので、発泡スチロールだと答えると、それをメモ帳に書き、「あとは？」と、聞き返してきた。びっくりした。素材をメモされたのは初めてだ。木とかガムテープとかペンキとか……と答えていくと、全部メモしていた。スケッチもしていた。

家の置き場を相談すると、近くの青果市場に知り合いが夜勤でいるから今晩なら大丈夫とのこと。市場でメロンをもらうなど。

近くに銭湯がなくて、五キロ離れた市民浴場まで行った。

5月15日

石岡から水戸に行く途中に寄ったそば屋さんは水戸街道沿いの工場が立ち並ぶ中にあって、トラックの運ちゃんとか作業着を着た人たちが食べていた。隣のテーブルの二人組が「お前こんな暑いのに、あったかいの頼んでどうすんだよ」「はい。失敗っすね」と話していた。良いな。

今日も「将来は美術家ですか？」とか「その経験は将来の財産になるわよ」とか言われた。将来ってなんだ。そういう言い方での将来は永遠に来ない。「いや、いますでに美術家です」と言ったけど。

旅と聞いただけで、なにか過渡期的な、若さとか未熟さと結びつけて考えがちなんだと思う。弟も今日からどっかに旅立つらしい。そこになにかを求めるんだろう。

この制作活動を旅と言わないほうがいいのかもしれない。言ってしまうと誤解される気がする。自分のホームと一緒に動いているから、いくら歩いてもどこかに「移動」している感じがしない。

あるいは展覧会というとりあえずの目的を定めているから、旅に見えるのかもしれない。でも仮に今回の展覧会を終えても、そこでなにかが終わるわけではない。いわゆる定住スタイルに戻って、それに疲れたらまたこうなるかあるいはまた別のあり方を考えたりして、またそれに疲れたらまた別のあり方になる。そんなふうにあれたらと思う。「別のあり方になる」がキーワードだ。

明日水戸に着く予定でいたけれど、今朝石岡を出たのが早かったので今日行っちまおうと思った。三十キロ。

これがちょっと甘かった。三十キロは無理があった。普通に歩きつづければ七時間くらいで着くけど、途中で疲れて休んでるうちに十時間かかってしまい、水戸の街に入ったのが十七時。もう満身創痍で、お寺も閉まってるだろうなあ、今日の家の置き場どうしようかなあとふらふらと歩いてた。

みんな声をかけて応援してくれたり差し入れをくれたりするけど、いざ自分の家の敷地に一晩、てなると「うーん」となる人がほとんどで、そういう反応を何回か見ると、こっちも切り出すのをためらってしまう。そりゃそうだ。自分のテリトリーに今日会ったばかりの人を入れるのは、結構勇気がいるのだ。

　もう体が動かなくなりそうで、あと三十分歩くのが限界だなと思ってたら、突然後ろから「すいませんー」と呼ぶ声がして、ふり返ると子どもが何人か寄ってきて、「追いついたー。ちょっと家を見せてもらってもいいですか？」と、そのお母さんらしき人。

「どこに向かってるんですか？」

「いまそれを探してるんですよ」

「あ、例の庭先とかですか？」

「よく知ってますね」

「新聞で見たんですよ。もしよかったらうちでもいいですよ」

　なんということだ。うれしすぎて耳を疑った。

「トイレとかお貸しすればいいですかね」ということで、そこに行くことに。泣きそう。

　その人（川俣さん）の家の駐車場に家を置かせてもらうと、向かいに住んでる堀口さんがコールマンのイスとテーブルを持ってきてくれる。

　そこでなんと両家合作の唐揚げカレー（川俣家のお皿に堀口家のカレーが載って、川俣家の唐揚げが添えられてる）をいただく。すごい。向かいあう家が一緒につくったご飯。

　夜は五歳のよしくんと遊びながら、小六のひろくんが宿題をやってるのを眺めたりする。

　今日人とやりとりをしていて、「宿泊先を見つけることもプロジェクトに含められるように見受けられますが」と、久々に緊張感のある問いかけをされた。言われてみれば確かにそうだ。もしこの生活が、そこらの路上に無断で（少しでも法に触れそうなことをして）家を置いて野宿とかしながら絵を描くようなものだったら、その絵には説得力をもたせられないと思う。いままで一日も欠かさずに誰かの敷地を借りながら移動してきたから気がつかなかったけど、もしどこも借りられずに夜を迎えてしまうような日が来たら、その日は絵を描かないほうがいい。

5月16日

朝六時半頃、よし君が家を訪ねてくる。えらく気に入られたみたい。

　しばらくしてひろくんを見送り、その後よしくんとそのお母さんを見送った。よしくんは保育園の最年長クラスで、今日は歴史館に親子遠足らしい。別れるのが嫌みたいで、半分泣いてた。

　昨日の移動が体に響いているのがわかる。昨日は家を担いで三十三キロ歩き、家を降ろしてからも五キロくらい歩いた。一日で四十キロ近く歩いたのは初めてだった。そのせいか、朝起きてからずっと調子が悪い。

　お昼前に川俣&堀口家を出発して、

まず水戸芸術館に行った。家を駐輪場に置いて、「拡張するファッション」展を観る。ファッションと聞くと、即座に「消費」や「流行」と結びつけて考えてしまっていたけど、それは人間生活のもっと根源的なものを司っている。ファッションの射程範囲の広さを見せつけられた。COSMIC WONDERの公園でのファッションショーの映像がよかった。

水戸芸術館の中庭で警視庁の吹奏楽団がコンサートをしてた。それを聴いている人たち。土曜日の昼下がりって感じだ。ときどき手拍子もおこる。良いな。

水戸を少しふらふらして、駐輪場に家を取りに戻ってごそごそやってたら、水戸芸の森山さんという人に話しかけられる。この活動について話すと面白がってくれた。

「みんなから、あれなんですか？　って聞かれたんですよー。アーティストさんのかなーとは思ってましたが」

近くにある「水戸のキワマリ荘」に案内してくれた。

大学時代の友達の鈴木君に「よかったら来て」と言われていたので、彼の家に向かう。水戸芸から五キロ。駐輪場に家を置く。

5月17日

朝、水戸芸の森山さんから電話がかかってくる。水戸の「ピョン太文庫」というスペースで今日夕方、下市交流会という会合があるらしい。「よかったら来てください」と言われたので、よくわからないけど行くことにする。

次に行く予定の常陸太田市に滞在中のアーティスト林友深に電話したら暇だと言うので、鈴木君の車で常陸太田に遊びに行った。家は昨日の駐輪場に置いたまま外出。

車は速い。速くてなめらかで、しかも風の影響を受けにくい。ただ、車に乗っていると外でどれだけ強い風が吹いているかがわかりにくい。三十キロがあっという間で、道を八キロ行き過ぎたけど戻るのもすぐだ。すごい発明だ。歩いていると車に腹が立ってしかたがないけど、乗ると快適だから複雑。

林さんと合流して常陸太田の観光スポット、竜神大吊橋に行く。大きな吊り橋とたくさんの鯉のぼり。

この吊り橋は、渡ってもどこにもつづかない。変だ。橋とは現在地と目的地を結ぶためのもの。ニーチェだって「人間は克服されるべきものだ」という意味で「人間は橋だ」というようなことを言ってた。なのにこの橋は渡ってもなにもない。強いて言えば百円入れたら音が鳴る鐘がある。「恋人と手をつないで鐘を鳴らせば、二人の愛が深まるかも？」と書かれていた。どういうことだ。風景を、そして橋そのものを眺めるための展望台としての橋のための橋だった。建設にすごくお金がかかってるはずで、入るのに三百十円かかるけど、採算とれてるのか。そもそもよくつくる気になったな。でも眺めはとてもきれいだった。

林さんが「木を上から見ることってないよね。新鮮だね」と言ってた。

バンジージャンプも最近はじまったらしく、何人も橋から飛び降りていた。一回一万四千円。高いな。飛ぶ人を見るのは面白いけど、バンジーのせいで気が散って、鯉のぼりをじっくり見られない。

展望台としての橋とたくさんの鯉のぼりとバンジージャンプ。一貫性がなくてごちゃごちゃしてて、でも人はやたらたくさんいて（主に家族連れとカップル）、ちゃんと観光地っぽくなっている。みんなそれぞれの休日をここで過ごすことに決めたんだな。それをいま楽しんでいるのだ。悪く言うことなんてできない。良い観光地だな。

夕方水戸に戻り、鈴木君と「下市交流会」に出席する。約二十人が来てた。

水戸駅より南側の下市エリアをより良くするためにどうすればいいかを、役所の人や菓子屋さんや雑貨屋さんや、とにかくいろんな人で集まって話し合ったり、お互いの近況報告をしたりする会。森山さんが僕のことを「（家の）中の人」と紹介してくれて、そしたらほぼ全員が「歩く家」のことを知っていた。写真を求められたりもした。どういうことだ。

みんなちゃんとお互いの話を聞きながら、街のことを話し合っていてよい場所だな。固定メンバーっぽい人はいるみたいだけど、参加しなくてもいいし、そもそもお互いにすごく気の知れた仲でもない、初対面の人もたくさんいるような場所。

交流会解散後、森山さんに連れられて「カルマ」というインド料理屋さんに行く。カレーがおいしい。お店の人は「下市交流会」と聞いて「なにソレ」と言っていた。今日のオチがついた。良いな。

5月18日

十六時頃まで絵を描いたり日記を書いたりする。それと、荷物をいくつか実家に送った。上着と文庫本と、描き終わった絵を七十枚くらい。

元気をもらえると思ってニーチェの『ツァラトゥストラ（下）』を持ち歩いていたけど、読む時間はほとんどなく、ただ重いだけのものになっていた。元気を手に入れるためには、本を持ち歩くより一グラムでも荷物を減らしたほうがいいことがよくわかった。体への負担が全然違う。

今日は水戸芸術館のファッション展最終日で、東京から友達が四人（二人＋二人の別グループ）遊びにくるという連絡を受けたので、鈴木君の家を家と一緒に出て水戸芸術館に向かった。五キロの移動。

常陸太田市在住の人と知り合った。「明日常陸太田に行くんですよ」「そこ地元ですよ！　差し入れ持っていきます」「本当ですか？　野菜ジュースがうれしいです」という会話をする。

その後、昨日の交流会で隣に座っていた山田さんの雑貨店「Belly Button」に遊びにいく。今日はここに家を置かせてもらう。「来月からチャーシューを売ろうと思っていて、いま研究中なので、よかったら友達も一緒に晩ご飯食べに」と言われ、東京から来た友達四人と鈴木君とで店を覗かせてもらった。商品が一癖も二癖もある物ばっかりだった。そのうちのひとつに、コーヒーに砂糖を溶かすためのスプーン（右利き用）があった。用途が限定されすぎている。飯田君は「カトラリーにしか興味がない人がカトラリーをつくるとこうなるのか」と言っていた。とても面白いお店だった。

その後お店の駐車場にブルーシートを広げて、みんなで買い出しに行く。山田さんがチャーシュー丼、その息子さんがタンドリーチキンをつくって持ってきてくれた。どっちもおいしい。

5月19日

重力が思考を阻害する邪魔なものに感じられる。肩が痛くなるのも歩くのが疲れるのも、人が土地に括りつけられるのも重力のせいだ。住所と重力の語感も似てる。

朝十時半頃に常陸太田市のアーティスト・イン・レジデンスに滞在中のアーティスト林友深とミヤタユキの家に向けて、Belly Buttonを出発。

二十七キロ。荷物が減ったのでだいぶ違う。二時間半くらいは休まずに歩けた。

歩きながらミンティアと千円のカンパをもらう。

昨日知り合った常陸太田在住の菊池さんからメールが来る。

「約束の野菜ジュースを渡したいんですが、いまどこにいますか？」

なんと本当に野菜ジュースを届けてくれた。すごい。冗談に受け取ってしまったことを反省する。菊池さんは僕がいま向かっている松平町のすぐ近所に住んでいるらしい。行く約束をした。これは冗談じゃない。

林が壁画を描いているという公園まで歩き、そこからよしざわさんという人がトラックで林の家まで家を運んでくれた。トラックに載せたのは初めて。

ワープと呼ぶことにする。

夜、林と宴会になる。林とミヤタが高速道路でひどい事故にあったと聞いていたので、そのときのことを聞いた。

夜。林とミヤタが運転する車が高速道路上にライトもつけずに停車していた車にぶつかりそうになったのを避けてスピンしたところを、後続の車何台かに衝突された。窓を開けて「助けてください!」と叫んだけど、全く意味なく、窓からiPhoneが投げ出されていった。「ああ、死ぬな」と思った。車の中から警察に電話して「いまどこにいるかわからないんですけど、もう一回衝突されたら死にます」と話した。

しかし幸い二人とも死ななかった。全身打撲と骨折をしたものの、いま林もミヤタも元気でやっている。死なないで本当によかった。一歩間違えてドアから飛び出したり、車を避けきれず正面衝突したり、もう一台多く車が走っていたりしたら、死んでいたか、体が使い物にならなくなっていたかもしれないのだ。二人は生き残った。

あとでミヤタから聞いたけど、停車していた車を避けるのに全身の全エネルギーを使ったので、スピンして停車した直後、記憶が一瞬飛んだという。頭の中にふせんが六つ浮かんできてそのうち二つに「ともみ」と「高知」と書かれていて、あとの四つにはなにも書かれていなかったという。

もう本当に限界を超えた直後、人の頭は単語を六つまで覚えられる状態になるということだ。あと四つにはなにも書かれていなかった、というところがリアルだ。

5月20日

ミヤタと林を含む常陸太田の人たちが市内を案内してくれるというので、軽トラに家を積み、もう一台の車に五人乗って夕方まで市内をぐるぐるした。

アーティストがまちおこし事業の一環として町に雇われる、という状態について考えて悶々とする。どうやらこの常陸太田のレジデンスは市のまちおこし事業の一環のようだった。最近は本当に国内あちこちで「アート」と「まちおこし」の単語がセットで語られるのを聞くな。

美術制作は基本的に個人の内的な衝動からしか起こらないから、「まちおこし」という公共をつくり出す動きと相性が良い気はする。パブリックな動きをつくり出すためには、まずは個人の内的な衝動による働きかけが不可欠だから。

でもつくづく感じるのは、役所の、特に「○○市役所××支所△課」みたいな、より町に近い人たちが動くときにはまず「上から下りてくる公の予算」が先にあって、それをどう使うかっていう頭になりがちだ。順番が美術活動とは逆なので、協働したときに変なことになりかねない。たとえば公用車を出すためには「アーティストが子どもと触れ合ってるところ」とか「街の人と歓談しているところ」の写真が必要になるんだろう。そうすると「交流しているところを写真に撮るための交流」が行われるという変な事態になるし、あちこちでそうなっているんだろうと思う。そうやって使われるお金たちはさぞ無念だろう。

5月21日

昼に読売新聞の「茨城タウンニュース」という地域向け情報紙の取材を受ける。そこで「この活動に『自分探し』のような意味はあるか？」と聞かれた。ぽかんとしてしまった。あまりにも予想外だったので、うまく答えられなかった。そんなふうに見えることもあるのか。僕はむしろ自分を見捨てるのに必死なのに。

5月22日

あるイラストレーションの仕事があり、進められていなかったので、今日はずっと常陸太田の林たちの家にこもって作業をしていた。思うとおりにいかない。雑誌の表紙イラストを描くのは、普通に絵を描くのとは違うこつがいりそう。

外はひどい雨と風が吹いていて、あるとき外で大きな音がしたので、まさかと思い見てみると、僕の家がひっくり返っていた。瓦が一枚飛んでいた。外は危ないので中に入れさせてもらう。強い風が吹くとちゃんと瓦が飛ぶのが、なんだかうれしい。

5月23日

林たちの家を出る。林は今日明日と東京に帰るらしく、朝早く家を出て行った。四日間もいるとさすがに名残惜しい。ここで自分の根が生えはじめているのがわかる。あんまり長くいると、別れがつらくなるな。根を引き抜くのが痛くなる。

林はすごい。日記を書くのに今日あったことをふり返るときに、林のことを見過ごしてしまうくらい違和感なくいままで一緒に生活していた。あまりに自然にいろんなことに気を回すので、こちらはそれに気がつかない。毎晩飲みながら話したりスケッチブックを見せてもらったりして、根っからの絵描きだなと思った。日々の思考とか講演を聞いたときのメモには絵と言葉が区別なしに自由に描かれていて、彼女の思考の中で溶けあってるようだった。

今日は野菜ジュースを届けてくれた菊池さんの家に行く。林たちの家から歩いて二十分の東連地町。すごく近い。

お昼ご飯にと、水戸のおいしいお店を予約してくれていて、車で水戸まで行った。

　菊池さんはここで父親の仕事を継ぎ、建築設計と大工をやっている。まだ二十代で、服装も車もお洒落でサングラスも似合ってた。でも、家と事務所にしているのは三百六十度田んぼと畑に囲まれているようなところだ。仕事は忙しいらしい。生まれた場所で咲いている花みたいだ。かっこいい。

　水戸のカフェで、みなみさんという人と合流してご飯を食べた。菊池さんとみなみさんは水戸芸術館の「高校生ウィーク」で知り合ったらしい。様々な年齢層の人が集まって、町を探検したり、なにかつくったり、カフェの店員をやったりしていて、とっても楽しそうだった。この前の下市交流会といい、水戸は自由なコミュニティがたくさんある。

05241510

　時間が経つのが本当に早い。拷問のようだ。思考も思い出の整理も悲しみや喜びを感じる気持ちも追いつかない。すごいスピードで過ぎていくあらゆる物事から、目にとまった物事をひとつ拾い上げて、それを眺めているうちにあまりにもたくさんのことが流れ去って、もう手に取ることもできなくなってしまう。散らかしては片付けて、また散らかしては片付けてを繰り返しているだけだ。そこで遊ぶために散らかすのに、遊びはじめたら片付けの時間が来る。小さい頃ブロックで遊んだときもこんな気持ちだった。そのうち、ちゃんと片付けられなくなってくるだろう。散らかしながら、片付けなくちゃと思いながらもまた新しく散らかしてしまうことになるだろう。そんなんでいいのか。

5月24日

　菊池さんの家にツバメの巣があった。ツバメは毎年同じところに巣をつくる。震災の前年、やたら丈夫な巣をつくっているのを見て、菊池さんは「こいつ巣のつくり方を知らないんじゃないか」と思ったけど、観察するうちに「なんか大きな地震とかあるんじゃないか」と思ったらしい。

　菊池さんの家をお昼前に出発して、林たちの家に戻ってくる。いろいろあって、明日までここに居させてもらうことにした。明日、里川町に住んでいる人が「ぜひうちにも来てほしい」ということで、トラックで家ごと迎えに来てくれることになってる。林たちとは会えない。ちゃんと別れたので、また会ってしまったらなんかまぬけだ。

　お昼頃に、19日の日記にも登場したよしざわさんが二歳の息子さんを連れて遊びにきた。

こいつがなかなかくせのある面白い男の子だった。まず僕が「こんにちは」と言ったら「ばいばい」と言う。そして、僕の家に興味がありそうな感じでドアをぱかぱか開けるんだけど、「入りなよ」と言っても絶対に中に入らない。で、別れ際に僕が「バイバイ」と言ったら「ブッ」と言われた。その「ブッ」を覚えておく。

夕方散歩中、畑作業中のおばちゃんを見つける。ひとつの葉のまわりの土を何分かかけて整えて、終わったらまた次の葉へ。手間のかかる作業だ。毎日通わないといけない。畑をやるには家が近くにないといけないのだ。手間をかけて育てても動物にやられたり天候のせいでダメになったりもするだろう。いまはみんな一緒に地面から生えてるけど、収穫したら自分で食べるぶんと人に分けるぶんと売るぶんとに分かれていくんだろう。

5月25日

常陸太田市里川町にいる。標高六百メートル。星がとてもきれい。あと数キロ北上したら福島県に入る。昨日まで いた松平町よりも気温が低い感じがする。この街に家は六十五軒ほどあるけど、ときどき人が帰ってくるだけの空き家状態のところも多いらしい。

今日はここの酪農家に家を置かせてもらう。僕を呼んでくれた人とその奥さんとご両親が住んでいる。それまでは野菜やお米をつくる段々畑だった土地を、お父さんが一大決心してブルドーザでならし、牧場に変えたらしい。二頭の牛からはじめ、いまでは六十頭いる。ここまで大規模な牧場は当時なく、周囲に反対されたけど、それをエネルギーに変えて見事に成功させた。眼鏡がとても似合う聡明そうなお父さんと、それを継いでいる人と、また新たに生まれる命。すごい。

ここから福島第一原発まで約百二十キロ。原発事故後数か月は線量検査にひっかかり、毎日毎日絞った牛乳を何トンも捨てていた。牛が心配で、牛舎により近い小さな事務所に寝泊まりしていた。

牛舎の中で牛のそばを通ると、必ず顔を上げてこっちの目を見てくる。目がうるうるしていて、顔が大きくて重そうで、舌が長い。草をやるとなくなるまで一秒も休まずに食べつづける。一頭あたり一日三十キロの乳を出す。牛が乳を出すためには子どもが生まれないといけないので、ほとんどの牛はいつも妊娠している。生後一月以内の子牛もいた。牛乳の値段はどんどん下がっている。買い取られる牛乳の脂肪分に制限が設けられてから、基準をクリアできず、牛をやめてしまう人が全国的に多くいたらしい。

今日、人に前髪を切ってもらった。

この生活ではなるべく「旅人」っぽくなりたくない。ごく普通に家で生活をしているような印象を保ちたい。髪も髭も伸びてないほうがいいし、毎日お風呂に入ったほうがいいし、肌は白いほうがいい。長く旅をしている人ってどんどん仙人みたいな見た目になっていき、本人もそれでよしとしてるイメージだけど、僕は旅人ではなくて家と一緒に移動しているだけの人なので、そうなってはだめだ。

昨日までのカエルの合唱のかわりにときどき牛がおしっこをするジョロロという豪快な音やおならの音やもぞもぞと動く音や、少しの虫の鳴き声と、そいつらが電灯にぶつかる音が聞こえてくる。外はとても静かで暗い。

「そこ」に近づいていると思うと、身が引き締まる。この制作の発端になった事故が起こった現場。明日か明後日には福島県に入るはず。とてもとてもとても重要な現場に入る。

「あなた頑張って」よりも、「私頑張る」のほうが応援になることもある。誰かがなにかやっているのを見たり聞いたりするのが、応援に感じられることもある。

0526 1840

福島県いわき市の大型浴場「勿来温泉関の湯」のラウンジにいる。周りには退職直後くらいの歳の夫婦連れや親子連れが、ご飯を食べたりビールを飲んだりしている。五、六人のおばちゃんのグループが二つ、それぞれ盛り上がっている。家の前に救急車が止まった話や、どっかのサンドイッチがおいしいという話が聞こえる。だいたい二、三人が同時に話していて、会話が成り立ってるんだかいないんだかわからない豪快なテンポのまま つづいていく。ブレインストーミングしてるみたいだ。すごいな。そういえば常陸太田のアーティスト二人の家にはテレビがなかった。それがよかった。テレビをつけながら会話をすると、話題が表面をすべる。

隣の隣で座布団を敷いて寝ていた男性がどこかが痛くて動けないらしく、スタッフや家族がばたばたと集まってきた。周りの人たちも気にしている。そんな中でMacBookを開いてこれを書いている。

常陸太田市里川町から北茨城市の大津港までトラックで家を運んでもらい、少し歩いて福島県に入った。いよいよ福島県。ほんと特別な名前になった。県境を超えたけど、なんてことない。それまでの景色と変わったところは見当たらない。iPhoneの現在地の表示は「茨城県北茨城市」から「福島県いわき市」になってた。でも目の前には同じように右側に海が、左側に山がある。関東平野じゃなくなり、山と海がとても近い。

「家の絵を描かなきゃ」って、これまで以上に強く思った。いままでは自分の家の置き場が見つかるまで絵を描きはじめる気にならなかったけど、描かずにはいられなくなり、家を下ろして家の絵を描きはじめた。まだトラックで降ろされた場所から五キロくらいしか歩いてない。

勿来町関田西で描きはじめたら、バイクに乗ったおばちゃんに話しかけられる。このあたりに来ると方言が強くて聞き取れないことがある。

おばちゃんに事情を説明したら、「とんでもねえ長男だな」と笑いながら、今日僕の家を置く敷地を貸してくれた。二〇一一年の地震と津波（床下浸水ですんだ）でダメになった家を解体したあとの更地らしい。

さらに近くで民宿をやっている友達のおばちゃんと道で鉢合って、そのおばちゃんも面白がって「うちも使っていい」と言ってくれた。

バイクのおばちゃんは「わざわざ更地で寝なくたって、この民宿に置かせてもらえばええ」と言う。でも僕は「あの震災でダメになった家の跡地で寝てみたい」と思ってたから、民宿には明日置かせてもらうことに。「明日好きなときに来たらええ」と言ってくれた。

以前、あるアートプロジェクトの期間中に、岩手県の大船渡で津波にさらわれた敷地に寝たことがあった。あのとき、知らない人がたくさん目の前を通り過ぎながら僕を睨みつけてくるというひどい悪夢を見て、もう寝るのはやめようと思ったのだった。でもいまはなんとなく大丈夫な気がする。

そんでバイクのおばちゃんがこの温泉の無料券をプレゼントしてくれて、いまに至る。太平洋が一望できる素敵な温泉だった。

さっきラウンジで絵を描いていたら、隣に座っていたいわき市在住の男性に話しかけられた。「〇〇の実家が原発で帰れなくなった。双葉町ってとこなんだけど」と、さらっと出てきた。

「北上するなら郡山を目指したほうがいい。六号線は原発で通行止めになってる」とアドバイスをくれた。僕は自分の説明をするのが面倒で、「スケッチ旅行している画家です」と名乗った。

これからおばちゃんの更地に置いてある家に帰る。あんな小さな軽い家でも、帰る場所があると思うだけで、ここが少しホームのように感じられて、ほっとするのだ。

倒れていた男性のところにとうとう救急隊員が来た。でもちゃんと話はできているみたい。大丈夫かな。

5月27日

僕はここには感じたことをなるべく正直に書こうとしている。なんで日記を公開するのかって言われたこともある。自分の精神を鎮めるために書いているけど、それを公開する必要はあるのか。自分でもよくわからないけど、ひとつには自分が「移住を生活する」という生活そのものを含めた作品をつくっている以上、公と私の境界があってはいけないという強迫観念に近いものを抱えているからだと思う。

ここに書くのは誰かに嫌な思いをさせるかもしれない内容のこともあるし、あとで「あいつあのときこんなこと考えてたのか」って驚かれるようなこともある。でもほとんどの場合、それはそのときに思ってたことじゃない。それは「あのときこう思った。それをいま思い出しながら書く」という作業ではなくて、あとでこうやって文章を書きながら思い出して、「あのときに感じたことはこういうことだろう」と付け足されるものを言葉にしていく作業に近い。

僕はそんなふうにしてしか、自分の中で出来事を完結させることができない。こんなふうに「あのときこう思ったことにしよう」を書いておかないと、自分の中でいつまでも出来事が終わってくれなくて気持ちが悪い。だからこの日記は、「あのときこう思ってたけど言えなかったことをここで書く」というような愚痴の場では断じてない。

なんでそんなことをわざわざ書くのか。僕はなにもないところから「これをつくりたい」とは思えない人間だし、「美術史に自分を乗っけて新しいものを打ち出していく」ようなこともできないのも、最近よくわかってきた。日々感じる違和感や誰かの言葉に自分を過敏に反応させ、考えをめぐらせてアイデアを落としていくという作業をする中でしか、作品をつくることができない。そしてそれは言葉にされなくてはいけないし、公開されていなくてはいけない。だから「こんなこと書いたら嫌がられるかな」とどこかでは思いつつ、作家である以上こんなふうに書くことしかできない。

また、「受け取る」ことは能動的なことだと思う。誰かの言葉を読んだり作品を見てなにか思ったなら、それがその言葉や作品の意図だし、それが意味だ。それこそがその言葉や作品の存在価値だ。話し手やつくり手の意図を第一とするのはよくない。

昨晩からずっと雨が降っている。そういえば、この家で雨の中寝たのは初めてかも。ごくたまにどこから漏れてるのかわからない水滴が顔に落ちてくる以外、水漏れはなかった。底の濡れた靴の置き場には困るけど。

新座で知り合った銅版画作家の田谷さんからメールが来た。いわき市のこのあたりに知り合いが住んでて、連絡したら僕に会いたいと言ってるらしい。

現在地を伝えたら親子で訪ねてきて、車で山奥のおいしいカフェまで連れていってくれた。その人の家は数キロ北にあって「うちに来てください」と言ってくれたので、明日はそこに家を置かせてもらうことにする。こんなのんびりペースで大丈夫なのか。

その人は山を見ながら「きれいなところなんですよ。線量さえなければ」と言っていた。ここは原発から六十キロくらい。近くの海水浴場は去年から海開きをしていて、泳ぐ人もたくさんいるらしい。

カフェからの帰り道、突然車がパンクした。道路の脇に車を停めて、迎えが来るのを待つ。それまで僕たちを運んでいた車はとたんに荷物になった。不思議な感覚だ。普段は通り過ぎるだけの道に突如落とされて、動くこともできなくて、仕方なく道に生えてる花とか虫とかを観察したりして。

今夜は、昨日知り合ったおばちゃんの民宿に家を置かせてもらう。「今日は客もいないから部屋に泊まっていいよ。サービスしてやっから」と言ってくれた。ありがたい。「旦那はアルツハイマーだから、気にすんな」とも言われた。

民宿に入ると、旦那さんが大声で迎えてくれた。

「ほんと立派なもんだ。いまの社会ってもんは悪徳業者ばっかりでしっちゃかめっちゃかだからな。あんたみたいな人が、これから社会を支えていくんだからな。俺はもう頭がダメになっちまった」

おばちゃんはまた「アルツハイマーだから」って言っている。

いまこれを自分の部屋で書いてるんだけど、ときどき旦那さんが怒鳴る声が聞こえる。おばちゃん大変そうだ。

5月28日

今日家を置かせてもらった民宿は海の目の前だったけど、津波は床上浸水ですんでいた。津波の被害はほとんどないように見える。おばちゃん曰く、勿来町は海岸線が一直線だったから津波が大きくならずにすんだ。すぐ近くの火力発電所のあたりは湾だったから津波が大きくなり、車も家も流されたという。

「人生何十年もあるんだから、一、二年こういうことやってもいいのよ」と人が話しているのが聞こえた。それで合点がいった。これまで「若いからできていいわね」とか言われてなんか違和感があったのは、あの人たちに日常化のバイアスがかかっているからだ。

2014年5月28日　福島県双葉郡富岡町小浜

彼らの中にはなにか確固たる「日常とはこういうものだ」という無意識の思い込みがある。「いま目の前でこんなことをやっている人がいるのはある種の非日常的な『勢いにのって』やっているからだ。彼もいずれ若くなくなり、『私たちと同じようなこの日常』に取り込まれていく。だから私がこの日常にいることは間違ってない」と自分を納得させるために、そういうことを口走る。

今日は田谷さんが紹介してくれた人の家に家を置かせてもらう。僕と同い年の長男と三つくらい離れた次男がいた。長男が原発事故で立ち入り禁止になっているところまで車で連れていってくれた。

一度見てみたかった。主に海岸線を歩いているので、このまま北上すると、いずれ立ち入り禁止区域にぶつかる。だからどこかで郡山に向かう道にそれなくちゃいけないんだけど、立ち入り禁止区域にぶつかってから引き返すというやり方でも大丈夫か、あるいはもっと早い段階で道をそれたほうがいいのか、実際見てみないとわからない。調べると、七キロ圏内くらいのところまで近づけるらしい。大丈夫なのか。

近づくにつれて、体が緊張してこわばってくるのがわかった。十五キロ圏内あたりからはほとんどひとけがなかった。作業をしている人はたくさんいるけど、生活の気配がなかった。犬の散歩をしてる人とか、畑仕事のおばちゃんとか、自転車に乗ってる主婦とか、子どもとか、窓から人影が見えるというようなことがなかった。ほとんどの家は窓にカーテンがかかっていて、地震で落ちた瓦がそのまんまだった。いまにも崩れそうな家もいくつかある。

規制線の直前で車を降り、歩いて近づいてみた。福島第一原発まで七キロほど。

「島根県警」と書かれたマスクをしたお巡りさんが二人近づいてきて、「なにしてるんですか」と聞いてきた。僕たちは、「友達が来たんで連れてきたんです。中には入りません」とかなんとか言ってやりすごす。どうやら全国の警察が交代で規制線を見張っているみたい。「ご苦労様です」と言って、別れる。

家の絵を二時間くらい描いてもいいかと長男に聞いたら「いくらでも待つよ」と言ってくれたので、少し探索して家の絵を描きはじめた。探索中にも一度職質された。

はじめ雨が降っていた。雨の中、画用紙に落ちる水滴を払いながら絵を描いた。雨が上がると、わずか数分のうちに足を何十か所も蚊やブヨに刺された。なんでこんなにたくさんいるんだ。足がものすごく腫れた。それでも描いていた。ここの家の絵だけは現場で描ききらないとダメだと思っていた。あちこちから鳥が元気に鳴く声がする。人影は全くない。やたらと植物が茂っている。日差しが強くて足はまだ刺されつづけて熱をもってきた。なぜか心拍数が上がってきてだんだん絵に集中するのが困難になる。そしたら下腹部が痛くなってその後、うまく言えないんだけど急に突然精神的な限界がきたのを感じて、「これ以上いたら頭がおかしくなる」と思い、急いでスケッチブックをたたんで立ち去った。三十分くらい現場で頑張ったけれど無理だった。その家を写真に撮り、あとで書き加えることにした。

　車で帰る途中も下腹部は痛くて落ち着かなかったけど、離れるに従っておさまっていった。精神的なものが原因なんだろうけれど、こんな状態になるなんて予想してなかった。二度と行きたくない。というか行かなければよかったとさえ思った。でもいまは落ち着いて、行ってよかったと思える。

05291642

昨日立ち入り禁止区域まで行ったのを、あんなさらっと書いてしまってよかったのか。一生で二度とないような強烈な体験だったはず。もう一度思い出しながら書く。

　ひとけがなくて植物が茂っていて、家はどれも崩れたり瓦が落ちたりしていた。やたらたくさんいた鳥たちの鳴き声が気持ち悪かった。実家の近くの公園で普通に聞いたら「きれいな声だなー」と思うんだろうけど、あそこでは異様な響き方をしていた。

　福島県双葉郡富岡町。原発まで七・五キロくらい。

　街全体が木々の緑色に覆われていて、西日があたってとてもきれい。セシウムなど放射性物質は目に見えないので、頭で気にさえしなければなんてことないのだ。でもそれは間違いなく飛んでいるし、草木や土のいたるところに付着している。目に見えないものが街を覆っていて、そのせいで人が逃げていて、放置された家は崩れている。そして目に見えないものを気にしない植物や鳥や虫たちが人の代わりに暮らしている。それは物理的に「ある」ものなのに、頭で感じるしかない。見えないし匂いもないし音も出さない。そこにあることを忘れてしまったら、あるいは知らなかったらないも同然。うまく言葉にできないけど、かなり不自然な状態。あってはいけない状態の街。

　今日も引きつづき志賀家の庭に家を置かせてもらう。明日まで待てばトラックの車検が終わって、三春町まで家ごと運んでくれる。ここから郡山まで八十キロあり、ずっと山道だからとても助かる。お父さんがぜひ三春町は訪ねてほしいと言うので、そういうことになった。放射能のせいで海岸線が通れないのが本当にうざったい。

　志賀さんの家はとても広い。門をくぐって切りそろえられた草木の間を十五メートルも歩いた先に玄関がある。僕は十畳間を一部屋まるまる使わせてもらう。

「大きい家ですね」

「このあたりでは普通です。ぼろぼろだし」

　家が大きいせいか、いたるところに「電気を消す！」「きれいに保つ！」と張り紙が張ってある。良い。お母さんが貼ったらしい。シェアハウスみたい。

　外で家の絵を描いていたら近くのスーパーの駐輪場から、

少年A「いまって何時？」

少年B「えーっとね。ちょっと待ってね。いま何時ですか？」

ベンチに座っていたおっちゃん「二時半。二時半」

少年B「ありがとうございます！」

少年A「ありがとうございました！」

少年B「二時三十分！　やった！　まだあと一時間遊べる！」

　という会話が聞こえた。少年Aの「ありがとうございました！」が良い。子どもの頃の一時間は今よりもずっと長かった。毎日「朝から夕方までの一日」という確固たる量の時間があった。いまそれを感じることができなくなった。一日が過ぎたあとに「一日があった」とかろうじて思えるくらい。それもそのうち思わなくなっていく気がする。時間の単位がだんだんのびて一週間になり一か月になって、人生という時間に溶けていく感じがする。

　どれだけ良いことを言ったとしても、それでなにかを言った気になっちゃいけない。どんな簡単なことでも「自分にはなにかができる」と思っちゃいけない。「これができる」と思った瞬間に、それはできなくなる。面白さや美しさは志向性の中に、なにかに向けて運動することそれ自体に宿ると思う。早い話がいい気になっちゃいけない。答えを出してはいけない。自分の居場所を定めてはいけない。ここでこういうことを言ってそれでよしとしてもいけない。うまいこと言ったとか思ってはいけないし、この文章を信じてもいけない。

5月30日

お昼前、僕の家をトラックに積んで、庭師の志賀家を長男と次男と僕の三人で出発。滝桜や張り子人形で有名な三春町を目指す。出発する前にお母さんが、郡山は線量が少し高いこと、セシウムなどは土に付着しやすいからなるべく土の上では寝ないこと、二メートル離れれば大丈夫だということを教えてくれた。生活における放射能とのつきあい方が自然に身に付いている。

　お父さんの勧めで、バイパスではなく山あいを走る旧道から向かった。持っていた韓国海苔（勿来町のおばちゃんからもらった）のパッケージがどんどん膨らむので、標高が上がっているのがわかる。とても深い山道なのにあちこちに家があるし、ときどき町にも出る。当たり前だけど、こんなところでも住んでいる人がいるんだ、と思う。ここで生まれて、一時期は都会に出て、また戻ってきて故郷で人生を終える幸せもあるのだ。

　山道に一軒だけぽつんと建つ家を通り過ぎるとき、男の人が白い車を洗車しているのが見えた。洗車といえば休日にやるものだ。仕事が休みなんだろう。いまにも崩れそうな家もたくさん見た。こういう山奥で崩れそうな家を見るのはとても自然な感じがした。人がいるところでは空き家の放置は許されないけど、山の中ではわざわざ解体されるほうが不自然というか。人が減っていって、社会のコントロールを逃れて自然のなりゆきの中で、家が解体されていく。

　三春町で張り子づくりを見学した後、再びトラックで郡山まで行く。駅近くで志賀家の息子二人と別れる。「個展観に行きます」と言ってくれた。なんだか初対面の気がしない家族のみなさんだった。北上をはじめてからずっとさみしい別れがつづいているけど、生きてれば毎日朝は来るし、北に向かわなきゃいけないし、家の絵を描かなきゃいけない。時間が経つのが本当に早くてどうかしちゃいそうだけど、どうかしてる暇もないくらい時間が経つのが早いという状態で、今日もあっという間に夜になってしまった。

　今夜の家の置き場を、とお寺を探しているとき、自転車屋のおじちゃんから声をかけられた。店内でコーヒーをいただいていたら、店の前を男の人が通り過ぎた。おじちゃんはその人に「オウ！」と言った。男の人はこっちも見ないで通り過ぎていった。

「だめだな。娘の同級生なんだけど、挨拶もできねえ。ここに同級生のお父さんがいることはわかってるんだよ。だからこっちから声をかけたのにな」

　店は借店舗だから家を置かせてやることはできないと言われたけど、近くの神社とお寺を紹介してくれた。

　そしていまその神社の境内からこの日記を書いている。神社の人が「一晩なら」とOKしてくれたのだ。

　さっき郡山駅近くの銭湯「まねきの湯」に入ってきたところ。ここはいわき市よりも暑い。

5月31日

あちこちで「バイパス（新道）」と「旧道」という言い方を聞く。どの地域にもまず街と街をつなぐ旧道があり、それだけでは車を抱えきれなくなったから新しく道をつくるんだろう。だからバイパスはあくまで車用の道で、歩いていてもあまり面白くない。大きな看板のチェーン店や工場がずーっと並んでる。そんな道を歩くなんて、やろうと思わないとできない。歩行者はいないのに歩道はちゃんとあって、車がものすごくたくさん走っている。

今度機会を見つけて何人かで「バイパスを歩く」ツアーをやってみたい。バイパスを歩くと、「スピードの落差」がよくわかる。工業化でスピードアップした社会の代名詞みたいな乗り物にあわせてつくられた道路を、「徒歩」という人類誕生以来ずっと受け継がれてきた移動方法で歩く。こんなわかりやすいことってない。砂埃と騒音と風圧ですごく疲れるし、腹立たしい。バイパスがなければ世界はもっとのんびりしたよいものになっていたと思う。バイパスをつくったために車の移動が一般化して、いろんなことが速くなりすぎてしまった。

美術では稼げないと決めつけて、「絵じゃ食えないだろ」と言ってくる人が本当にたくさんいる。「面白いことをやっている」のは認めるのに「これじゃ食えないだろ」と言うのは、スタンスが受け身的すぎるというか。逆だろって思う。「これで食えるかどうか」ではなくて「これで食えない世界がどうかしてる」という姿勢でいないとだめ。「そっちがどうだろうと、こっちはこうとしか言えないんじゃ」って、まわりを跳ね返す力がないと。とにかく弱すぎる。自戒も込めて書く。

お茶美や武蔵美の授業でも「食えるよ」と言ってきた。僕自身が食えてても食えてなくても「食えるよ。だからやんなよ」って人には言いたい。そして、みんな好き勝手やればいいんだ。「食えないでしょ」ってなんだよ。

今日は十時頃郡山の神社を出て、福島市に向けて歩きはじめた。十キロほど歩いたところで、知らないおじちゃんに声をかけられた。事情を説明すると、「ガッツあるなー」とお昼をご馳走してくれた。奥さんと一緒に車で走っていたところに家が歩いているのを見つけ、気に入ったらしい。

「東京のやつだろうなって、思ったんだよ」

奥さんが「うちの庭先に家を置いていいよ」と言ってくれた。

食堂から六キロ北上した大玉村に住んでいるというので、食堂で別れ、歩いた。かなり暑くて、着いた頃にはふらふらだった。家の駐車場にハーレーの単車一台とサイドカー付きのが一台停まってて驚いた。おじちゃんはいま八十歳。ハーレーを三台所有する「福島ハーレー会」の会員だという。福島はバイク乗りが多いみたい。

「明日ツーリングの日だから、よかったら一緒に行くか?」と言ってくれたので行くことにした。

6月1日

約束どおり今日はハーレーのサイドカーに乗り、ツーリングに連れていってもらった。もうわけがわからない。

ハーレーはエンジン音は大きいけど余裕があってかっこいい。福島県はバイク乗りが多いらしく、ツーリング中も何回か大型バイク集団とすれ違った。すれ違うときに軽く手を挙げて挨拶をすることがある。基本的に向こうがしない限りこっちからはしないけど、向こうがしたらこっちも返す。なにかに似てる。おじちゃんは信じられないくらい元気で、運転が攻撃的で少しひやひやした。車間距離が近いのだ。信号待ちのときなんか五十センチくらいまで近づく。前の車が遅いと三メートルくらいまで近づく。そんなおじちゃんが「まあいろんな生活があるよ」とか「人それぞれの生き方があるよ」と口癖のように言う。

ツーリングの最中、山奥にあるおいしいそば屋に寄った。山菜の天ぷらを食べるとき、線量大丈夫かなとか、ちょっと気にしてしまう。おじちゃんたちの家のあたりは線量が高いらしく、庭は全部五センチくらい掘って除染し、土は庭の下に埋めてある。

「業者が三年後に取りに来ると言っていたけど、絶対来ないだろう」

サイドカーは地面との距離が近いので、スピードがよくわかる。五分もあればアスファルトで大根おろしが何十本ぶんもつくれそう。「速さ」が心に与える影響についてずっと考えていた。速く移動しすぎると花や木や虫を愛でたりすることができなくなる。八十キロで走りながら見た路上のタンポポを「きれいだなあ」と思おうとしたけど、うまくいかなかった。途中で追い越した、釣竿を持って歩道を歩くおじさんと僕とではスピードや時間の感じ方の落差が大きかっただろうな。

でもそんなスピードで橋やトンネルを通り過ぎ、山から山へと極力高度差を感じないよう作られた道路を走り抜けるときのダイナミックな感動は、また別にある。

絵を描くことは止めてはいけないけど、移動しない日があるのはあまり問題じゃない。毎日移動してるものと思い込まれることが多いけど、「いつも動いている」か「ずっと動かない」の二択じゃないはずだ。

途中寄った喫茶店で「BOSS HOSS」を見た。六千㏄くらいあるらしい。こんな乗り物がこの世にあるのだ。

6月2日

十時頃、ハーレー乗りのおじちゃん夫婦の家を出発。福島市へ向かう。二十キロ歩いたら福島市に入ったので、ツイッターで「福島市で家を置かせてもらえそうなところを探しています」とつぶやいたら、十人以上の人がリツイートしてくれた。感激。

そしたら福島市で「建築以下の建築」をやっているアサノさんという人とつながり、一晩置かせてもらうことに。ツイッターすごい。ツイッターでの拡散がうまくいくかどうかでその日の生活が左右されるのも面白い。

結局大玉村から三十キロくらい歩き、着いた頃にはへとへとだった。アサノさんと福島駅近くの沖縄料理屋でオリオンビールを飲みながら話す。二人とも建築学科を卒業してから美術とかかわっているという共通のバックグラウンドがあり、前にも一度会っていて、共通の知り合いもたくさんいた。

デモの話をした。福島市でもよく反原発のデモが行われている。彼らの一部は「あなたたちはなぜマスクをしていないんだ」とか「すぐにここから逃げるべきだ」なんて言う。福島市民としてはあまりよい気はしないだろう。「それでも福島に暮らすことにした」という自分の選択を否定されたような気持ちになるだろう。僕も東京でデモに参加したことがある。不安だから放射能から逃げたいけど逃げられないもやもやを抱えたお母さんが何人かいた。放射能さえなんとかなればいいんだけど、「原発反対」としか叫びようがない。そこまでふりきるしかないくらい追いつめられていた。

いわき市の志賀さんは「側溝には近づかないように」「二メートル離れれば大丈夫」と言ってた。ハーレー乗りのおじちゃんは「雨で流れっちまうから大丈夫なんだ」って言ってた。ここで暮らしている以上、人それぞれに放射能とのつきあい方があるのだ。そりゃそうだ。天気予報を見るように今日の空間線量を確かめたりするんだろう。外の人間がどうこういう資格はない。それぞれのつきあい方を見ないまま「全員こうすべきだ」とか言えば、反発を受けるのは当たり前だ。

そうだ、選択肢はなるべく少ないほうがいい。ひとつか二つでいい。三つ以上あると、選ぶことがとても重要なことのように思えてきてしまう。僕はなにかを選ぶのが苦手だ。夜アサノさんに「なに食べたい?」と聞かれて答えられなかった。それを選択したかどうかではなくて、目の前に現れた状況に対してどう向き合うかが重要なのだ。いままで自分の意志を働かせて「こうしよう」と決定したことは大抵うまくいかなかった。

　一時くらいには寝たかな。

6月3日

　朝、アサノさんに誘われて飯坂温泉に行く。福島在住の美術作家のハコイさんも一緒。この温泉はとても温度が高い（四十八度くらい）。ずっと水を入れながら入ったけど、それでも痛いくらい熱かった。地元の人は熱いままつかる。

　お昼頃福島市を出発して、柳川町に向かう。昨日の三十キロ歩行が体に響いてる。そして今日も相変わらず、車に抜かされるたびに腹が立つ。ハーレーのサイドカーからタンポポを観察したのを思い出していたら、作品になりそうなアイデアが浮かんで、それについて考えながら歩いた。しかし目がとてもかゆくて集中できない。一昨日くらいからかゆい。結膜炎かも。眼科に行こう。

　十キロくらい歩き、保原町の「セブンイレブン」に家を置いて休憩していたら、女性に話しかけられた。家を置かせてもらえそうなところを探していると言ったら、このコンビニのオーナーと仲良しらしく、かけあってくれた。オーナーは「そこでよかったらいいよ」と即答。コンビニで家の置き場が決まったのは初めてだ。

　結局、コンビニの駐車場では目立ちすぎるので、近くの従業員向けの駐車場の一角を借りることに。よかった。

　家を置いて即近所の眼科を探す。やっぱり結膜炎だったけど、まだ軽いからすぐに治ると言われた。初診受付で住所を「香川県」と書いたら、「このあたりにお住まいではないんですか？」と聞かれた。診察券をつくってくれたけど、もうこの病院に来ることはないだろう。自宅から通う前提だからこそ、診察券はつくられるのだ。そして初診料というものがやたらかかる。

　近くで銭湯を探して行ってみたら、つぶれていた。銭湯が減っているのは東京も地方も変わらない。観光案内所で聞くと、徒歩圏内にはないとのこと。しょうがないから今日は諦める。僕はもともと風呂好きなほうではなかったけど、お風呂に入ると体の回復が全然違うことが最近よくわかる。

　家に帰って少し散歩した。夜の散歩には七尾旅人さんのアルバム『蜂雀《ハミングバード》』がよい。

　家で日記を書いてたら、外から「うわ！　家ってあれじゃね？」という声が聞こえた。自転車に乗った男子高校生三人が近づいて、「村上さーん」と呼んできた。一瞬迷ったけど、ドアを開けた。

友達がフェイスブックでアップしたのを見ていたらしい。何枚か記念写真を撮ったら、お茶とチョコレートと野菜ジュースをくれた。帰り際に彼らが「いい人だー」って言うのが聞こえた。いい人なのはそっちだよ。

その後コンビニのオーナーとその友達のみなさんが訪ねてきて、「さっき高校生に絡まれてなかった?」と心配してくれた。そう見えたんだろう。でもそう悪い高校生ばっかりでもないんだ。僕もひやっとしたけど、話してみると良いやつらだった。

お友達の一人からチーズのスナック菓子をもらった。その後来客はなし。二十一時半頃には寝ついた。

6月4日
自分の家が壊れる夢を見た。目が覚めるまで夢だと気づけなかった。夢の中で僕は山道にいて、壊れた家の四つの大きなパーツと細かいパーツを拾いながら「絶対つくりなおしてやる」って唇をかんでいた。起きてすぐに思わず「家がある」と口走ってしまった。家がちゃんとあることに感激した。

十時頃、保原の駐車場を出発。昨晩「この先なにもない山道が何キロもつづくよ」と脅されたので、より賑やかな四号線に乗るべく国見町へ向かう。

歩きながら、昨日福島から保原まで歩いてる最中に呼び止めてきた人のことを思い出して、急に腹が立ってきた。僕が絵を描きながら北上している旨を伝えたら、まずそのおじさんは「君は北ではなくて東に向かっている」と言ってきた。そんなことはわかっている。常に北を向いているわけがないじゃないか。旅とかしたことないのか。

「あと三十キロ頑張れる?」

こいつはなんでこんな偉そうなんだと思いながら「三十キロが頑張ったらなにかあるんですか?」と聞き返したら、「宮城県に入るからね」と言う。宮城県に入るからなんなんだ。話しても時間の無駄だと思って立ち去った。

自分の経験が世界のすべてだと無自覚に思っている。偉そうにしていることにもきっと気がついていない。自分のそれまでの経験だけでは及びもつかないような社会や覚悟や個人の生き方がこの世界にはたくさんあるのだと、いつも忘れないようにしないといけない。彼らの覚悟に対して、僕は簡単に口を挟む資格をもっていない。いつも想像力を働かせることを怠ってはいけないと自戒する。

よく「どっから来たの」と聞かれて、無自覚に「東京です」って答えていた自分も、少し見直さないといけない。家を出ることと、目的地があることは無関係なのだから。

歩きながらiPhoneで音楽をかけることを覚えた。イヤホンじゃなくてスピーカーから流す。家の中全体に音楽が響き渡る。そうしたらトラックに抜かされることが余計に腹立たしくなった。四号線はトラックの通りが激しいので、抜かされるときの「フォンッ！」ていう騒音と風圧でしょっちゅう音楽が途切れる。だからトラックに抜かされるときだけ自分で歌ってた。それが良かった。自分で歌えばトラックに勝てる。

歌いながら歩いていると、道路に生えている草花やせわしなく動き回っている小さな虫やトカゲがとても生き生きして見える瞬間がある。トラックからでは、こんなところにトカゲがいることにもコスモスが咲いていることにも気がつかないだろう。何本も同じ種類の雑草が生えているエリアがあったり、蟻が毛虫の死体に群がっていたり、いろんな出来事が起こっていることがわかる。この四号線はバイパス道路なので、歩道はあっても二時間歩いて一人もすれ違わないくらい歩行者がいない。だから車の通りは激しくても安心して歩けるし、こういう出来事を発見もできる。

「ここにこの雑草が生えていることが泣けてくるな」って考えだして泣きそうになるような、少し行き過ぎた精神状態になった頃、白石に着いた。今日は二十五キロ歩いた。大きな銭湯があったので、まず汗を流す。

そのまま、そこの駐車場に家を置かせてもらう交渉が成立。近くの「ガスト」でご飯食べて歯磨いて、コインランドリーで洗濯して就寝。

6月5日

毎日、敷地が決まったら必ず写真を撮る。その一枚一枚が、僕がその日の生活を完遂した、一日を生き延びたことの証明になる。居場所を勝ち取った証は、並べて眺めると元気をもらえる。

なんだか最近精神的に昂った状態がつづいているせいか、うまく休めない。自分の生活が人と比べられないので、どのくらい疲れたら休んだほうがいいのかわからない。今朝人に電話したら、「お休みなさい」と言われた。休みは自分からとらないといけない、と。考えてみたらいままで「休むために時間を割く」ということをやったことがない。それを覚えないと死ぬな。昨日、入浴後ぐったりした時間があって、「過労死ってこういう感じがつづいても休まなかったらくるんだろうなあ」という感覚を覚えた。

今日はお昼頃に銭湯の駐車場を出発。昨日路上で知り合って、やたら面白がってくれたマジシャンの家へ向かう。宮城の小京都と呼ばれる村田町に住んでいるらしい。ここから二十二キロ。いつの間にか宮城県に入っている。今日も国道四号線を雑草を見ながら歩く。雑草は本当にすごい。トラックが通るたびに大きく揺さぶられるのに、顔色ひとつ変えずにひょうひょうと生きている。アスファルトのちょっとした切れ目にも、「隙あらば生きる」と言わんばかりにびっしり生えてる。どんな小さな隙間にも死を許さない命への意志を感じる。雑草はかっこいい。

バイパス沿いのコンビニには、たいてい大型のトラックが何台も停められる広い駐車場がある。ベンチでカップラーメンをすすっていたら、僕の前を三十代後半くらいで短髪の、見るからにトラックの運ちゃんて感じの人が、缶コーヒーとタバコが入ったビニール袋を手に、自分に活を入れるように頭をぶるぶるとふって通り過ぎ、運転席に登っていった。歩いている最中にトラックに抜かされると腹が立つけど、運転してる人たちはみんなかっこいい。十メートル以上ある巨大なトラックを手なずけているのだ。この社会の物流を文字どおり体ひとつで支えている人たち。あんなモンスターみたいな乗り物を動かすのは完全に職人技だな。

途中、休憩しようと大河原町のマックに入ったら、僕の前に高校生のカップルがいて、テイクアウトで買っていった。それを同じ店内にいた同じ高校の生徒と思われる男子二人が、塀に隠れながらちらちら見ている。良い。

夕方村田町に着いて、マジシャンと合流。奥さんもお子さんもいるパパだった。

「俺は人に応援されなかったから、なんにせよ一人で頑張ってる人を見たら応援したい」

一緒に仙台の温泉に行って話をした。

「人がなにかはじめると『やめたほうがいい。もっとましな仕事したほうがいい』とか言う人が必ずいるけど、そういうの嫌いなんだよ。じゃあみんな同じような人になったらいいのかって。それじゃ世の中まわんねえよ」

「世の中まわんねえよ」っていうせりふの吐き方が印象的だった。

「家が狭いから、君を泊めてあげることはできないんだけど」と言って、アパートの駐車場（やたら広い）に置いた僕の家を自分の車三台で囲って外から見えないようにしてくれた。

このあいだ放送されて僕も少し映ったテレビ東京の「日曜ビッグバラエティ」のスレが2ちゃんねるにあったので、寝る前に見てみた。見るんじゃなかった。みんな本当に好き勝手言う。落ち込んだけど、不思議と腹は立たない。彼らは自分がなにを言っているのかわかってない。なんでこういうものの考え方をしてしまうのかを考えたことがないのだ。無理もない。

しかし落ち込んでしまうというのは問題だな。結構落ちた……。

6月6日

疲れてはいるけど、自分の無意識がこの移動生活に適応してきているのがわかる。英語圏に行ってしばらくすると、頭で考える言語も英語になってくるみたいに。動いているという状態に落ち着きつつある。理想的なあり方だ。いま自分が仙台にいるということを、少し考えないと思い出せなかった。自分がいる都道府県とか地名なんかどうでもよくなりつつある。どこかに「行っている」という気が全くしない。こんな気持ちになるのか。

昨晩からずっと雨が降っている。とうとう東北地方も梅雨入りしたらしい。寝袋がじめじめして嫌だ。

今日はマジシャンのナニーさん(「ナニソレナンデさん」の略称)が古川でショーの仕事のため、朝早く出かけていった。いかにもマジシャンな衣装を着ていた。お昼過ぎに帰ってきた。かなり盛り上がったらしい。ナニーさんが自分で考えたというロゴマークは、なかなか良い。

軽トラに家を積んで仙台まで運んでくれた。大学の後輩がいて、今日はそこに家を置かせてもらうことになっている。ナニーさんと別れたあと、瓦が一枚なくなっていることに気がついた。たぶん来る途中に風で飛んでしまったのだ。時速六十キロの風を荷台の上で受けつづけていたのだ。飛んでも無理ない。でも家のパーツが紛失したのは初めて。新しい瓦を作らないといけない。一枚つくるのも結構手間がかかるから、いつになるか。

後輩の家は二世帯住宅で玄関にインターフォンが二個並んでいた。どっちを押したら後輩家族につながるのか五秒くらい考え、なんとなく右のを押した。正解だった。

後輩のお父さんは山登りをする人らしく、僕が家に入ったらすぐにビニールのピクニックシートを床に広げて「ここに荷物を置いて乾かしてください」と言ってくれた。これがありがたかった。リュックの中も結構浸水している。描いた絵とスケッチブックが水気を吸って柔らかくなっている。

後輩家族三人とご飯を食べる。お父さんは僕が「一年後の発表を見越して予定を立てて、それを実行していくこと」に感心したらしい。「サラリーマンをやっていたら一年後の自分のことなんて考えない」と、僕の制作計画が一年単位であることに驚いていた。

僕はクリストを思い出した。彼は十年、二十年単位でひとつの作品をつくっている。逆にピカソは膨大な数の作品を残していて、一日に何点もつくることもあったはず。アーティストはそれぞれの体や作風に適した時間感覚を見つけて制作をする。一方サラリーマンだと他の人と同じ時間仕事をして、同じ曜日に休みをとることになる。これはバイトしてたときに感じた時給制の不気味さと近いものがある。

僕の父ももうすぐ六十歳。退職後どうなっていくんだろう、という話もした。大玉村のハーレー乗りのおじちゃんの話をした。あのおじちゃんはいま八十歳だけど、横浜で仕事をしていた六十歳までとは完全に別の人生を生きているように見えた。だからまだ二十歳みたいなもんだ。彼は六十歳でもう一度生まれ直したのだ。

夜はロフトで寝かせてもらった。

6月7日

家は後輩宅に置いたままレンタサイクルを借り、海岸のほうまで走って行ってみた。二、三年前にも仙台から石巻にかけての海沿いをレンタサイクルで走ったことがあった。あれからどう変わったか見てみたかった。

とりあえず海を目指して東に走っていたら、七ヶ浜に着く。海水浴場らしいけど、ごっそりと津波にさらわれたようで、いまは原っぱみたいになっている。基礎だけの家や鉄骨だけが残る事務所らしきものもある。「津波でさらわれた後の家を描く」のは震災に便乗するようでわざとらしいと思っていたけど、再びその跡地を目の当たりにして、「これは描かないといけない」と思った。そこに間違いなくあった家は、地面に固定されていたせいで壊れてしまった。そして敷地は、未だに先行きが見えないまま草が生え、原っぱになっている。

考えてみたら、描かずにいるほうが不自然だ。僕は海岸線を歩いてるんだから。やってみたら自然に描きはじめられた。海岸には一組の家族連れ以外にはひとけがなくて、ウミネコの鳴く声が人の声に聞こえて少し不気味。

夜、仙台に住んでいる大学の友達二人と飲む。

「動いている気がしないから、いまこも地元のような感じがする」と話したら、「ずっと歩いてるから生活がつづきなんじゃない？」と言われた。そうかも。

いまや移動＝電車とか車とか飛行機に乗ることで、乗り物に乗る前と降りた後には断絶がある。東京で電車に乗っていると、駅から駅へと景色が変わる様が、まるでテレビのチャンネルを変えているかのよう。もはや移動はほとんど脳内で行われている。「どこでもドア」はいらない。「タケコプター」が欲しい。体を外気にさらしたまま移

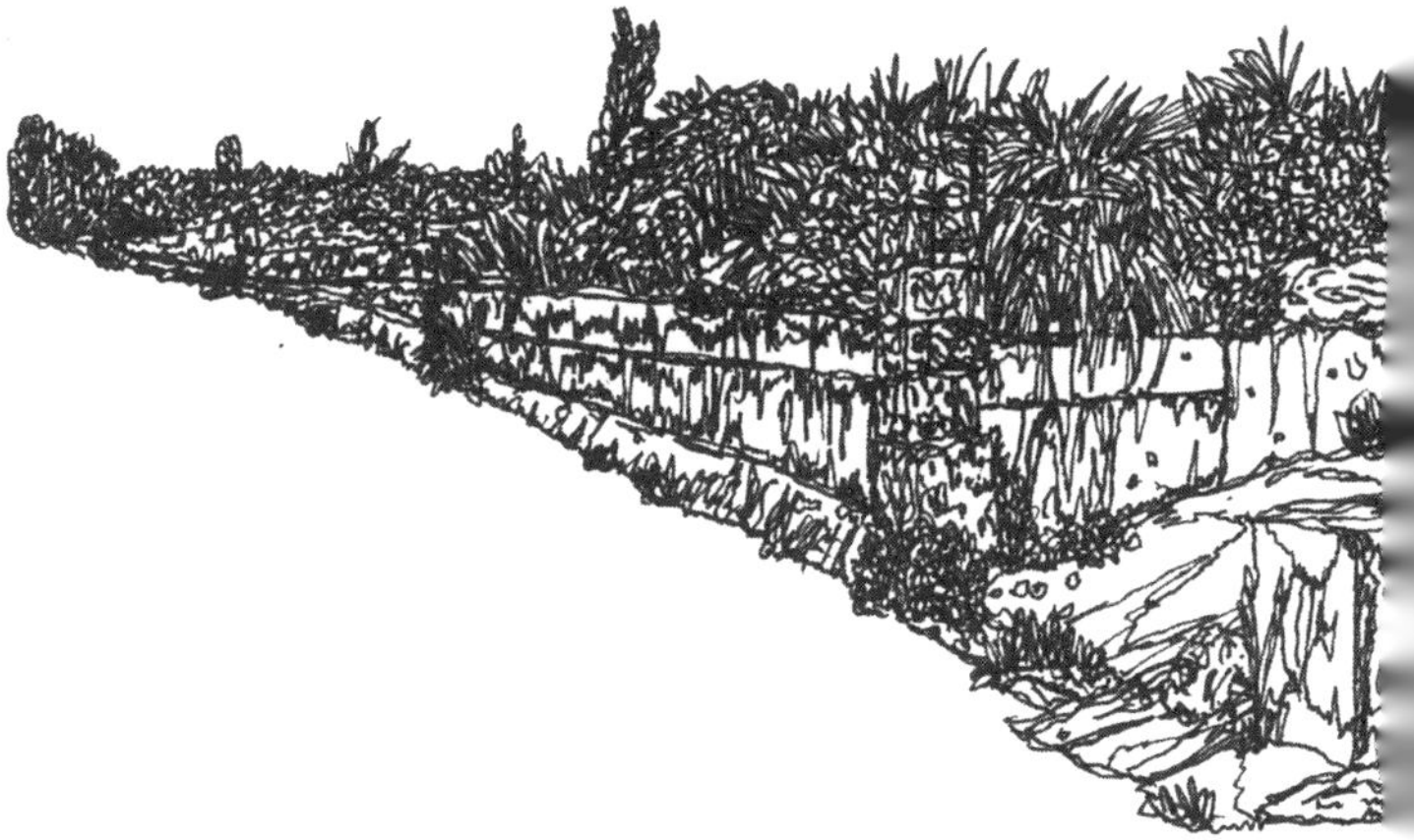

２０１４年６月７日　宮城県宮城郡七ヶ浜町菖蒲田浜宅地

動しないと、断絶が起こってしまう。

6月8日

今日も家は置いたまま。動かさないと家が傷んじゃうかな。家は人が出入りして空気が入れ替わらないとすぐにだめになる。発泡スチロールの家でも同じ。

昨日に引きつづき海岸沿いを見てみようと、電車に乗って美田園駅まで行ってみることにした。

仙台駅で、高いヒールを履いて大きなスーツケースを二つ引きずりながら階段を下りる若い女性がいた。かなりきつそうで、いまにも階段から落としそうなくらいだ。僕の前を歩いていた男性が「持ちましょうか?」と声をかけたら、女性は「大丈夫です」と答えた。男性はまさか断られるとは思っていなかったらしく、意表を突かれた顔で去って行く。僕は本人が大丈夫と言うならいいかと思って通り過ぎたんだけど、そのあと別の通りすがりのおばちゃんが、「持ちますよ」って声をかけた。女性はまた「大丈夫です」と答えた。そしたらおばちゃんはそこで引かずに、「だって重いから。私力持ちだから」とスーツケースを半ば強引に女性の手からはがして持った。すごい。結果的に女性はそれで助かったと思う。本人が大丈夫だと言っていても、スーツケースを持ってあげるべきだったのか。

「ヒールを履いて大きなスーツケースを引きずる」という行いの延長線上に「小さな家を担いで移動生活をする」という行為があるな。生活に伴う荷物を自分の体ひとつで持ち運ぼうとすると、まわりから滑稽に見えてしまうのだ。だから大きなスーツケースを運んでいるヒール靴の女性を、まわりの人が手助けしようとするのはとっても自然なことだと思う。みんなその女性に同情するのだ。自分も多くの荷物を抱えているから。

そういえば大玉村のハーレー乗りのおじちゃんの奥さんは東日本大震災以降、いつ地震が来ても逃げられるように生活に必要なひととおりのものを詰めたバッグを玄関の横に置いていた。

「なにが必要かと考えはじめたら、あれも要るしこれも要るってなって、持てないくらい重くなっちゃったのよ。いざとなれば火事場の馬鹿力で持てるんでしょうけど」

フランシス・アリスの、人が風船を大量に運んでいる写真作品がある。人が自分の体ひとつでこの大きくなった経済に見合った商売をやろうと必死になれば、体とは釣り合わない物量を持ち運ぶことになって、それは滑稽に見える。

後輩宅に泊まる最後の夜。後輩のご

両親と宴会っぽくなった。

「明日から平日で自分たちも仕事だけど、いうなれば村上さんも明日から仕事だからな。そういう多様性が大事」

うれしい。僕が海岸沿いを見てきたと言うと、お父さんが「見てくれる人がいてうれしい。自分が生活するので精一杯になっちゃって」と、笑いながら話していた。

仙台空港の近く、一面草原のようになっているところに、一軒だけぽつんと家が残っていた。一階部分を波にえぐられていたけど、すごく立派な家だった。事情があって取り壊すわけにもいかずに残っているんだろう。こんな状態で三年間建っていたのかと思うと、絵に描かずにはいられなかった。かっこよかった。

6月9日

三日間いた後輩宅を出発する朝。もともと朝は好きじゃないけど、少し滞在したところを離れるときはなおさらきつい。何度経験しても慣れるものじゃない。しかも今日は月曜日で、外はずっと雨が降っている。あとになってこう書けるけど、そのときはもう本当に落ち込んでどうにもできなくなる。まずここがどこなのか思い出して、「なんでこんなことになってしまったんだろう」と落ちていく。無力感と絶望。東京駅で高層ビル群を見上げたときと一緒。でもしばらくじっとしていると体が動いていく。なにかの命令に従うかのようにプラス思考になっていく。音楽も手助けしてくれる。旋律をもった音楽の世界がこの世界とは別にあって、聞くことによって僕の身体がその世界に結びついていく。うまくいけば自分の人生を大きな旋律に乗せることができるはず。

今週水曜と木曜に大学で授業をもつことになった。しかも相手は美術でも建築の生徒でもない。一般教養の枠で話をする。どこから話せばいいんだろう。どきどきする。

最初、大学の建物に入るときにガラスのドアが片方しか開かなくて僕の家が入らなかった。そしたら「何事だ」って感じでぞろぞろと人が集まってきて、ドライバーを持ち出したり別の窓から入れようと家の大きさを測ったり、みんなでああでもないこうでもないと話していた。僕はほとんどなにもせずにその様子を見ていた。面白い。なんでみんなそんなに良い人なのだ。

夜はまた知り合いの紹介がつながり、仙台のマンションに泊めてもらう。

6月10日

授業のためせっかく仙台に数日間滞在できるので、体と頭のギアをローに入れて休ませるような気持ちで日々を過ごすよう努力してみる。僕は休まず制作をしつづけられるような天才ではないので、体と頭を動かすときと動かさないときのメリハリをつけないとうまく動けない。いままでと違ってこの生活ではだらけるタイミングは自然には起こらないから、自分でつくり出さないと。起こらないままでもいいのかもしれないけど。

お昼頃まで日記を書いたり、絵に加筆する作業。

夜に、せんだいスクール・オブ・デザインの人たちの飲み会に混ぜてもらう。だいぶ酔っぱらっていたので、あんまりちゃんと話せなかった……。五十嵐太郎さんともほんの少しだけお話できた。なんにせよ批判的に見てもらえるのは良いことだな。

6月11日

今日は頼まれた講義のうち、ひとつ目の日。生徒は百人、美術や建築関係を勉強しているわけでもない人たちで、どこから話せばいいのか。僕のやってることは、ある程度の免疫がないとただのキチガイに見えるんじゃないかとかいろいろ考えて直前はかなり緊張したけど、話しはじめたらすらすらと言葉が出てきた。

作品の話をする前に、あえて「生きてるのって理不尽だと思いませんか」という問いかけをしてみた。教室でいきなりそんな問いかけをされて嫌な気持ちになる人はたくさんいるだろうし、最初に嫌になってしまったらその後どんな良い話をしても耳に入らないからこれはひとつの賭けだったんだけど、あえて試してみた。多くの人が笑ったのが少し意外だった。でもわりと成功だったと思う。授業は楽しかった。

たまたま仙台に来ていたミリメーターのお二人と、昨日知り合ったばかりの斧澤さんと四人で夜ご飯を食べた。斧澤さんはかつてせんだいデザインリーグで日本二位をとった人。ちょっとファンだった。話せてうれしい。歩きながら、たまに頭をぶるぶると振る。

6月12日

今日は授業の二つ目。留学生が多い。授業は英語なので、先生が僕の話を通訳してくれた。初めて通訳を介して話をしたのだけど、少し話すと通訳を待たなくてはいけないので、話が途切れる。そうすると待っている間になにを話していたのか忘れる。英語を話せるようにならねばと痛感。

ちょっと温泉に行きたくなって、夕方秋保の日帰り温泉に行ったのだけど、「この露天風呂には自然界から虫さんがお邪魔することがあります。そんなときは網でそっと逃がしてあげてください」と張り紙があり、そばに虫網が置いてあった。良い。

　お風呂は川沿いにある露天風呂で、連日の雨で川は水位が増して見てて怖いくらいの濁流。その川を見ながらお風呂で考える。

　僕がこの移動生活をしているということが、周囲の人たちにちゃんと定着しないと意味がないんじゃないかと思いはじめている。自分がこの生活をなんの疑いもなく普通に営めるようになるまでやって、その認識さえ定着してしまえば、たとえば同じところに一年滞在したとしても、移住を生活している途中という気持ちでいられる。そうなったときに、本当に成功したと言えるのでは？　そのためにはもしかしたら、一年やって展覧会をするだけでは足りないのでは？

　住民票はどうしようか。例えば住民票を毎日とか一週間ごとに移すことは可能なのか。その場合、健康保険料とか住民税の計算はどうなるのか。役所の人がものすごくややこしい計算をしないといけなくなるな。引っ越してから十四日以内に住民票を移さないと、住民基本台帳法違反で罰則がある。その逆はないらしい。毎日住民票を移したら、それはそれで小さなテロになりそう。土地の力はやっぱり強い。また大きな震災があるかもしれない、くらいの不安では、ずっと住んできた土地にこれからも住むという事実は揺るがされはしないのだ。三宅島でも福島でも岩手でも。

　そういえば秋保に行くバスの中、突然大声で知らない女性に話しかけていた男性がいた。恥ずかったと思うし、内心どう思っていたのかはわからないけれど、女性はやさしく答えていた。男性はバスから降りるとき、「話をしてくれてありがとう」と言ってた。こういうふうにしか女性とコミュニケーションができない自分にどこかで気がついているような、そんな「ありがとう」だった。

6月13日

昨日の授業で「テントと家の違いはなんですか？」という質問があった。テントは目的地と出発地があって、目的地のほうに仮につくるものだと思う。目的地と出発地という概念を消そうとしているので、この生活はテントじゃだめだ。テントでは仮設の繰り返しにしかならない。地面に置いたとき、「いつの間に家が建ったの？」というリアクションができないと。地面に置いたときに、まさか歩いて持ってきたとは思いもしない形をしていないと。

　お昼ご飯を食べながら人と話した。いまやっている学問や仕事に対して「本当にそれをやりたいのかわからない」という悩みは多くの人がもってると思うけど、やったことがないことをやりたいかどうかなんてわかるわけがないし、とにかくやるしかない。そしてやればやるほど自分がそれを「やっている」とか「できている」とは思えなくなる。だから「これは本当にやりたいことなのか」確信できないという気持ち悪さは一生もちつづけることになる。そこに答えを出しちゃいけない。

今日は先日知り合ったご夫婦の家に家ごと泊めてもらうことに。夜自分の過去の作品を紹介するなど。

たくさんの人に憧れをもちたい。憧れるということはその人を自分の中に取り込むこと。取り込むためにはその人に出会わないといけないし、知らないといけないし、少なからず衝撃を受けないといけない。そして出会うほどに別れがきつい。また会えるだろうとはわかっていても、あるいは時間が経てばこの感情も消えてなくなるとわかっていても、この苦しさやさみしさへの慰めにはならない。感情はその瞬間だけにわき起こるものだから、その瞬間にしか考えられない。お腹が痛いときに、「いつか痛くなくなるよ」なんて言われても慰めにならない。

0614 0951

先日飛んだぶんの瓦を急遽つくった。泊めてもらっている方に車でホームセンターに連れていってもらい、発泡スチロールを買ってきた。普通のカッターで彫刻をつくるように瓦をつくった。三月のことを思い出した。あの小さな家を香川県の一軒家の三畳間でつくっていたときのこと。当時の彼女と一緒に住んでいた家の個室は、どれも三畳しかなかった。狭い部屋で発泡スチロールを削り、ペンキを塗り、自分の船を造るような追い込まれた気持ちで、二か月かけてつくった。出て行く日に二人で高松市内を散歩した。公園で、雑誌かなにかの撮影をしていた。撮影班を見て「あの人たちの生活と私たちの生活には違いがあるなー」という話をした。いまも彼女はあの家で暮らしているし、僕の住所も一応そこにあるのだけど、実際の僕は香川でつくった自分の家と一緒にいま宮城県にいる。不思議な気持ち。

朝の九時だ。今日ここを出て塩竈まで行く予定なのだけど、僕は今夜どんなところに寝ることになるのか、誰と会っているのか、全然想像がつかない。

仙台には一週間滞在した。相変わらず時間はとっても早く過ぎて、あっという間に六月も半ばになった。

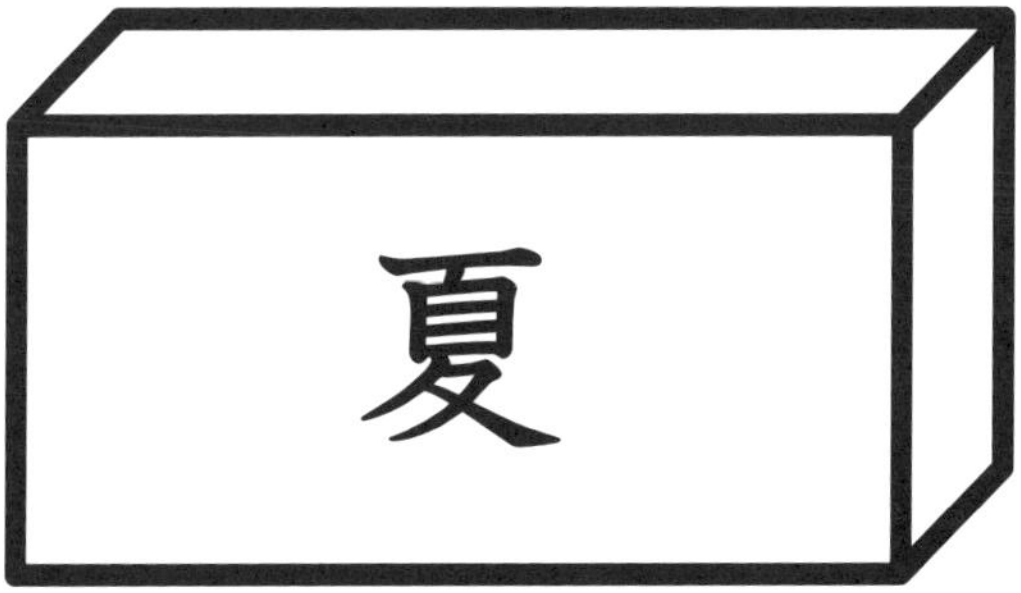

2014年6月14日〜8月31日

6月14日

ときどき福島県の勿来町のおばちゃんから電話がかかってきて、「ポカリ飲みな、ポカリ」というアドバイスをもらう。昨日もかかってきた。仙台で少し休んで元気になったと聞いて安心した様子。気にかけてくれる人がいるのはありがたい。面倒なこともあるけれど、それはその人が気にかけるペースと僕のペースが違うから起こることだ。生活のペースが違うから起こる。その人からしたら「もう連絡しないとやばい」みたいな心境になっているのかもしれないのだ。

お昼に仙台を出発し、塩竈市に向かう。十三キロくらい。塩竈市に入ったあたりの路上で、おじちゃんに「息子が自転車で日本を回った」という話をされた。最初かなり強い方言でなにを言ってるのか全くわからなかったけど、僕が東京から来たと知ると話し方を変えてくれて、だいぶ聞き取りやすくなった。

「ずっとこぎっぱなしってわけにもいかないんだよなあ。疲れちまうからな。どっかで野宿しないといけねえんだなあ。息子は帰りがきつくなったみたいで、トラックで自転車を運んでくれって言うんだよ」

そのとおりだ。人はずっと活動できない。いつかはどこかで眠らないといけないから、家が必要なのだ。

塩竈でお寺を探して、今日一回目の敷地交渉。チャイムを押すと住職の息子さんらしき人が出てきてくれた。僕の身なりを見て、一瞬不審な目を向けたのがわかった。しまった、髭を剃っておけばよかったと思ったけど、一生懸命説明する。

説明の仕方としては、

「ちょっと複雑な説明になるんですが。あそこに白い小さな家が見えるじゃないですか、あれを担いで歩いて移動生活をしている画家の者です」

(反応を伺う)

「基本的にあの家の中で寝泊まりしながら移動してるんですが、路上や公園では勝手に寝られないので、東京からスタートして二か月間、一晩ずつ敷地を借りながら移動してきたんです。お家の庭先とか駐車場とか神社の境内とか。とにかく『ここに一晩置いといていいよ』という許可をもらえる場所を探しながら歩いてきました」

(反応を伺う)

「で、もしよろしければこのお寺の敷地内、隅っこでもどこでもいいので、一晩家を置かせていただけると助かるんですが」

だいたいこんなふうに説明する。手にはいままで描きためた絵のファイルを一応持っておく。

「少々お待ちください」のあと、奥で

話し込む声が聞こえて、「じゃあ下の駐車場に」と言ってくれた。この瞬間のほっとする感じ、久々だった。こういう交渉はここ十日間くらいやってなかった。無事に家を置いて、家の中に銀マットを敷いてあれこれやってたらさっき話した方が来て、シャワーとトイレを案内してくれた。このあたりも銭湯がないみたいなので助かる。

あとでお寺の住職さんも来て「父が昔行脚と言って日本中を歩いて回ったことがあってねえ。私はいま出先から帰ってきたばかりで仕事がたまってい て、相手ができずに申し訳ない」と言ってくれた。

「ここから北へ行くほど、大型車両が多くなるから気をつけて」

大型車両と聞いただけで土煙と風圧と轟音が鮮明にイメージできる。嫌だ。

ある人からメールで、人に超嫌われてしまったという話を聞く。同じ人とずーっと近くにいると、うっとおしくなって嫌いになってしまいやすくなる。かつての仲が良ければ良いほど、関係が悪くなったときにひどい状態になりやすい。そんなときは動くに限る。自分をそこから離すに限る。

6月15日

朝九時に塩竈のお寺を出発。石巻方面へ。石巻までは三十五キロ。

松島で、パトカーが僕の前に停まり、警官が二人、近づいてきた。久々にきたな。

事情を説明したら、「いままでこれで歩いてて、通報されたこととかないの？　いまはすぐに通報されちゃうからね」と言われた。そうでもない。応援してくれたり面白がる人のほうが多い。リュックの中身も確認された。ここまでされたのは永田町以来だ。当たり前だけど、お巡りさんの対応にも個人差がある。いつだったかバイパスを歩いてたら、パトカーから超笑いながら降りてきて、「なにやってんだー。気をつけてなー！」と声をかけてくれた人がいた。かと思えば身分証確認と荷物検査をする人もいる。その個人差のある行動が、制服を来ているだけで公共のふるまいであるかのようになる。

松島は観光客ですごく混み合っていた。観光地は苦手なのでそそくさと通り過ぎた。しばらく歩いて下を見ると、イモムシがたくさんいることに気がつく。イモムシや毛虫の多い時期になった。踏まないように歩く。彼らのくねくねした歩き方があまりにも一生懸命なので絶対に踏みたくない。すごい速度で体をくねくねするんだけど、その「一くねくね」で進む距離は五ミリくらい。僕は一歩で彼らの「百五十くねくね」ぶんくらい進む。この圧倒的なスピードの差。でも彼らはそんなこと関係なしにすごく一生懸命動いている。見ていて元気をもらえる。昨日から右足にマメができていてとても歩きづらいんだけど、マメのせいで歩きづらいということに腹が立ってきて、ますます歩いてやろうかという気持ちになる。体は安静にしすぎてはいけない。いつもちょっとずつ負荷をかけていたほうが、丈夫になれる。体をあんまり気遣いすぎたら不健康になる。

夕方頃、東松島に着いた。二十五キロ歩いた。結構疲弊している。ダメもとで「東松島か石巻あたりで家を置かせてもらえそうな場所を探しています」とツイッターで発信したら、しばらくして「会社の駐車場でよかったらどうぞ」というリプライが来た。このときの喜びはなににも代えがたい。行ってみたら、そこは「プレセティア内康」という式場と宴会場のお店だった。社長さんがあたたかく迎えてくれて、その日は駐車場で寝ることに。

東松島は二年前に一度来たことがある。海沿いはまだ津波の海水が引いておらず、かなりひどい状態だった記憶があるのだけど、もうほとんどきれいになってるという。このお店は海から二、三キロ離れているけど、腰から上くらいの高さまで波が来たらしい。

6月16日

プレセティア内康は、もともと魚屋さんだった。それがだんだん仕出しもするようになり、そのうち「おたくの魚屋の二階で宴会やっていいか」となり、宴会場をはじめる。そうしたら、料理も出るし、結婚式もここでやるといいんじゃないかとなる。そうこうするうちに魚屋を切り離し、だんだんいまの式場のかたちになっていったらしい。時代に合わせて商売を変え、その都度建物をつくり替えて、規模を大きくしてきたのだ。だから、いま式場をやっているのはとても自然なことに思える。良い。

今日は、東京で知り合った人が紹介してくれた石巻のシェアハウスに向かう。そこに家を置かせてもらう予定。歩いていて思った。昨日と同じだ。これは冒険でも旅でもなんでもない。すべてが淡々とした日常に回収されていく。今日も昨日と同じように敷地を出て、笑われたり話しかけられたりしながら家と一緒に歩いて、次の敷地に向かう。着いたらお風呂かシャワーに入って、どこかでご飯を食べて、人と話すかもしれないし、話さないかもしれない。日常ってのは、そういう揺り戻す力のことじゃないだろうか。どんな冒険者も探検家も、日々の生活はその力によって日常に回収されていく。だから誰かにとっての日常は、他のすべての人間にとっての非日常なのだ。そういう目で自分の日常を、あのうんざりする日常を見られたらいい。

　石巻の路上で、トレーラーハウスに住んでいるという人に出会った。家が被災して仮設住宅にいたけど、もういい加減出て行こうと思い立ち、トレーラーハウスに住みはじめたらしい。僕が「住所と生活は必ずしも一致しなくてもいいんじゃないかと思ってる」と言ったら、仮設住宅には住民票を移す必要がなかった、と教えてくれた。家の基礎が残っているからだ。そうだったのか。それが仮設たるゆえんか。住民票をそこに移せたら、住んでいる人の気持ちも違ってくるんじゃないか。

　夜、シェアハウスの人たちと少し話す。みんなそれぞれ復興のために忙しく働いていた。僕と同年代くらいなのに、彼らは他者のために立ち上がっている。

6月17日

この間バイパスを歩いているとき、家族連れが車から降りてきて「なにやってるんですか」と声をかけてきた。説明するとお父さんが「すげえ」と感動して、そのご家族の登米市の家の敷地に僕の家を置かせてもらうことに。今日、石巻を出てそこに行く予定だったけど、人と会ったり紹介してもらったりしているうちに昼過ぎになってしまい、もう出発には遅すぎる時間に。暗くなって山道を歩くのは怖い。なので今日も石巻に滞在する。こんなこともある。

　今日、石巻新聞の取材を受けながら、「『家』において、基礎部分と上の箱の部分は分けて考えるべきだ」という話が口をついて出てきた。そうかそうだったのかと、話しながら感激していた。

　家の基礎とその上の箱は別々のものとして考えるべきだ。僕は上の箱だけ持ち歩いているから敷地の交渉が必要になっている。本来、人が生きるための家の機能として必要なのは、屋根と壁だけだ。基礎なんて打つ必要ない。なぜ打つのか、それはこの社会のシステムのためだ。基礎を打って家を固定することによって、誰がどこに住んでいるのかが整理しやすくなる。より円滑に経済を回して行政を機能させるために、家は基礎によって地面に固定されていなければいけない。先日のトレーラーハウスに住む人の話によると、トレーラーハウスでは住民票が取れないらしい。家を動かされちゃ困るから、車輪がついていると住民登録ができない。そして住民票が取れないと、保険にも入れないし、仕事もできない。

　石巻で津波の被害が最もひどかった一帯に行ってきた。だいぶきれいになっているけれど、基礎や塀が残る家はまだまだある。一度見てしまったら、これを描かずに町で普通に建ってる家だけを描く気にはなれない。それはとても不自然だ。だからそこで絵を一枚書いた。基礎しか残ってない家。描いていて、突然涙がにじんできた時間があった。「基礎、基礎」とつぶやきながら、絵を描いた。

6月18日

どうも「世間のしがらみから解放されたい人」みたいに見られがち。この前の授業でもそんな感想がいくつかあった。「自由になりたい人」みたいな。そうじゃない。ていうかこの生活に自由はない。強く縛られている。家から目を離せないから行動が制限されるし、ずっと同じところにはいられないから歩かなくちゃいけないし、絵も描かなくちゃいけない。この社会から逃げたいわけではない。悪く言いたいわけでもない。世界を回してるこの大きな装置を、悪いなんて簡単に言えない。縄文時代に戻りたいとか、荒野に行って一人で狩猟採集しながら暮らしたいとか、田舎にこもって畑でもやりながら自給自足生活したいとか、全然全く思わない。お酒を飲みながら人と話したりするのが好きだし、映画館とか劇場とかライブハウスとかクラブとか美術館が好きだし、お金も好きだ。そのためにこの装置は必要なものだ。敵に回そうなんて思わない。選挙にも行く。なにが悪い、誰が悪いと簡単に言えないから難しいのだ。ライムスターだって歌ってる。誰もがお互いを指差してばっかりだ。あらゆることは他のあらゆることと関係していて、自分もそのまっただ中にいるのだ。問題を自分が引き受けないといけないのに。人に差した指は自分にはね返ってくる世界になってるのに。家において基礎と上の箱の部分は分けて考えるべきだと昨日気がついた。そう考えると、現代の人にとって家がどういうものなのか、とても見えやすくなる。

今日こそは登米市に向かう。石巻の人は登米のことを「とても良いところ」と言う。水戸の人は常陸太田市のことを「とても良いところ」と言ってた。良いところ、いっぱいあるな。

石巻から北の内陸のほうに二十キロほど進むと登米市に入る。言われてたとおり、すごく景色の良いところ。道路の左側には山と湖と川がダイナミックに関係しあいながらずっとつづいている。そしてうっすら霧がかっていて神秘的。

途中、デイサービスセンターの職員さんに声をかけられ、一時間半くらいおばあちゃんおじいちゃんたちと過ごした。職員さんがあるおばあちゃんに「東京から来たんだってー。すごいね」と言ったら、そのおばあちゃんは「かわいそうだ。かわいそうだからあんまりかまうな」と言ってた。デイサービスセンターの独特の時間の流れ方を久々に目の当たりにした。どんな時間でもみんなでつぶせば怖くない。

先日道路で会った登米市在住のご家族の家に着いたのが十九時頃。子ども時代の僕の家族構成とほとんど同じ四世帯同居の賑やかなおうちだった。わんこも含めたみなさんが、とてもあたたかく歓迎してくれた。まだほとんど初対面なのに。奥さんとおばあちゃんの「どうぞどうぞ」っていうせりふの言い方が似ている。良い。旦那さんが仕事帰りに石巻のお酒を買ってきてくれて、みんなで飲む。旦那さんのお父さんは油絵をやる人だった。夜はその家の離れの一室で寝かせてもらう。

6月19日

今日、久々に人からタバコをもらって思ったのは、喫煙も労働のひとつだということ。僕は去年までタバコを自分で買って吸っていたのだけど、ある日嫌になってやめた。自分の体が日本たばこ産業にコントロールされている感じがした。吸いはじめるとタバコは日課になり、タバコ業界にお金を支払ってその煙を享受することになる。僕は尊敬できない人の下で働くのは嫌だからバイトが嫌いなのだけど、喫煙も人の下で働くことと同じようなもんじゃないか。だから嫌になったのだな。日本たばこ産業に辞表を出すみたいなものだ。

四世帯もいると、家の中に小さな社会ができて人間関係が少し複雑になる。家族といつも一緒にいるのが基本だと、その中でうまくやっていかなくちゃいけないから人間関係に対する感覚が鋭くなる。日々家で過ごすことがすなわち社会勉強のひとつになる。久々に四世帯家族と過ごしてそう思った。

今日は十一時頃に出発、南三陸町に向かう。二十キロ。歩いている途中、登米市の一家がわざわざ交通安全のお守りを買って、車で届けにきてくれた。うれしい。また会いたいな。次会うとしたら来年か。小学生だった長女も中学生になっているはず。それまで生きのびないと。

南三陸町もまた津波の被害が凄まじいところで、波にごっそりさらわれた海沿いの町は瓦礫が撤去され、まっさらで見晴らしがやたら良い。あちこちで重機が動いていた。海が全然見えないところに「ここより過去の津波浸水地域」という標識が掲げられていて、当時の町の人たちの混乱が目に浮かぶようだった。歩道はぼこぼこのまま。

人はとってもやさしくて、工事の交通整理のおじちゃんたちはみんな笑って声をかけてくれ、車道を横切るのを手伝ってくれたりした。ここでも警察に職質されたけど、「あなたのことは署に言っておくから。こんな人がいても怪しい人間じゃないって」と言ってくれた。

「南三陸町は小さい町だけど、最近立てつづけに死亡事故が二件あったからくれぐれも車には気をつけて」

南三陸や気仙沼で事業を展開している会社の人に声をかけられて、事情を説明したら、「うちが前使っていたプレハブ小屋がまだ残ってるから、そこでよかったら泊まっていいよ」と言ってくれた。

震災で会社の事務所がだめになり、山の上の敷地にプレハブ小屋を建てて事務所にしていたけど、新しく事務所を建てたから、いまプレハブのほうは解体途中で、電気はないけど和室の部屋が残ってるから、そこに寝ていいとのこと。ちょうど雷が聞こえて雨が降りはじめたところだった。うれしい。社員の何人かが二、三日前から家が歩いてるのを各地で目撃していたらしい。

そういえばツイッターで「歩く家がいるらしいよ」という写真付きのつぶやきを見つけた。「家をかぶって歩いている人がいるらしい」ではなく「歩く家がいるらしい」という発想になっちゃうのは、ゆるキャラに毒されすぎなんじゃないか。

6月20日

ここは敷地内がまだ工事中で、朝から職人さんたちが忙しそうにしている。方言が大声で飛び交っている。笑っちゃうくらい聞き取れない。良いな。

日記を書いたり絵を描いたりして、十一時半頃出発。とりあえず気仙沼市の本吉を目指して歩く。このあたりからもうリアス式海岸がはじまっていて、岬ではなく湾のところに町がある。岬をひとつ越えるのが二十キロくらいで、一日で歩くにはちょうど良い距離。距離はちょうどいいけど、歩道がないところが何か所もある。「歩道ここまで」みたいな標識など一切なく、突然終わる。もう何度思ったかわからないけど、なんで歩道がないところがあるのだ。車道を歩くと、ときどきぶっきらぼうなトラックやダンプがすぐそばを猛スピードで通り越し、突風と砂煙を浴びせかけてくる。「〇〇キロ以下で走ってはいけません」という制限はないのに、みんななるべく速く走ろうとしている。遅いと嫌がられる。速さだけが正義みたいな走り方しやがって。腹が立つ。歩くことによって車の異常なスピードがよくわかる。

今日ひとつ発見した。どうやら「歩道があるかないか」と「携帯電話の電波が良いか悪いか」は比例する。

いつのまにか気仙沼市に入ったらし

い。だからといって突然風景や道路の状態が変わるわけではない。そこにずっと暮らしていれば行政区分は大切だろうけど、この生活にはほとんど関係ない。曜日感覚もない。大事なのは、空はあとどれくらいで暗くなるのか、風は強いか、敷地は見つかっているか、そこは電源が使えるか、銭湯と、スーパーかコンビニか自動販売機が近くにあるか。

十七時頃に本吉に着く。「はまなすの館」の敷地なら多分大丈夫と聞いていたので、交渉したらすんなりOKしてくれた。過去に震災ボランティアを名乗る人が一か月テントを張っていたらしい。敷地が決まってほっとしていたら、子ども連れの女性が寄ってきて、僕にクレヨンとスケッチブックを差し出し「絵描きさんなんでしょ、なにか描いてよ」と言った。絵描きをなんだと思ってるんだ。なんでそんな誰とも知らない人に絵を描いてプレゼントしなくちゃいけないんだと思いつつ、なんか断りきれずに適当に描いて渡した。こんな人もいるのだなあ。

でもその人は、その後態度はそのままに、差し入れを持ってきてくれたり、体育館のシャワーを使えるように交渉してくれたりした。ああ、この人は嫌いじゃない。

家を置いた直後はいろんな人（主に子連れ。家を一部壊された）が寄ってきてすごいすごいと言ってくれたけど、言うだけ言うとみんな帰っていった。でもこの人は違った。スケッチブックを突然渡されたときはびっくりしたけど、結果的に一番深く関係を持とうとしてくれた。

その人がフライドポテトと食パンを持って再び現れた。「これ差し入れ」と言ったすぐあとに、「絵、もう少しかわいく描いてよ。あれもかわいいけど、もう一枚（ちゃんと）描いて」と言ってきた。やるなあ。

そういえばここ最近、食べ物や飲み物の差し入れをたくさんもらうようになった。東北に入ってからほとんど毎日誰かになにかをもらっている。いまペットボトルの飲み物が三本、菓子パンが二個、食パンが一斤ある。さっきまでこれに加えておにぎりが二個あったけどそれは食べた。消費するのに忙しい。東北すごい。

6月21日

昨夜、「さっき言ってた家ってあれ？」っていう声が遠くから聞こえてきて、ドキドキしながら横になった。悪いことはしてないのだけど、ひそひそ話されると緊張する。まだまだ神経が細いな。

気仙沼のほうでは豪雨だったらしいけれど、ここ本吉では全く降らなかった。二十キロくらいしか離れてないのに。朝七時頃目が覚めた。午前中、近所で絵を描いていたら、知らない女性が「もしかして噂の、家の村上さんですか」と話しかけてきた。ついに家をかぶってないときに声をかけられた。なんでわかったんだ。そんなに浮いて見えるのかな。昨日家が少し壊されたことも知っていた。話が広がるのが早い。また小さな子どもが「もしかして村上さんかなあ」と、少し遠くからわざとらしく声を出してこっちを見ていた。無視しちゃったけど。

十一時頃出発。気仙沼を目指す。歩きはじめてすぐに、昨日路上で出会った人から電話がきた。歩いていたら、山から帰ってきたような格好のおばあちゃんが突然「ご苦労なこと！　この先で休まん！」と声をかけてきてくれて、コンビニで買ったばかりらしい冷やし中華を僕に差し出してくれた。自分が食べるために買い、ふたを開けて割り箸を割ったところで僕を発見したらしく、あとは食べはじめるだけという状態の冷やし中華を反射的に渡してくれたのだ。

木陰で食べながら話をした。おばあちゃんは気仙沼の仮設住宅で暮らしている。孫が十四人いて、「あんたも孫みたいなもんだ」と笑った。一緒にいた娘さんのお姉さんが僕が行く道沿いに住んでるから連絡してみると言い、新聞記者も呼んでくれた。

歩きながら、この家は雨や道ばたの雑草から体を守ってくれる様子が傘みたいだな、と思った。家を大きな傘と考えると、「基礎」が家の機能からいかに浮いてるかがわかる。

夕方、例のお姉さんの家に到着。人間が五人、犬が一匹、鶏が二羽、インコが一羽、あとたくさんのバイクがある賑やかな家だった。外でバーベキューをした。楽しい。気仙沼はホルモンが有名らしい。本当においしかった。「雨が降るかもしれないから、ここ使っていいよ」と、広い物置スペースを貸してくれた。僕の家が誰かに盗られたりしないようにと、寝る前に三台の車を動かしてガードしてくれた。

6月22日

ここらは訛りが強いながら、みんな共通語と使い分けて話をしてくれる。昨晩泊まらせてもらった家で最年長のおばあちゃんは気仙沼の生まれなのだけど、十五年以上東京で客商売をしている間に方言や訛りが消えてしまった。でも帰ってきてから、近所の人たちに合わせるために、必死で方言と訛りを覚え直したらしい。大変だ。

例のお姉さんが、ここから陸前高田までの間に狭いトンネルがあって危ないからと、軽トラに家を積んで高田まで送ってくれた。運転中、「田舎の家って広いじゃない。壁の向こうが隣の家だなんてことはいままでなかったから、仮設住宅に暮らしてるとノイローゼになっちゃうの。なるよねえ」と、少し唐突に話しはじめた。仮設住宅の壁は薄いから、特に子どもがいる家庭は、隣に迷惑なんじゃないかと気にしてしまうのだろう。そしてそういうことに慣れてない人がたくさん仮設に入っているのだろう。いまだに。

陸前高田のコンビニで降ろしてもらい、別れた。「また会えるといいね」。いつもは見送られる側だから意識することがないけど、こうしてたまに見送る側に立つと寂しい。なんでだろう。見送る側のほうが別れがつらい。気を取り直すのに少し時間がかかる。

しばらく休んで納豆巻きを買って食べたあと、やっとコンビニを出発。陸前高田は一年半ぶりに来た。ここは津波で町ごとさらわれてしまったような土地。不自然なくらい遠くまで見通せたけど、様変わりしていた。土地のかさ上げ工事がはじまり、赤茶色の土があちこちで盛られていた。十二メートルくらい地面を高くするらしい。話が途方もなさすぎて現実味がない。一帯が十二メートルも人の手によって持ち上げられるなんて。全然違う土地になってしまいそうだ。自分たちが住んでいた土地を土に埋めるということだ。

でもなにより目を引いたのは、地上から十五メートルくらいの高さのところに張り巡らされている白いパイプ。かなり広範囲だ。こんなメガ規模な空中の構造体は見たことがない。未来都市か。本当にびっくりした。パイプ以外はなにも構造物がないのでやたら目立つ。どうやらかさ上げ用の土を山から運ぶためのパイプラインらしい。ダンプカーで土を運ぶのではなく、山から低地までパイプでつないでどんどん土を運んでいる。とんでもないことを考えるな。頭の中で思いついたことを、現実に寄せる段階を踏まないでそのまま実現しようとしているような、バベルの塔っぽい滑稽さがある。

きれいな花畑のそばを通りかかった。作業をしていたおばちゃんに「ご苦労様だこと」と声をかけられ、プレハブの事務所に案内されて、お昼をご馳走になる。震災後、陸前高田に引っ越して制作活動をつづけてる友達二人の名前を出したら、「おー、あの二人の友達か。じゃあ息子同然のように扱わざるを得ないな」ということになり、今夜はその事務所にいた男性の家に泊まることに。家の絵を見せたら、「ぜひ描いてもらいたい家がある」と、車で案内してくれる。もう一人の男性と合流して、三人で高田を車で走った。誰が誰とどういうつながりなのか全くわからないけど、人が親族関係や近所関係を超えたところでたくさんつながっているのはわかる。

車の中で、彼らはバスガイドのような口ぶりで津波の被害跡地をとても親切に解説してくれた。「右に見えますのが、高田で唯一あった野球場のスタンドライトです。買ってから一回も使わないうちに津波で流されてしまいました」「ここらにも家があったんですよー」という感じ。これは強さだ。海沿いで「壊れた堤防はこれからどうなるんですか」と聞くと、二人が同時に「はい。十二・五メートル」と答えた。ハモってた。来訪者によく聞かれるのだろう。

「いま見えている景色は堤防ができたら全然見えなくなります」

しばらく走り、丘の上にある大きな家に着いた。なんかよく事態が飲み込めないうちに僕はその家の絵を描くことになった。夕方また車で迎えに来てもらい、その男の人の家に行く。そこで久しぶりにテレビを見た。ワールドカップやってたんだな。

6月23日

明日東京から取材に来たいという雑誌の編集者と大船渡で待ち合わせたため、今日も陸前高田に滞在。午前中はずっと昨日描いた絵に加筆していた。

午後、昨日の花畑（津波で流された跡を地域の人たちがボランティアで花畑にしている。こういうオープンガーデンは他にもいくつかある）のところでお昼ご飯をいただく。

そこで、震災前に陸前高田の町並みを絵にしたという人と出会った。絵は津波で流されて行方不明だけど、展覧会の写真が残っていた。細い水性ペンで輪郭線を描いてから水彩で色付けしていて、なんとなくタッチが僕の絵と似ている。高田の町並みをひとつながりの巻物状に描いていた。陸前高田への愛と親しみがにじんでいる。長い時間をかけないとこういう絵は描けない。すでに廃業した店を描くときも、シャッターは開けて描くことにしていたらしい。お店の持ち主が絵を見たときに嫌な気持ちになるかもしれないから。建物の外壁がはがれていても、そのままは描かずにきれいに直して描く。大変なものが失われてしまった。実物を見てみたかった。

その人は自分が住む仮設住宅の間取り（どこになにが置いてあるかまで描いてある）を描いた年賀状もつくっていた。これもやばかった。仮設生活三年目の間取りだ。すごいセンスだ。楽しんでいる。かっこいい。

今日も昨日と同じ人のところに泊めてもらう。彼は人のルーツ、どこの血を引いてるかにとても意識的な人。昨日も会ってすぐに「村上って言うけど、もとはどこの村上なんだ」と聞かれた。僕は最近自分のルーツが淡路島にあることがわかったから答えられたけど、普段あまり考えない。津波で家族を失ったこの人のところで寝泊まりするのは、とても自然なことのように思えた。彼は僕のことを「画家の卵」と言った人に、わざわざ「いや、この人は画家だよ」と言ってくれた。

6月24日

朝、東海新報の取材を受ける。話すと自分でも整理がついてくる。いままで考えてきたことが、陸前高田の風景とつながってくる。

最近ずっと「現場を動かすための装置」と「生《なま》の現場」の断絶について考えている。思い出すのはフリーター時代に大手企業が経営するビアガーデンで、雨が降っても閉店判断がすぐに下せないために、外に並ぶテーブルを雨の中拭くという謎の時間を過ごしたこと。香川のバイト先でデザートをつくる際、先にココアを入れてもチョコレートを入れてもできるものは同じなのに、先にチョコを入れないとだめだと言われたこと。これらの問題と十数年前の福知山線の脱線事故がつながる。遅れたダイヤに合わせようとして速度を出しすぎた結果、大勢の人が犠牲になってしまった。現場を安全に円滑に回すためにつくられた装置が、ともすると人を操ってしまう。現場よりもその装置に合わせるほうが大切だという思考に我々は陥りやすい。

中学のとき先生が、「誰が見ても明らかに車が走ってないときは、赤信号で渡ってもかまわない」と言っていた。「だって信号は交通を整理するためにつくられたものだから」

そのとおりだ。同じ構図で生活を考えてみる。家の基礎は「装置」の側に属するもので、その上に載る壁と屋根でできた箱は「現場」に属するもの。装置があるために動けずに、現場で多くの大切なものが失われてしまったのが先の、そしていまもつづいている震災だった。そして山から土を削って低地に送るための、この巨大なパイプライン。装置によって考えられたものが、現場に直接落とされたらこういうことになるのだ。この現実離れした滑稽さは、装置と現場の断絶から来る。そして家を担いで移動生活している僕の姿には、この断絶を「むりやり現場の側から埋めようとした結果起こる」滑稽さがある。だから、陸前高田のパイプラインの滑稽さと、家が歩く滑稽さは少し似ているところがあると思う。

さて、今日はお昼前に花畑のみんなと別れて大船渡に移動。知り合いが住む仮設住宅に向かう。途中で東京からのお客さんと合流。あっちは豪雨らしい。こっちはめちゃ晴れている。この仮設住宅にくるのは一年半ぶり。

もう震災から三年が経っていて、仮設を出ていった人もだいぶ多いらしい。かつては復興に向けてみんなで頑張ろうという感じで賑やかだったけれど、いまはそれぞれ自分の家の準備で黙々と忙しく、「復興に向けて頑張ろう」ってやってる場合じゃない。なんかおかしな話だ。それを復興っていうんじゃないのか。生活というのは地味なことで、それを立て直すのが復興なのだから。あんなふうに派手に十メートルも地面をかさ上げするようなことではない。

で、住宅内の人間関係もかなり複雑になってきている。そりゃそうなるよな。なにが正しくてなにが間違っているのかがとてもわかりにくい。そこで少し話しこみ、夜はこっちに住み着いてるアーティストの友達二人と合流。仮設屋台村で久々の再会もあった。みんながちゃんと覚えていてくれたのは自分の存在を証明してくれるようで、うれしい。

夜は友達二人の家に泊まらせてもらった。美術や建築の「生まれる現場」と「価値付けされたもの」の断絶の話などした。久々に人とこういう話をした。二人の家はとてもおかしな間取りをしていた。風呂よりもトイレのほうが広い。

6月25日

東京からのお客さんと陸前高田を回る。昼過ぎに「佐藤たね屋」さんを訪ねる。友達が「すごい人だと私は思うよ」と教えてくれた人。

まわりにほとんどなにもない中、佐藤さんだけが瓦礫を使い、津波で流された店の基礎の上に自力でプレハブのお店を建て直していた。外観からすでにただ者ではない感じがにじみ出ている。店内では普通に種を売っているのだけど、その一角に本が置いてある。店主の佐藤さんが英語と中国語で書いた震災についての本。なぜか日本語のものが見当たらないので聞くと、「日本語ではつらくて書けなかった」と言った。

彼はその本を朗読しはじめた。平易な英語だったけど、彼の朗読の勢いがあまりにも強く口から言霊が飛んでくるようで、内容が全く頭に入らない。

彼はその後屋外のビニールハウスを見せながら、震災当時の話をしてくれた。このビニールハウスがまたとんでもない傑作で、あるものだけを使った結果生まれた工夫がいたるところに見られた。切実さの塊みたいなビニールハウス。アルミ缶のふたをジョイント用の金具の代わりにしていたのが、やばかった。本当に限られたものしかないときのアイデアだ。みんなが「あれができない」「これができない」とあたふたしているときに、この人は一人でこれをつくっていたのか。

「男は見とけ。天井の骨組みはパイプを使ってるけど、パイプがないなら竹でやればいい。竹は熱すれば曲がるから。天井にはビニールを張れば、寝泊まりくらいはできる。そしてこいつは地面と一緒に揺れるから地震では絶対に壊れない。縦にしっかりとつくるから壊れちまう。戦争よりひどい状態だった。サバイバル精神を発揮しないといけない。そういうのはやっぱり男が持ってるんだ」

聞きながら泣きそうになってしまった。復興工事のダンプカーが行き交っていてかなり騒々しい。佐藤さんの声はとても大きくて、一言一言がとても切実な響きを持っていた。すごかった。本当にすごかった。殴られたような衝撃を受けた。

「あのかさ上げ工事は住民のためというよりも、雇用をつくるためにやってるようなもんだ。だから行政のことはあんまり相手にしてない。勝手にやれって思ってる」

夜、家を置いた仮設住宅の、ゲスト用の部屋を借りて泊まらせてもらう。やっぱり仮設住宅は壁が薄くて窓の外の話し声も聞こえて、ちょっと疲れる。

6月26日

仮設住宅で一日過ごしただけで、この人間関係の複雑さを思い知らされた。そうなるのも無理もないと思う。もう四年目なのだ。自分で家を見つけたり公営住宅に当選したりして出ていった人もいるけれど、まだ目処がたってない人もいる。たった一日だけど疲れてしまった。

十二時頃出発。十四キロ北上して、越喜来《おきらい》に向かう。以前ネットで僕の活動を知った人が「越喜来に潮目というところがあって、ぜひ行ってほしい」と教えてくれ、現地の人たちに僕を紹介してくれたのだ。夕方に越喜来に着いて「潮目」をつくったワイチさんとそのご家族に会う。

潮目とはワイチさんが一人で瓦礫でつくった建物の名前。これもまたとんでもない傑作だった。津波資料館と遊具を兼ねた二階建ての建物。一人で来ていたら号泣していただろうと思う。日没後で暗くなっていたので、また明日ゆっくり見ることにする。

ワイチさんは建設業の傍ら街のためにいろいろなことをしているすごい人だった。根っからの「人のために動く人」。印象深いのは丸太橋の話。津波でダメージを受けた小さな橋を、危ないからと役所が撤去した。すぐに新しい橋が架けられるものだと思って待っていたけれど、いっこうに架からない。

「みんなが不便なままだ」としびれをきらしたワイチさんは、個人で丸太の橋を架けた。「自己責任で渡ってください」という注意書きを添えて。そしたらそれを役所が見に来た。ワイチさんは「危ないから撤去しろ」と言われるのを覚悟していたらしいけれど、役所の人は「丸太一本じゃ危ないから、もっとたくさん丸太を使って安全に渡れるようにしなさい」と言ってきたらしい。なんだそれ。

「こういうのは誰かが一人でやって、できたあとにみんなで議論すればいいんだ」

そのとおりだ。ここ最近ずっと考えていたことがここでつながった。何度も書いてるように、公共の議論は個人の行動からしか生まれない。ワイチさんは「一人公共事業」を地で行っている。川俣正さんみたいだ。いや川俣さんがワイチさんみたいと言ったほうがいい。こういう行動の仕方を美術の場で出力しているのが川俣さんなんだな。

夜はワイチさんたちの薦めで、近くに住む「先生」の家に泊めてもらう。家は潮目に置かせてもらう。

6月27日

東京の友達との他愛もないメールのやりとりのあと、なぜか落ち込んでしまった。まだまだ弱い。油断するとすぐに自信を失う。大丈夫。このやり方は間違ってない。あとは、移動していることに自分で気がつかなくなるまで移動しつづけるだけでいい。

一人で潮目に来て、近くのお店でご飯を買って、ワイチさんが持ってきたという非常階段に座って食べた。そこから潮目と越喜来の街を眺めた。ここもひどく津波にやられている。かなり高いところまで波が来たのがわかる。

この潮目はその波で生まれた瓦礫を使って建てられた。真ん中に柱が立っていて、「越喜来南地区復旧拠点」と書いてある。鯉のぼりもぶら下がってる。瓦礫でつくった滑り台とブランコ（津波で壊れた船の底を使ってる）と、記念写真用のパネルも見える。この記念写真スポットは、津波のため取り壊しになった近くの小学校の正門（ワイチさんがひっぱってきたらしい）と、笑う鬼のパネルでできている。見ているうちに自然に涙が出てきて止められなくなる。すごい作品だ。

大船渡の焼きそば屋のおばちゃんは「彼は人のための人だ」と言っていた。彼は自分が評価を受けるためでもなんでもなく、ただ純粋に子どもたちと町の人たちのために、休みの日を費やして潮目をつくった。仕事がなくて暇だったからじゃない。このために人の敷地を借りた。あちこち釘は出っぱなしで雨漏りも隙間風もあるけど、内部にはちゃんと僕が泊まれるだけのスペースと、パソコン作業ができる机とイスまである。机は家の梁でできている。ちなみに二階建て。津波の資料館に加え、滑り台やジャングルジムやブランコなどの遊具、漫画が読める小さな部屋もある。

資料館の入口の他に秘密の入口があり、そのドアは「押す」とあるけど引かないと開かない。良いな。釘や木材に気をつけながら狭い通路を通って階段を上ると、一部切れ目のある黒いカーテンが下がっている。そばに「のぞいちゃダメだよ」とシールが貼ってあり、覗きたくなる。覗くと奥には派手な色のアフロのかつらと巨大サングラスというパーティーグッズを身につけたワイチさんらしき人がピースをしている写真。下には「わっ！　見たなあー」と書いてある。やられた。ここでも涙が出てくる。かっこよすぎるだろ、この人。こんな人がいるなんて。もういい年のおじちゃんなのよ。この人に美術なんて言っても全く通じないだろう。美術とか建築の価値、評価について考え直してしまう。こういうものこそ「みんなの家」と呼ぶべきなのでは。

衝撃を受けると同時に、すごく勇気づけられる。そうだ、こういうやり方でいいのだ。自分のやり方を信じればいいと教えてくれるし、自信を失ってはいけないと勇気づけてくれる。落ち込む暇があったら、「無力だ」なんて嘆く暇があったら、山積みの瓦礫を使って自分の空間を立ち上げろ。そして、ここがこの町の復興拠点だと名乗れ。

陸前高田の佐藤さんは瓦礫を使ってお店とビニールハウスをつくった。種苗店に欠かせない水も、自分で掘った井戸で汲んでいた。水道が止まったからといって水がなくなるわけではないのだ。「五メートル掘れば水が出てくる」「意外と人は死なないんだ」と言ってた。

ワイチさんは瓦礫を使い、休日を返上して遊具と資料館と橋をつくった。「誰かが一人でやって、あとでみんなで話し合えばいい」と言ってた。

今日はその潮目に泊まってみる。いままで人が泊まったことはないらしい。僕が泊まることによって、ここは家になる。そうすることによって、僕はここを「家１２０」として描くことができる。ちょっとこじつけのようなやり方だけど、これは描かないといけないから。

6月28日

ワイチさんはここ越喜来南区の区長らしい。こんな区長ならどこまでもついていきたい。ここでも復興という名目でやたら大げさな工事が行われている。陸前高田と同じだ。堤防が高くなって海が見えなくなる。街の人たちは一人ひとりの声が届かないことにうんざりしている。ワイチさんは「ここ一年で一気に景色が変わりはじめたなあ」と言ってた。

「リグリーン」という、津波にさらわれた更地の荒れ地化を防ぐため、羊を放牧してつくられた花壇を別のところに移す作業を手伝った。かさ上げ用の土砂置き場になるためらしい。陸前高田でも似た話を聞いたような……。で、高校生が四十人くらいボランティアで来ていて、僕も混ざった。みんなえらい。友達と話しながらも、ちゃんと作業をしている。女の子二人と少し話をした。二人は高校のJRCという部活のメンバーで、普段から老人ホームのお手伝いなどのボランティア活動をやっている。そんな部活があるのか。えらすぎる。

昼休み、高校生たちが誰に言われるでもなく潮目に集まって遊びはじめたのがすごく良かった。「ここから登れる」とか「そこ滑るから気をつけて」なんて声があちこちから聞こえた。潮目は公園のジャングルジムのような洗練された安全な遊具ではない。釘も飛び出してるし、床も抜ける可能性がある。下手したら釘が頭に刺さって死んじゃうかもしれない。でもそこが楽しい。基本的に「自己責任で遊んでください」というものだから、「そこ滑るよ」とか「こっから登れるよ」という会話が自然と生まれる。素晴らしいな。ワイチさんもごく自然にその中に溶けこんで、「そっから入れるべ」とか「これが滑り台になってってな……」と笑っている。

あまりにもみんなが集まっているから、そのまま集合写真を撮ろうと先生や大人たちがカメラを構えて「こっち向いてー」と声をかける。その気持ちはわかる。写真に残してあとで見返すのも楽しいと思うし、活動の報告としても必要なんだろう。でも写真を撮るために彼らが笑いながら遊ぶのをちょっとでも中断するのは、少し悲しい。「こっち向いてー」なんて言わずに、遊んでる姿を撮るだけじゃいけないのか。そのまま遊ぶだけ遊んで、記憶に刻み付けておいてほしい。

夜は南区公民館で寝かせてもらう。越喜来の泊地区を手伝いに来てる東海大学の学生たちも一緒。でもほとんど会話をしなかった。こういうとき「なにしに来てるのー？」と自然に話せればいいのだろうな。

6月29日

今日ツイッターで「近くをお立ち寄りの際は敷地内をお使いください」と

声をかけてくれた人がいた。良い挨拶だな。この挨拶がもっと一般化しろ。敷地を人に貸すことが普通になって、ネットとかでそういう仕組みができたら面白そうだ。別に毎日移動しなくてもいいのだ、一か月とか一年とか契約期間を設けて人んちの庭や駐車場に自分の家をつくって住む。家は敷地と箱と基礎でできてる。分けて考えれば楽しいことが起こりそう。

今日は日曜日で、天気がよければ越喜来のみんなが夏虫山に連れていってくれるということだったけど、あいにく一日中ひどい雨が降りつづいて、外なんか出れたもんじゃなかった。それでもワイチさんの妹の京子さんが滝や建設中の泊地区公民館を見せてくれたりした。そこで知り合った人が、越喜来でほぼ自給自足の生活をしていた画家・河内山亨の画集を見せてくれた。完全に独学で絵を描いていたらしい。「牛を彫る百姓」という絵がとても良かった。河内山さんもいわば百姓だ。そんな人が、同じ村の百姓が牛を彫る様子を絵に描いている。絵も彫刻も土に根ざして制作されている。

支援活動で来ている大学生グループも一緒に滝に行ったのだけど（というか彼らが「滝に行く」というので案内を兼ねて行ったのだけど）、彼らは車から降りたところから眺めるだけで、沢の下まで行こうとしなかった。道路から五メートルくらい下りないと滝はちゃんと見えない。確かに少し急な斜面で、少し勇気はいるかもしれないけど、下りられない場所ではない。雨も降っていたから地面は湿っていて泥っぽかった。汚れたくなかったのだろう。でも彼らはこの地区の「まちづくり会議」なるものに参加するために来ているはずなのだ。

滝はとてもきれいだった。地元の人が「俺はあそこ好きなんだ」と言うのも頷ける。それなりに大きくてきれいな形で気持ちの良い滝だった。ただ、発泡スチロールの箱や空き缶タイヤやテレビなど、ゴミがたくさん落ちていた。みんな道路から落とすんだろう。それぞれ持てるぶんだけ持って引き返した。そのゴミを学生たちに見せつけてやろうかと思ったけど、道路に上がったらもう彼らはいなかった。マジか。まちづくりってこういうところからはじまるんじゃないのか。まして外部から来た人が考えるならなおさらだろ。地元の人が「良いとこだよ」と言ったところを見て回るとか、それこそゴミ拾いとか。

ワイチさんは「滝に行きやすいように遊歩道をつくったらいいと思うんだけどなあ」と言ってた。こういうところからまちづくりを考えないから、「復興」という大それた名のもとに、とんでもない規模の工事がはじまり、あんな海が見えないくらい高い堤防を建てることになるんじゃないか。悲しい。ていうか、海が見えなくなったら津波が来るのも見えなくなるだろ。高い堤防に安心して逃げない人も出てくるはずだ。

そんなことを考えていたら、ワイチさんがぐさりと突き刺さることをさらっと言った。

「行政とか観光協会が『ダンプが通るから気をつけて歩くように』と歩行者や子どもに注意を促すのは、少しおかしい。車に注意させて走らせるべきだ。柵をかけるとか、まず人の安全を確保してから車を走らせるべきだ。そういうこと考えてないんだなあ」

そうだ、そのとおりじゃないか。津波の被災地に入ってから、工事車両のせいで死亡事故が起きているという話をよく聞く。なんでこんなことになるんだ。復興工事のせいで人が事故に遭うなんて。

また「学校行事で子どもにゴミ拾いさせるのはおかしい。捨てるのは大人なんだ。それを子どもに拾わせるなんて。大人が子どもと一緒に拾うとかとかしないといけないのになあ」とか、「この町の人が、山に行けば山菜がとれて、海に行けば魚がとれるという暮らしはとても贅沢なものだっていうことに気がつかなくちゃいけない」とも言う。なんて切実な言葉だろう。こんなせりふが、まさにその町に住んでる人の口から出てくるのだ。

今夜はワイチ家の物置部屋に寝かせてもらう。

ワイチさんを支えている奥さんもすごい。本当にかっこいいとしか言いようがない夫婦だ。こうやって思い出しながら書くだけで泣きそうになる。最近泣きそうになってばっかりだ。

6月30日

今日は天気が良い。昨日雨で諦めた夏虫山に連れていってもらう。素晴らしいところだった。牛の放牧場だったけど、原発事故以来、線量の問題で放牧ができなくなって、いまはただの草原になっている。見晴らしがよくて、大きな岬が三本きれいに見える。岩手県の海岸がリアス式であることがよくわかる。

十四時頃いよいよ越喜来を出る。四泊した。また別れだ。でもまた会うだろう。ワイチさん夫婦と潮目の前で別れたあと、京子さんが車でしばらく追っかけてくれた。この人はこの四日間でいったい何枚写真を撮ったのだろう。自分でパパラッチだって言ってた。そういう役回りなのだ。

今日は七キロ北上して、吉浜に向かう。大船渡の知り合いの妹さん一家が住んでいて、紹介してもらった。でかい家だった。犬が一匹、猫が六匹、フェレットが一匹、亀が一匹いる。まわりに家がなく、そばに川が流れている。水道は井戸水。賑やかな家族で、食事中、みんなの会話を聞いてるだけで参加したような気分になった。特に二人の娘さんは、出だしから終わりまでをあらかじめ決めているかのように理路整然とはっきり大きな声で話してて、聞いてて気持ち良い。

　夜、インターネットで集団的自衛権の解釈変更に反対する首相官邸前抗議の映像を見た。僕は自分がそこに行けないことが悔しくて、せめて見守ろうと思った。映像には、eastern youthの吉野寿さんが映り込んでいた。他の人たちと同じようにメガホンで「アベはやめろ」とコールしていた。普段YouTubeで見るライブ映像の、あの叫び狂う吉野さんではなく、純粋に一市民としての吉野さんだった。デモに参加するっていうことは一粒の砂になることだ。

　また、友達のシンガーソングライターが自分のツイッターの（半ば宣伝用の）アカウントで今回のデモを拡散していて、それに対してファンから「そういう呼びかけをするあなたにはがっかりです」と言われていた。政治的なことと、普段の音楽活動とは分けて考えてくれとでも言うかのように。投票した候補者が、仲の良い友達と違ったら、あるいは好きなアーティストと政治思想が違ったら、がっかりしたり作品が嫌いになるのか。音楽家は音楽だけやってればいいのか。そう考えてしまうのは、自分たちのこの「日常」が他と切り離された確固たるものとしてあるという幻想に取り憑かれているからだろう。これからも永久に存在しつづけるって、無自覚に思っているからだろう。

　政治について、友達や家族と議論するという育ち方をしてこなかった。「選挙には行きなさい」とは言われるけれども、誰に投票するかは、決して口外してはいけない爆弾みたいな話題として扱われていた。支持する人が相手と違ったら、関係がこじれてしまうんじゃないかという不安があったのだと思う。

　日常を絶対視していた。でも震災以降、それはどうもおかしいというか、あの頃の呑気のせいでこんなことになってしまったのだという意識が芽生え、友達とも不慣れながら選挙や政治の話をするようになった。だから、そのミュージシャンの友達がデモのことを拡散していたと知ったときは、とてもうれしかった。ファンに「がっかりです」なんて余計なことを言われなくとも、拡散することに対する葛藤はあったんじゃないか。久しぶりに会いたい。

0701107

土地独特の古い家を描いてるとか、放浪するためにやってるとか、そんなこと一言も言ってない。人間は本当に自分の想像力の範囲でしか物事を理解できないし、聞きたいと思うことしか聞かない。その他は聞いてるふりしてるだけだ。こんなことで怒ってる場合じゃない。大竹伸朗さんが宇和島に暮らしはじめた覚悟を考えるとまだまだ。いとうせいこうさんも同じようなことで嘆いていた記憶がある。

　プライドを捨てるのだ。最初からわかっていたはずだ。なにを言われてもいいって最初に決めたはずだ。問題はもっと大きなところにある。ニーチェも言ってた。自分の剣は大きな敵のためにとっておけと。小さな敵に使って錆びさせるなと。一人になるであろうことはわかっていた。移動を常態化するということは。少なからず、放浪だとか旅だとか自分探しだとか、そういう未成熟な状態と結びつけられる。めんどくさい。あーめんどくさい。

7月1日

集団的自衛権の解釈変更が閣議決定されたらしい。昨日に引きつづいて首相官邸前で抗議活動があった模様。震災以降デモが身近になったけど、今回は初めて「震災とは直接関係ない話題」への抗議活動であり、もうデモは誰もが参加できるものになったのだと感じる。こう書くと、なんだか第三者目線で偉そうで嫌だな。

　今日は家は動かさずに、吉浜の家の絵を描いたり近くを散歩したりしてた。夜に友達と電話も。二日連続でデモに参加して、帰り道に強い無力感を味わったらしい。デモの参加は初めてで、「こんなことやってなんになるのか」という気持ちはずっとありつつも、できるときにやっておかないと、と思って参加したけど、現状が変わるわけでもなく、悲しくなったらしい。僕は陸前高田の佐藤たね屋さんと、越喜来のワイチさんの話をした。佐藤たね屋にも潮目にも、希望しかなかった。

「男なら見とけ、アルミ缶のふたがジョイントの金具になるんだ。そしてこれは、震度7でも壊れない」

　いま思い出しても泣きそうになる。砂埃が舞い、大型重機が鳴り響く中話してくれた、佐藤さんの一言一言の切実さと言霊に感じた希望は、周りの景色に乱されることがなかった。彼が瓦礫でつくった小さなビニールハウスには、「復興」のため何百何千トンもの土が盛られていく景色よりもはるかに強く、純粋な希望があった。

　みんなが家や店を流されてこれからどうしようと呆然としているとき、彼は流された店の基礎の上にプレハブ小

２０１４年６月30日～７月２日　岩手県大船渡市三陸町吉浜扇洞にある一軒家の廊下

屋を建てて一人で営業を再開したのだ。彼にとって、なんともならない最悪の事態など存在しない。生きるための小さな工夫の積み重ねによって、あらゆる災害は克服できる。土を十メートルも盛る必要はないし、海が見えなくなるまで堤防を高くする必要もない。ただアルミ缶のふたをジョイントの金具に転用して、五メートル地面を掘ればいい。

潮目のワイチさんは、自分を勘定に入れることをしない人だった。「落ち込む」ためには、自分を勘定に入れる必要がある。目の前の悲惨な状況にいる一人として、自分を数に数える必要がある。彼はまるで世界には「他者しかいない」かのように考え、行動していた。人のための人だった。潮目は、そんなワイチさんが町のみんなのためにつくった遊具兼資料館。その造形の一つひとつや遊ぶ際の注意書きが、いちいち心に刺さった。

たとえばブランコは、瓦礫だった長い柱に、同じく瓦礫だった船をぶらさげてつくってある。ワイチさんは「船酔いするから気ぃつけろ」と言ってた。ゴミと化した船が生まれ変わったみたいだった。

注意書きには「自分ができることを他の人みんなができると思うな。無理に誘うな」「後輩と女の子には特にやさしくしろ」とか書いてある。

そんな希望しかない二人のおじちゃんの話をしたら、電話先の友達も泣きそうになったらしく、ありがとうって言ってくれた。あんな希望を見せつけられてしまったら、人に伝える義務があるな。

7月2日

吉浜は人口が少なく、海抜の低いところには家がなかったため、津波に巻き込まれた家はなかった。代わりに田んぼが被害を受けたけど、もうしっかり田植えされていた。昔からの家はどれも海から離れたところに建っている。今回の津波で犠牲になったのは一人。昭和の津波のとき、町のみんなの舟を泳いで回収してきた伝説の人がいて、その人が今回の地震で海近くの小屋を見に行ったときに津波にやられてしまったそう。

今日ここを出発する予定だったけれど、「明日までいたらウニが食えるぞ」と言われてもう一日いることに。朝家族でウニを獲ってくるという。贅沢だなあ。家族で獲るのは気楽だけど、専業漁業の人は生活がかかってるからウニも〇秒で×個みたいな意識で獲るという。パチプロみたいだ。

舟の上で暮らすことに少し憧れる。舟は海の上に浮かんでいて、基礎で固定されてない。僕の曾曾じいちゃんは淡路島で船大工だった。船大工と聞いてどこかピンとくるものがある。いまの自分と無関係とは思えない。

7月3日

「受け取る」ということは能動的なアクションだから、作品から受け取った内容は即ちその作品が「言いたかったこと」になるのだけど、どうも自分には少なからず「こう見られたい」「すごいと思われたい」という気持ちがある。そういう気持ちがあると疲れるだけだってことがわかってきた。疲れるから、頭が自然にそういうことを考えなくなりつつある。どう思われても構わないから自分のことは聞かれないと答えないし、相手がどんな誤解をしても「もういいや」となりつつある。

今日こそ吉浜を発つ。トンネルが長いからと、お父さんが軽トラで途中まで送ってくれた。助かった。二キロのトンネルは、歩いたらとてもきつかっただろう。トンネルの中は音が反響するから、後ろからくるトラックの接近度合いが全然わからない、恐ろしいところだ。

吉浜では結局三泊した。超オープンマインドな家族で、赤の他人の僕でもトイレを使ったりお風呂に入ったりするのが普通のような気がしてきて、おかしくなった。心に裏表が全くない。

すぐに釜石市に入った。ここも低い土地に家や店や工場がたくさん建っていたので、かなり被害が大きかったみたい。瓦礫の山もまだあった。釜石市街地に入ったあたりで女性二人に呼び止められる。僕が東京から来たことを知ると、「私たちも横浜から越してきたばかりなんですよー」と言う。面白そうな人たちだと思って「二人はどういう関係なんですか」と聞いたら、「幼なじみです」と言う。もっと話を聞きたいから今日は釜石に泊まろうと思い、一晩家を置かせてもらえそうなところはないか相談したら、青葉公園にある仮設の商店街なら大丈夫かも、と教えてくれた。一時間後にそこで待ち合わせ。

商店街のラーメン屋で釜石ラーメンを食べながら二人と話す。震災前にも関西で一緒に住んでいたことがあるらしい。三年で土地に飽きちゃうらしく、僕の活動を見て「私が望む究極の暮らし方だ」と言う。岩手に引っ越すから仕事を辞めたいと職場に相談したら「結婚するの？」と聞かれたという。僕も香川県に引っ越すときに何人かに聞かれた。

「そこに仕事があるから引っ越す」とか「お嫁に行くから引っ越す」なら皆ストンと納得するんだけれど「そこに住んでみたいから引っ越す」とか「ここが嫌だから引っ越す」というのはど

うも納得しにくいらしく、職場のみんなに心配されたという。「その年で生活を移すということにどれだけリスクがあるかわかってるのか」とか「子どもをつくれる年齢は限られてるんだぞ」とか。

　みんな怖いんだ。いまやらせてもらっている仕事を手放すことになったり、積み重ねた人との信頼関係が壊れてしまうんじゃないかと思うんだろう。そんなレールから落ちないようにするために自分の命を使うように仕向けることによって、この経済は大きくなってきたんだろう。キャリアやポストを手放したら一から出直すことになるんじゃないか、そうしたら自分は何者でもなくなるんじゃないか。それが怖い。だからみんな心配するし、自分がそうならないようにするためだけに人生を使う。

　でもこの二人は、一見とっても軽いノリで「ここに住みたいと思ったんですよ」と言う。そう思いはじめたら、もういてもたってもいられなくなる。農耕民族ではなく狩猟採集民族の血が流れてるんだろうな。まだ引っ越して一か月ちょっとで、「これからどうなるんだろうね」って顔を見合わせていた。毎晩二人で「私たち、この方向性でいいよね」と話し合うらしい。お笑いコンビみたいだ。この態度は強い。どこでも生きられるだろうな。

　別れ際に「個展観に行きます」と言ってくれた。また会いたいな。変な言い方だけど、同じ種に属する生物に出会ったような気がした。

　夜買い物に出かけて帰ってきたら、釜石の高校生二人に話しかけられた。美術の道に進みたいらしく、歩く家の目撃情報を聞きつけて一時間くらい僕を探していたという。頑張ってほしい。

07032355

ひとつ年下で、めちゃ良いキャラの共同通信社記者の女の子に出会ってどきどきした。あんな感じで「共同通信のものです」って言われたらどきっとするわ。

7月4日

昨日、家を置いた仮設商店街に店を構える写真屋さんが写真を撮ってくれていて、それを今朝現像して持ってきてくれた。面白い写真になってた。

　午前中絵を描いていたら、二年くらい前に陸前高田で知り合った友人からツイッターで連絡が来る。なんと釜石に住んでるらしい。なにがあるかわからないな。

　さっそく落ち合って、昨日につづき釜石ラーメンを食べる。以前の仕事は体調を崩して辞めたらしい。彼女は前に会ったときよりもなんとなく力が抜けてリラックスした感じになってた。以前は復興に向けて頑張るぞーって感じで少し力が入っていた。越喜来の潮目の話をしたら「ぜひ見たい」と言うので、いったん家だけ釜石の「ほほえむスクエア」というキッチンカーが集まる広場に置かせてもらう。

ここも面白かった。「ハピスコーヒー」という店の前に置かせてもらったのだけど、オーナーはもともと東京でコーヒー屋の副業をやっていて、震災後にこっちの仮設住宅を車で回ってコーヒーを振る舞っているうちに、「あなたのコーヒーが飲みたいのだけど、どこにいるのかわからない」と言われ、定点をもつために、ほほえむスクエアではじめたらしい。仮設住宅を回るコーヒー屋さんってのは良いな。家の近くに定期的に店やイベントがやってくると生活に新鮮なリズムが生まれて、たとえ家に閉じ込められたとしても、発狂するのを食い止められそうだ。家族で遊園地に行って、自分だけメリーゴーランドに乗ると、自分は回ってるけど母親は同じところに立ってて、その前を通り過ぎるときが楽しくて手を降っちゃう、みたいな感じだ。定点をもったあともキッチンカーのままなのが、良い。

直線的に移動するのではなく、ある周期で回りつづけるのは良い。移動しながらその場に留まる方法のひとつ。レコードを聞くとき、レコードは動いてはいないけど回っているから、針があたる点は動きつづける。それで音楽が流れる。面白い。永遠に動きつづけるためには直線じゃだめだ、回転しないと。

彼女に潮目を見せたら、やっぱり感動してくれた。その足でワイチさんの家に行って、奥さんと一緒に七夕の飾りつくりを手伝った。「なんで戻ってきたのー」と言われたときはどきっとした。過ぎたことが突然戻ってくるのは、レコードの音が飛ぶのと同じだ。戻ると釜石災害ＦＭのパーソナリティの人がコーヒー屋に来ていて、急遽ラジオに出ることに。話してたら予定の三十分をあっという間に超えた。いまならいくらでも話せるような気がする。夜はそのままほほえむスクエアに家を置き、友人の家に泊まる。

7月5日

ほほえむスクエアで家の修理などしていたら、大船渡在住の人が二人わざわざ訪ねてきてくれた。コーヒーを飲みながら話す。家を背負って歩いてると体幹が鍛えられる気がするという話をしたら、「そっか。体が大黒柱になるわけだから鍛えられますね」と言われた。そうだ。僕の体がそのまま家の大黒柱になる。生活を支えるのは、文字どおり僕の体。それはこの移動生活に限った話じゃない。

ほほえむスクエアを出て大槌町へ向かう。途中一・二キロのトンネルがあり、気力を削られた。入った瞬間から嫌な感じがしたけど、進むうちにどんどん汗をかき、思考がなぜかネガティブになって、油断したら死について考えてしまい、負けじと音楽をかけながら歌を大声で歌い（油断すると、どんな歌詞でも死につなげそうになる）なんとか乗り切る。疲れて発狂しそうだった。でもトンネルを抜けたとき、生まれ変わったように清々しかった。勝った。勝ったぞ。なにに勝ったかはわからないけれど。

トンネルを抜けてすぐ、車に乗った家族連れに話しかけられる。近くで「沢口パン」というパン屋さんをやっている家族で、事情を話したら「うち泊まっていいぞ」と言ってくれた。

店は鵜住居《うのすまい》っていう面白い地名の場所にあった。来客ノートに、絵を一枚描いた。

ここも津波の被害がひどい。震災前は建物もたくさんあったから、海なんか全然見えないところだった。でも震災後なにも遮るものがなくなって、こんなに海が近かったんだと思い知ったという。まさかここまで津波が来るとは思ってなかったけど、海の近くの電柱から順番に倒れていくのが見えたので急いで逃げたという。恐ろしい。

ここは地面を十九・五メートルまでかさ上げするらしい。工事終了はいつになるのかよくわからないけど、待つしかない。仮設住宅も維持費がかかるので、（本意ではないはずなのだけど）まだ暮らしている。人を一か所に集め、空になった仮設は取り壊す段階になりつつある。震災後、パン屋にカフェを併設した。以前から計画していたけど、山の上の仮設から出られず閉じこもっている人たちを見て、人が集まるところをつくろうとはじめたらしい。

夜は家をトラックの中に入れさせてもらい、僕は仮設住宅内の談話室で寝かせてもらう。大船渡以来二度目だ。

7月6日

「いまいる仮設は山の上のほうの、とても良いところで、皆よくしてくれる。でもまさかここに住むことになろうとは思ってもみなかった」と、お父さんが言っていた。流される前の家があったところから仮設住宅まではわずか数キロ。ずっと移住している僕からしたらそれは同じ地域のようなものなんだけど、ここに住む人にしたら大きいんだろうな。自分の実家を思い浮かべればよくわかる。学区や町会が違うだけで、全然違う場所のような気がしたものだ。

お昼頃、絵を描いていたら気分が悪くなってきた。ときどき訪れるこの吐き気はなんなんだろう。昨日のトンネルのせいなのか、疲れてるのか、いつものビタミンB不足なのか。少し横になったら良くなった。いつでも眠れる環境のときは寝る気にならず、眠いときはたいてい眠れる環境にいないのだ。寝たほうがいいとわかってても夜更かししたりしちゃうんだよなあ。残念だ。

十五時頃に鵜住居を出発して、大槌町に向かう。ここにも知り合いが一人いて、今日はその人の家の駐車場あたりに家を置かせてもらえればいいと思って、のんびりしすぎた。そしたらその人と全然連絡が取れず、あっという間に暗くなりはじめた。

「やばい、どこか探そう」と思っても、大槌町も津波の被害がひどく、一面なんにもなくなってしまっている。見渡す限り草原。休日なので復興工事も休みらしく、ひとけがない。ツイッターで「家の置き場を探しています」と呼びかけたけど特に収穫もなく、家と一緒に呆然とたたずんでいたら、釜石の友達から、「最悪、家はどっか置いてうち来てもいいよ」というメールがきた。「救世主だ」と思い、「ヘルプ」と返した。

そしたら一台の車が近寄ってきて、子連れのお母さんが「子どもと写真撮ってもらってもいいですか」と話しかけてきた。すかさず場所を探していると相談したら、「すぐ近くに一般の車も停められる大きな駐車場があって、そこなら大丈夫だと思う。ここらは津波で流されちゃって敷地もなにもないような状態だから、どこ置いても大丈夫だと思うけどね」と言う。確かにこんな草原と化したところで「家を置く敷地を探している」というのはなんかおかしいというか、皮肉だ。

駐車場に行くと、人がぞろぞろと集まってきて、みんな写真を撮りまくってくる。大槌町役場の仮庁舎だった。「明日までだったら置いといていいよ」と言ってくれた。

その後、釜石の友達に車で迎えにきてもらう。ありがたすぎる。そして車は本当に速いな。

7月7日

さだまさしをよく聞いている。「主人公」という歌が良い。毎日家賃と食費と光熱費と保険料と税金と年金払うために就職して、結婚して子どもをつくって、仕事をクビにならないように、休まないようにして、風邪ひかないようにしなくちゃってやってたら、自分が主人公だって忘れちゃいそうだ。フリーターのときは忘れちゃいそうだった。だからブコウスキーを読んだんだ。日雇い労働者でも主人公だったんだな、ブコウスキーは。ウディ・ガスリーもそうだな。

釜石の友達のところにお昼までいた。疲れを取るためには二度寝が効果的だとよくわかった。大槌まで送ってもらい、北上を再開する。

安くておいしいカレー屋があると聞いたので、そこでお昼を食べて出発しようとしたら、大きなリュックを背負った男の人に話しかけられた。完全に旅人の身なり。八戸から徒歩で南下してるという。

「僕も八戸までは行こうと思ってるんです」と言ったら、「大丈夫？　情報もってる?」と言われた。この「情報」という言葉に切実なものを感じた。「もってないです」と言ったら「この先、船越に家族旅行村というキャンプ場がある。自分は昨日そこでテントを張って、二百円でシャワーを浴びた」と教えてくれた。キャンプ場はいままで行ったことがない。せっかくだから、今日はそこに行くことにした。その人は別れ際に「頑張りましょう」と言ってくれた。この言葉はうれしい。「頑張って」よりも「頑張ろう」のほうが元気をもらえる。

キャンプ場まで十三キロ。またトンネルがあって歩道がない山道を歩く。岩手県はトンネルが多い。しばらくびくびく歩いてたけど、あまりに車の音が大きくて怖いから、逆にだんだん怒りに変わってくる。歩行者がこんな怖い思いをしないといけないなんて、不公平だ。しかも今日は霧が濃くて、なにか起こりそうな感じ。

キャンプ場に到着、八戸から下ってる旅人に紹介してもらったと説明したら、「まあうれしい」という感じになって、僕の活動に関しても「えらいわー」となって、なんかよい感じのまま「みんなの談話室になってる小屋があるからそこ使っていいぞ」に落ち着いた。僕の他にバイク乗りのおじちゃんが二組テントを張ってた。

ここは山の上だけど、海まで下りていくと津波でごっそりとなにもなくなっている。一面の荒野。海水浴場として賑わってたんだろうけど、いまは本当に海と陸しかない。景色が良すぎるのが逆に寂しい。

近くをふらふらと歩いてたら、パトカーが近くに停まって「村上さーん!」ときた。いま家を持ってないのに。「なんでわかったんですか」と聞いたら「勘です」と言われた。

「国道沿いを、けったいなもん持って歩いてる人がいる」という匿名の通報があり、推理してここまで来たらしい。すごい。いつもどおり身分証明書を見せて自分の活動の説明をした。お巡りさんの一人が申し訳なさそうに質問してくるので、こっちまで申し訳ない気持ちになる。

「失礼な話なんですが、この先行く土地で泥棒なんかがあったときのために、靴底の型をとらせてもらってもよろしいでしょうか」「私も（芸術家とか）そういう仕事に就きたかった。こんな人を疑ってばかりじゃなくて（苦笑）」

お巡りさんにも葛藤があるんだろう。大変だ。頑張ってください。

その警官は、別の警官が「芸術家ならサインもらっとくか」なんて言って、適当な大学ノートを僕に渡そうとしたのを、「いやいや失礼でしょ」と言って止めてくれた。誠実な人だな。

7月8日

キャンプ場で昨日と同様二度寝。二度寝の回復力はすごい。管理人のおばちゃんが台風が近づいていると教えてくれた。「本州がすっぽり入っちゃうくらい大きいのよ。でも十日くらいまでは大丈夫みたい」ってすごいテンションだ。十時頃宮古市方面に向かった。

五キロくらい歩いて、陸中山田駅の近くを通ったときに男の人に話しかけられる。ちょっと話すと、「今日飲もうぜ。泊まってけ」と言われた。まあそれもいいかなあと思って「いいっすよ」と返事した。そしたらその近くのプレハブ小屋からおっちゃんが出てきて、「生ウニ食わしてやっか」と言って、醤油をかけた生ウニを何枚か器に入れて持ってきた。路上で生ウニをもらったのは初めてだ。

話しかけてきた人は土木会社の社長さんで、仮設の事務所に案内してくれた。事務所のほかにお好み焼き屋とか日本一小さな駄菓子屋とか床屋とかがある。僕は「床屋がある」と思った。ずっと髪を切るタイミングを探していたのだ。いまだ。ここしかない。で、髪を切ってお金を払おうとしたら「お金いらないから、そこの駄菓子屋の絵を描いてもらえないかな」と言われた。なにかもらったらなにか返したくなる。その気持ちで経済が動く。この店は床屋のおばあちゃんが、震災後子どもが集まる場所がなくなったからと、ボランティアではじめたらしい。

夜は社長さんと従業員の人（八戸の人で、震災後から山田町で働いてる。週末は八戸に帰るらしい）と、僕を数日前からネット上で追っていたという役所の人（ラブライブの西木野真姫ファン）と、もう一人の従業員（めんどくさい赤子のように扱われていた）とで飲む。

そしたらそこで社長が「土曜までいれば、八戸に帰る人と一緒に家ごと乗っけていけるよ。それまでうちで働いていくか」と言い出した。面白い。やってみるか。でも八戸はちょっと行き過ぎな気もする。どうしよう。

「行き過ぎかな」と思ってしまうのは、まだ僕自身がどこか「歩いて本州一周の旅」みたいなつまんない名目に踊らされているんだろうな。移動を常態化するのが目的なんじゃない。移動が目的なのが目的なのだ。夏は暑いから北上してるだけなのにな。とりあえず土曜くらいまで山田町にいて、地元の会社を手伝うことになりそう。

先日話しかけてくれた高校生のツイッターのTLを覗いてたら、たくさん尊敬する人がいるみたいだ。健全だ。他者へのリスペクトは、自分の偏見を解いて色眼鏡を外してくれる。他人と争ってる場合じゃないって坂口恭平さんも言ってた。争うべきは自分の無意識だけ。孤独になれない人が、しょうもないことで人と争ってしまうんだろう。生き方に直接かかわること以外で人とぶつかりあう必要はない。

7月9日

今日は足場材に黄色いペンキを塗るという仕事をし、久々に「労働」の時間を過ごした。やっぱりすぐに飽きちゃう。社長の小三の息子が「村上さんの家にいたずらしたらダメだよ。怒らせたらナイフ持って刺しにくるんだよ」と言ってた。なんだそれ。いつからそんなヤバい人になったんだ。

最近は自分と他人との境界線が、さらには他人と他人の境界線がどんどんなくなっていく。知り合いだろうがなかろうが、話す内容は同じようなもんだ。一日に何十回も同じことを説明しているとそれがもう日常になって、抵抗もなくなる。他人AとBを分けてくれるのは、その人が積んできた経験値だけだ。

今日も社長に誘われて晩ご飯を食べに行った。メンバーは、東京から社長にバイクを届けるために車で来たごつい人と、トンネル掘りの仕事→スマホアプリの開発会社→iPhoneの部品の設計会社という不思議な職歴を辿って、いま再び故郷の山田町で復興土木の仕事に就こうとしている兄ちゃんと、社長と、社長の子ども二人。

そんなメンツで一緒に食べたり飲んだりしてると、誰がどうつながってるかとか、誰がいつからの知り合いかとか、そういう情報がもう全然どうでもよくて、この人の生き方かっこいいなあとか、この人はちょっと怖いなとか退屈だなあとか、そんなことしか考えなくなる。「生き方」に直接かかわる話しか耳に入ってこない。それ以外の会話は退屈に感じる。

トンネル掘りの仕事からはじめていまiPhoneの部品設計をしてる兄ちゃんは「学歴が良いやつには負けたくないというだけの気持ちでプログラマーになったんだ」と言ってた。リアルなせりふだった。

でもやっぱりどうしようもなく話が噛み合わないところはある。僕自身に「話しても通じないだろうな」という諦めがあり、ちゃんと話そうという気持ちも薄まってる。もう人からどう思われようと本当にどうでもいいって心から思えるようにならないと身がもたない。僕の話なんかどうでもいいから、ただみんなの話を聞いてるだけの置物になりたい。

僕はなんのひねりもなく、普通に素朴に、生活とか家とかのことを考えてやってるつもりなのだけど、なぜか難しい話と受け取られる。全然わからん。

でもこの「話の通じなさ」を感知できるのは良いことだと思う。「美術のスターが一般人のスターになれないのは嫌だから、俺がなってやるんだ」と友達の作家が言ってた。それはいますごく具体的に感じるこの「話の通じなさ」とも関係してるんだろう。

いつも一生懸命に人と向き合ってたら身がもたない。一生懸命向き合ってくれる人には向きあえばいいし、向き合ってくれない人には向き合わなくていい。人は平等じゃないし、わかりあえないことなんかしょっちゅうだしな。寝ればいいんだ、もう今日は。今日は自分の家で寝る。

7月10日

近くに立派な神社があるから、そこを描いてくれと言われた。以前にも同じようなことを言われたけど、どうも社寺建築は描く気になれない。家の絵は少し攻撃的な気持ちで描いてるから、それを神社とかにぶつける気になれない。描いてくれと言われると描く気が失せるのも大きい。駄菓子屋のおばちゃんに「寺や神社を描くのはなんとなく抵抗がある」と話したら、「わかった」と一瞬でなにかを理解したような返事をくれた。伝わったのかな。

おばちゃんは、僕が自分の家で寝たのを見て、「うちは四畳半の仮設だけど、昨日は自分だけ足のばして寝るのがなんか申し訳ない気がしました」と言ってて、僕はなぜかうれしかった。

今日もずっと雨。台風が西日本から関東地方にかけて猛威をふるってるらしい。雨の日は公園の東屋とかでベンチに座りながら絵を描いたりぼーっとしたりするのが好きなんだけど、津波で更地になっていて公園も東屋もない。ここらもかさ上げして、背の高い防潮堤をつくるらしい。どこも一緒だ。

雨だと作業が中止になる現場も多いらしく、社長さんは対応で忙しそう。僕が手伝えることはなさそうなので、ずっと絵を描いたり散歩したりしていた。「描いて」と言われていた山田八幡宮という神社を見てきた。とても立派で古い建築物だった。やっぱり描く気になれない。

　土曜に八戸に帰る予定の作業員が、雨の影響で急遽帰ることになるみたい。だから僕も出発が早まりそう。ダンプカーを待つ間、駄菓子屋のおばちゃんの「夢灯籠」づくりを手伝う。牛乳パックをカッターで切り抜いてつくる。何人かで作業していて、今月末には道路に並べるイベントをやりたいらしい。

　おばちゃんはカッターの持ち過ぎで指が痛いからと布を巻いて作業していた。僕が刃の折り方を教えてあげると、おばちゃんは「普段やらないことやってるからねえ」と言った。暇を感じてる美大生がいますぐここに来て手伝えればなあと思った。カッターを使えるってだけで、ここではひとつの財産になるんだ。おばちゃんがリンゴを切って持ってきてくれた。リンゴはとても黄色くて、酸味が強くて口の中が渋くなった。全部食べた。

　灯籠を一枚つくり終わった頃にダンプカーが来た。灯籠とダンプカーはなかなかない組み合わせだ。家を積もうとしたけれど、あまりにダンプが大きくてロープを結ぶ取っ掛かりもないので、みんなで「ウーン、どうしよう」って考えていたら、（床屋ファミリーのみなさんは、人がちょっと困っているのを驚異的感度で察知して助けにきてくれる）社長が「明日発つハイエースがあるからそれで行こう。そっちのほうがいいべ」と提案した。出発は明日になった。

　夜は一昨日の役所の人が送別会を企画してくれて、社長ともう一人の役所職員と一緒に飲みにいく。最近熊の出没が多いけど、猟友会のメンバーも高齢化しているという話を聞いた。ツキノワグマは臆病だから人に会いたくない。だから鉢合ったら、目を外さずにゆっくりと後ずさりするのがいいらしい。子連れだと襲いかかってくるから諦めたほうがいい。

　二軒目に行ったバーのマスターが、台風で増水した用水路を見に行った人が転落して亡くなったというニュースを見ながら「なんでこんなときに用水路見に行くんだって思うけども、それが生活の糧なんだって。だからいつも見に行ってて、たまたま今回流されただけなんだって。岩手の人が、津波あるのになんで海の近くに家建てんだって思われてんのと一緒だ」「ここらは文化も資源もねえって、みんな嘆いてたんだ。でもいままで台風とか地震でやられたことのない良いとこだったんだ。たった一回の津波でこれだ」と話していた。力のこもった話し方だった。

　二十三時半頃に飲み会は解散。今日も自分の家で寝る。うち泊まるかって何人かの人に聞かれたけれど、なんだかんだ自分の家が落ち着くのだ。特に今日は風もあるから家を守らないといけない。

7月11日

台風は騒がれていたほどには雨を降らさなかった。今朝、予定どおりハイエースに家を積もうとしたところ、屋根が入らない。そしたら社長がクレーンつきのユニックを手配してくれて、お昼頃ユニックに家を積んで、今度こそ出発。八戸まで行ってしまうことにした。一気に青森県まで。

運転手の兄ちゃんはもともと鳶職人だけど、人手不足でダンプカーの運転手にまわされているらしい。

「ダンプカーの仕事って、ひたすら土を積んで運ぶの繰り返しですよね」

「そうだねー」

「飽きたりとかしませんか」

「いやー俺はまだ採石場の石を運んでるからいいよ。運ぶ距離は少しあったほうがいいんだよな。あのかさ上げ現場の、ベルトコンベアで流れてくる土をひたすらそばに落とす作業は、俺やりたくねえなあ。ノイローゼになっちまう」

そうだよなあ。明日も明後日もその次の日も、地域全体の海抜が十メートル上がるまで土を入れては落とすの繰り返しだなんて、考えただけでご苦労様ですって感じだ。途中田野畑の道の駅でラーメンとみそ田楽（これがうまい）を食べたりして三時間ほど走り、青森県八戸市の種差海岸のキャンプ場で降ろしてもらう。

これから敷地を探すのは厳しそうなので、今日はキャンプ場に泊まる。一人用テントぶんの料金が適用された。五百円。この種差海岸がとってもきれいな場所で、岩でできた複雑な海岸線の前に天然の芝生が広がってる。しかも今夜は、満月に近い月が海の上に出ていた。地元の人が散歩してたり家族連れが遊びに来てたり。静かでいい街だ。空が広くて山も海も見える。山は青い森という県名がぴったりな感じ。たまーに電車が通る音が遠くからする。七尾旅人の「リトルメロディ」がとても似合う。

寝ようとしたら、家の中に蚊が大量に発生していた。景色はきれいだけど、蚊がたくさんいる。心地よい波と風の音にときどき混じる蚊の羽音が不快でしょうがない。音がしたら光で照らして殺し、また寝るというのを繰り返していたけど、いくら殺しても攻撃がやまないので、別の方法を考えはじめる。蚊取り線香を買おうかと近くのコンビニを探したけど、五キロ先にしかない。戦ってるうちに、光を照らすと逃げていくことがわかったけど、ずっとiPhoneの光をオンにしておくわけにはいかない。蚊の習性を調べたところ、風があるとうまく飛べないらしい。風がいい感じで吹いていたので、外にマットと寝袋を敷いて横になった。それでも寄ってくるので体も顔も全部寝袋の中に入れて、顔は上着で覆って寝た。今度蚊帳を買おう。

7月12日

十一時頃、種差海岸のキャンプ場を出発。本当に良いところだった。また来たいな。近くに電源がないのがちょっと痛いけど。キャンプ場のおばちゃんに頼めば充電くらいはさせてもらえたかもしれない。失敗した。

昨日乗せてもらったユニックの運転席の下にお風呂セットが置いてあった。「八戸の人はだいたいみんな風呂セットを持ち歩いてる。銭湯が多いから」という。十和田市までの道中に「熊の沢温泉」という良い風呂があるというので、とりあえず向かってみる。八戸は温泉地帯で、あちこちに「ゆ」と書かれた大きな建物がある。

iPhoneの充電ケーブルが断線したらしく充電しにくいので、ヤマダ電機に寄る。そばのイトーヨーカドーの駐輪場に家を置いて、鶏飯弁当を買って食べてたら、警備員さんが近づいてきた。彼は家を指して、「これはお客様の持ち物ですか？」「そうです」「大変申し訳ありませんが、当敷地内にこういった建造物を置くのは一切禁止となっております。いろいろご苦労あるかと思いますが、ひとつよろしくお願いいたします」と言われた。「建造物に認定された！　よかったなあ、お前」と思った。コンビニでトイレ借りたり食事をするときに家の置き場に困るのは、やっぱりこれが建造物だからだろう。自転車でもバイクでも車でもなく、街中に置き場が用意されてないジャンルのものだから困るんだろうな。

夕方熊の沢温泉に到着。源泉掛け流しの良い湯だった。ほんのり木の香りがしそうなほど茶色く濁ってて、ぬるっとした泉質。温度も自分の体ととても相性が良い気がした。今度誰か連れていきたい。入浴料は四百二十円。「料金が少し高い」なんてレビューがあったけど、とんでもない、超満足のお風呂でした。

そのままお店の人に敷地の交渉をする。もう夕方六時過ぎてたから、これで断られたらアウト。責任者がいまいないと言われてひやっとしたけれど、受付の人がわざわざ電話してくれて許可を取り付けてくれた。今夜は温泉の駐車場がうちの敷地だ。

河原温が亡くなったらしい。大学時代に図書館で画集を一日中見ていた記憶がある。「私はまだ生きている」のメールの作品と、百万年を本にした作品がとても好きだった。でも彼は生きてようが死んでようがもう関係ないところまで行ってしまってるんだなって、亡くなってから気がついた。ただオンがオフになっただけで、これからもずっと「オフ」として存在しつづけるような、遠い場所まですでに飛んでいってしまった。

　青森は空が本当に広い。ばかでかい満月が浮かんでいる。日が落ちたばかりの青森の大きな空を眺めて、スーパーカーを聞きながら発泡酒が飲めるなんて贅沢だ。

7月13日

　よく人に「○○まで何キロありますか？」と聞いてみるんだけど、返ってくる答えは実際と違うことが多い。基本的に車や電車で移動するから、正確な距離を推し量る必要がないんだろう。そういう移動は自分と空気との交流を断ってしまう。東京で暮らしているときにもよく思っていたことだ。駅と駅の間隔が何キロかとか、歩いたら何分くらいだというのは実際歩いてみないと全く検討がつかない。風や雨や温度や湿度や、あるいは虫とか草と戦ったり仲良くなったりしながら生まれる皮膚への刺激を感じて動かないと、移動が脳内だけの出来事になってしまう。距離を正確に感じとる能力が退化しちゃうのはヤバいような気がしている。

　十時半頃出発しようとしたら、熊の沢温泉の人が「よかったらお風呂入っていってください。社長がそう言ってました」と言ってくれた。やった。朝風呂に入れる。

「それじゃ遠慮なく」という返事には本当に遠慮がなかった。あの素晴らしいお風呂に再び入ってさっぱりしてさあ出発、と思ったら、今度はお店のおばちゃんたちが「これ持っていきな」と、無農薬らしいレタスとミニトマトと大きなキュウリを持たせてくれた。

「ほんとは味噌っこつけるとおいしいんだけど、そのままでもおいしいから」

　このあたりの人は何にでも「っこ」とつけて話す。

　その生野菜をぽりぽりとかじりながら六戸を目指して歩いた。道の両端がすぐ深い森になってる。野菜はなにもつけなくてもおいしい。

　八戸から六戸までは、ほとんど山道で歩道がない区間も多い。気温はちょうどいいけどじめじめしていて、雨も降りはじめている。森がきれい。本当に青々としている。いまにも熊が出てきそうな道なので、この前買った鈴をわざと手で鳴らしながら歩いた。途中六人くらいに声をかけられた。

　うち一組の親子に「東京から移動生活をしている」と話すと、娘さんは「えーすごーい！」という反応だったけど、お母さんのほうは明らかに引いた感じで、「そんなことしてたら捕まるよ」と言った。「なんでいま自分は引いてしまったのか考えてみたほうがいいですよ」って言おうとしたけど、やめた。

その親子に教えてもらった大きな温泉「六戸モリランド」に向かった。今日もまずそこで敷地交渉してみようと思った。このあたりは火山地帯だから温泉が多い。合計十七キロ歩いて、六戸モリランドに着いた。まずは温泉に入る。

床と壁と天井すべてがヒバでつくられた大浴場があり、とても気持ちよかった。他の浴場とは少し離れていて薄暗く、全面が木材なので木の中にいる気分になる。浴室全体がサウナのようで、何時間でもいられそうだ。なんか温泉巡りみたいになってきたな。

風呂から上がると、なんとコインランドリーを発見したので、すかさず洗濯する。今日洗濯できなかったら危なかった。そんで敷地の交渉をしてみた。「いま経営者がいないけど、たぶん大丈夫だと思います」とのこと。少し待ってもう一度尋ねると「雨も降ってるし、よかったら座敷部屋に泊まっていってください」と言ってくれた。雨だと足が伸ばせない（足を外に出せる小さな窓がついている）から、ちょっと嫌なのだ。助かった。

ここは大きいけど、経営者の家族が二階に住んでいて、娘さんとかが中を走り回ったりしてる超良い感じの温泉だったのだ。あとで知ったんだけど。荷物を持ってきたら「できたら、ちょっと娘の絵を描いてもらいたいんですが」と言われた。僕は自分が描く似顔絵を思い出した。それはひどいものだ（そのひどさを売りにしてるところもある）。

「人の絵はあんまり得意じゃないけどやってみます」

娘さんはとても緊張していて僕とあまり話してくれない。でも気に入ってくれたんだなってことは、なんとなくわかる。

というわけで、今日は座敷部屋に座布団を敷いて寝る。昨日もそうだったけど、温泉に入ってそのまま寝られるなんて贅沢だなあ。

0714 1934

批判ができない。おかしいと思うことがあって批判を浴びせたいんだけど、それに携わってる個人の顔を思い浮かべたとたんにできなくなる。その人が幸せなら、一生懸命やってるんだったら、それでいいんじゃないかって思ってしまう。自分が当事者として戦わなくちゃいけないときはあるんだろうけど。いくら怒り狂っても批判ができないから、不完全燃焼のような状態になる。いつか一度くらい批判というものをしてみたい。そのためにはなにか確信のようなものがいるんだろう。狂いがないよう自分のロジックを精査する必要があるんだろうな。

今日は家を置いてたくさん歩いた。歩くことは土地と踊ることだ。ローリング・ストーンズの「Sympathy for the Devil」をイヤホンで聞きながら、昨日歩いた道をずーっと引き返してみた。歩くリズムにぴったりで体が勝手に踊りだす。車は多かったけれど、歩行者は僕の他に一人もいなかった。ミックが「シェケナベイベーカモンッ」って言ってた。シェケナベイベーだよ！　ほんと。

つがいのトンボがひらひらっといい感じで足下をすり抜けたり、カラスが田んぼからじっとこっちを見てたり、木陰に涼しい風が吹いたり、プラスチックの小さなスプーンが落ちていたり、顔が蜘蛛の糸にかかったり、見たことない虫が歩いてたりする。アスファルトの小さな隙間に草がびっしり生えているのを眺めながら歩く。リズムをつくって歩いていると、僕を抜かしていく車なんかよりもずっとずっと遠くに行けそうな気がする。

ヘンリー・デイビッド・ソローに「誰にも出し抜かれない生き方がある。それは歩くことだ」という言葉がある。最高に幸せな時間だ。車に乗っていては到底味わえない。「となりのトトロ」の「さんぽ」って歌も、フランシス・アリスの素晴らしい作品も、全部同じことを言っている。歩くことは、歩いた土地と歩いた距離を、体に刻み付けていくことなんだ。

どんどん遠くに行ける。土がアスファルトに覆われてしまったことを嘆く必要はない。アスファルトの上で踊ればそれでいい。トラックに石をぶつけられることもあるけど気にしない。

歩くと体が上下に動くからリズムがとれる、それで踊れる。車も電車も飛行機も水平にすーっと動くから退屈なんだ。船はいい。上下に揺れてくれる。僕の曾曾じいちゃんは船大工だった。たぶん上下に揺れてないとダメなんだ。そう考えていくと、いよいよリニアモーターカーはやばいな。移動するときは揺れないと体がだめになるのに。歩いたほうがずっと遠くに行けるのに。

水平移動ばかりで体が揺れないから、僕も含め、みんなクラブとか行くんじゃないかな。地面をアスファルトで固めれば固めるほど、車や電車やリニアモーターカーで水平移動すればするほど、体を縦に揺らせるクラブが必要とされる。ダンスカルチャーはアスファルトへのカウンターだったんじゃないか。そうだ、前に書いたバイパスを歩くツアーをするときはＢＧＭにローリング・ストーンズをかけよう。

　歩いてると右も左も緑色で、自然がいっぱいあっていいなあと思った直後に、いや田んぼは自然物じゃないぞ、これは人工物だと気がついた。都市にたくさん人が住めるようにするためには、都市じゃないところに田んぼがたくさんないといけない。一面の田んぼを目の前に見るということはすなわちそれを消費する大量の人間を見るということだ。それは都市を見ることと全く同じじゃないか。

　テンションが高いまま帰ってきて、少し気を鎮めてからお風呂に入るべくチケットを買おうとしたら、「お金はいいですよ」と受付の人が言った。でもこれは僕のほうから望んだことなので、お金は払うべきだ。もし「お風呂どうですか」という提案が向こうからあったら、払わなくていいんだろう。それもひとつの経済だと思う。受け取るというのは能動的なことだ。

　でも「お金はいいですよ」と言ってもらえたのはすごくうれしい。いまはまだ払えるけれど、次来たときお金がなかったらお願いしてみよう。

　今夜は、経営者の奥さんの提案でここにもう一泊することになっている。なんでも僕に会いたい人がいて、今日来る予定が寝坊してしまったらしい。十和田市現代美術館が今日休みだったからちょうど良い。明日行けばいい。

07142238

　さっきまた出かけて、田んぼ道で一人踊ってきた。最近クラブとかライブハウスで踊ってないなあって思ってたけど、一人でイヤホンつけて踊ればいいんだ。人目が気にならないスペースがあれば踊れる。電車通学していた頃、毎日窓の外を見ながら音楽を聞いていた。読書もしたけど、電車内では外を見ながら音楽を聴くのが一番落ち着いた。いま考えると、あれはとても自然なことだった。きっと移動にリズムをつけていたんだ。

7月15日

　夏だから涼しさを求めて北上していると話すと、だいたいどこでも「いや、とはいってもこっちも暑いよ」という反応が返ってくる。その土地で一年暮らしていたら夏を暑く感じるのは当たり前だ。昔、冬に沖縄に行ったとき、かなり薄着で飛行機を降りたら、現地の人たちはマフラーを巻いてた。暑さや寒さは相対的なものでしかない。

　昨夜、十和田市で写真屋さんをやってるという人が訪ねてきた。モリランドのお母さんの知り合い。今日はまずその写真屋さんを目指す。ここから八キロくらい。途中、家の軒先で洗濯機の蓋を洗っている女の人を見た。ゴム手袋をつけてスプレーで洗剤を吹きつけてとても丁寧に洗っていた。なんとなく良い光景。

二時間歩いて写真屋さんに着く。隣の家の人が庭に僕の家を置かせてくれることになった。よかったなあ。最近は「敷地早く決まってよかった」という感じじゃなくて、「敷地早く決まってよかったなあお前」と、家に向かっていう感じになっている。自分の力で動けないもうひとつの生物と一緒に行動してるような気持ち。

ラーメン屋でお昼を食べて（十和田はラーメンの激戦区らしく、店が多い）、十和田市現代美術館に行ってみた。十和田もやっぱり商店街がシャッター街になりつつある。結構やばい。あとで聞いたけど、お店をやるにも家賃が高いらしい。馬の産地で、彫刻とか道路のタイルとか街のあちこちに馬のモチーフがある。

美術館は、ロン・ミュエクの「スタンディング・ウーマン」って作品がもう圧倒的だった。展示を見てたら、美術館のコンシェルジュの人が僕の家を見て「話を聞きたい」と言うので、ちょっと話した。話すと自分でも整理されて良い。

「津波で家が流される映像を見てショックだった。あれは家というよりも生活が、家主がそれまで蓄えてきた人間関係とかお金とかキャリアとかが流されていく映像だった。生活って、家の壁に貼り付いてると思うんですよ。壁になにか貼ったりぶら下げたり、タンスとか机を壁際に置いたりするでしょ」という言葉が口をついて出てきた。最後に「貴重なお話ありがとうございました」と言われてさみしい。「お話」になっちゃうんだな……。まだまだこの感じを切実に伝えられていない。

夕方、写真屋さんとお話しする。創業百年以上のお店らしい。小さい頃から店番をしていて、継ぐことに疑問はなかったという。いま写真業界は本当に大変そうだ。誰でもカメラを持っているし、現像も家でできる。技術はカメラがやってくれるから、写真店をやるにはセンスだと言ってた。

夜散歩していて、一人でも賑やかなのを感じた。他人から見たら僕は一人だけど、もう一人のなにかが自分の中に生まれる瞬間がある。自分が自分の話し相手になる瞬間が本当にある。そしたら、なんとなくもうなにがあっても大丈夫だって思える。それは自分の殻に閉じこもる感覚とは違う。自分以外のすべての他人が、もう一人のなにかとして自分の中に現れる。そしてそれには音楽が欠かせない。そうだ、何度も言ってるけど、これは僕自身の問題だ。他からどう見えるかでも、自己実現でもない。この移動生活が普通のことだと僕自身が思えたとき、「自分が移動生活をしてるんじゃなくて、他の人が移動生活をしてないんだ」と思えたとき、すごく面白い景色が見えるはずだ。逆転する形勢は、自分の外ではなくて中にある。忘れないようにしないと。

7月16日

滞在した場所を出発するとき、「もうお帰りですか?」と聞かれることが多い。「帰る」ってのは、「行く」がないと成立しない。僕は拠点と一緒に動いてるから、行くも帰るもない。何万台もの車に抜かれたとしても、回りつづけているものを出し抜くことはできない。

幼い頃、茶の間のコタツのまわりをぐるぐると走るのが好きだった。自分はずっと同じ部屋にいるのにどんどん景色が変わっていく気がした。上に上に昇っていくような気がした。その延長でいま日本の本州をまわってるようなもんだ。その場が窮屈なときはぐるぐると回ればいい。

十和田市街を出発して、十和田湖方面へ向かう。「一気に十和田湖までは無理だから、焼山まで行くといいよ」と、写真屋さんが教えてくれた。二十キロくらい。今日は気温は低いけど湿度が高くて空気が霧っぽい。途中、「奥瀬歩道橋」があった。歩行者はいないし、車も少ないから普通に車道を横断できるけど、その歩道橋は感激するほど堂々と建っていて、頑張れよと思った。

歩いてたらなんと種差海岸で会った河北新報の新聞記者に偶然会った。釣りに来ていたらしい。奥入瀬川のあたりは魚影が濃く、イワナとヤマメが十五匹くらいフライで釣れたらしい。新聞掲載は二十日になるとのこと。

十七時過ぎに焼山に着く。「奥入瀬渓流」と呼ばれる温泉観光地なんだけど、平日のせいかひとけが全然ない。つぶれたホテルや民宿も多く、植物で塞がれた道に出くわしたときは、ぞっとした。昔はとても賑わっていたんだろう。観光案内所で事情を説明したら、すぐ近くにテントを張ってもいいスペースがあるからそこで良ければ、とのこと。今日の敷地が決まった。しかも二十四時間無料の足湯付き。

お風呂に入ろうと思い、日帰り入浴できるというホテルに行くと、エントランス部分の電気がついてない。パンフレットには「日帰り入浴十九時まで可」と書いてあったので勇気を出してドアを開けたら、受付に五、六歳くらいの女の子が一人で座っていてぞっとした。「あ、なんか違う世界に入っちゃったかな」と思ったら、女の子が

「誰か来たー」と叫びながら奥に消えていった。ちゃんと人間らしい。よかった。奥から「え？」という女の人の声が聞こえた。それは心から意表をつかれたような「え？」だった。そんなびっくりしなくてもいいじゃないか。女の人が出てきたから「日帰り入浴できますか？」と聞くと、女性は三秒くらい間をおいて「あ、どうぞ」と答えた。よっぽど客が珍しいらしい。でも温泉は素晴らしかった。川の音と鳥の声が聞こえる露天風呂もある。四日連続で違う温泉に入っているな。

　風呂から上がって、駐車場で観光案内所の人からもらったとても大きなサラミを食べながら一人宴会した。どんどん暗くなっていく。街灯もほとんどないので、完全に日が落ちたら真っ暗になりそう。今日は曇っているけど晴れた日は星がきれいだろうな。

7月17日

家の絵を描いていて気がついた。僕は家の外観だけを描いているけど、有名な古民家とか外面を意識したような家を描く気にはあまりなれない。作為的につくられていない家の外観が面白いからだ。窓とか通気口とか換気扇とかエアコンの室外機とか物置とか「家の外壁にあるもの」って、家の中をどうしたいかの表れなんだ。「中をどうしたいか」がそのまま家の顔になってしまうのは、すごく面白い。つくろうとしてもなかなかできる配置じゃない。そういう目で自分の絵を見返すと、どれも違っていて飽きない。

　観光案内所まわりを掃除してたおじさんから、今週末、十和田湖で花火大会があると聞いた。それは行くしかない。ということでもう一日ここにいることにした。車かバイクがないと、どこにも行けない。近くの道の駅の林檎ソフトクリームがおいしいと友達が教えてくれたけど、そこまで十キロあるので散歩後、夕方までずっと足湯のそばのベンチで寝てた。

　お腹が空いたから、唯一の飲食店「上高地」に行った。店内では近所のおばちゃんとお店のおばちゃんが話し込んでいた。近所のおばちゃんは「一日経つのがあっという間ねえ」と言って、店を出て行った。同感。十和田名物豚バラ丼を食べる。店のおばちゃんから、いまはだいぶ人が減ったけど、昔は賑やかな街だったという話を聞く。店の前の通りがメインストリートで、昔は飲み屋が十七軒ずらっと並んでいた。いまは一軒しかない。

「なんでですかね？」

「なんでだろうねえ。昔は交通の便が悪かったから、青森市に行くにも十和田湖で一泊って人が多かったんだけど、新幹線できて便利になったから。いっ

GURILANDのオーナーが非常に良い感じだ。夜はバーベキューに混ぜてもらった。オーナーの他に三人いて、「みなさん従業員ですか?」と聞いたら「いや……。なんだろうね。考えてみれば従業員ってのは一人もいないね」と言う。関東や東北からオーナーを慕って集まってくるみたい。それぞれ自分の仕事をもっているけど、オーナーの仕事を手伝いに来てたり遊びに来てたりする。

キヨシさんも良い。なにもしてないのが落ち着かないらしく、ちょっと食べたり飲んだりしたら、船のエンジンをいじりに行ったり草刈りをしたりクワガタをとりに行ったりする。楽しい。

この時期は毎年こういう感じで近くのキャンプ場に向かう途中のバックパッカーやライダーを呼びとめ、毎日バーベキューをする。ユーラシア大陸を横断途中の旅人とか。「こんな田舎に世界中から来る」と言ってた。素晴らしい交差点だ。オーナーも本業は冬で、夏は時間があるから遊覧船やったり熱気球上げたりヘリコプターを飛ばしたりしてるみたい。昔国分寺にあったハンバーグ屋のオーナーを思い出した。あの人もいま新潟の山奥でハンバーグ屋をやっていて、オーナーを手伝いにいろんな人が集まってた。とてもいい。

住民票と戸籍の住所表記を消すか、あるいは「日本国」止まりにできたら良い。住民税とか健康保険とかいろいろ面倒なことがあって難しいだろうけど、前例をつくれたらあとでもっと面白いことが起こりそうだ。

7月19日

雨の予報だったけど、午前中は天気がもつらしい。今日も遊覧船に便乗させてもらった。

十和田湖には「イトムカ」と呼ばれる入り江がある。水が青く透き通っていて、日光を受けた木々の葉と入り江全体の空気が白く輝いている場所。「イトムカ」はアイヌ語で「光り輝く水」という意味らしい。そもそもアイヌ民族は関東以北に住んでいた先住民で、大陸からの渡来人が日本に入ったときに北に追いやられたという説がある。だから東北地方にもアイヌ語の地名は残ってるのだと聞いた。

調べてみると、なんと「十和田湖」も「ト(湖)ワタラ(崖)」というアイヌ語に由来するらしい。GURILANDの事務所で見た本に載ってたアイヌの工芸品が、どれもかっこいい。

今日もここに滞在することにした。午後になると雷鳴が聞こえ、天気がいまにも崩れそう。オーナーが本業で使う雪上車を描いてプレゼントした。夕方、事務所の前で合コンぽい感じのバーベキューが行われていた。ここはいろんなことが起こる。まずはどこからともなく都会風な女子が五、六人やってきた。何人かはオーナーの知り合い。その後男性が五、六人きた。こっちはみんな自衛隊員。つけてる時計がディーゼルとかオメガとかで、全員手書きの名札をぶらさげていた。お酒がまわってきた頃には、男二人が懸垂を何回できるか勝負したりしていた。みんな楽しそうだ。僕はどうも会話にうまく混ざれないけれど。

夜は自転車を借りて休屋という地域まで行って、花火大会を見た。結構な人数が集まってた。開始前、「今年で第四十九回となりました十和田湖水祭。予算が大変厳しい状況ですが、たくさんの地元の企業様からの協賛金によって、今年もなんとか花火を打ち上げることができます」と声が流れる。やたら切実なアナウンスだなあ。頑張れ。やっぱりこのあたりも人が減ってるんだろう。花火は湖上から上げる強みを生かしていてきれいだったけど、それ以上に見物人が多すぎず少なすぎず、そのためかそれぞれの個性がよく表れていて面白かった。

僕のそばには二組の客がいて、一組は小学生ぐらいの子どもとお父さんで、子どものトークがマシンガンだった。「風がないからなあ、煙が残っちゃうんだね。風があればどんどん上がるんだろうなあ。あ、いまの花火って形変えられるからね。風がないから煙がなくなるの待たなくちゃいけないんだろうね。あ、これはずいぶん高いなあ。上と下で同時に上がるやつだ。休むねえ。あ、いいねえ星出てないのに星みたいな感じが。こういうとこの花火は今日五百発、明日五百発で千発ぐらいでしょ」って感じで、ずーっとしゃべりっぱなし。しかも言うことがいちいち断定的で面白すぎる。もう一組はカメラを持った二人組で、一人はうまく撮ってたけどもう一人が毎度フラッシュを焚くので目がちかちかした。「撮れないわあ」と言ってた。そりゃあそうだろ。

帰りも自転車で来た道を戻ったけど、もう真っ暗だ。外灯がないからなにも見えない。道路の両サイドはめちゃ深い森。かろうじて道路の白線と、曇り空と森の境界線が見える。ときどき車が道をパアーって照らしながら去っていく。そのイメージを頭に刻み付けて記憶の中を走る。そんなとき通るトンネルの光はとってもあったかい。トンネル嫌いだったのに。暗いとき光に集まるのは人も虫も変わんないな。

7月20日

七時頃起きると、もうGURILANDは動き出していた。八時から遊覧船を出している。三連休の中日で天気は少し悪いけど、やっぱり繁忙期らしくもうお客さんがいた。ここに僕がいるのがもう自然なことになってる。馴染んでいる。そういう場所なんだ、ここは。こういう場所は好きだ。人が自然に一緒になって仕事をしてる。去年から手伝ってる人が「ここには固定メンバーがいない」と言ってた。その人は一昨年ここのボートに乗って感動してから、船舶免許をとって手伝うようになったらしい。船舶免許をとったばかりの人（ふだんは看護師）がもう一人いる。

日中は暇だったのでボートの絵を描き、ロゴをつくってプレゼントしたりした。で、夕方にGURILANDを出発。四キロ西にある「休屋《やすみや》」という町に向かう。面白い地名だ。十和田神社の参拝者がそこで休んでいったことから名付けられたらしい。

GURILANDのオーナーから「十和田湖バックパッカーズ」という宿がテントを張らせてくれると教えてもらっていた。「バックパッカーズ」というぐらいだから、勝手に四十〜五十代くらいの濃い顔をした旅人っぽい人がオーナーだと思ってたら、結構な年のおじいちゃんが出てきて意表をつかれた。「テントの張れる場所があると聞いたんですが」と話すとすぐに、「ああ、新聞で見たよ。お金要らないからうち泊まっていけよ」と言ってくれた。おお。新聞すごい。今日河北新報と東奥日報に記事が載ったらしい。部屋をひとつ貸してくれた。Wi-Fiが使えてすごく良かった。変なパスワードで面白かった。

夜出かけようとしたら、なんと受付がそのまま茶の間で、子どもからおじいちゃんまでの三世代家族がテレビを見ながらご飯を食べていて驚いた。うらやましい家庭だ。こういうところで旅人とふれあいながら育ったら、良い社会性が身につきそう。

7月21日

「楽しそうだね」と言われるたびに、自分はやらなくちゃいけないと思うことをやってるだけで、それは楽しくもなんともないって思ってた。だけどいまは少し違う。僕はこの活動を「やらなくちゃいけない仕事」のつもりでやってるけど、「楽しむ自分」はそれとは別にあっていいんだと思えるようになってきた。

前に養老孟司さんが「やらなくちゃいけないことをやりたいことに変えていくってのが仕事には必要だ」となにかで話してる映像を見たけど、その意味がわかってきた。つまり一周回って楽しいと感じる瞬間がある。「敷地借りないといけない」とか「どこかで充電しないといけない」とか「次の町までの距離を考えると〇時までには出発しないといけない」とか「絵を描かないといけない」の連続なんだけど、そういうことをクリアしていくのはもしかしたら楽しいことなのかもしれない。サバイバルゲームだと思ってやるといい。

昨夜は久々にネットが使えて電源もあったから、夜中までYouTubeサーフィンしてた。カール・ハイドがめちゃ好きになった。佇まいがほんと天才だ。天才っているんだなあ。

そのせいで今朝は寝坊した。次の町まで二十三キロあるし（つまり朝十時くらいまでには出ないとまずい）、昨日描きはじめた絵もまだまだ時間がかかりそうだったから、ここにもう一泊することにした。今度はテントひとつぶんのお金を払って、外の自分の家で寝る。ほぼ一日中絵を描いてた。「次の町まで二十三キロあるから今日は無理」って面白い状況だな。江戸時代みたいだ。

夕方になると昨日までの祭りの賑わいが嘘みたいになった。人がいない。一時間で通ったのは車二台と人が三人。まだ今日まで休みなのに。このあたりも本当にさみしい。たくさんの大きなホテルがつぶれて廃墟になってる。日本の未来を見てるみたい。東京にいるとわかりにくいけど、この圧倒的な数の空き家と廃墟を見てると、いよいよヤバいとこまで来てるのがよくわかる。

絵を二枚仕上げたあと、十和田湖を散歩した。もう日は沈んで暗くなりはじめている。十和田湖の水は本当に青い。今日は風がないので波もない。あたりはとても静か。巨大な水の塊がすぐそこにあるのに音が全然しなくて不思議な気持ちになる。見とれてしまうくらいきれいだった。十和田湖は紅葉も有名だけど、カラフルで賑やかな景色よりも、こういう全体に青っぽい感じのほうがたぶん好きだ。また来たい。

そこで一人で写真を撮った。「十和田湖国立公園」と書かれた集合写真用のひな壇が置いてあったので、

7月22日

朝九時半頃にバックパッカーズを出発。おにぎりを持たせてくれた。次の大湯温泉まで二十六キロ。ずっと山道。「熊出没注意」の看板が至るところに掲げられている。恐ろしい顔をした熊が襲いかかるイラスト付き。熊は本当に怖いから、買った鈴を手で鳴らしながら歩いた。途中、スズメバチの死骸をたくさん見た。スズメバチは死んでも威厳を失わない。

夕方五時前に大湯温泉に着く。久々に打ちのめされそうになった。山あいにあるからなのか、町に入ったときから、なんとなく閉鎖的な雰囲気は感じてた。

まず敷地を確保しないといけないと思い、町に四か所ある共同浴場のうちのひとつに行き、いったん家を駐車場に置いて、中で交渉してみた。そうしたら「自分はここの責任者じゃないからなんとも言えない。もう少し歩くと支所があるからそこに行ってみるのが良い。外にトイレもあるし」ということなので、家を持って出発しようと思ったら、浴場の管理者を名乗るおじさんが通りかかって僕の家を指差し、「あんた。なんだこれは。誰の許可でここに置いてるんだ」と言われる。「あー、このパターンかあ」と思って「すぐどかします」と言って去った。ここは交渉してもだめだろう。久々に言われたな。

で、支所に行くと、こっちでもまたあからさまに不審そうな顔をされて、「ここは公共施設だから無理ですよ。セキュリティの問題もあるし」と言われた。まあ予想はしてた。「公共施設だから無理」という理屈はわからないし、「セキュリティの問題」もただの建前なんだろうなと思いつつ、「近くに寺か神社はありますか」と聞いたら、一軒教えてくれた。役所にいた二人のうちの一人は話すうちに少し協力的になってくれて、地図を見ながら「あとは、向かいの建設会社さんとか、ここのコーヒー屋さんは駐車場がありますす」とのこと。こういうときに役所で個人の会社や店の名前が出てくるのは良いな。

まずはお寺に向かう。お寺に着いて家を置いて声をかけても誰もいなくて、人影が見当たらなかったので、諦めてまた家を担いで出て行こうと思ったら車が入ってきた。開いた窓ごしに「すいません。住職さんですか?」と聞いてみる。相手は車の中からこっちを見ているんだけど、返事がない。「ん?聞こえてないのか?」と思ってもう一回同じことを聞いてみる。それでも返事がない。もう一回聞くと「はい」と返ってきた。ああ、不審がっていたのか。いったん車から降りてくれたけど、事情を説明しはじめると話半分のところで「ご苦労様です」と、背を向けて車に乗り込んだ。敷地の交渉をすると、「いや、そういうのはちょっと」という答え、というか「呟き」に近い。「これは人間扱いされていないな、これ以上いたら通報される」と思ったのでそそくさと出た。会社で営業やってる人って大変だな。

今日は調子悪いなあと思いつつも、もう十八時近いので落ち込んでいる暇がない。どんどん次に行かないと。「こんな町二度と来るか」と何度も思いながら歩く。いま思うと、岩手や宮城や福島など、被災した地域は、外から人がたくさん入ったせいか、心がオープンな人が多かった。

歩いてたら道でおばちゃんに話しかけられた。事情を説明して「敷地を探してるんですよー」と言ったら、「まあかわいそう」となって、どっかないかしらねえって考えてくれた。そしたらどこからともなく人がたくさん集まってきた。

「大丈夫かそいつ。クルクルパーじゃねえのか」って声も聞こえる。そういうのはもう慣れた。うち一人が「すぐそこに温泉施設があるから行ってみたら」と教えてくれた。「ゆとりランド」という入浴施設だった。

フロントで話すと、「ここは隣のホテルが経営しているので、そちらで聞いていただけますか」と言われる。「ああホテルかー、じゃあ無理だろうな、宿泊施設だし」と思いつつ、そのホテルのフロントに行くと、支配人が待っていてくれた。「どういったご用件でしょうか」と名刺までくれた。「人間扱いされてる！」とうれしくなって勢い良く事情を説明すると、その人は「くくくっ」て笑いながら「いいですよ。面白いですね」と言ってくれた。「ホテル鹿角」！　ここはホテル鹿角。三度失敗した後だけに、うれしすぎた。というわけで今日はその敷地内を一晩借りることに。

ゆとりランドで風呂に入って出てきたら、知らない人からメールが来ていた。この町に住んでて、村上さんに興味が湧いたからぜひお会いしたいとのこと。ホテルまで来てもらって少し話し込んだ。なんと同い年だった。東京の大学を中退してそのままふらふらしてたら、ガソリンスタンドを経営してる親から呼び戻されたらしい。僕の話を聞きながら「それはいい人あたったなあ」とか「それは良い場所見つけたなあ」というふうに、こっちの気持ちになって同意の相づちを打ってくれる。

「じゃあ当面はガソリンスタンドで働く感じ？」と聞くと、「うーん。一生終えるね」との答え。かっこいい。ここに、ガソリンスタンドを生業にしていく覚悟を決めた同い年の人がいる。すごいことだ。

「このへんでは外から来た人がいると『あいつはどこのやつなんだ』って感じでまずは見られる。そしてどこの者かが人づてにわかってきたら『じゃあ大丈夫』となる。気にしない人は気にしないけどね」と教えてくれた。

7月23日

昨晩からずーっとじめじめしていて、いまにも雨が降りそう。東京は昨日梅雨が明けたらしいけれど、こっちはまだぐずぐずしている。

朝、家の中でごろごろしていたら人が近づく音がしてうちの窓を開けよう

2014年7月22日　秋田県鹿角市十和田大湯中田

とするので（鍵が閉まってるのに、無理矢理こじ開けようとしてきた）、「はい」と言ってドアを開けたら、男の人がタバコを吸ってて無表情にこっちを見てきた。「どうもー」と言ったけど、返事は返ってこなかった。そして去っていった。ああそういう感じねーと思いながらドアを閉めた。

十一時頃にホテル鹿角を出発。出発時刻が遅くなったので長距離を歩く気にもならず、六キロ西の鹿角市街地で一晩過ごそうと思った。雨が降ってきて、こんな日はゆっくり本でも読みたいなあと思いながら歩く。昨日のこともあり、憂鬱モードになってる。同い年の友人との出会いは大きかった。また会いに来たい。

中華レストランで昼食をとり、十三時にはもう市街地に着いてた。さっそく敷地の交渉をしようと思うのだけど、昨日を引きずってしまってお寺に行く気にならない。どこからあたればいいか思いつかず、とりあえずまた温泉にしようと、七滝温泉へ。駐車場の一角に東屋があり、テントが二つ張ってあった。先客がいる。管理人のおじちゃんに話すと、ここは小さなキャンプ場（本来はキャンピングカー向け）も兼ねていて、一人五百円。管理人が「みんなから取って一人から取らないってわけにいかねえからなあ」と言うので、五百円払った。

テントの主はバイクで旅をしている男性二人組。前に岩手のキャンプ場でもバイク旅中の人に会ったけど、あまり話をする気にならなかった。彼らも僕の話は聞きたがらなかった。不思議。ここでもそうだ。世界が二人で完結しているように見えた。バイクはピカピカで、キャンプ用のバーナーとか金属の食器も持ってた。

七滝の湯はぬるめで白く濁った茶色のお湯。「硫酸塩泉」と書いてある。このお湯も体に馴染んで気持ちよかった。温度が低いのがいい。ほんと温泉ばっかり入ってるな。

露天風呂に「ここは露天風呂です　虫となかよくしましょう　タヌキやカモシカとなかよくしましょう　木の葉となかよくしましょう　へっぴり虫に注意しましょう」と、二匹のタヌキが背中を流しあうイラスト付きの看板がある。前にも似た看板を見た気がする。「なかよくしましょう」がいい。要するに「露天風呂なので、他にも生き物がいますよ。同じ土地で生きてるんだから仲良くしましょう」ってことだ。

へっぴり虫とはなにかと調べたら、あの肛門から超高温のガスを噴出する虫のことだった。図鑑でしか見たことない。

さあ明日は頑張って大館まで行こう。雨がやむといいな。

7月24日

朝ご飯をコンビニの駐車場で食べながら、前の道路を眺めてた。歩行者が一人も通らない。車は何十台も通る。ほんとみんなすぐに車に乗る。そういえば高松でバイトしてた頃も、二キロ離れた職場まで歩いて通ってたことをみんなにびっくりされて、最初信じてもらえなかったくらいだった。「歩く」はもはや基本の移動手段じゃないんだろうな。ちょっとの距離でも車に乗りたがるってのは、徒歩よりも車のほうがもう体に馴染んでるってことだ。徒歩＝「ウォーキング」という特殊なジャンルになりつつある。それで体は大丈夫なのか。

いつのまにか秋田県に入ってたけど、景色ががらっと変わったわけでもない。考えれば考えるほど住所は不思議だ。土地に線はないのに、歩いていると住所はどんどん変わる。いま自分の住民票は香川県高松市松福町にあるけど、その言葉の並びが指すものはなんだろう。それはこの社会の装置を回すために便宜的に割り当てられただけだ。この生活をしてると、住所が宙に浮いた頼りないものに見えてくる。「六本木」や「銀座」という言葉が指すのはその土地そのものじゃない。歌でいうタイトルだ。土地のもつ歌は、タイトルとは別のところにある。

八時半頃七滝温泉を出て、大館へ向かう。二十五キロ。アスファルトの上でひからびて錆びた針金みたいになったミミズの死体をたくさん見た。やるせない。

今日は路上でいろんな人に出会った。まず看板屋さんの前を通ったとき声をかけられ、コーヒーをご馳走してもらった。スタッフが三人いて社長はギターの弾き語りをするらしく、ライブのポスターが事務所内に何枚も貼られている。いい感じの看板屋さん。あと、「えーっ、ええーっ。考えられねえ。考えられねえ」と何度も驚く、特徴的なおじさんに会った。「もうすぐここらはお祭りの季節になる」という。でっかいねぶたが出る祭が能代であるらしい。それと、埼玉県八潮市から北海道までママチャリを漕いでる「しゅうちゃん」というおじちゃんにも会った。この人はやばい。下駄を履いて、錆び付いたママチャリに乗ってた。荷物も少なく、ちょっと近所のコンビニまでってノリでバイパスを走ってた。出発後二週間が経過してるらしい。いろんな人がいるなあ。

大館に着くと、新聞記者が話しかけてきた。もう十七時半を過ぎていたので、僕は結構焦っていて、「いま敷地を探してるんです！」と相談に乗ってもらった。「ゼロダテ」というアートセンターがあると知っていたので、そこにも行ってみた。「あのちょっと相談があるんですが、僕は……」と言ったところで、「あ、家を担いでる人ですよね」と返ってきた。言い方が「家を担いで生きる」というライフスタイルが普通であるかのようで、こっちが動揺してしまった。さすがアートセンターは一般化が早いな。記者さんとも一緒に考えて、近くにあるお寺がいいだろうとのことになり、交渉したら快諾してくれた。よかったよかった。

　夕食をゼロダテで教えてもらった「米田食堂」で食べたんだけど、ここがすごくいい感じ。割烹着姿のおばちゃんが一人でやってる小さな食堂。四百円の「納豆定食」を頼んだら、ご飯と納豆とみそ汁の他に六種類のおかずがついてきた。おばちゃんが微笑みながら「食べなさい」と言った。おばちゃんの家がそのまま自然に店になったような感じだ。客は僕の他に二人おじちゃんがいて、集団的自衛権の問題について言い合っていた。エスカレートして声が大きくなってくると、調理場からおばちゃんが「まあまあ」ってなだめている。おじちゃんたちはおばちゃんのことを「おかあさん」と呼んでいる。ほんといい場所だ。

　夜、お墓のそばで寝るのはちょっと怖いなと思いつつ横になる。いつもはそんなこと思わないのに。でも横になって天井を見上げたら「ここは自分でつくった空間だ」という気持ちになってわくわくする。それで怖さが飛ぶ。

07251235

「あなたのアイデンティティはなに?」という質問を自分にしてみた。なにかつくったり考えたりしている間しか自分が存在していると思えない。だからフリーターをやってた一年間、僕は存在していなかった。だらだらしたいとか一年中寝ていたいとか毎日思うけど、実際にごろごろしはじめると、一日もじっとしてられないことはわかっている。半ば腰を落ち着けるつもりで去年彼女と一緒に香川県に引っ越したけど、二か月もしないうちに、この「移住を生活する」のプランを練りはじめていた。残念だ。もうそういうものだと思って諦めるしかない。

7月25日

十一時頃お寺を出発しようと挨拶したら、奥さんに「夕ご飯よかったらご一緒にって思ったんですが、どこに家を置いたのか見つからなくて……」と言われた。

出発早々、自転車のおばちゃんから突然千円もらった。そういえば昨日出会った特徴的なおじちゃんからも「チップだ」といって千円もらった。僕はそのお金で納豆定食を食べたのだった。

とても良い感じのおばちゃんだった。

秋田出身の大学の後輩からツイッターで「秋田はババヘラアイスがおすすめです」という連絡がきた。おばあちゃんがヘラで盛ってくれるからババヘラアイスという。素晴らしい名前だ。国道沿いにパラソルを立てて売ってるらしい。遭遇できるか。

とりあえず北秋田市の「道の駅たかのす」を目指して歩く。十五キロ山道だった。熊が今にも道路脇から出てきそう。昨夜こういう山道で熊に遭遇する夢を見た。奴は遠くにいて、こちらに気がつくと怖がって逃げていった。遭遇したくないな。ババヘラが先か、熊が先か。

お昼過ぎに道の駅たかのすに到着した。連日歩いていて、結構疲れているのがわかる。今日はここを敷地にしようかなと思っていたら、男性が「ご苦労様です」と話しかけてきた。

「まあ、冷たいものでも食べて休んでください」

ここの社長さんらしい。新聞で僕のことを知っていたみたい。敷地のことを聞いたら快諾してくれた。

「ここは大太鼓で有名なんですよ。ちょっと見ていきませんか」と、そばにある資料館に案内された。「大きな太鼓なんだろうなあ」くらいに思って入ると、もう予想を遥かに超える大きさの太鼓が四つ並んでいてひっくり返りそうになった。こんなの見たことない。一個つくるのに二千万円かかるそうだ。その音は一里先まで届いたという言い伝えが残っているとか。「張り替えるのに大きな牛の革が必要なんだけど、いまは大きな牛を育てることがないからね」と言ってた。この部屋も太鼓のために加湿している。維持が大変そうだ。大丈夫なのか。

二十二時頃には横になった。明日は人と待ち合わせをしているので、能代市まで行かなくちゃいけない。ここから三十七キロある。大丈夫かな。

7月26日

夜寝るとき自分の家の天井を見上げると、「これは自分がつくった空間だ」という実感がこみ上げてきてうれしくなる。それは僕が土地と家を買っても感じることはできない実感だと思う。お金を払えば土地が手に入るというのは思い込みだとわかっているから。「手に入れる」よりも「借りる」のほうが嘘がない。

今日は朝八時半頃道の駅を出発し、能代まで歩いた。最短距離は三十七キロだったけど、結局延べ四十キロくらい歩いたと思う。途中で電車に乗ろうと試みたりしたせいで余計な距離を歩いてしまった。結局電車には「ちょっと大きすぎますねえ」と言われて乗れなかった。

着いた頃には、足が自分のものじゃないみたいだった。途中、旅人に二人出会った。一人目は埼玉から出発して車で日本一周しているおじちゃん。「旅が好きというより、定年退職してなにかやることねえかなって思ってやったのがこれかな」

一日千アクセスあるブログをやってるらしい。去り際に「明日ブログ見てねー」と言ってた。二人目は、モンスターハンター十周年を記念してモンハンのコスプレを施した自転車で日本一周をするというよくわからない（自分でそう言ってた）旅をしている青年。去年の十月に新潟を出発して、もうすぐゴールらしい。

能代に着いたのは二十一時過ぎ。ふらふらしながら到着して、待ってくれていた人と合流した。埼玉の田谷さんが紹介してくれた「平山はかり店」の平山さんと、「夢工房咲く咲く」の能登さん。はかり屋という業種があることを初めて知った。店内には本当にいろんな秤が置いてあった。米の産地なので、昔は米の出荷用の秤を主に売っていたらしいけど、いまは需要がないのでいろいろな「はかるもの」を取り扱っている。夢工房はアグレッシブなキャラの奥さんがやっているカフェ兼工房で、野菜を直売する朝市や、先生を呼んでの粘土教室など、いろいろやってる。本人も「いろいろやりすぎでしょー」と言ってた。

今日、能代はお祭りで、山車が出て盛り上がっていたけど、僕は疲れで倒れそうになってた。ので早く寝た。

7月27日

毎週日曜日は朝市の日らしい。九時頃から「夢工房」の駐車場に人が集まり、野菜などを売る準備をしている。僕はそのそばで日記を書いている。

だいぶ腰の曲がったおばあちゃんが「おら、一月にひ孫が生まれんだ。彼女柔和な人だ。よかった」と話しかけてきた。いま八十七歳で、僕のおじいちゃんと同世代。

「やっぱ彼女つくんねとだめだ。子ども生まれねんだもん」

訛が強い。このせりふまでは聞き取れたけど、そのあと、「とうちゃんがな、けいさのっであぐなのっであぐなってな。でもやまのはたけのほさはのってな」という感じで話されて、全然意味がわからない。なんとか意味を汲み取ろうとして聞き返していくと、「旦那が（もう年だから）、軽（自動車）に乗るな乗るなってな。でも山の畑へは乗っていくけどな」と言ったみたい。定かではない。

他に男の人に「旅のお方、食べてくれ」と、トマトをもらったりした。

「旅のお方」なんてせりふはドラクエでしか聞いたことない。外からお祭りの山車が通り過ぎる音が聞こえる。

　今日はコインランドリーに行ったあと、ずっと絵を描いていた。昨日の疲れが足に残っている。風が強くて、晴れたかと思えば突然強い雨が降ったりする。夜は、はかり店の平山さんが家に呼んでくれた。彼女は地域の養護学校の生徒たちがつくった絵などを町のあちこちで展示する「まちなか展覧会」も企画しているらしい。面白い企画のアイデアを一緒に考えたりした。

　潮目の話をした。「こっちも震災の影響で、スーパーから商品がなくなったりして大変って思ってたけど、そういうのが恥ずかしくなるね」と、言ってた。

7月28日

今日も動かない。ずっと絵を描いていた。近くの「イオン」にボールペンを買いに行った。イオンはどこにでもあるな。「夢工房　咲く咲く」の能登さんは本当に朝から晩まで動き回っているような人で、よく手が回るなあと思う。いま日記を書いている工房でも、毎日のようになんらかの先生を呼んでなんらかの講座が開かれてる。自分ではじめたことで忙しくしているのはとてもいいな。

　夜、平山さん夫妻に近所の「ヒサヤ大食堂」という中華料理屋に連れていってもらった。「超おいしいから」と言われてから行ったけど、本当においしかった。シュウマイと酢豚が最高。しかも、店長は昔、武蔵美の近くにある居酒屋「風神亭」の店長だったらしい。学生時代よく行ってた店だ。こんなとこでそんな人と会えるなんて。なにがあるかわからん。

　平山さんが冬の能代の話をしてくれた。雪は降るけど風が強いのでそんなに積もらない。空は晴れていて、風が強いときには地吹雪という状態になる。地面に少し積もった雪が風で舞い上がるらしい。だから昼でも車のライトはつけるし、つけていても対向車がよく見えない。毎年冬は戦のような気持ちで日々を過ごすらしい。厳しい冬の話をしているけど、平山さんたちの表情はとっても生き生きしている。

「冬はすげえんだぞ。地吹雪体験してみなー。でも夏は、これ以上の暑さを知らねえから。暑いのは駄目だ。冬の厳しさなら負けねえぞ。北海道には負けるけどな。あすこは死人が出るからな」

7月29日

　これまで十五社くらいの新聞社から取材を受けたけれど、僕が話す内容は同じなのに、書かれる記事がそれぞれ微妙に違っている。新聞記者は取材した内容を速攻で記事にしないといけないから、それぞれの頭の中に独自の「記事にする方法論」があって、取材したことをどんどんそれにかけて記事にしていくんだろう。記事を本人に確認してから載せる、ということはしない。そんな暇はないんだろうな。新聞は毎日発行されて、ニュースはどんどん更新されていく。記事の厳密な正確さを求めるよりも、とにかくすばやく紙面にしていくのが役割なのだろう。読者も、小説を読むように記事を読み込んだりは、あまりしない。そうやって書かれた微妙に違う内容の記事を見るのは、面白い。

ハイロウズでマーシーが「誰かが予言してるほど良くも悪くもないのだ」と歌ってる。地球上の全員が完全に狂っている、思考回路がストンと落ちてしまっている可能性を、いつも考えないといけない。

秋田県能代市の、とある家のベランダに洗濯物が干してある。たしか東京都杉並区の家のベランダにも、岩手県大船渡市の仮設住宅の窓にもあった。どこの家にも洗濯物は干してあるし、どこの家でも換気のために開けた窓でカーテンが揺れてる。どんな山奥でも海沿いでも何十坪もある大きな家でもワンルームの小さなアパートでもぜーんぶ同じ。「生活」は、すべてのものごとの下にまわりこむ。どの街にも犬の散歩してる人はいるし、街角では挨拶が交わされている。どこの道端にもクローバーや黄色と白の小さな花が咲いていて、アリは行列をつくっている。洗濯するといえば洗濯機だし、移動といえば車。都会では電車とかバスもあるか。そんな土台の上で、みんな一生懸命仕事をしたりしなかったりしている。好きなことで忙しい人もいれば、そういう人に乗っかるのが好きな人も、特に好きじゃないことで忙しい人もいる。実家のガソリンスタンドを継いで一生を終える覚悟を決めた人もいる。路上では雑草が勢力争いをしている。それぞれ生き残るためにいろいろな戦略をとっている。

眺めていたら、風が吹いた。そのときすべての草が、全体として揺れた。突然原っぱとしての「全体」が現れた。いろんな形の葉をもった雑草が、同じように風に揺れているのを見て思った。俺は希望がつくりたい。世の中を明るくとか、希望とか夢とかいう言葉はあんまり好きじゃない。世のため人のためとかではなく、自分に向けて希望がつくりたい。そこまでは言ってもたぶん大丈夫だ。そしてそうやって歩いてると、考えたことがどんどん後ろに流れていく。一瞬一瞬がどんどん過ぎていく。前向きにならざるを得ない。

今日は能代市を出て森岳温泉郷に行った。十八キロくらい。能代市でもたくさんの人と出会った。ここもまた来たいな。平山さんの同級生の紹介で、森岳温泉の「ゆうぱる」という浴場の敷地に寝かせてもらえることになった。夕方に着いて温泉に入れてもらえた。とてもいい感じのお店。温泉はすごく透明でしょっぱい。この森岳温泉郷も、結構さびれてしまってる。かつて十軒以上あった旅館も今は二軒しかない。ストリップ劇場もあったという。大きなホテルがつぶれてそのままになってる。旅館の跡地は老人ホームになってる。大湯温泉でも同じことが起きてた。主要産業は老人ホームと言ってる人もいた。わかりやすいな。

今夜はゆうぱるのオーナーの気遣いで、大広間に寝かせてもらえることになった。ありがたい。

7月30日

海水浴場で大きな砂像を作って展示する「サンドクラフト」というイベントがあるらしい。朝、トマトを六個くれた職員さんが連れていってくれた。海に着いたら、まずでかい風車が目についた。小学校の工作でつくるようなモノをそのまま大きくしたかたち。大きなハネがゆっくり回ってる。かっこいい。砂像はふなっしーやドラえもんや風の神様といったモチーフが多い中、地元の建設組合が「建設機械」というタイトルでブルドーザーを作ってたのが良かった。ちゃんとKOMATSUのロゴも入ってる。ぐっときた。

お昼頃「ゆうぱる」を出て、加藤さんという人の家に向かう。昨日の夜このオーナーさんが「この近くにも芸術家がいる。明日はそこに行ってみるといいですよ」と、紹介してくれたのだ。ここから二キロのところに住んでいるらしい。

遊園地みたいな家だった。敷地の中に家と、あずま屋と犬小屋と小屋が二つ建ってる。二つの小屋はそれぞれステンドグラス工房と、そば打ち工房だ。このあたりは温泉が通っていて、月五千円で使い放題らしい。プライベートの露天風呂があった。加藤さん本人もすごい人。

「退職後に遊びではじめたんだ」と言ってるけど、つくるものの完成度がとても高い。ステンドグラスとそば打ちと木彫とハンコと俳句と果実酒(六十一種類もある)と書。集中力は何時間もはつづかないので、ステンドグラスに飽きたら木彫をやるというふうに一日を過ごしている。

「退屈することがねえ」

これも生きる力だ。

毎週新聞に投稿する俳句が選ばれたか見るのを楽しみにしていて、「明日の新聞にも俳句載ってたらいいなあ」と言ってた。「そんな何回も載るわけないの。ねえ？」と奥さん。良いな。

7月31日

秋田県には東京の蒸し暑さはない。日中日差しが強くて暑いことはあるけど、朝晩は寒いくらいになる。夏は北に来て正解だった。

お昼頃に加藤さんの家を出て、今度は二十キロ南下して井川町に向かう。数日前に知らない人から「よかったら泊まっていってください」というメールが突然来た。僕のことを新聞で知ったらしい。そこに向かう。

夕方、ちりとりの角を使って家の前の道路にこびりついたゴミを掃除しているおじさんのそばを通り過ぎたあたりから井川町に入った。「日本を、取り戻す」と書かれた自民党のポスターを見つけた。

メールをくれた人と合流して、一軒家に案内された。その人の姉夫婦が住んでいた家だけど、二人とも亡くなってしまって、いまは空き家になっているらしい。「ここ自由に使っていいよ」と言われた。鍵も渡してくれた。こんなこと初めて。これまで旅人を何人か泊めたことがあるらしい。勤め先が国道沿いでよく旅人が通りかかるので声をかけ、そのたびに仲間を集めて宴会をするという。

僕も夜は宴会に呼んでもらった。六人くらいいる。奥さんの地元で暮らすために長崎から移住してきたという人が、「こっちの人の言葉、なに言ってるかわかんねえべ」と言ってた。その人と僕以外はみんな「こっちの人」だ。「なに言ってるか、わかんねえよなー」と笑っているとき、なんか泣きそうになる瞬間があった。こういう違いを笑い合えるのって素敵だな。

しかし昨日の加藤さんといい、今日の人といい、本当にいろんな人がいるなと思う。もし僕が歩いてなければ出会うことはなかった。最近つくづく思うけど、歩かないと気がつかないことは本当にたくさんある。歩きをベースにしたこの生活にこんな側面があったなんて想像できなかった。ほんとどうかしてた。

彼女とデートするにしても、まず「どこに行くか」を考え、「そこまで行く」ことが大事だと無自覚に思っていた。その道の途中にこそ、それまで知らなかった面白いことがあるなんて考えもしなかったし、そうやって行った先で「写真を撮る」ことが大事だと思い込んでいた。すばやく目的地までたどり着くために飛ばした時間と空間の中にも、たくさんの街や人がいることを考えもしない。

バイパスをたくさん歩いてきた。車

がたくさん文字どおり「パス」していった。僕はそのバイパスの路上にコスモスが生えていることを知っている。アリの巣があることを知っているし、人知れず車に轢かれた蛇の死体があることを知っている。車が時速七十キロで通り過ぎていった土地を、僕は時速四キロで歩いていたから。

知らないまま通り過ぎる無数の街がある。僕はいま井川町にある空き家に泊まらせてもらっている。持ち主が亡くなった空き家。ここにも物語があった。昨日までそんな名前の街があることすら知らなかった。それがいまはどうだ。壁と天井を持った大きな空間が現実に目の前にある。これがどれだけの大発見かは、体験してみないと絶対にわからない。

いくつかの「観光地」を見てきた。そのほとんどが空き家とつぶれたホテルとシャッターの下りた商店でできていた。大きな灰色の悲しみが街の上に浮かんでいるようだった。「昔は賑わったんだよ」と聞くと泣きそうになった。もう見たくない。通り過ぎた土地にもたくさん街があると想像さえせずに目的地まで行ってしまうのは、ひとつの暴力だ。僕はこれまで無自覚にそういう暴力を働いていた。

8月1日

めっちゃ蒸し暑くて、雨が突然降ったりする日だった。あまり急いでもしょうがないので、動かなかった。東京の夏に似ている。秋田もこんな蒸す日があるのか。

近くの公園に彫刻がたくさんあると聞いて行ってみたけど、ちょっと歩いただけで汗がだらだら出てくるので長く見る気にもなれない。人物のブロンズ彫刻の服の中にスズメが巣をつくっている。暑そう。

夜、また宴会に呼ばれる。昨日と別メンバー。新しい人が二人いて、とても良い感じに受け入れてくれた。以前同じ空き家に泊めた一人旅中の若い女の子の話を聞く。自己防衛用に持ち歩いていたハンマーが役に立ったこともあったとか。僕を呼んでくれた人が「そういう旅人をよく連れてくるんだよ、この人は」と言うと、その人は「でも楽しいでしょ。自分では声かけないけど、私が声かけた人との宴会には来てるじゃない」と返す。役割がそれぞれあるんだろうな。受け入れる人と、それに乗っかる人と。

8月2日

十二時頃井川町を出発。ここにもまた来たい。

今日も暑い。路上で子どもを二人連れたお父さんが話しかけてきた。新聞記事を読んでいたらしく、ペットボトルの麦茶を差し入れてくれる。

「子どもが、なぜ家を持って歩いてるのか聞きたがってるので、教えてもらえませんか」と言われ、返答に困ってしまった。「普通に生活するのにもううんざりしちゃったんだよ」とか言えばよかったのかな。それも理由のひとつではある。水戸で出会った男の子は「僕も乗りたい！」って言ってたな。面白い言い方だ。移動するもの＝乗り物という感じがするもんな。

一歩踏み出すたびに、両肩にリュックと家の重さがのしかかる。いまの生活すべての重み。それを感じながら歩いていると、僕の存在を自分で肯定しながら進んでいるような気がする。

キャップ帽をかぶった男の人から「新聞見たよ。いま祭りやってんだ。寄ってけよ」と話しかけられた。ついていくと、小さな公園に出店が出ている。町会規模の小さなお祭り。いま考えると、家を無神経に公園に入れたのがまずかったのかもしれない。キャップ帽の人がおにぎりとフランクフルトを持ってきてくれるのを待っていたら、一人の男性が「おたくはなんですか」と、強めな態度で聞いてきた。不審がられている。意表をつかれた。そうかこんなパターンもあるのか。「あの人に呼ばれてきたんですよ」と説明したら、彼はキャップ帽の人に「お知り合いなんですか？」と聞いた。キャップ帽の人が「家担いで全国歩いてるって新聞に載ってたじゃないですか」と説明するも、「いや、外の人は入れないってルールがあるから……」。そういうルールがあるのか。これは招かれざる客ってやつだなあと思いながらやりとりを見ていたら、別のおばちゃんが入ってきて、「いいじゃない、いいじゃない。来てくれたんだからそんなこと。いいのいいの」と言う。そのおばちゃんが場の空気を支配した。

とりあえず僕は家から出て挨拶をして回った。キャップ帽の人が町会長を連れてきて、僕のことを説明してくれた。町会長は丁寧に自己紹介をしてくれた。僕もお辞儀をして名乗った。それからテントに招待し、パイプイスをすすめてくれた。良い会長で良かったなと思って、僕はとにかく一生懸命自分の活動を説明した。町会長は「そうですか」と聞き、ババヘラアイスの話をしてくれたりする。

そしたら近くにいた女性が「ちょっとちょっと」という感じで寄ってきた。僕と会長が話し込んでいるのが気に入らないらしい。「いま会議の時間じゃないんですから、あんまりそうやってないで、こっちのことをやってもらわないと。（僕の家を指して）ああいうものをここに置くのだって、あっちゃいけないことなんですよ。やっぱり町に来たら町のルールは守ってもらわないと」と、めっちゃピリピリしてる。僕も連れてこられた身なんだけどなあ。ここは長居したらヤバそうだ。町会長さんは「うんうん」と女性の話を聞いて、間を置いてから「少し休んだら、出発していただけますか？」と言った。僕はキャップ帽の人に「長居するとまずそうですね」と言って、出ていく準備をする。彼は「そうだな」と答えたけど、なんとなく不満そう。

僕はすぐ出発した。怒りに近い感情は多少あったけど、なにより呆然としてしまった。誰かが「日本人は身内には優しいけど、外から来た人間にはやたら厳しい」と言ってたけど、その教科書的な出来事が目の前で起こった。

あの場には三種類の人がいた。僕を祭りに受け入れようとする人と、少し離れて見ている人と、はじき出そうとする人。「受け入れる力」よりも「はじき出そうとする力」のほうが強く働く。いままでもこういう扱いはあったし、もう落ち込んだりはしないけど、よそ者への当たりが強いのはもはや民族性ではないかと思ってしまう。

昨日僕を泊めてくれた人も、隣の家の人から「なんなの、なんなの」と説明を求められていた。一生懸命説明してくれたけど、その後「あなたのことを『親戚です』って紹介したほうがよかったのかな」と言ってた。そうだな。親戚だって言われたらすぐに納得しただろうな。

十九時頃「秋田温泉」という温泉郷に着く。「まずはお風呂に入りたい」、その一心でここまで来た。日帰りの入浴施設がなかったので、ホテルで敷地交渉をした。とても丁寧な対応で、電話でオーナーと連絡を取ってくれた。結果はだめだった。「セキュリティのこともありますし」とのこと。まあ予想はしていた。そもそも宿泊施設だし。でももう十九時過ぎで外は暗くて、イチから敷地探しをはじめる気力もないので、普通に部屋を借りて泊まろうと思い空室を求めると、「明日からお祭りなので満室なんですよ。申し訳ございません」と言われる。そうか、そうか。いよいよやばい。

お礼を言って出て、うろうろ考える。「家だけ置いていけばいいんじゃね？」と思い、ホテルに戻って聞くと、「なにかあっても責任はとれませんが、それでもよろしければ」とのこと。よかった。ふっと心の荷が降りたのを感じる。泊まるのはダメだけど、荷物として駐車場に置いていくのはＯＫってパターンは初めてだ。でも家さえ置かせてもらえれば、体だけ寝る場所はなんとでもなる。秋田駅まで行けば漫喫とかあるだろう。

ただの荷物になり下がった僕の家は、

駐車場に置かれてなんとなく寂しそうに見えた。すまないなあ。

8月3日

朝、秋田温泉を出発。二十六キロ南の「道の駅岩城」に向かう。温泉があるから。今日も暑い。風もない。何リットルも飲み物を飲みながら歩いた。海沿いの国道に出ると日陰もなかった。でも僕の家の内部は、外よりずっと涼しい。日陰になるし風が抜けてくれる。この道、歩きの旅人は大変だろうな。Tシャツが汗でぐっしょりになって、高校の部活を思い出した。

夏祭りのシーズンで、子どもがたくさん乗った山車に出会った。「すいません、すいません」って感じでさっさと通り過ぎる。神輿や山車のそばは通りたくない。水を差すような気がする。昨日のことも、水を差されたと感じた人がいたってことなんだろうな。

お昼頃、国道沿いにある個人商店の前に家を置いて休憩した。サンダルが陳列された棚が目につく。別の棚にはパンが並んでいる。いい感じのおばちゃんが「はいどうも」って出てきた。パンを眺めていたらおばちゃんが近づいてきて「これはね、おいしいですよ」と、説明をしはじめた。

「ブルーベリーとかぼちゃとメロンがあります。クリームがひとつに固まってるんじゃなくて、パン全体に入ってるから食べやすいです」

「ああ、そうなんですか」

僕はもう笑顔がとまらなかった。自分で焼いたわけでもない、ごく普通の市販のパンの解説を店のおばちゃんがしてくれているのだ。すっごく良い。

ブルーベリーとかぼちゃのパンとジュースをレジに持っていくと、「この袋の写真、全然おいしそうじゃないでしょー」と笑って言う。緑色のゴロっとしたかぼちゃそのものの写真で、たしかに。「でもパンはおいしいから大丈夫。消費税はいらないから三百七十円です」とおばちゃん。良いお店だったな。

道の駅到着は十七時頃。なんと、茨城から僕を訪ねて人が来てくれた。休みを利用して、青森で一泊してからここまで来たらしい。うれしい。道の駅の休憩所で、これまでの印象的なことやいま考えていることを話した。こういうこともあるんだな。

駅の事務所で敷地を交渉したら、OKしてくれた。「国の管轄だから基本的に自由に使えます。長期滞在でなければ大丈夫」とのこと。併設の温泉がとても良かった。日本海に日が沈むのを見ながらしょっぱい温泉につかった。

二十一時に突然町内放送があった。「ふるさと」が流れたあと、「今日一日のお仕事おつかれさまでした。火の元、戸締まりにお気をつけてお休みください」と言ってた。

いま、海に面したウッドデッキのイスに座って日記を書いている。蒸し暑い。風もない。寝苦しい夜になりそう。海の上に半月が出ている。波打ち際からは波の音と、ときどき人の笑い声が聞こえる。ずっと沖には漁火がいくつか見える。

8月4日

今日も蒸し暑い。海に入りたい。昨日は泳いでる人が結構いたけど、今日は数えるほどしかいない。でも「ここは海水浴場ではありません」という看板がある。きれいな砂浜が広がっていて、気持ちよく泳げそうだけどな。「海水浴場」ってなんだ。お昼に波打ち際まで行って足を海につけてみたりした。

朝から晩まで道の駅で絵を描いていた。道の駅にはいろんな人が来る。家族連れが多いけど、カップルや老夫婦(たいていキャンピングカーに乗っている)も結構いる。バイクでツーリング中のグループや、一人で走ってる人もいる。人々が休憩室に入っては出て行く様を見ながら絵を描いていたら、すぐに夜になってしまった。二十一時に蛍の光が流れはじめると、休憩室や温泉施設の大広間でごろごろしていた人たちがみんな帰っていく。僕は彼らを見送る。さみしい。僕は今日一日道の駅の住人だった。移動しつづけることと、道の駅に居つづけることは似ている。僕も明日にはここを出ていく。見送る人はいないだろうけど。

遠くの海が二か所ぼんやりと光っている。今日は少し風があるので、風車がキィィィィという高い音で鳴る。すぐそばにあるので、気にしだすと結構うるさい。そういえば十和田湖のGURILANDのオーナーが、風力発電の風車による音が生態系に及ぼす影響の調査もしてるって言ってたな。

8月5日

この移動生活をしながら旅をしたらどういうことになるんだろう。発泡スチロールの家をどこかに一か月くらい置かせてもらい、僕はリュックだけ持ってどこかに行く。旅が終わったら自分の家に帰ってきて、移動生活を再開する。とにかくそうやってごちゃごちゃにして、日々の別のあり方を可能な限り創造したい。

十時頃に道の駅岩城を出発。二十キロくらい南下して「道の駅にしめ」に向かう。このへんは道の駅が二十キロごとにあり、どこも温泉施設がついてるからとても動きやすい。今日もたくさんの車に抜かれながら国道を歩く。トラックが通るときに風が起こる。僕と家は、道端の草花と一緒になって風に揺れる。今日だけで三か所くらい、歩道に花束が置かれているのを見た。死亡事故現場なのだろう。花束を見つけるたびに手を合わせた。交通事故は悲しい。

車に轢かれた蛇の死体も無数に見てきた。蛇の原型はなく、平べったく細長い楕円形がアスファルトにはり付いているだけ。鱗や口元でかろうじて蛇だとわかる。自分に起きたこともわからないまま死んでいったんだろう。ドライバーが感じる衝撃は「カタッ」程度。もしかしたら全く気がつかなかったかもしれない。その些細な衝撃の瞬間、蛇の頭蓋骨や骨がグシャッと粉砕される。轢いたほうも轢かれたほうも気づかないまま蛇が死んでしまったとしたら、それはあってはいけないように思える。だから蛇の死体を見つけたら、空とか海とか、大いなるものに対して報告しなくちゃいけない。「この蛇を救いたかった」とか「車のせいで、道路のせいで蛇が死んでしまった。許せん」とは思わない。仕方のなかったことだ。ただそれを見つけたとき、「ここに蛇が死んでます！」と報告しなきゃいけないんだ。

「日本一周ブログランキング」なるものがあるらしい。登録してはどうかというコメントが寄せられていた。迷った。確かに見る人は増えそうだし、敷地交渉も楽になりそうだ。でも、そもそも僕はなぜこの日記をつけているのか。以前も書いたけど、出会った物事や考えたことを自分の中で完結させるためだ。ランキングに参加したら他人に向けた文章になってしまう、やめておこう。結果的に本州を一周しそうってだけで、目的が「日本一周」ではないし、一周で終わるのかもわからないし。「日本十周」で検索してみたら、意外とヒットしなかった。

夕方、道の駅にしめに着いた。敷地交渉するとあっさりOK。「置いちゃだめなところはありますか？」と聞いたら、「そういうのはありません」とのこと。道の駅では敷地交渉を断られることはまずないと思ってよさそうだ。敷地内にお風呂とレストランとスーパーとカラオケと土産物屋がある。ここで暮らせるじゃないか。

8月6日

今日は動かなかった。天気がものすごく不安定で、突然雷雨になったり晴れたりする。

夏休みの自由研究で自分の家をつくりたいという小学生の少年とそのお母さんとおばあちゃんが訪ねてきた。少年は僕の家を見て目を輝かせ、「すげえ」を連発していた。僕は「まず自分が寝るのに必要な広さを測って、家の大きさを決めるといいと思うよ。つくったらそこに一晩寝てみるといいよ」とアドバイスした。彼は「ざいりょうははっぽうスチロール」とか「ボンドとガムテープとベニヤ」と熱心にメモを取っていた。最後に何度も「ありがとうございました」と言ってくれた。

別れてしばらくして、道の駅の休憩室にいる僕を再び訪ねてきた。少年はまた「ありがとうございました」と言って、僕に千円を差し出した。笑ってしまった。お金くれるのか。「餞別をあげたいんですって」とお母さん。うれしい。そして小学生ながらそういう経済感覚を持ってることに感激した。今日の銭湯代にします。

昨日は、大学を休学し、四月に自転車で東京を出発して山口県まで行ったあと、日本海沿いを北上している女の子に出会った。女一人旅なので、親との約束がいろいろあるらしい。野宿はダメとか、毎日宿が決まったら連絡するとか。そういう約束を守りながらも う四か月旅をしている。えらいな。

彼女はいったん別れた数十分後に引き返してきて、「なんでこういうことやってるんですか？」と聞いてきた。近くの芝生に座り込んで、いままで考えてきたことを思いつく限り話した。「そういうことは考えたことがなかった。頭がパンクしそうです」と言われて、うれしかった。それだけ僕の話にリアリティがあったということなんだろう。また会いたい。

夜、休憩室で絵を描いてたら、今度は茶髪で日焼けした若い男性に話しかけられた。彼は名古屋から自転車で旅をしているらしい。「毎日絵を描いてるっていう人ですか？」と聞かれた。そういう噂が流れてるのか。彼は僕が家を持って歩いてることは知らなかったので説明したら、わっはっはと笑いながら「変態ですね」を連発していた。変態でもなんでもいいんだよ。彼からは「なぜやってるんですか？」という質問は来なかった。はは一ん。

8月7日

秋田県上空に前線が停滞しているらしく、この先一週間雨の予報だ。昨晩からずーっと降ったりやんだりで、梅雨がまた来たみたい。寝袋が湿っていて気持ち悪い。

なんとなく無気力になってる。腰も痛い。右の後ろがきりきりと痛む。一昨日母親から「父がぎっくり腰をやってしまいました」というメールが来てしばらくしてから腰が痛くなってきた。そういうことってあるよなあ。

「マックスバリュー」というスーパーで弁当とサラダと牛乳を買い、テーブルとイスがいくつか並べられた「お客様休憩所」で食べた。冷房が効きすぎて肌寒い。六台のモニターから各商品の紹介映像が流れており、六つの音声が混ざって耳障りなノイズと化している。それを聞きながら、のり弁当を食べる。

どうも無気力感に襲われて身動きがとれないので、家でごろごろしてたら寝てしまった。十二時頃起きて、今日も動かないで休むかって思ったあと、すぐに「のまれちゃダメだ」と気持ちを切り返した。無気力なのも腰が痛いのも、昨日から動いてないせいだ。あと雨。腹が立ってくる。腰痛と雨に無気力を強いられてる状態を許しておくわけにはいかない。だから思い切って歩きはじめた。二十キロ南に次の道の駅がある。そこまで行く。歩いていると前向きになる。

さっきまでいた道の駅は「いつまでも居られそうな場所」だった。甘んじて動かないでいるとやる気がなくなって、鬱っぽい状態になる。やる気がないから動かないという悪循環に陥る。普通に家賃を払って暮らしてるときもこういうことがあった。まず動きはじめないと。

五時半頃道の駅に着いた。さっそく敷地の交渉をしたら、なんと宿泊は許可していないとのこと。まさかダメな道の駅があるなんて。「でもテントとか張ってる人はたまにいますからね。そういうのはまあ黙認してるんですよ。だから今日一日くらいなら……」と言われた。

従業員の駐車場に家を置かせてもらい、家を夜モードにセッティングしていたら、おじさんが話しかけてきた。埼玉から車で旅をはじめて、今日で三日目らしい。「ここ家置いたらダメって言われたんですよ」と言ったら、「そりゃ聞かれたらダメって答えるよ。でもバイクとか自転車の旅人は、店のシャッターが閉まってからテント張ったりしてるよ。夜はどうせ誰もいなくなるからね」と言われた。みんなたくましいなあ。「あと一週間くらいしたら家に戻るかな」とも言ってた。いい生活の仕方だ。「日本一周！」みたいに気を張らずに、何日間か車中泊であちこち動き回って、家に戻ってくる。日々の暮らしに新鮮な気持ちが保てそう。

夜寝ようとしたら、突然すごい豪雨になった。ここまで降られるとあちこち雨漏りする。顔に水滴が落ちてくる。酔っぱらってるせいか、楽しくなる。家に対して「そこもかよ」っていうツッコミを一人で入れる。寝られなくはなさそうだなーと、うとうとしてたら稲光がして、この家ごと雷に打たれるイメージが脳裏をかすめる。それは嫌だ。迷ったけど、今夜は道の駅の休憩所で寝ることにした。家には一晩頑張って耐えてもらう。休憩所では自転車の旅人（チャリダーという）が五人くらい寝てた。なんだみんな寝てるじゃないか。ほんとたくましい。

8月8日

日記はその日の夜か、翌日の朝に書いている。出来事は過去のことなので過去形になるはずなんだけど、書いているうちに頭の中に蘇ってくるので、現在形でもいけるようになる。そうすると過去形と現在形が混ざったような文章になる。この過去と現在のせめぎ合いに、世の中の日記を書いてる人たちはどうやって折り合いをつけているんだろう。

いまは8月9日。長崎に原爆が落ちた日。昨日のことを思い出して書いている。昨日もたくさんのことがあって、日記を書かないと頭が整理できないままだし、絶対忘れてしまうから書かないといけないんだけど、どうも気力が湧いてこない。「出来事を記録する」という目的をもつと、途端に日記が面倒くさくなる。うまくいかないし、つまんない文章になっちゃう。気をつけないと。

昨日はお酒を飲み過ぎた。寝るときのことを覚えてない。夢がまた強烈で、目覚めたら、知らない暗い部屋の床で毛布をかぶっていた。目の前に犬の形があって「うわ！」ってびっくりしたけど、テーブルの足のシルエットだった。「どこだ。ここは」と起き上がろうとしたら頭が痛い。

そういえば、昨夜はたくさんの人たちと一緒にバーベキューをして、日本酒をしこたま飲んだんだった。そうだ、そしてここは新田さんの家のトレーニングルームで、僕はみんなより早く寝たんだった。時間を見たら四時半。外に出るとバーベキューの跡があった。僕の家もある。昨日教えられた場所で立ちションをして、自動販売機を探して水を買って、いっぱい飲んでまた寝た。

朝のことから思い出して書く。道の駅の休憩室で目が覚めたとき。

「家で旅してる人がいるんですよ。家持って歩いてるんすよ。ほらこれ写真」「へえー。初めて聞いた」と、他の旅人たちが話してるのが聞こえてきた。「雨の日も自分の家で寝るらしいっすよ。他の旅人から聞いたんすけど」と言っている。うわあ。ここで寝てますとは言いづらいなあ。そういう噂になってるのか。みんなどこで情報やり取りしてるんだ。

雨が降ったりやんだり。涼しい。家の様子を見に行ったら、風で倒れていて、中に水がたまっていた。悪いことをした。ちょっと散歩して休憩室に戻ってきたら、小学生が宿題をしていた。

道の駅の休憩室で小学生が宿題をやってる光景はなかなか見られない。そのお父さんもいる。手帳に日記を書いている。夏休みに親子で自転車旅をしてるっぽい。各自の作業が終わったら二人で地図を広げて、「ここは行った。ここは行ってないな」なんて話をしている。

僕がその道の駅のベンチでカップラーメンのなんとかチキン味を食べてたら話しかけてくれたのが新田さんだ。地元の消防署勤務で、このトレーニングルームも体づくりのための場所らしい。なりゆきで「今夜うち来るか。バーベキューするし」ということになり、いま僕はここにいる。職場仲間の家族とか、イタリアのミラノで寿司屋をやってる人とか、大人と子どもあわせて十五人くらいの大宴会だった。

子どもたちは僕の家を見て興奮していた。僕が「これは仕事なんだよ」と話すと子どもたちは「ええ？　うそ」とぽかんとする。そしたらお父さんが「そうなんだよ。じゃあお前これできるか？　って言われても、できないだろ」って言ってくれた。うれしい。仕事とはそういう意味だと思う。

僕はどうやら二十一時くらいには寝たらしい。後半のことをほとんど覚えてないけど、新政酒造の「陽乃鳥《ひのとり》」ってて日本酒がすごくおいしかったのは覚えている。ほんとおいしかった。

8月9日

今日もずっと曇りでたまに雨が降る。台風が近づいてるらしく、新田さんが心配している。今回もかなり強烈で、日本を縦断して日本海まで抜けてくるらしい。嫌だ。

お昼頃に新田家を出発。軽トラックで次の道の駅まで送ってもらった。山形県に入る。道の駅で敷地交渉すると、ここもNG。キャンピングカーはいいけど、テントなどを張るのは禁止らしい。「どうしよっかなー」と思って歩いてたら、路上で男の人に「どこまで行くんだ。昼飯のアテはあるのか？」と言われた。

「今日はなにもアテがありません」

「いま祭りやってるんだよ。よかったら休んでいけよ」

祭りか……。数日前に祭りで追い出されたのを思い出して「邪魔になりませんか」と聞くと、「みんな酔っぱらってて、気のいい奴ばっかりだから」と言う。すぐ近くの公民館の前の広場で焼き鳥や焼きそばやかき氷を準備している。盆踊り用のやぐらも建っている。みんな笑ってこっちを見ている。なんか大丈夫そうだ。すぐに缶チューハイと焼きそばを手渡される。「今日ここ泊まっていっていいからな。ただし手伝わないとだめだぞ」という感じで、僕は焼き鳥を焼く人になった。

吹浦地区西浜部落のお祭り。僕の他にもう一人焼き鳥を焼く兄ちゃんがいて、教わりながら焼きまくる。兄ちゃんは僕のひとつ年上で、土建屋。

「こっちの方言わかんないでしょ」

「わかんないっすねー。特にお年寄りはさっぱりです。この祭りは昔からですか？」

「ああ。部落の小さな祭りだけど、自分は幼い頃からこの人たちに世話になってんですよ。晴れていれば他にも出店がたくさんあって、盆踊りもやるんだけど」

向かいのテントでフライドポテトを作ってるのが上司らしい。いいな。

お客さんは少なかったけど、お酒を飲みながら自分たちで焼いた焼き鳥やフランクフルトを食べて、とても楽しそう。途中から誰が客で誰が店番なのかも、焼き鳥が一本いくらなのかも、全然わかんなくなった。一本五十円て書いてあるけど「三本で百円だよ！」と言い出す人がいたり。一本百円のフランクフルトを売ってる隣のおじさんは「一本食ってけよ」と言って、前を通る人に渡している。僕の隣にいた兄ちゃんなんか、いつの間にかいなくなっていて、かわりに別の兄ちゃんが座って接客してた。隣にかわいい彼女さんも座ってる。

隣のおじちゃんが町会長に「こいつここ泊めていいですよね」と言ったら、町会長さんは困っていた。

「一応公民館利用は二十二時半までということになってるし、なあ。誰か泊めてやれる人いないのか」

「いいよとは言えない」って感じが全面に出ている。出店終了後も、公民館の中で宴会がつづく。僕は途中で離脱して何時だったか覚えてない。気持ち悪い。また飲み過ぎた。

8月10日

朝、お祭りの片付けを手伝って九時半頃には出発した。いつもなら絵を描いてから出るのだけど、午後から風が強くなる予報で十五時の予想風速が十メートルだったので、早く行かないと動けなくなると思った。

お昼頃に、酒田市街地に入った。道ばたでなんとか会という宗教法人の勧誘を二回受けた。このあたりは会員が多いらしい。一人目は九年前から会員で、入ってからずっと人生が幸せだと言っていた。良いことだ。でも年中無休でずーっと幸せってのもつまらなそうだ。

お寺がたくさんある地区を見つけたので、敷地交渉をはじめた。三軒回って全部ＮＧ。お盆が近いのでお寺は忙しいというのもありそう。この町ではどの家にも「身元調査お断り」と書かれたパネルがドアのそばに貼り付けられている。なんのことかわからなかったけど、よく見ると「同和問題◯◯会」とある。そうか、同和問題か。昨日のお祭りの兄ちゃんは普通に自分たちの地区のことを「部落」と言ってたけどな。いいなあ、部落。かっこいい。

　四軒目のお寺でＯＫをもらえた。「忙しいから中に泊めてやることはできねえけど、一晩くらいならどこでも泊まってっていいぞ。台風来るぞ」と言ってくれた。もう風がかなり強く、台風前夜って感じの不穏な天候だったので、本堂の縁側に家を置かせてもらい、そこで一晩やり過ごすことにした。

　なんか体調が悪い。鼻水が出てくる。肉でも食べて早く寝ようと思い近くの焼き肉屋に入ろうとしたけど、一人で焼き肉は贅沢すぎるなあと思い直して、セブンイレブンでご飯を買った。

　夜中、喉が渇いて自動販売機に水を買いに行った。風は強いけど雨はあまり降ってない。自分の家に帰ろうとしてお寺に入ったとたん、ぞっとしてしまった。改めて見ると、僕はめちゃ怖いところに居を構えている。本堂はとても大きくて迫力がある古い建物だ。そして真っ暗。通りから見ると、暗くて中が全く見えない。普通なら絶対に近寄りたくない雰囲気。でも入ると目が慣れてくるし、自分の家がそこにあるってだけでこの闇が怖くなくなる。闇を味方につけられる。

　これまで何度もお寺やお墓の横に家を置いて寝てきたけど、「怖い」とは全く思わない。これがテントだったらまた全然違うと思う。自分の家があるというだけで、幽霊とかそういうものすべてが「こっち側」にまわってくる。敵対するものじゃなくなる。

8月11日

僕の家は、家だけど家じゃない。僕以外の人がこれを「家」と呼んだり、発泡スチロール製の瓦を「瓦」と呼んだとたんに、このイリュージョンの仲間入りをしたことになる。ママゴトの世界へようこそ。

　今日は早く目が覚めた。自分の家の窓を開けて外を眺めてみる。台風はまだ近くにいて、風は弱まったけど雨が強くなってる。カラスが蝉を捕まえた。蝉が鳴き叫んでいる。カラスは構わずケヤキの枝の上で食べはじめた。

　ツイッターで「酒田市か鶴岡市で家を置かせてもらえるところを探してます」と呼びかけたら、友達の瀬尾ちゃんが友達を紹介してくれた。ちょうど酒田市と鶴岡市の間の三川町に同い年の男友達の実家があるらしい。お寺を出て三川町に向かった。

　風が強くて家がギシギシ軋む。特に川を渡ったときは風が強すぎて、いまにも屋根が分解しそうで「頼むからあと少しもってくれ」と、家に語りかけながら歩いた。パニック映画の主人公みたいな気持ちだった。すぐ隣の車道では、何百台もの車が僕をどんどん追い抜いていく。こんな風、なんともないんだろう。

途中でお巡りさんに「仕事ですか？物騒な世の中だから気をつけて！」と声をかけられた。あと車の中から子どもが「ホームレスですかー⁉」って叫びながら走り去っていった。

バイクの後ろに「日本一周」の看板を掲げた男性にも出会った。彼は気持ちが高揚しているようだった。若い旅人にはそういう人が多い。彼と話して僕は「旅」という言葉が嫌いだと気がついてしまった。これまでどれほどの人たちが日本一周という看板を自転車やバイクや車やバックパックの背中にくくりつけて旅して、そして「帰っていった」んだろう。遊牧民に「旅ですか」とか「どこまで行くんですか」なんて問いは成立しない。僕は移動生活を成り立たせたいだけだ。そしてその経験を、奴らのいう「将来の糧になるよ」とか「いい経験だね」に回収されたくはない。確かに良い経験だと思ってやっているけど、僕が使う「経験」と奴らが言う「経験」は意味が違う。あんな日常化のバイアスがかかった「いい経験」なんて、ちっともいい経験じゃない。

そして僕は徹底的に見て回りたい。誰かの編集した情報を通してなにかを知った気になりたくない。自分から数えて三番目の物語が見たい。僕でもあなたでもない、第三者の物語を直接見たい。

三川町まで十三キロ、ノンストップで歩いた。待っている人がいると疲れないものだな。三川町の安達家の全員が歓迎してくれた。特に同い年の彼とは、夜中まで話し込んだ。日本酒と白ワインとビールを交互に飲みながら、いろいろなことを話した。瀬尾ちゃん、ありがとう。

8月12日

無愛想なお姉さんたちが接客しているという、近くの病院内にあるパン屋さんのメープルパンを食べた。おいしい。「いつもはこんなにたくさん買えない」と安達家のお母さんが言う。人気でいつも売り切れてしまうらしい。

家を安達家に預け、今夜は安達母の実家に泊まらせてもらうことになった。鶴岡市の大山町。ここも高齢化と人口減少がやばそうな町。おばあちゃんとおじいちゃんが二人で静かに暮らしていた。おばあちゃんは家の全窓の開閉を把握しているようだ。十八時過ぎに早めの晩ご飯を食べながら話をした。

「鶴岡市に合併されてから高校がなく

なって、さみしくなっちゃったの。やっぱり若い人がいないと、さびれちゃうのね」

「若い夫婦が引っ越してきたりはしないんですか？」

「この間、子どもが四人いる夫婦が鶴岡市内から家賃が安いからって引っ越してきて、事件になったの。みんなに大歓迎されて。子ども会も、四人も増えたって喜んでね」

十九時半頃、僕が散歩から帰ってきたらもうおじちゃんは寝ていて、おばちゃんは一人でテレビを見たり書き物をしたりしていた。隣の部屋で絵を描いてると、ときどきおばちゃんの笑い声が聞こえてくる。昨日まで僕が名前も知らなかったこの町で、もう何年もこうして夜を過ごしてきたんだろう。

0813 0705

結局なにも変わっていない。あの震災は日常を変えるチャンスだったはず。日々の生活について、消費や生産や労働や社会のシステムについて見直していけるはずだった。だけどなんか知らないけど、どんどん元に戻っていく。僕自身も、ふと気がつくとまるで何事もなかったかのように以前の生活に戻っていこうとしていた。あんなことがあってもなにも変わらないのかと思うとぞっとした。日常が終わらないのが悔しい。みんな戻っていく。あんなに、なにかが変わる気がしたのに。結局すべてが消費に回収されていく。

他人に対して「お前の日常を終わらせろ」なんて言うことはできない。「それでその人が幸せなら、いいじゃないか」

この言葉にもずっと苦しめられている。僕は、他の誰でもない僕自身の日常を終わらせないといけない。日常を終わらせるために、家を出ていかなければならなかった。

あそこで彼女と二人で生活を築いていくつもりだった。いまでも思い出すと胸が引き裂かれそうになる。でもそれまでの日常を捨てて、別の日常をつくりだす必要があった。「出ていきたい／いきたくない」というレベルの話じゃない。そうしなければいけなかった。他に方法が見当たらなかったし、他に方法はないと自分に言い聞かせていた。この日常を終わらせる。日常を終わらせるんだよ。

8月13日

家を安達家に預けて、僕はお盆休みに入る。東京からなおこが遊びにくる。四泊五日の山形旅行。もし僕がいま新潟にいたら新潟旅行だっただろうし、秋田にいたら秋田旅行だっただろう。その間は絵を描くのをやめて、日記だけ書けるときに書こうと思う。

安達家のお母さんの実家を出て大山駅に行き、鶴岡駅まで電車に乗った。一時間に一本。久々に乗って、やっぱりこの平行移動とスピードはすごく画期的だなと思った。ただ、移動の感覚はない。窓の外をいくら睨んでも、風景が変わっていく様は映像のようで、この肉体が動いていく実感は全然ない。空気の匂いや、気温や、草が揺れて擦れる音や風が、全く感じられない。不気味でさえある。

歩く自分を想像してみる。大山駅から鶴岡駅は七キロ、徒歩一時間半だ。ノンストップで歩けるけど、汗はたくさんかくだろう。途中で誰かに出会うかもしれないし、蛇の死体を見つけるかもしれない。一時間半歩くということ。その時間の長さやつらさや足の疲労度がいま僕にはイメージできる。でも電車では数分で着く。なんの曲を聞こうか迷ってるうちに着いちゃう。冷房が効いてるから汗もかかない。

僕は電車を選んだ。汗をかいてたくさんの発見をしながら一時間半歩くよりも、百九十円払って一滴の汗もかかずに、動いてるのかいないのかわからない数分間を過ごすことを選んだ。なぜなら僕はいま電車に乗れるから。家があれば乗れないので、歩くしかない。早く着いてもなんにもならないのに。今日は予定なんかないのに。

僕は自分が弱い人間なのを知っているから、わざと家を分解できないようにつくった。歩くしかない、動くしかない環境に自分を放り投げる。そうすることでたくさんの発見があった。人は弱いから、放っておくとどうしても便利なほうに流れて思考が止まってしまう。電車に乗ることでどれだけ自分が損をしているか、どれだけ馬鹿になるかを知らない。汗をかくよりは、馬鹿になってでも快適な道を選ぶ。そういう生き物。

鶴岡駅の近くにショッピングモールを見つけて入る。本屋で、宮沢賢治の文庫本を買ってドトールに入る。最近「農民芸術概論」が気になっていた。こういうカフェにも久しぶりに入った気がする。店の内装やメニューは東京と変わらないけど、客のおばちゃんは方言がきつくてなにを話してるのかよくわからないのが良い。

鶴岡駅に着いた。目をキラキラさせて口元から笑みをこぼしている外国人バックパッカーが、ホームの階段を駆け上がっていった。僕は彼を見て、自分がむすっとした顔をしていることに気がついた。

8月14日

待ち合わせまでの間、鶴岡駅の待合室で宮沢賢治を読んでいる。藤田さんという人からメールがくる。自身の知る旅人のことをいろいろと書いてくれている。毎年一年のうち八か月は歩いている根っからの旅人二人組や、「農ライフ」なるものを広めようとしている人や、モンゴルのパオに住んでる人……みんな「経験」として日本一周をしているんじゃない。そういうつながりができるのは予想外だったけどうれしい。彼らは志を近しくしながら群れずに行動している。

読書中、ジャージのズボンにTシャツ、手には傘と紺色のビニール袋を持った男性が入ってきた。目つきがやばい。既に待合室にいた赤いタンクトップのおじさんと言葉を交わしてから、自動販売機のおつり返却口に手を入れて小銭が残ってないか探っている。旅行案内のチラシを手に取り読むふりをしながら、ちらちらと周囲に目をやってる。ハンターのような目つきだけど、振る舞いがかっこよくない。でも気になってしまうのは、僕の中にもおつり返却口をあさって回りたい部分があるからなんだろうな。

待合室を出ていったので、あとをつけてみた。彼は外の自動販売機もひとおりあさったあと、缶専用ゴミ箱のふたを開けてあさりだした。ジュースの缶を取り出すと、中を確認してわずかな残りを飲み干した。すごいな。全く人目を気にしていない。わずかでも喉が潤うわけでもないだろうに。全然わからない。いくつかやってフタをきっちりと閉め、ゴミ箱を去った。今度はベンチに座ってそばの人に話しかけている。いつのまにか口にタバコをくわえている。自分のものなのか隣の人からもらったのかわからない。これが彼の日課なんだろう。つづけている限り彼はボケなさそうだ。

あとをつけるのにも飽きたので、「双子の星」のつづきを読もうと駅近くの「ミスド」に入った。二百七十円でアイスティを頼んでテーブルにつく。店は混んでいて、みんなそれぞれの相手と夢中で話している。お洒落結界がはられているから、ここにはさっきの紺色ビニールおじさんとかは絶対入ってこない。二十代半ばくらいの若い女子五人組がお茶しながら自撮りしてる。空間がそれだけで華やかになる。ほんと、いろんな過ごし方があるなあ。

お昼頃、なおこがレンタカーでやってきた。定食屋で昼食をとり、花火大会を見に山形市に向かう。途中、大きなダムを通る。農道に車を停め、田んぼの中で花火大会を見る。地元の人たちが道路に座り込んで、お酒を飲みながら花火を見ている。農道にはたくさんの車が停まっていて、もう無法地帯みたい。

このあたりのラブホテルは、一部屋ごとに駐車場があり、ナンバープレートを隠す板やシャッターがついてる。小さな町だと、車種やナンバーから個人が特定されるんだろうな。

8月15日

一日ずっと眠かった。ほとんど寝ていたような日。最上川沿いの道の駅「チェリーランド」の芝生で昼寝をしようとしたら、そばのトルコ館から流れてくる音楽がやたら大きくてうるさい。でも少し寝た。さくらんぼのソフトクリームがおいしかった。「道の駅あつみ」で車中泊。コンビニでフリーペーパーを何冊かもらい、外から車内が見えないように窓ガラスに目張りする。小さな車だけど、意外と寝れるもんだ。

8月16日

鶴岡の名物花火大会、赤川花火をすごく近くで見られた。終盤半ばヤケクソに打ち上げられまくってクライマックス状態がつづいて凄まじかった。花火大会のあと、コインランドリーで洗濯機を回す間、ショッピングセンターの大きな駐車場を散歩した。外灯の下、石のちょっとした隙間でコオロギが鳴いてる。銀色の灰皿の下にできた隙間でも鳴いてる。覗くと何匹もいた。力強い。居場所を見つける野生の力というか。秋みたいに涼しい。

8月17日

YouTubeでラジオ体操をしたあと、「おばこの里」というところで朝風呂に入る。いたるところに温泉がある。午前中、加茂水族館がほぼクラゲ専門の水族館として生まれ変わった、「クラゲドリーム館」を見た。クラゲドリームはとてもいい名前だ。閉館寸前まで追い込まれた水族館がクラゲの展示数を増やすことで持ち直し、大逆転を果たしたという物語も含めて見にくるんだろう、すごい人だかりだった。中身もとても見応えがあって良かった。一日千匹も繁殖させられ、ほかのクラゲの餌にもされるというミズクラゲ。彼らは自分が生まれてきて、生きて、そして死んでいくということがわかっているのか。

午後は羽黒山に登った。山岳信仰の歴史上とても重要な山らしい。有名な五重塔はすごかった。縦一直線の杉の巨木だらけの林の中にぽつんと建っていて、まわりの色合いと完全に同化している。長い年月をこの杉林と一緒に超えてきたことが、見てとれる。標高は低いけど、細かい階段が二千三百段もあってとても疲れる。下山し、鶴岡のカフェでパフェ等を食べて、酒田に向かう。ドライブ中にすごくきれいな夕日が見られた。ずっと曇っていて夕焼けが見られなかったので、そのぶんきれいに見えた。酒田の安いビジネスホテルに泊まる。喫茶店が併設されていて、旅人がよく来るらしい。いい雰囲気だった。

8月18日

なおこは朝電車で帰る予定だったけど、青春18きっぷがあと三回分あるので、二人で仙台に行き、彼女は夜行バスで東京に帰ることに。明朝僕は一人で帰ってくればいい。新庄駅での待ち時間に喫茶店でご飯を食べた。そこで僕は財布の中が〇円になった。彼女は五百円になった。

仙台を少しぶらぶらして、彼女は二十三時半出発の夜行バスで東京に帰っていった。見送る側はつらい。仙台駅東口近くにある漫画喫茶に泊まった。

8月19日

今日からまた一人だ。なぜかいま僕は仙台にいて、電車で昨日までいた鶴岡に向かっている。五時間かかる。もう朝だ。今日は出版社の人と鶴岡で会って、明日からまた歩きはじめる。

なおこにはまた会える。二十日ほどで長野での展示準備がはじまる。それまでに到着しないといけない。もう六日間も絵を描いてない。これからまた新鮮な気持ちで描けそうだな。年に数回は手を止める時期があってもいいかもしれない。お盆前は絵を描くことがもうただの作業になってた。それはいいことなのかもしれないけど、あまり面白くはない。絵がうまくなりすぎてもだめだ。

この五日間は移動がずっと車か電車の平行移動だった。上下に揺れることがないうえ、とても速い。歩く日々に戻ることでなにか発見があればいい。

僕は一次情報を自分で処理できない人間になりたくない。テレビやニュースや誰かが書いたレビューや人の噂を通して自分の評価を決めたり変えたりするような人になりたくない。なにが面白くてなにが面白くないか、なにが嫌でなにが嫌じゃないかくらい、自分で判断できるようになりたい。生活を送るのに精一杯でほかのことを考えられないというのはすごくわかるけれど、自分で考えたり判断したり情報収集したりできないというのは、動物みたいで嫌じゃないか。

8月20日

さあ今日で盆休みは終わりだ。また絵を描き、歩きはじめないといけない。ときどき歩き方を変えたり休んだりしたほうがいいな。変化をつくらないとなにを目にとめるべきか、考えるべきかがわからなくなる気がする。

朝、三川町の安達君の家に僕の家を取りに行った。おばちゃんとおじちゃんがいて、そうめんをいただいた。休みの間に田麦俣の多層民家を見てきたと話したら、「このあたりの家も少し前までは茅葺き屋根だったんけどねえ。赤川に茅場があってね」と話してくれた。かつては近くの川に茅がたくさん生えていて、それを刈って屋根にしていたんだ。

家の材料を近所で調達するというのは、すごく新鮮で魅力的。そしてとても自然なこと。自分の家の木材がどこから来ているかなんて、全然知らないな。実家を建てた大工さんの顔も名前も覚えてない。実家の建設風景は幼い頃に見たけど、どこからともなく木材やパネルや建具やカーテンがどんどん運ばれてきて、男の人たちが何人かでカンカンやってあっという間に家が建っていた。あれは「つくる」というより「組み立てる」だった。僕はなんの中で暮らしてきたんだろう。

正午頃に三川町を出発し、とりあえず加茂あたりを目指す。ここから十五キロ。グループ展に参加するため九月十三日までに長野に着かないといけないのだ。三百三十キロある。ちょっとやばいかもしれない。これに間に合うかどうかが当面の面白ポイントだな。今日はカマキリかバッタのちぎれた足をよく目にした。あとイナゴがやたらいるポイントがあって、踏まないように頑張ったけど、一匹も踏んでいないという確信はない。

十六時頃加茂に着き、お寺で敷地交渉をはじめようとしたら、突然雨が降ってきた。二軒くらいあたったけど留守で、三軒目の住職さんが「なんもかまわんでもええんだろ。場所だけで。いいですよいいですよ」と、快くOKしてくれた。入り口に「一人の力で生きると思うな　大きな力に支えられている」という言葉が掲げられていたので、「お、ここはいけるかもな」とか思った。

銭湯は近くにないかと聞いたら、住職さんが車で湯野浜まで送ってくれた。いまその銭湯の休憩所でこの日記を書いている。そういえば今夜はおにぎりしか食べてない。

8月21日

昨日留守だった二つのお寺はそもそも無人らしい。無人のお寺ってあるんだ。住職が途絶えたということなのかな。朝、住職さんからおにぎりとお餞別をいただく。そして「もしできたら山門を描いてくれないか」と聞かれた。かっこいい山門だと思っていたし時間もあるので「やってみます」と答えた。船の材料を転用して建てられた山門らしい。お昼頃までかけて描いた。またいくらかお金をもらった。たまにこういうふうに予想外の収入がある。

お昼に、住職さんと小学三年生くらいの男の子と一緒に本堂でそばを食べさせてもらう。お寺には住職さんの他に奥さんと若い夫婦がいたので、この子どもは夫婦の子どもかと思ってたけど、違った。住職さんは「外孫」だと言っていた。夏休みを利用して一か月間くらい親元を離れてお寺で生活しているらしい。いいね。そばの他に枝豆も出てきた。山形の家庭はどこに行っても枝豆が出てきて、一人大皿一杯分くらい食べる。ここでもそうだった。

お昼頃出発。麦茶をつめて、キャップに手書きで「麦」と書いたペットボトルを持たせてくれた。良い「麦」の字だ。今日は「あつみ温泉」を目指す。二十五キロくらい南西にある温泉街。

今日も道ばたで「どこまで行くんですか」とか「どこから来たんですか」とか聞かれた。答えたところでなんなんだと思ってたけど、僕も旅人に会ったとき同じことを聞いていた。「そうですか」「おおー」みたいな反応しかできないことはわかってるのに、ほぼ反射的に聞いてしまうこの質問はなんなんだろう。自分の中になんか根深い原因がある気がする。

いまは「移動している気がしていない」ということにして自分を保っているけど、ちょっと油断すると不安に襲われる。「えらい遠くまで来てしまった気がする」という漠然とした、輪郭の見えない不安。それは「この先人生どうすんだ」という不安とセットで襲ってくる。この不安スイッチがオンのときとオフのときで「移動していること」に対する感じ方が違う。この二つの感じ方はなんなんだろう。

「村上まで行くの?」と聞いてきたおばさんがいた。「村上は僕の名字です」と答えた。「日本一周ですか?」と聞いてきた男性もいた。僕は「日本一周っていうか、日本十周です」と言った。彼は目を丸くして「え?」と驚いていた。日本十周という言葉のぶっ飛んでる感じは気に入った。

少し暗くなってから、あつみ温泉に着いた。「寝られそうな敷地を探してるんですが」と聞くと、「グランドホテルの廃墟があるからそこなら絶対大丈夫だ」と言われ、面白そうなので行ってみた。大きなホテルで、倒産後、建物がまるごと残っている。もう日も暮れていて、その大きな建造物は心霊スポットにしか見えない。めちゃめちゃ怖い。「ここは嫌だなあ」と引き返していたところ、めちゃお洒落なカフェを見つける。足湯に入りながらお茶ができる。クリエイティブな匂いがしたので、ここなら面白がってくれるんじゃないかと思い入った。

カフェの名前は「チットモッシェ」。「ちょっとおもしろい」という意味の

由良あたり？で家があるいてたー
!!!!!!
声かければよかったなwwwww
さあちゃんɑ(˙▽˙)ρ(無浮上状態)@
Satomix25　2014年8月21日

方言らしい。三十代で細身の都会的な人かと思ったら、築地の魚屋で働いていそうな、とても元気なお父さんって感じの人だった。

カフェでは八人くらいの飲み会が開かれていた。酒屋の主人やホテルの支配人やあつみ温泉の経営者が集まって、酒を酌み交わしながら旅行の計画を立てている。地元の経営者同士で意識的につながり、街をみんなで支えていこうという意志が感じられる。あつみ温泉は寂れてきてはいるらしいけど、いままで通ってきて悲しくなったいくつもの廃れた温泉街と違って、なんとなく活気があるなと思ったのは、こういう人たちがいるからなのか。

チットモッシェのオーナーは、「こういうバカなことやってる奴が大好きなんだ。俺もバカだから」とすごく面白がってくれた。

「警察になんか言われたことあるか？」

「もう職質は二十回以上あります。通報も二回くらいされました」

「そうだよなあ。こういう世の中だから。負けんなよ」

「負けないっす」

「俺はここを宣伝するつもりで歓迎するんじゃないからな。あんたを気に入ったからだ。インターネットとかに載せなくていい」

夜、チットモッシェの前に置いた家を夜モード（窓閉めたりマット敷いたり）に切り替えてたら、飲み会に参加してたおじさんに「ここらは治安が悪いから気をつけな！」と言われる。

「え、治安悪いんすか」

「見りゃわかるじゃん」

その直後、別のおじさんが突然、「おい村上ぃ！　刺すぞ！」と言い寄ってきた。なんだこのノリの良さは。

夜、近くの共同浴場に入ってたら、入ってくる人がみんなぼそっと「ばんわー」と挨拶することに気がついた。中にいる人は「ういー」と返事をする。出るときは「お先でーす」と挨拶し、中にいる人はまた「ういー」と返事をする。僕も出るとき「……すー」くらいの小さな声で挨拶してみたら、中にいた人が「ういー」と返してくれたのが、とてもうれしかった。

8月22日

お昼、チットモッシェのオーナーと二人で話ができた。彼の本業は車屋だが、まちづくりのために本業とは別に社団法人を立ち上げている。

「あつみ温泉を再生したい。昔二十二あった旅館がいまは七つしかねえ。でも、必要とされてないもんを無理に増やしてもだめだ。うまくやんなくちゃいけね。昔の人は全部自分たちだけでなんとかしようとしてた。行政とか外の人間の力を借りることができなかったから」

チットモッシェはもともと市の施設だったのを、いまこの人が委託されて運営している。

「三十までは全部勉強だと思ってやればいい」と言われたので「頑張ります」と言ったら、「頑張るってのは死語だ。頑張んねくていい。普通にやれ」と言われた。普通にやれ。かっこいいなあ。

この先しばらく大きな町がなく、コインランドリーなんか絶対なさそうだったので、水道で水洗いすればいいやと思って、路上にある蛇口で服を洗って乾かしてからあつみ温泉を出発した。

出発直後、パジャマにも見えるゆるい服装の若い女の子が黒いママチャリで近づいてきて、「その格好でずっと歩いてるんすか？」と聞いてきた。ママチャリの前後の籠にはリュックとか荷物がごちゃっと入っていて、顔に日除けのタオルを巻いている。人のことは言えないけど、見た目が完全にやばい。だけどかわいらしい女の子。「そうですよ。旅人ですか？」と聞くと、「はい」と答えた。十八歳で、大阪から来たらしい。今日で五日目。

「買い物帰りみたいな格好ですね」

「いやそれはないでしょ。買い物袋もってないし。クロスバイクで、高いウェア着て、『日本一周』って書いた板を自転車につけて旅してる人、たくさんいるじゃないですか。ああいうアピール無理なんすよね。この格好でママチャリだからこそ、旅ができるっていうか」

その気持ちは超わかる。

「昨日はどこで寝たの？」

「道の駅のベンチで座って寝ました」

ますますすごい。十八歳女子とは思えない。話しながら彼女は車道を堂々と歩いていて、それにも全く抵抗がないようだった。生命力が強そうだな。

「洗濯とかどうしてんの？」

「服いっぱい持ってるんでまだ洗濯してないです」

旅の動機は「なんか青森行こーと思ったんすよ」らしい。

僕は南下していて、彼女は北上しているので、あつみ温泉の国道の交差点で別れた。また会いたいな。

僕は、子どもの頃ただの「悩んだフリ」ですんでいたしょうもないことを、大人になって本気で悩んでしまっている気がする。なにかに悩んでいるとき、自分は悩んだフリをしているんだと気づけるようになりたい。全部「フリ」に過ぎないことを、忘れてしまいたくない。

チットモッシェの二号店に寄っていけと言われていたので、鼠ケ関に行った。到着が夕方で、今日はそこで一泊することにした。二号店の店長の女性もオーナーの社団法人のメンバー。隣の寿司屋の大将もオーナーと仲良しらしい。大将もオーナーに似て勢いがあり、面白がってくれた。「鼠ケ関の海水浴場のシャワー施設のそばなら寝られる。なんかあったら俺の名前出せばいい」と言ってくれた。この人は観光協会の会長でもある。絵を見せたら「絵って、人に描いてくれって頼まれても自分で描く気にならねえとダメだよな。自分も仕事でいろいろ客に頼まれるけど、頼まれちゃうとうまくいかねえんだよなあ」と言っていた。その感覚はすごくわかる。僕も依頼されると描く気が失せてしまう。

大将は、新潟と山形の県境を案内してくれた。住宅街の真ん中に県境があるせいでいろいろとめんどくさいらしい。隣り合う家なのに県が違うから、ゴミの収集日も子どもが行く学校も違うという。変なの。

夜は大将が寿司をご馳走してくれた。そこでひとつ年上の男二人組に出会う。神主と大工。その後大工の彼女も来て、なぜか四人でラーメンを食べに行く。

8月23日

お昼頃、鼠ケ関を出発。国道を歩きはじめると、すぐに「新潟県にようこそ」という看板があった。暑い。あと風がしょっぱい。このところずっと海沿いを歩いているので、いつか買った熊よけの鈴がみるみる錆びていく。休憩しようとバイパスの歩道に座り込んだ。視線の低い国道の景色はとても新鮮。足下にあった草が目の前で揺れていて、蟻の列もよく見える。車が走っていく。どの車も、タイヤが完璧にスムーズに回転している。

夕方頃「笹川流れ」という観光ポイントに着いた。道路沿いに「藻塩」の看板を掲げた店がいくつかある。休憩しようと家を置いてぶらぶらしてたら、お店のおじさんが出てきた。

「なんだあれ。犬小屋か。犬でも飼ってるのか？」

「いや、あれが僕の家なんですよ」

「ん？　ん？」（理解できないよう）

「あれをテント代わりに持ち歩いてるんです。敷地を借りながら寝泊まりして、移動しています」

「ん？　移動手段は？　車か？」

「いや歩きです」

「え？」

「あれを担いで歩くんですよ」

おじさんはにやっと笑って、「おいおい冗談じゃねえよ」って感じで、僕の肩をポンと押した。「いいよ。ここ使っていいよ」と言ってくれた。まだ頼んでもないのに。でももう十七時過ぎで、そろそろ敷地を探さねばと思ってた。うれしい。「この休憩所使っていいよ。鍵開けとくから。これひとつ食え」と言って、休憩所の鍵を開け、ポテチののりしお味をくれた。

　このあたりはほんとに道路しかない。お風呂に入ろうと思い、最寄りの越後寒川駅まで歩き、電車でひとつ前の勝《がつ》木《ぎ》駅で降りた。歩いて数時間かかった道を電車で数分で戻る。駅前の、廃校を改装した宿泊施設で温泉に入る。電車が三時間に一本しかないので二十分で出て、家に戻ってきた。

　日本海がすぐそばだ。暗くて海はよく見えないけど、激しい波の音がする。ずっと遠くに粟島という島があって、灯台が光るのが確認できる。

8月24日

　旅という言葉自体じゃなくて、自分の理解のし方が嫌なのかもしれない。旅から過渡期的で未成熟な状態を連想し、生きる目的探しとか自分探しと結びつけて語りがちだけど、本来、旅とはなにかを探すためにやるのではなく、目的そのものなんじゃないか。だからみんな、老後にキャンピングカーを買ってあちこち行ったりするのでは？　仕事をする理由が旅だったりもするのでは？

　朝、塩屋を出発しようとしたら、ランニングウェアを着た「走るアホ」を名乗るおっちゃん三人組に出会う。自分がしゃべる順番を待つのに精一杯って感じの元気のいい人たち。「歩く家で検索したら、僕の日記が出てくるので、よかったら見てください」と言ったら、「ああ、やっぱ歩きなんだ！　走りはしないんだ！」と言われた。さすが走るアホを名乗るだけある。そんなこと初めて言われた。

　ここは村上市。僕の名字と同じだ。数キロごとに海水浴場がある。日曜日で天気もいいので、どこも人が多い。前から海パン一丁の兄ちゃんが近づいてきて、「あ、ネットで見たことあります！　休憩していきませんか。そこの海の家が知り合いなんです」と話しかけられ、海の家で一息つかせてもらった。「ハンドルついてるわけじゃねえんだろ」と、ビールを渡されたので飲む。他に五、六人いた。毎年この時期集まるメンバーらしい。

　夕方、野潟海水浴場のそばの「のがたキャンプ場」に着く。バーベキュー中の家族から「お盆が過ぎると人はいないから勝手に泊まっていいと思うよ」と言われる。新潟市在住の彼らは、僕の活動を面白がってくれた。「もう火消しちゃったんだけど」と言って、ウインナー二袋と飲み物とゼリーとタバコをくれた。

「来週末、ここから五十キロ西の浜辺でバーベキューしてるから。よかったら来てな！」

今日の敷地はキャンプ場だ。トイレまでは徒歩二分、お風呂までは八キロって感じの間取りだな。今日はお風呂は入れないなあ。

ていうか、これって「間取り」なんじゃないか？

僕は家というより寝室を持ち歩いてるだけで、トイレやお風呂の機能は街の中にある。あの寝室を置いた周囲数キロが僕の家になる、と考えたらどうだろう。敷地が決まったとき「これからなにしよう。お風呂か、ご飯か」とわくわくするけど、あの高揚感の正体はこれか。発泡スチロールの寝室を置いたまわりに、間取りが展開されていく。例えば昨日はテレビがあったし、お風呂は電車で行けた。今日はトイレはあるけど、お風呂までは電車でも一時間かかる。毎日違う家に生きている感じだ。

8月25日

いま八月二十六日の朝八時。瀬波温泉海水浴場の更衣室のベンチに座って昨日の日記を書く。とても涼しい。正面に大きく海が見える。水平線の向こうまで曇っていて、海と空の境界がぼんやりしてる。人はほとんど通らない。雨も降ってきた。いま着ているシャツが最後で、洗濯しないと着替えがない。いま洗っても乾かないだろう。晴れてた昨日洗濯しておくべきだった。できるときにしておかないとだめだな。

昨日はお昼頃まで近くの東屋で昼寝した。やっぱりお風呂に入らないと疲れがとれない。今日は長距離はやめようと思い、七キロ南にある瀬波温泉を目指して歩きはじめた。道中、一昨日道を教えてくれたり地図をわざわざ持ってきてくれた優しい青年に再会した。同い年だった。最近三つ目の仕事を辞めて、これからどうしようか悩んでいるらしい。どれも自分に合わなかったそう。

「やりたいことを見つけられなかったんですよ」

僕も自分がやりたいこととか好きなことは未だに見つけられないけど、やりたくないことはたくさんある、というような話をした。

やりたいことを見つけろと言われたり、好きなことを仕事にするのが正義みたいな見方は嫌い。それは暴力だ。人に優しくしてもしなくてもいいし、真面目に生きても生きなくてもいいし、好きなことを仕事にしなくても、やりたいことが見つからなくてもいいし、やりたくないことはやらなくていいし、嫌いな物食わされたら吐いたって、人に頼ったっていい。思ってもできないこともあるからややこしい。

僕たちは生まれた時点で理不尽の中に投げ込まれているので、頑張らなくていい。生きつづけるのだけで大仕事だ。運動しつづけないと僕らはすぐ死んじゃう。呼吸をしつづけなくても、ご飯を食べなくても、寝なすぎても死ぬ。事故でも死ぬ。病気しても怪我しても死ぬ。やりたくないことを拒否できずに自分で死ぬこともある。僕はいま洗濯しないと着替えがないけど、服をずっと洗わないで着ているだけで、不衛生になり死ぬらしい。

さらに面倒くさいことに、これらすべてのことにお金がかかる。寝るのにも食事にも、病気を治すのにも洗濯にもお金がかかる。死ぬのにお金がかかることもある。死んだら死につづける必要ないのに、生きるには生きつづけないといけない。大仕事だほんとに。お金を稼いでる人も稼いでない人もどっちも忙しい。彼も忙しそうだ。昨日も忙しかっただろうし、明日も忙しいだろう。おつかれさまです。

お昼過ぎに瀬波温泉に着く。海水浴場にも近い、大きな温泉街だった。お盆は賑わっただろうけど、いまはかなり空いている。十和田湖周辺ほどではないけど、観光客も人口も減ってるであろう雰囲気はある。それが普通で、当たり前のことだ。街のいたるところから白い煙がもくもく出ている。

「龍泉」という銭湯に入った。露天風呂が三種類。入浴後ロビーのベンチに座ってたら、女性に「違ってたらすいません。村上さんですか？」と話しかけられた。びっくりした。彼女は僕の家が銭湯の前に置いてあることにも気がついてなかった。いま僕が村上市にいることだけ知っていて、それで僕の顔や服を見て話しかけてきた。うれしかったけど、「うわあ油断できないな」とも思った。

ここで敷地の交渉をしてOKをもらった。今日の敷地は温泉の駐車場だ。

間取りは、トイレ（コンビニ）までは徒歩九分、お風呂（九時〜二十一時）までは徒歩十秒、台所（海水浴場）までは徒歩十分。今日から間取り図を描いていこうと思う。

夜、台所兼海水浴場を散歩した。暗いけど、波が立つと白くなるので、白い線が生まれては消えていくのが見える。砂浜で若い男女のグループが花火をしていた。海の家の跡（単管で組まれた屋根だけの大きな空間）がたくさんあった。夏の終わりって感じで少し寂しい。ひとつだけ電気がついてる海の家があり、中で黒いタンクトップの人が寝転がってテレビを見ていた。壁がないので波打ち際から丸見えで、彼の生活を劇場で見ているよう。

寝室（家）に帰って窓を閉めようとしたら、手にぬるっとしたものがあたってびっくりした。ナメクジだった。屋根の上にはアマガエルがいた。寝ているときに潰したら嫌なので追い払う。昨日はコオロギの子どもがやたらたくさん入ってきて、顔にジャンプしてきた。蟻の行列の通り道には家を置かないようにしているけど、その他の虫が入ってくるのはどうしようもない。

8月26日

寝室を持ち歩き、敷地を交渉することで毎日違う間取りの家で暮らしている。これは建築家を名乗っていいんじゃないか。僕は毎日設計をしている。建築設計ができないと思っていた自分としては、画期的な発見だ。

海水浴場のベンチで少し昼寝して、午前中のうちに瀬波温泉を出発した。とりあえず海沿いを西へ歩く。二十キロくらい西に「越後の里親鸞聖人総合会館西方の湯」というディープな温泉がある。黒くて強烈な匂いで有名とのこと。とりあえずそこを目指してみる。

梅雨かよ、って感じの雨がずーっと降っている。雨が降ると道草の葉っぱが明るい黄緑色になる。僕はこういう雨は寝袋も靴も靴下も濡れるから大嫌いだけど、彼らはうれしそう。歩道にはカタツムリがたくさん出てきてる。ジョロウグモが自分の巣でなにやら作業してる。車道では大きなダンプカーがたくさん走ってる。十二時過ぎ頃、お昼休みで静まり返った工事現場でショベルカーの練習をしている男性を見た。運転席に座り、右や左に回転したり走ってみたりしてる。みんな忙しそうだな。

ずーっと同じような、歩道のない区間も多いつまらん道（雨で不機嫌になっている）を永遠と歩き、十六時頃、大きな親鸞聖人像にたどり着いた。「温泉」の看板もある。けど門にはロープがかかっていて閉館中。残念。

そのまま西に歩いていたら車が停まり、サーファーって感じの格好と顔の兄ちゃんが出てきた。

「なにやってんですか！　のど乾いてませんか」

「のど、ちょっと乾いてます」

「お茶どうぞ」と、ポットを渡してくれる。

「敷地を借りながら、移動生活をしてるんです」

「よかったら、今日良い敷地ありますよ。この先の藤塚浜にあるパラディソっていうサーフショップが知り合いなので、泊まれると思います」

「行きます」

という会話をして、藤塚浜に向かうことに。親鸞聖人像から、さらに四キロ西。

夕方十七時半頃「PARADISO」に着く。見た目からして面白いオーナーがいる店に違いないと思った。ベースは白い建物だけど、壁中にペイントや流木の飾りがある。サーフショップとカフェが一体になっていて、何人もの人が笑顔で迎えてくれた。いつの間にか空は晴れていた。

白い砂のきれいな砂浜が目の前だ。「日没前に着けてよかった。この時期佐渡島に沈む夕日が見られるんですよ」とオーナーの阿部さん。まさにいま夕日が沈もうとしている。

このお店は古い建物を阿部さんが改修したらしい。いろんな人が来て絵を描いていく。つい最近、リアカーを引きながら愛知から岩手へ徒歩で旅していた絵描きの女の子が何泊かしていったらしい。到着直後に「リアカーをひいた女の子と出会わなかったか」と聞かれたから、結構強烈な記憶が残ってるんだろうな。年中営業していて、今年で三回目の夏。

「冬は常連客しか来ないけどね」

今日の敷地は海の家の中。トイレもシャワーも水場も徒歩一分未満。電源もある。蚊を気にしなくていいうえに、海の音が聞こえる。さいこう。

8月27日

朝、PARADISO店内で目覚めてぼーっとしていたら、男の子が二人現れた。兄弟らしい。「デュクシ！」という擬音を発し、兄が弟にむかってパンチしていた。ああ、その擬音語懐かしいな。僕はわかるけど、なんでわかるんだろう。他の言語圏の人が聞いたらなんのこっちゃって感じの擬音だ。千葉からケータリングに来ている人の子どもらしい。店の二階はオーナーの別荘的なプライベートルームで、昨晩は結構な人数が宴会をしていた。

昨日僕が話した人は、オーナーじゃなくて店長だった。オーナーは二十軒近くの店を経営し、サーフボードを持って世界中回っている波乗り。僕よりひとつ年上のスケーターの兄ちゃんがいろいろ教えてくれた。オーナーの友達で六十か国以上を旅した人もいて、「彼は斜め上を行っててヤバいです」と言っていた。別の人からは、四十代後半で車も家も電話も売り払い、「エンドレスサマー」をテーマにサーフボードとパスポートだけで世界を数年回りつづけてる人の話も聞いた。いろんな人がいるなあ。ここでは「自由」という言葉をよく聞く。自由と健康とお金を手に入れて、世界中をサーフボードと一緒に回りたいって人もいた。素敵だ。それが自由なのかどうかはわからないけれど。

店長が「今日は雨だから、明日出発にしなよ」と言ってくれたので、動かないことにした。動かない日はたいてい踊りたくなる。だから夕方砂浜に下りて一人で踊った。広い砂浜には誰もいない。裸足で踊っていたら、足跡がどんどん残っていくのが面白くてますます踊った。踊っていると、いまこの現実の表層よりもずっとずっと奥深くにあるなにかにアクセスできる。たまには踊って、あの場所に触れないとだめになっちゃう。砂浜でみんなで踊って、その足跡を写真に残して家に飾りたい。

茨城でウランが検出されたというニュースを見た。これまで歩いてきた土地でも、「今日の線量」みたいな看板が普通に街中にあった。もうどこをどう飛んでいてどこにたまっているのか、全然わかんないんだろうな。違和感とか危機感とか不安とか疑問とかにずっと慣れないままだと、生きていくのに不便だから、慣れちゃいけないことも慣れてしまうように、忘れたくないことも忘れるように僕らの脳みそはできている。そんなもんなんだ。福島で出会った彼らは、それぞれの放射能とのつきあい方をしていた。それが生き残る戦略だから。「慣れるな」とか「忘れるな」という言い方は、どうも地に足がついてない感じがする。

「自分はどんなひどい事態にも慣れるし、大きな震災も事故も全部忘れる」ということを、まず引き受けないといけない。そのうえで考えることをやめないためには、やっぱり変わりつづけるしかない。いつもと違うズレを、いつもの日常の中に取り込みつづけるしかない。変化することを日常にすることで、いま自分がいる状況を判断する癖をつける。そうやって日常を終わらせていくしかない。変化が日常に取り込まれる前に逃げる。それを繰り返すしかない。

8月28日

僕は箱を持ち歩いてるけど、敷地は持ち歩くことができない。土を削って持ち歩いても敷地を持ち歩いてることにならない。面白い。

PARADISOを朝八時頃出発し、三十キロ西にある友達の実家を目指す。僕が新潟市を通るタイミングで実家に帰るから、いろいろ話そうと言ってくれた。午後になって晴れてきた。相変わらず歩道が少なく、同じ景色でつまらないけど、風がなくて雨が降ってないだけましだ。路上に汚い布切れが落ちてると思ってよく見たら動物の死体だった。布切れだなんて思ってしまってすいません。

お昼過ぎ、河原に家を置いて休んでいたら近くに車が停まって、金髪の派手なおばちゃんが出てきた。

「なんなの、これ。さっき歩いてるの見かけて、写真撮らなきゃと思ってiPad持ってきたのよ。でもロシア人だったらどうしようかと思って。写真撮っていいかしら」

とテンション高めに話しかけてくる。このあたりは貿易業が盛んでロシア人が多いらしい。彼女は動画を撮りながら僕にいろいろと質問してきた。東京からこの生活をはじめて五か月経ったこととか、いろいろ話した。そしたら彼女が、「ちょっと失礼だからやめよう」と言って動画を撮るのをやめた。反射神経の良い人だな。

「なんか足りないもんある？」

「特にありません」

「軍資金は？　ちょっと失礼だけど、お金渡してもいい？」

失礼だけどお金渡してもいいかなんて言われたの初めてだ。でも「お金渡すことが失礼だけど」という感覚を持つ人でうれしかった。「それでも渡したい」と言うんだから、やっぱり反射神経がいい人だ。笑っちゃった。「じゃあください」と言ったら、彼女は財布からお金を出して、「じゃあこれ。頑張ってね」と渡してきた。二万円だった。「いや、こんないらないですよ」と言ったら、「いいのいいのいいの」と言って、もう車に戻っていった。自分の名前や連絡先を紙に書いて渡そうとリュックをごそごそしていたら、彼女は「なんか勇気もらったわ。ありがとう」と言って、車でさっさと走り去っていった。名前も聞けなかった。

十七時半頃、友達の実家に到着。父親と母親とおばあちゃんと年寄りわんこの三人と一匹で住んでる家。加えて今日は友達も東京から帰ってきてる。みんなとてもあたたかく、面白がって迎えてくれた。おばあちゃんの髪が紫色だ。孫が幼い頃になにかのコンクールで特賞をとった絵を楽しそうに見せてくれた。孫である友達は恥ずかしがっている。いいな。

「なんか、実家に友達連れてきたって感じだね」

おばあちゃんが笑って「生きてるあいだにこんな人に会えて良かったわ」と言ってくれた。

8月29日

午前中、新潟市西区にある「ツルハシブックス」へ。埼玉の田谷さんに導かれたお店。本のラインナップも良いんだけど、面白いのは地下室。懐中電灯で足下を照らしながら本を「発掘」できる。見つけた本は一日一冊まで格安で購入でき、値段は買う人の年齢によって変わる。オーナーさんは不在だったけど手紙を残してきた。

明日祖父の米寿のお祝いがあるので、家を友達の実家に預け、体は東京に行く。久々の東京。新潟からは一時間に一本高速バスが出ている。久々の長時間の高速移動。新潟駅で日本酒の飲み比べをしてから十四時にバスに乗った。新潟はほんと日本酒がうまくて、手軽に飲める。

高速バスは意外と混んでいて、空席はわずか二つ。日本の米は全部ここでつくってるんじゃないかってほどに、一面の田んぼ。時速百キロで移動してるのに、実感が全くない。外ではすごい風が吹いて、細かいちりが高速で飛び交う中の、あまりにもなめらかな移動。これはやっぱりヤバい。高速なぶん一瞬一瞬の負荷は大きいはずなのに、その感触がない。考えるほど堪え難い。あと五時間もこれに乗ってないといけないのか。歩いたら数週間はかかる道のりだ。スピードのせいで見落とすものがたくさんあることを知っているので、そのスピードに乗っているのが気持ち悪い。なんでこんなものに、歩くのより高いお金を払わないといけないんだ。速く行ける乗り物ほど安くするべきだ。たまに段差で車体ががたがた揺れるのが救いだ。酔っぱらわないと乗っていられない。

8月30日

自分が生まれ育った町なのに、久しぶりに来ると目が回る。やっぱり東京は超圧倒的な大きさの、他の地方都市なんか足下にも及ばないメガシティだった。空気に匂いがある。あんまり良い匂いじゃないけど、十分で慣れてしまった。

おじいちゃんの米寿祝いは、昔からお祝い事のとき行く上野のお店で、村上家の他にいとこの家族と父方のおばちゃん夫婦が来ていた。久々に血縁の輪の中で食事をしたり話したり。幼い頃のことを思い出した。父方のおばちゃん家族とはとても仲が良く、正月やお盆には必ずいとこ二人が遊びに来てた。一、二泊したあと帰る彼らを見送るとき、翌日からの元どおりの日常を思って、ものすごく絶望的な気持ちになった。いとこの一人にはもう子どもがいて、その子が幼い頃の僕に良く似てる。僕はここで生きてたんだな、と改めて思う。

祝いの終わりに、おじいちゃんが挨拶をした。おばあちゃんが亡くなったとき、いつもは感情を全く表に出さなかったおじいちゃんはとても悲しんでいた。あれからだいぶ経ったいま、そのおじいちゃんが八十八歳になろうとしている。挨拶の言葉の裏に、なんとなく背負っている孤独を感じた。僕がやっていることを具体的にはわかっていないと思うけど、「体に気をつけて、自分の考えが偏り過ぎないように気をつけなさい」という鋭い言葉をくれた。父の挨拶もあった。絶対的な存在ではない一人の人間としての父親を見ているような気がしてさみしくなった。久しぶりに会ったせいもあるのかな。

帰宅後、実家で話し込んでいるとき、

いとこが「清掃員村上2」の映像を見て衝撃を受けたと言って、会社の同僚がライバル会社のスパイだったことがあるという話をしてくれた。僕の映像を自分の身に結びつけて話してくれたことがうれしかった。僕は自分の制作活動や作品はこの家庭環境や親戚関係と切り離して考えていて、通じないだろうと思い込んでいたけど、そんなことは全然なかった。自分で壁を作っていた。これは大きな発見だ。

いとこの家族が帰る直前、実家の音楽室でプチ発表会が行われる。最初におばさんがピアノで二曲弾き、いとこが一曲弾こうとしたけどうまくいかず、そのあと僕の父親の伴奏で母親が歌を歌った。おじいちゃんがすっごくうれしそうな顔でそれらを聴いていた。

8月31日

地元の駅を朝八時半に出る電車に乗った。新幹線で新潟まで帰る。ホームに統一模擬試験の受験票を握りしめた女の子がいた。闘う前って感じの顔。車内では座らず、窓際に立って古文の単語帳を開いてる。座ると眠くなっちゃうもんな。僕も高校生の頃同じように窓際に立って単語帳を開いてた。良いものを見た。

久々に話して、家族や親戚のみんなを一人の人間として見ることができるようになった気がした。弟もこれから人生どうするか悩んでいる模様。いとこのまーちゃんは「もう仕事しながら生きていくしかないという覚悟は決まった」と言ってた。みんなそれぞれ自分のふるまい方をみつけるのに忙しい。

新幹線は速い。日記を書いてたら酔った。一時間半で新潟駅に着いてしまった。

お昼頃、新潟駅近くの友達の実家で自分の家と合流して、長岡方面へ歩きはじめる。暑い。新潟は天気が変わりやすい。十五キロ歩いて「引越」に着いた。温泉旅館があったので入る。茶色いお湯で温度は低め。もう今日はこのへんで敷地を借りようと思い、旅館だから難しいだろうと思いつつ交渉したら、やっぱりNG。

「同じ敷地に土建会社もあるもんですから。すいません。近くにトイレも水もあるとても良い公園があり、よくそこを薦めてるんです」

公園はちょっとなあ、どうしようかなとうろうろしてたら、神社を通りかかった。おじさんたちが宴会をしている。その中の若い人に「なにしてんすかー！」と呼び止められ、「酒飲めますか？　いま祭りやってんすよ。寄ってってくださいよ」という感じであれよあれよという間に、僕は神社の中でおじさんに囲まれながら紙コップを持たされて瓶ビールを注がれてた。ほんの五分前まで「今日の敷地どうしよう」と絶望的な気持ちだったのに。毎度のことだけど、めまぐるしすぎる。

一回実家に帰ったぶん、まだ体がこのスピードに慣れてない。おじちゃんたちはみんな酔っていて声がでかい。質問が同時に三つくらい飛んできて、答えてる間にまた別の質問が飛んでくる。そんな感じでわいわいやって盛り上がったんだけど、ある瞬間に突然みんなが片付けはじめ、飲み物も食べ物も人もみるみる消えていった。

僕を呼び止めた若い人が「今日うち来ていいよ」と言ってくれたので、ついていく。

「突然みんな帰りだしましたけど」

「村の長がいるんだ。なんか合図があったんだろうな」

彼の家は三世代で、彼の両親と奥さんと二人の子どもがいた。突然現れた、家を担いでる僕を見て、「なんだなんだすごいな」って感じでにこにこ迎えてくれた。出会ってまだ一時間、僕自身も処理が追いついてないのに、おばあちゃんなど、すぐに「離れに泊めるのね。敷き布団がないから持っていかなくちゃ」と準備しはじめた。すごい反射神経。

呼んでくれた彼が「鶏食いにいこう」と、女友達（アニメオタクらしい）を呼び、三人でご飯を食べた。好きな美術家の話をしていたとき、彼が「その人たちはお金を稼ぎたくてやってるわけじゃないんだよな。俺なんか稼ぎのためにしか動けねえからな。なんのために生きてんだろうなあ」と言っていた。

今朝は実家にいたなんて、信じられないな。

2014年9月1日〜11月30日

9月1日

朝起きてごろごろしてたらおばあちゃんが来て、「私ら稲刈り行くんで、お昼まで帰ってこないです」と言う。収穫時期の訪れを農家のおばちゃんから聞けるなんて贅沢だな。茨城県常陸太田市で田植えしたばかりの田んぼがきれいだなあと思った記憶があるけど、もう収穫できるまでになってたのか。

絵を描いたり日記を書いたりして、十二時頃出発。国道八号線沿いを歩いて燕市を目指す。今日も暑い。すぐに汗をかく。これは僕の感覚を僕自身に取り戻していく活動だ。僕の肌や耳や目を返せ返せと思いながら歩いてた。道徳とか正義とか、下手したら「疲れた」とか「楽しい」という感覚さえ、社会に刷り込まれているかもしれない。自分の無意識が一番怖い。僕は僕の生活を送ることによって生まれる疲れならいくらでも我慢できるし、自分が自分に下した命令なら素直に応じることができる。

八号線はうるさいので川沿いを歩いてたら、黒いキューブが前に停まって良い感じにガサツそうな兄ちゃんが出てきた。「なにやってんすか!?」とテンション高めに絡んできたので説明したら、「アツいっす！　村上さんアツいっす！」という感じになったので、「今夜の敷地を探してるんですけど、貸してもらえませんか？」と聞く。

「うーん。うちはちょっとなー。どっかあるかな……。県央大橋の下の広い公園なら、いけると思いますよ。俺らもよく集まって、スケボーしたりしてます」

「とりあえずそこに向かってみます」

「着いたら電話ください！　友達も呼ぶんで、今日は宴会しましょう！」

こっちもなんか楽しくなって、「あい！」って返事した。彼は何回も「いやーアツい人会ったなー」と一人でつぶやいていた。

夕方、その県央大橋に着いた。想像どおり河川敷の大きな公園。さっきの彼に電話したら、車で来てくれた。「風呂おごりますよ！」ということで、家をそこに置いて車で一緒にお風呂に行った。車の中でいろいろ話した。YASSANというMCネームでフリースタイルのラップをやっていて、新潟大会で優勝したこともあるらしい。僕はヤッサンと呼ぶことにした。絶対年上だと思ってたら、ひとつ年下だった。彼は僕のことを「アニキ」と呼ぶ。

「平日のこんなときに、とんでもない人と出会っちまったぜ。ラインで仲間に連絡したんすけど、もう呼び名が『村さん』になってますからね！」

とにかく気のいい兄ちゃんだ。実家が歴史のある食品店で、継ぐつもりらしい。見た目は赤いキャップ帽に髭、しかも口が悪い。通りすがりのおばあちゃんが教えてくれた温泉に向かっていたけど道に迷ってしまい（というか彼は、行ったこともないその温泉になにも調べずたどり着こうとしていた）、「あのババア、マジわけわかんねえこと言いやがって」とか言う。そんな口の悪さなんだけど、絵を描くのが好きだという。スケッチブックには実家の店のためにつくったロゴみたいな絵がたくさんあった。家のためにいろいろ試行錯誤してるみたい。えらいな。

「ホントは村上さんをうちに泊めたかったんすけど、実は昨日親父としょーもないケンカしちゃったんすよ。店から家に帰るとき、家にいる父親におこわを持っていくように母親に頼まれて。でも帰りにコンビニで『ヤンマガ』立ち読みしてたら、そのこと全部忘れちまって寝てて。二時間後母親が帰ってきて、『おこわどうした』って言われて思い出して、『忘れてたー』つって。『なにやってんのよ。車の鍵はどこ？』『二階にある。めんどくせー』つったら、そこで親父が『めんどくせえじゃねえだろ！』て怒ってきたんで『なに切れてんだよ』って逆ギレして、しばらく睨み合いになって。おばあちゃんの『速くご飯食べなさいよ』の一言でひとまずおさまったっていう。おこわ事件すよ。そんなことがあったから、家に泊めたいんすけど、ちょっと無理なんす」

「最初村上さん見たとき、二十四時間テレビ終わったことに気づいてない人がやってんじゃねえかって思って、もう四十八時間突入すっぞって感じで」

さすがMCだけあって話がうまいし、ずっとしゃべってる。温泉のあと、彼の友達と合流してご飯を食べた。彼の行きつけのバーにも行って一時くらいまで飲んだ。バーには兄ちゃんもいて、その兄ちゃんがまた面白いというか、ヤッサンとのやりとりが漫才みたい。すげー兄弟だ。ヤッサンは「今度一緒になんかやりましょう！」と言ってくれた。燕市に最高のマイメンができた。

夜は河川敷の公園に家を置いて寝た。これは許可をとったとは言いがたいけど。ヤッサンたちと出会ったからオールオッケー。

9月2日

河川敷で起きた。起きて家から外に出るとき、ちょっと緊張した。朝六時頃は散歩のおじちゃんおばちゃんがよく通ったけど、九時過ぎからほとんど人を見なくなった。寝袋をたたんでいたら、Tシャツに毛虫。ここ最近すごくよく見る白いやつ。びっくりしたけど、前に十和田湖で靴下にでかい毛虫がついてたときほどじゃない。Tシャツの裏から何回かデコピンして弾き飛ばす。

お昼頃河川敷を出発、見附市方面に進む。新潟はだいたいが田んぼと農道でできてる。田んぼはもう黄金色。カバキコマチグモの巣を探しながら歩く。毒グモだけど、噛まれても毒が少ないので、患部が痛む程度で済む。子どもの頃その存在を知って以来、一度見てみたいとずっと思っていて、最近巣を探してるんだけど全然見当たらない。いつか見てみたい。

通りすがりのおじさんから、「どこまで行くんだ？」と聞かれた。この質問が一番多い。あまりにもよく聞かれるので、哲学的な深い問いかけのように思えてくる。だいたい「決めてません」と答えるけど、悪いことをしたような、「決めてなくてすいません」という気持ちになる。これは病気だ。目的地を決めると、移動がただの作業になる。「まだここか」とか「もうここまで来たぞ」とか思っちゃう。それはだめだ。意識のもちようだ。カバキコマチグモの巣を探してると思って歩くのだ。

十四キロ歩いて、見附市の道の駅「パティオにいがた」に着いた。きれいで広い芝生もデイキャンプ場もある。「ここいいなあ、今日はこのへんに住むかー」と思って、インフォメーションのおじさんに敷地の交渉をする。

「芝生はドクターヘリの発着場になってまして、ダメなんですよ。駐車場なら大丈夫だと思いますが。家を持ってくるというのは前例がないので、管理室に聞いてみますかね」

しばらく電話して、「車一台分の大きさを超えなければ大丈夫です」とのこと。よかった。「さあやっとあの邪魔な家が置ける」と思うと、毎日のことだけどわくわくしてしょうがない。

適当な場所に家を置き、まずはiPhoneのグーグルマップで「銭湯」と検索して出た一番近くの施設まで、二十分歩いた。するとそこは岩盤浴の店で「入浴料大人二千二百円」とあり、「冗談じゃねえや」と、そこから五分くらいのもう一箇所のほうに行った。そっちは銭湯でもなんでもなく、きれいな民家だった。再度検索すると、銭湯はどこにあるんだ。東三条駅のほうにあるという。見附駅まで三十分歩き、電車に乗って東三条駅に着いて、さらに十分歩くと煙突が見えた。「やってますように、潰れてませんように」と、どきどきしながら正面まで行くと、明かりがついてた。うれしさがあふれ出してもうすごかった。風呂までの冒険が終わった。

昔ながらの銭湯で、おかあちゃんとおばあちゃんの間くらいの年齢の女性が番台に座ってた。えらく腰の曲がったおじいちゃんが更衣室に入ってくる。

Tシャツの背中は汗でびっしょり。なにかの作業をしてたんだろう。番台のかあちゃんが「～はきれいにした？」みたいに話しかけてる。葛飾区にいるかと思った。

帰り道、もしこの街の近くで原発事故があったら、あの光景もなくなっちゃうんだろうなと思った。移住せざるを得ない状況に追い込まれること。離れたくない街を離れなくちゃいけないこと。あのおじいちゃんも両親も向かいの家族も、移住には相当なエネルギーがいると容易に想像できる。福島の富岡町の景色を思い出した。

9月3日

僕に「敷地を探している」と言われてその人が思い浮かべる場所に、僕とその人との距離が適切に表れる気がする。たとえばよく提案される公園は、当人の敷地でも知り合いの敷地でもない公共の場所だ。つまりかなり距離がある。知り合いの駐車場を提案してくれる人とか「うち来ていいですよ」と言ってくれる人は、外から来た初対面の人間でも近い距離に置くことを許せる人だ。公園じゃ遠すぎるし、自分の家は近すぎるしとか、ぴったりの距離が見つからない場合もあるだろう。

一方で「家を持ってきちゃったんですけど」っていうこちらのボケに対して相手が「家かよ（笑）」と反応すれば、「そりゃしょうがねえな」って感じのやりとりが成立する。そうするとホテルの駐車場とか初対面の人の庭先など、テントや車上生活でも不可能な敷地に泊まれたりする。相手のテリトリーにボケで突入していく感じだ。

今日はパティオにいがたを十四時半頃出発して長岡方面に進む。

セブンを出発しようとしたら、男の人に話しかけられた。「まともな仕事しないの？」とか「いま祭りの時期だから自分の露店のバイトとして使ってあげてもいいけど？」とか「きみんち金持ちなの？」とか「暇なんだねー」とかいうえげつない言葉遣いをしまくる人なんだけど、僕が「バイトはやりません」とか「これが仕事なんですよ」と言ってふりきろうとしても食い下がってきて、言葉はアレだけど、心から面白がってくれていることが伝わってきた。最終的に電話番号を交換し、その後差し入れを持ってきてくれたりした。こんな人もいるんだなあ。

夕方になって、「麻生の湯」という日帰り温泉施設で敷地の交渉をした。こういう温泉施設への交渉はお風呂に入ってからするけど、もう十八時過ぎてたので、入浴前に交渉する。マネージャーさんが僕の説明中顔色ひとつ変えなかったので「厳しいかなあ」と思ったけど、返事は「いいですよ。ただ警察の巡回とかもあるんで、そちらで対応してください」だった。お礼を言ってお風呂に入った。茶色く濁ってて温度もちょうど良い。とてもいい湯。

温泉からコンビニに行った帰り道。長岡の中心市街地の明かりが、広大な田んぼのずっと向こうに見える。ここは麻生田町という山あいの集落。真っ暗な道の先にオレンジ色に光る小学校の体育館が見える。中で青いウェアを来た人たちが動き回ってる。なんとなく安心した。

9月4日

朝のうちに麻生の湯を出発。小千谷市方面へ向かう。道の駅が二十キロ間隔であるので、最悪そこにいけばいいと思えて、安心できちゃう。

「のむらサービスエリア」の看板を道沿いに発見。個人経営のサービスエリアは初めて見た。ロンドンで見たプライベートパークと同じだ。一人の人間が他の人間のために自分をひらく。公共空間の理想だ。入って話を聞いてみればよかった。

お店やコンクリート工場がたまに道沿いにあるけど、だいたいは田んぼで、あちこちで稲の収穫をしている。農家の人も、やっぱりこのときが一番楽しいのかな。もう慣れてそんなことといちいち思わないかな。僕も家を背負って歩くことに慣れてきて、たまに忘れるというか、気がつくと意識してないことがある。

この間、いくら話しても信じてくれない人がいた。嘘だろって思っちゃう生活って面白い。生活をもっとヤバくしていって、ほとんどネタみたいな毎日にして、あとで面白く読み返したりできればいい。でも展示は全く笑えない感じにしたい。

蟻が死んだミツバチを運んでる。死んで地面に倒れても、こうやって運んで栄養にしてくれる生き物がたくさんいる。原因が結果になって、その結果がまた別の結果の原因になる。みんな自分の種を保存するためにいろんな生存戦略をとっている。僕がここでこうして生きているということは、エネルギーがそこにあるということなんだ。生きてるだけで、大きなエネルギーがここにある。

癌を患っているおじちゃんに出会った。彼は「余命半年だから」と言って、お腹の大きな手術跡を見せてくれた。その瞬間、まわりの景色がすうっと遠くのほうに行ってしまった。「死」がリアリティをもって目の前に立ち現れてきた。

彼は癌がわかってから、何度か車で旅をしている。マルコという犬と一緒だ。血統の立派な紀州犬で、知り合いのブリーダーから「貰い手がいなかったら処分しなくちゃいけない」と言われて引き取ったらしい。

「自分が死んじゃうから、飼っててもしょうがない。二回捨てようとしたけど、かわいそうでやっぱり引き返したら、二回ともちゃんと捨てたところで待ってた。もう捨てらんないなー」

　彼とは路上で出会った。車から「ちょっと休憩しませんか」と言われて道路脇のスペースに家を置いたら、彼は「ジュースが切れちゃってたから」とレモンチューハイを持ってきた。それを飲みながら話した。自分の活動を説明したら、「そうか。君はこれからの人なんだな。私はもう終わった人だから」と言う。僕は自分がこれからの人だなんて思っていない。いまの人だと思っている。でもその反論はおじちゃんにはあまり意味がない気がした。

「余命半年ってどんな気持ちですか」と聞いたら、「もういいかなーって感じですかね。孫の顔も見られたし」と普通に答えていた。不思議と全く気を使わずに話せた。一緒にいてすごく楽だった。おじちゃんが力を抜いて接してくれているのがよくわかったからだと思う。

　出会った場所から四キロ先の小千谷の道の駅でもう一度会った。彼は車内で寝る。僕はその隣に家を置いた。一緒にご飯を食べた。おじちゃんは一級建築士と宅地建物取引の免許を持っていた。合格率七パーセントらしい。その宅建の免許を「もういらねえんだ」と言って燃やしていた。プラスチックが焼ける安っぽい匂いがした。

9月5日

　朝起きたら隣のおじちゃんはもういなかった。暗いうちに発ったらしい。「もう帰らないつもりで出てきた。最後の場所に行く」と言ってた。重い言葉だった。

　雨が降っている。もう服がない。洗濯したけど乾かない。iPhoneのUSBケーブルが断線して充電ができないので切れたままだ。裸の上に上着を羽織り、靴下なしで靴だけ履いて雨の中歩きはじめた。十日町方面へ向かう。iPhoneのマップが見られないので、道の駅で簡単な地図をもらった。考えたらこういうのは初めてだ。iPhoneが使えないというだけで結構不安になる。iPhoneはすごい。絵を保存するカメラ機能と日記をアップするインターネットと、地図と電話とメールと音楽プレーヤーがついてて、夜はライトにもなる。定規にもなる。マネージャーを失ったような気持ち。

　新潟はほんとうに雨ばっっっかり。この雨がおいしい米をつくるのだろうけど。素足で履いている靴はもうびっしょりで気持ち悪いし、蒸し蒸しするのに長袖を着て汗だくになってるしでいらいらしながら雨の中歩き、十日町市との境にあるカフェで休憩した。マスターにこのあたりの地図はないかと聞いたら、彼はごそごそと探して「こんなので役に立てば」と、町内の小学校区を示す地図を貸してくれた。こんなものなかなか見られない。地元企業の広告と、一軒一軒の家の名前が書かれている。僕から見ればいらいらしながら雨しのぎに入ったカフェのある街ってだけだけど、ここで生まれて仕事をして死んでいく人がたくさんいるのだった。

十日町の道の駅まであと五キロのところで、女の人に話しかけられた。

「なにやってるんですか?」

「家を持って歩いてるんです」

「おお。音楽好きですか? なに聞きますか?」

音楽? 会ってすぐに音楽なに聞きますかって言われたのは初めて。笑っちゃった。けど面白い質問だ。たしかに好きな音楽の趣味で人柄わかりそうだし。

「道端で好きな音楽聞かれたの初めてですよ。音楽は好きですよ」

「私音楽好きなんですよ」

と言ってMP3プレーヤーにスピーカーをさして、尾崎豊やさだまさしを流しはじめる。

「逆方向に向かっていたんですけど、案内しますよ」と言って、彼女はついてきた。ドラクエのパーティみたいだ。僕が通行人に挨拶すると、彼女も挨拶する。彼女は歩きながら一人でずーっとしゃべっていた。僕が返事してもしなくても関係ない。分類をしてしまえば多動性なんちゃらとか躁鬱病とかだろう。本人も「私の病気はなんかよくわかんないらしいですよ。人格障害ですとか言ってる。内容よりもほんとに全然話がとまらないなーってことが面白くて笑っちゃう。

十日町の道の駅近くの「越後妻有交流館キナーレ」に行き、二年前に十日町でやった「プロジェクト×日町」で知り合った人と再会した。彼はめっちゃ面白がって「鳥肌立った」と言ってくれた。とりあえず家を置き、歩き通して昂ぶっていた頭を冷やしてから、やることを整理した。充電と洗濯と入浴。話が止まらない彼女も一緒であーでもないこーでもないと言っている。頭がこんがらがる。iPhoneは彼に預けて充電してもらい、コインランドリーに行った。

四台の中型乾燥機が全部回っているのを見るのが面白い。それぞれ違う持ち主の服で、お洒落で高価なものも入ってるんだろうけど、どれも同じようにぐるぐる回りながら乾かされてる。

「めざましテレビ」のネットの話題を

取り上げるコーナーで僕を紹介してもらえるらしく、電話取材を受けた。服と靴を洗えた気持ちよさでテンションが高かったのでいい感じで話せたと思う。とても楽しかった。気がついたら四十分経ってた。気分が盛り上がっていると何時間でも話ができるような気がする。

キナーレの「明石の湯」に入ったあと、話が止まらん彼女が行くと言っていたパブに向かった。彼女はカラオケが好きらしく、宇多田ヒカルや尾崎豊を歌いまくっていた。カラオケの合間に僕に「家庭を大事にしたほうがいい」とかいろいろと忠告をくれた。

9月6日

起きてキナーレの前で絵を描いていたら、昨日の彼女がふらふらとやってきて僕にビニール袋を渡してきた。白いご飯と卵焼きの詰まったパックが入ってる。

「君は家庭の味を知らないからなあ」

そんなことは言ってない。だけどうれしい。

「道の駅にいるから」と言うので、「ちょっと今日は絵を描いたり、いろいろあるから相手できないっす」と言ったら、「あらそう。じゃあね」と、ふらふらと去っていった。卵焼きおいしい。

キナーレから数キロ歩いたところに、一昨年の「×日町」の会場だった老人ホームがあるので、お昼頃向かった。三か月以上滞在した場所。歩きながらいろんなことを思い出した。×日町は本当にすごいプロジェクトだったと思う。あまり知られてないのが悔しい。

なんだか細長い家が多い。十日町に限らず、新潟の家はだいたい屋根が急勾配で平屋は少なく、車を完全に収納できる駐車場つき。二階に玄関がある家も多い。瓦屋根は少ない。豪雪地帯ならではの工夫なのだと思う。

老人ホームに着いて、みんなに挨拶して回った。二年ぶり。徘徊癖があって職員がよく追っかけ回していた名物おばあちゃんが車いす生活になっていて、話しかけてもほとんど反応しなくなっていた。あんなに元気だったのに。でも、他のおじいちゃんおばあちゃんはあんまり変わってない。ほっとした。二年前に僕が似顔絵を描いたことを覚えていてくれている人もたくさんいた。九つのユニットそれぞれに十人弱が暮らしている。

「最近五人亡くなって、どんどん入れ替わってる」というユニットには、僕の知らない人たちが住んでいた。最近、死にまつわる出来事とよく遭遇する。背筋が伸びる。家と一緒に挨拶して回ってたら夕方になった。一人のおばあちゃんが目をうるうるさせて、「すごいものが来たから、ついつい見ちゃうねえ。たいしたもんだ」と、夕食の時間も忘れて言ってくれたのが、とてもうれしかった。

明日誕生日だ。今日で僕が生きた四半世紀が終わる。

9月7日

老人ホームの前に「かわきた」という会社がある。ここのみなさんにも二年前とてもお世話になったので、出発前に挨拶に行った。社長の遠田さんは超かっこいいおっちゃんで、常に先を読むような鋭い目つきをしている。でもとても優しい。この人も、公共の人だと思う。自分の活動を説明したら、「歩いてみないと、日本もわからんだろうなあ」と言ってた。このせりふが最初に出てくる人には初めて会った。ほんとそうなんだよ。

「そうなんですよ、歩いてみないと知らないままの街がたくさんあるんですよ。知らないまま寂れていった温泉郷とかたくさん見ました。新幹線と高速道路が発達して、移動するのにみんな寄り道しなくなったからというのが大きいと思います」

「新潟も、新潟市が大きいから、みんなそこまで行っちゃうなあ。人も減ってる。旧十日町だけで五万人いたのが、いまは合併してやっと五万人。幹線道路沿いの町はまだいいけど、それ以外はなあ」

この人の言葉は重い。十日町を背負っている感じがする。やっぱり会ってよかった。「ひとまず健康に気をつけて」と言ってくれた。

津南町方面に向かう。気がかりなことがあり、ずっとそれについて考えていた。人生にかかわる大きな選択を突然迫られる場面を想像する。なにがあるか本当にわからない。とにかく面白がっていかないと参っちゃう。「いまは楽しむときだ」と、人生全体で意識したい。深刻になるのは死んでからでいいと思うようにする。

歩いてたら車から女の人が声をかけてくる。

「すいません。さっき歩いてるの見かけてネットで調べたんですけど、今日誕生日なんですか⁉」

そこかよ。今日が誕生日、という事実の話題性は、他のどんなものよりも結構上に来るもんだ。

津南に着いたら祭りだった。町のスピーカーから大音量で民謡が流れているけど人が全然いない。

ここで面白い女性に会った。DJでスポーツトレーナーでファッションモデルで、国家資格の必要な仕事もしてる人。会ってすぐに意気投合し、その人のバイト先の飲食店（バイトもしてるんかい）に家を置かせてもらうことに。二十歳から自活して私立大学の学費＋生活費をバイトで稼ぎながらＤＪで日々のいろいろを発散するという離れ業をやってのけて大学を卒業し、いまもいろいろ副業を持っている。全国に友達がいるらしい。たぶんＡＢ型だ。

9月8日

二度寝した。六時半頃一回起きて、近くのバス待合所の水道で歯を磨いて戻ってきたら、昨日の彼女がおにぎりとなすの漬け物とお茶が入った茶色い紙袋を持って現れた。今夜仕事が終わったら、車で温泉に連れていってくれるという。その後絵を描いてたら眠くなったので二度寝した。

お昼過ぎに津南を出る。今日も職務質問をされた。新潟で二度目。

「数日前に同じ新潟県警の人からされたばかりなんですけど、情報の共有はされないんですか」

「仮に村上さんが消息を絶った場合、最後にどこで声をかけたかという情報としても役に立つんですよ」

そういうものか。

「歩道のない道もあります。くれぐれも気をつけて」

七キロほど歩いて長野県栄村に入る。足の裏の変なところにマメができて痛い。やっぱ靴はそれなりに良い物を買わないとだめだ。道の駅があったので、もう今夜はここにしようと思った。このとき十五時頃。道の駅の売店のおばちゃんに事情を説明したら、「これ信州名物のお焼き。四つあるから四食分くらいにはなるかな」と言って、あんこと野沢菜のお焼きを二個ずつくれた。

日が落ちるまで絵を描き、暗くなったら音楽を聴きながら散歩した。山と山の間に信濃川が、それに沿って国道が通ってて、ほとんどひとけがない。西日を受けた山の木々の緑色は美しすぎて、現実味がないくらいだった。そして、とてもきれいな月が出ていた。胸がざわざわした。

例の彼女から電話がかかってくる。

「いまどこにいるの？」

「栄村の道の駅にいます」

「近っ！」

彼女は昨日の僕の日記を読んでいたらしく、「ひとつ物申していいですか。Ｏ型ですから！　典型的なＯ型です」と怒られた。

松之山温泉に連れていってもらう。道中、長野県北部地震について話してくれた。僕はその地震を知らなかった。二〇一一年三月十一日の夜、彼女は津南の家で東日本大震災の被害状況をテレビで見ながら、「ボランティア行ったほうがいいかな」なんて父親と話していた。翌朝明け方近く。突然大きな揺れがあった。直下型で、部屋の家具がみんな飛び上がり天井にぶつかって

がんばっていらっしゃる。どうやらこの人らしい。satoshimurakami.net
櫻沢繁@SSakurazawa　2014年9月9日

落ちてきた（ＤＪの機材もそのとき壊れた）。「日本終わった」と思ったという。あの東北の震災の映像を見た数時間に自分のいる土地でそんな揺れがあったら、そりゃそう思うだろう。長野県栄村から新潟県津南町にかけて震度七クラスの揺れがあり、津南から松之山温泉に向かう途中の山がひとつ崩れたという。

「こっちも大変だったけど、東北のほうはそれどころじゃなかったから」

栄村で三人が亡くなってる。あの震災の裏でそんなことがあったのか。

松之山では中秋の名月を眺めながら露天風呂につかるという贅沢をかまし、僕の家のある道の駅まで送ってもらって別れるときに、「モノじゃなくて人でこんなツボにはまりまくった人は初めてだわ。また会いましょう」と言ってくれた。僕が鼻をかんだら「泣くなよ」と言う。

「いやいや全然。全く泣きませんよ。どうせまた会うんで悲しくないです」

彼女は「ふざけんなよ」って笑ってた。ずっと動いてると、今生の別れなんて存在しないんじゃないかという気がしてくる。実際全然さみしくなかった。動いている限り、会う人にはまた会うのだ。

9月9日

すごく明るい夜だ。満月らしい。薄く雲がかかって空全体が白く光っている。風が少しある。月明かりで遠くの山々の輪郭が見える。その麓に街があり、白とオレンジと赤の光がちらちらと見える。東京のような病的に密集した光じゃない。生活と生活が寄り添い合ってるような明かり。そういえばいつの間に長野県に入ったんだろう。ここ数日で、急に夜が肌寒くなった。

今日はバイパスを二十六キロ歩いた。歩行者とは一度もすれ違わなかった。すごいスピードで風を巻き起こしながら僕を抜き去って行くトラックやバイクを見ながら、「編集された世界の住人」という言葉が浮かんだ。駅やインターチェンジをつくるのは世界の乱暴な編集で、鉄道や高速道路を使うのは編集された世界を動き回ることだ。害のないイメージを享受して満足し、壊れるのを恐れるヤワな人たち。世界は生の状態では扱いにくいし、自分で編集するのは面倒なのだ。僕は壊れたい。道を歩くよりもインターネットの中のほうが情報があるというのは錯覚だ。錯覚に対抗するには歩くしかない。

途中、信濃川のそばで「ダムの取水のしくみ」を伝えるとてもわかりにくい絵を見ながら休憩したりして、夕方、千曲川の道の駅に着いた。いろいろあり、昨日別れを惜しんだはずの例の経験値の高い彼女がまた車で迎えにきてくれて、野沢温泉に行った。ほらまた会ったぞ。

野沢温泉には無料共同浴場が十二軒ある。そのうちの一軒に入ると、地元の高校生らしき男子が二人で来ていて、「全部が揃った人ってのはいない。イケメンだけど頭悪いとか、スキーうまいし頭いいけど顔が……」とかいう話をしていた。

夜になった。今日もあっという間に終わる。明日一気に松代まで行く。しかしこんなに良い月と寝られるなんて。横になったとたん、幸せがこみ上げてきた。最高にちょうどいい気候で、頭の上には満月があって、BGMは秋の虫で、蚊もいなくて、しかも今日は家が東屋の下にあるから、雨が降ったら足を家の中に引っ込めなきゃとかいう心配をしなくていい。大雨の中、雨漏りと戦いながら寝たあの夜に感謝したい。あのときのうんざりがあるから、いま幸せを感じられる。本当にこの生活をやっててよかった。いつも同じ環境に、安心、安全、便利、快適な環境に寝てたら、こんな激しい喜びは味わえないと思う。今夜の満月を世界で一番堪能している。

9月10日

長野市松代町の「くらた食堂」という閉店した食堂で日記を書いてる。十九時半頃着いた。飯山の道の駅から四十三キロを十一時間かけて歩いた。明日から「第十三回まつしろ現代美術フェスティバル」の展示作業をはじめる。この食堂は実行委員会の拠点兼作家と運営陣の宿泊場所。みんながばたばたと準備をしてる。久々にアートの空気の中にいる。みんな僕の家を見ても全く動じない。さすが。

昨日の朝四時五十分から「めざましテレビアクア」で僕のことが放送された。「そんな朝早くから見ても頭に入らないだろうなー、どっちかというと深夜番組のノリだしなあ」と思っていたので期待してなかったけど、反響としてはツイッターのフォロワーが三人増えた。

今日は朝八時に道の駅を出発。一気に松代まで行こうと、荷物をフェスティバルの事務局の人に車で取りに来てもらい、僕は家だけ持って四十三キロ歩いた。昨夜、栄村役場の人が三人、車で僕を訪ねてきてくれた。一人が「村上さんは九州から出発して北海道を回って、いま帰ってきてる最中なんですよね」と言った。なんだそれ。どう伝わったらそうなるんだ。

「いや、なんすかその情報！　全然違います。出発は東京だし、北海道には行ってないし」

「あれ、そう聞いたんだけどなあ」

噂には尾ひれがつくんだな。そうい

えば一昨日栄村の道の駅であったライダーの人には、「もう五年くらいやってるんですよね?」と言われた。「いや五か月です」と言った。

今日は歩くことに徹したので、景色を見なかったし、人とも話さなかった。ただ松代の十五キロ北の須坂市で、カメラを持ったおばちゃんと出会った。コンビニで休憩がてら少し話したら、「うち、空き家があるのでいつでも好きなだけ泊まっていっていいですよ」と言われた。だいぶ前に亡くなったおばあちゃんたちが住んでた家らしい。お金を取って人に貸したりはしないけど、震災のときに「空き家があるから被災者を受け入れられます」と市役所に連絡する、粋なおばちゃんだった。市からは、被災者の住所をそこに移すと手当がもらえなくなるとかで断られたという。

9月11日

今日から「まつしろ現代美術フェスティバル」の展示作業がはじまった。丸一日設営。僕の会場は山寺常山邸という江戸後期の武士の住宅で、観光名所。その玄関に僕の家と今まで描いたすべての家の絵を展示する。一枚ずつファイルから取り出すたびに、描いたときの心境とか天候とか、その土地の人たちの顔が思い浮かぶ。

山寺常山邸には、毎日地元のボランティアが二名常駐する。みんな今回の展覧会には理解がある。もう十三回目だから、恒例行事なんだろう。

平日だけど、観光客は結構いる。信州大学の大学院生と金髪の納さんというボランティアスタッフ二人に手伝ってもらい、今日一日で絵はすべて貼り終わった。玄関が土壁で空間としてとても良い。主張が強いのでちょっと押され気味なのは否めないけど、良い展示にはなると思う。

展覧会の作家や実行委員七、八人で宴会みたいに夕食を食べた。久しぶりに美術っぽい人の輪の中にいると、変な違和感がある。落ち着きすぎて不安になる。

参加作家の津田翔平さんや池田卓馬さんと話せた。地域に滞在して他の作家と一緒に制作するのは去年の大分以来だけど、あのときはずっとフリーターだったところから突然制作現場に投げ出されて、「こういう現場でどうやって振る舞ったらいいんだっけ」と、やたら緊張して挙動不審になり、それがそのまま作品に表れた感じだったけど、今回はとてもリラックスして現場にいられる。

「家を担いで歩いてると、道ばたで何度も『なにやってるんですか』と聞かれるんですよ」と言ったら、どう答えるのが面白いかを津田さんが一緒に考えてくれた。「こういうスポーツがあるんですよ」と答えるやつが優勝。

みんなが僕のことを「家を担いで歩いてる人」じゃなくて「歩く家」と認識しちゃうのは、昨今のゆるキャラブームの影響なんじゃないかという話をした。街にはあまりにもたくさんの着ぐるみがあふれて飽和状態だ。そこでもうひとつ素晴らしいプロジェクトのアイデアが生まれた。「人がかぶれる大きなケーキ」を発泡スチロールでつくる。白いクリームと赤いイチゴとろうそくが何本か載っているオーソドックスなやつがいい。なるべく細かく、とびきりハッピーな感じにつくり込む。そんでケーキから足が生えてるみたいに人が入る。それで道を歩く。「なにやってるんですか?」と聞かれたら、「今日僕誕生日なんですよ」と笑顔で答える。楽しいね。

9月12日

今日もずっと設営。明日オープンなので他の作家もスタッフも目がギラギラしてる。ちょっと油断すると、作品そのものよりも作品の写真写りが良いかが大事だと思ってしまうし、その作家が誰とつながっているかを気にしがちだ。東浩紀さんがどこかで「美術も思想も閉じた輪の中で行われている、それでいいんじゃないか。その輪に入っていける人もいるし、ずっと入れない人もいる」と言ってた。この「閉じた輪に入っていこうとする」というのは面白くて、あからさまにそれっぽい形で入ろうとすると入れないし、かといって最初から入る気がなくても、全然入れない。ここではみんな頑張っているように見える。閉じた輪で全然良いのだと思う。

夜、友達でBOMBORIのドラマーの銀河君から電話がかかってきた。彼はバンドのフランスツアーに向けて、テレアポのバイトをしているらしい。「テレアポやってる人は、ナンパが自然にできる人です。テレアポやってるからナンパ師になるか、ナンパ師だからテレアポやるかのどっちかです」と言っていた。あとGEZANというバンドがヤバいと教えてくれた。

絵も描いた。「くらた食堂」の絵。ボランティアのおばちゃんが「あそこも長いこと定食屋やってたんだけどねえ、主人が体調壊しちゃって。カツ丼がとってもおいしかったらしいわよ」と言っていた。

9月13日

僕のウェブサイトを見ている人が、長野市内とか東京からわざわざ展示を見に来てくれて、とてもうれしかった。

展示を観に来るよりも、観光に来るお客さんのほうが圧倒的に多い。だからみんな意表をつかれたように、「なにこれ」というリアクションをする。ギャラリーでやるのとは全然違う。キャプションや説明文はたいてい読まれない。美術館で作品を鑑賞するときも説明文を読まない人はいるけど、そこにあるものを作品として受け取ろうとして来るので、なにかを受け取ることができる。その心構えが作品からなにかを受け取るためには必要だ。だから展示が空間に押され気味なのだ。

明け方まで池田さん、松本さん、津田さんと美術や表現についての話をした。津田さんは、美術は人とかかわるきっかけでいいというスタンスだけど、人とかかわることを作品化するのは違うと思っている。アーティストとして呼ばれたらアートをやるし、そば屋として呼ばれたらそば屋をやる。「業者」になりたい、批評はいらないと言っていた。でも作品はやっぱり批評や展示という関門をくぐらないと強くなっていかないと思う。津田さんは「街のおばあちゃんたちが描いた油絵の展覧会がすごく良いんですよ」と言っていたけど、そういう話を仮にも「現代美術フェスティバル」の参加作家相手にできるってのは、自分がその「街のおばあちゃんたち」の中にはいないことを自覚しているからじゃないか。そんでそういう発見をして「発見しました！」と声高に言うことは批評なんじゃないか。街のおばあちゃんたちの油絵のほうがリヒターの絵よりも良いと言うときには、勇気と覚悟とそれなりのロジックがいる。だから多くの作品を見てきた人の目に耐えられるかどうかはとても大切で、簡単に「批評はいらない」と言ってはいけないと思うんだけど、そう割り切れたら楽なのかなあ。とにかくこの問題に関してはずっと前から悶々としている。

9月14日

ボランティアスタッフのおばちゃん二人が、事務所でずーっとおしゃべりしている。町の話とか人の話とか、「女の子ってそうよねえ」みたいな話とか。二人ってのがミソだ。お客さんが来ても事務所から出てこないこともあるし、気が向いたら「どうぞごゆっくり」って感じで対応したりもする。この力の抜き具合もいい。お客さんが来るか来ないかはたいした問題じゃない。町の人が二人ずつ交代で毎日そこに集まることが大切なんだろう。十五人がシフト制で回してるけど、組み合わせは必ず同性同士。「男女」はない。リアルだ。

今日もずっと自分の展示会場にいた。会場にいるとそわそわして、絵を描いたり日記を書いたりが全くできない。僕のサイトを見て、新潟から車で観に来てくれた家族がいた。すぐちんも岐阜から来てくれた。

夜トークイベントがあり、その後みんなで食事した。

0916 1058

僕はWi-Fi等を持ってないので、パソコンは持ち歩いてるけど、ネットにはつながってない。ネット環境をどうしてるかとよく聞かれるんだけど、日記はパソコンで打ったのをiPhoneに移して投稿してるし、パソコンをネットにつなげたいときはコンビニでできる。セブンイレブンは一日六十分×二回まで、ファミリーマートは一日二十分×三回まで登録すれば無料でWi-Fiが使える。フリースポットのある道の駅もあるし、結構なんとでもなる。

在廊は疲れる。観光客に説明するのがとてもめんどくさい。いつもと違う疲れ方をする。絵を四つ描いた。

9月18日

GEZANがとても良い。「世界がなにもわからなくても歌ってもいい」と歌っている人がいてうれしい。音楽をつくってる人もこの問題にぶつかるんだ。

一昨日の夜、松本のバー「give me little more.」のマスター新美君といろいろ話した。信州大学に金井先生の美術系のゼミがあり、今回の運営陣はみんなその人の影響で美術に携わるようになったらしい。フェスティバル代表の石田君も新美君もなおこも、みんな金井先生に会うまでは美術なんて興味なかったという。「逆にいつ美術を知ったのか」と聞かれて話しているうちに、去年バイト時代に自分がいかに八方塞がり状態だったかを久々に思い出した。

この世界から脱出する方法として死があると思っていた。誰のことも責められないまま、世界中のみんなで破滅に向かっていく感じがしてた。当時の日記はいま読んでも切迫感がすごい。ニーチェに出会って、彼だけが味方に見えた。自分を笑う目を持つことを忘れないこと。僕が家を持って歩いてるところを見た人がたまにする「家が歩いてるｗｗ」みたいな写真付きのツイートを見ながら毎日必死で絵を描いたり、考えたり、日記を書いたりするようなこと。

富士山の話もした。富士山を見にいこうと御殿場に行ったんだけど、いつまで歩いても富士山が見当たらない。諦めて帰ろうとして現在地の標高を調べたら、六百メートルだった。すでに富士山の上にいたんだ。これは衝撃だった。考えてみれば、山というのは便宜上名前をつけてるだけで、本州全部が富士山の上にあるという言い方だってできる。震災後、被災地に行ってなにかやろうと思っていろいろやったけど、どうもうまくいかなかった理由がここでわかった。被災地はどこか遠くじゃなくて自分の足下にあった。東京も香川も被災地であり、僕自身が被災者だった。だから「自分がいる場所から離れて、自分じゃない誰かのためにやる」みたいな行動原理からはなにも生まれない、自分の身近な問題に引きつけて行動しないとうまくいかないのは当たり前だった。

昨日の朝、加賀井温泉に行った。露天風呂が混浴で、ぬるいお湯と熱いお湯がある。「ぬるいほうのお湯がすごく良いんだよ」と、風呂で一緒になった九十歳のおじいちゃんが教えてくれた。茶色くて、舐めるとしょっぱくて鉄の味がする。「車いすで行った人がスキップして帰って来る」と言われるくらい効果のある温泉らしい。僕は九十歳のおじいちゃんから、

「昔、毎日ここでよく話してた八十八歳のおばあちゃんがいてな、ある日ひざの手術を受けてから歩くのが億劫になったみたいで来なくなったんだ。俺は一週間に一回でいいから温泉入りに来いって言ってたんだけどな。来なくなって七日目で脳梗塞で倒れて、自分で何もできない体になっちまった。いま入院してる」

なんていう話を聞きながら一時間くらいつかっていた。彼は「ここに週に一遍でも入りに来てれば、脳梗塞なんてならなかったんだけどなあ」と繰り返し言っていた。

9月21日

展示中に知り合った作家のパフォーマンスがあるというので出かけてみたけど、あまりにもつまらないので途中で帰ってきた。

昨日、銀河が東京から来てくれた。銀河もここ一年いろいろあったようだけど、いまは実家に住んでいて、バンドのフランスツアーのための資金をバイトで貯めている。「なんかスピード感が足りないんですよね」と言うので、「実家は出て行ったほうがいい、そんなところにいたら腐る」と言った。いまの僕にもスピード感というか切迫感が足りてなくて、こんなんでいいのかと思う。いますぐに展示を撤収して出て行きたい気持ちと戦いながらここに留まっている。これじゃあ全然だめだ、お遊びだ。

僕の展示を見て「『あの家で生活してる』っていう体裁で絵と家を展示してるのかと思いました」と言う人がいた。はあ。そういう体裁ってなんだ、なめるな。とにかくここにいたら腐るというか、飲酒量が増えてどうしようもない。毎日安心なので、日記を書こうという気持ちにならない。危ない。

松代の象山に地下壕がある。第二次世界大戦末期、日本政府が極秘で政府機能などを移そうとして穴を掘らせていたけど、完成前に終戦になり、結局掘るだけ掘って穴だけ残った。その延べ十キロの地下壕が一部公開されている。労働環境が悪く、多くの労働者が崩落やダイナマイトに巻き込まれたり、栄養失調で亡くなったらしい。彼らが掘った穴に人が通るのは良いことだ。なんとなく僕の展示場所の山寺常山邸ともかぶる。地元の人が当番制のボランティアで管理をしている。人が集まって話す場をつくるためにいろいろと理由をつけてる気さえする。地下壕を銀河と一緒に歩いたあと、「戦争は嫌ですよねえ」「戦争は嫌だね。戦争だけは嫌だね」なんて会話をした。

9月25日

松代の町を散歩していたら、大きなカマキリが民家の塀でなにか黄色い獲物を食べてた。カマキリはかっこいい。狩ったその場が食卓になるのだ。ハンターだけど、食事中の姿はとても上品。近づくと、そいつは首を百五十度くらい回してこっちを見た。目が合った途端、もぐもぐしてた口を止めて、ゆらゆらと揺れだした。あのカマキリ独特の動き。葉っぱに擬態してるんだろうけど、そんな思い出したようにやっても意味ないだろ。かわいいやつだな。なにを食べてるのか知りたかったけど、驚いてせっかくの食料を落としたら悪いなと思い近づくのはやめた。

今日は撤収作業。会期中仲良くしてもらっていた作家たちも帰っていった。とても濃い十日間で、作家同士で一緒に展示したり、美術や生活のことをあれこれ話すのはすごく面白かった。日記にする気にならなかったのは、思うことをそのまま発してたからなんだと思う。いまはとてもさみしい。それぞれの日常がまたはじまるのだ。ほんといろんな人がいるよなあ。多様すぎて笑えてくる。こんなにいらないだろ。ほんと面白い。

昨日展示会場で、十年前から紙芝居を個人でつくってデイサービスセンターで発表しているおばあちゃんと出会った。紙芝居をつくりはじめた理由を聞くと、「家族が二人認知症で、介護に疲れてたときに人に薦められて。没頭できるものを見つけないと振り回されちゃうから」と言ってた。母親から聞いた話や、松代の昔話や、小学生の頃いじめられたとき路上生活者のおじさんに助けられた話なんかを紙芝居にしてた。はじめたきっかけがとても切実で、聞きながら泣きそうになる瞬間があった。

撤収作業後、家を補修した。錆びた蝶番を交換したり、ペンキのはがれた部分をきれいにしたり、黒い線を書き直したり。車検に出すような気持ちでやった。

09251641

「君にもこんなふうに考えてほしかった」と思ったり、「そんなの君らしくない」とか言うのは、自分が絶対だと無意識のうちに思い込んだ合理性を他者に強要しているだけで、他人のことを考えていそうでいて、実際は自分の世界しか見えていない、とても幼稚な態度だ。

　六本木アートナイトに出品したとき「村上君らしくない」と言われたけど、彼らの考える「村上君」は僕じゃない。家をトラックに載せてもらって運ぶと聞いて、「ずるい」と言ってくる人たちも同じだ。自分の理想を他人に投影しないでほしい。

9月28日

今日からまた歩きはじめる。足が重い。松代に二週間以上留まった。お客さんと話すのも他の作家と話すのも楽しくて刺激的だったけど、自分の寝場所も家の置き場所も確保された、とても楽な二週間だった。なにもしていない僕は世界に存在していないと思い悩むこともあり、それはそれでつらくて、バイト時代の気持ちを思い出したりしたけれど。

　展示の撤収後、昨日までなおこと松本で遊んだ。松本は彼女が七年くらい住んでた町。僕は半年以上前の彼女を知らない。行きつけの喫茶店とか知り合いのお店とか高校からの友達とかいろいろ紹介されて、そのたびに「どこにお住まいなんですか？」と聞かれて返答に困ったり。そういうの全部が楽しくて、楽だった。楽しいと楽って同じ字なんだな。これからまた歩きはじめることに全然現実味がない。

　それでも歩き出せば軌道に乗るもので、松代から須坂市に向かって歩いてたら、頭がすっきりしてきた。この二週間でやるべきことがクリアになった気がする。

　迷うことへの迷いを消したい。「答え」を出さないようにする。答えは出すよりも出さないほうが難しい。考えつづけるほうが精神力がいる。なにかとすぐに決めつけたり、迷いを消そうとしちゃうけど、そうならないように気をつけよう。ずっと気持ち悪いままだし、表現者としてはだめなのかもしれないけど。「これは間違ってる！」と言うほうが、「これは間違ってるかもしれないし、間違ってないかもしれない」と言うよりも強くて伝わりやすいのだろうけど、それでもいい。「これは間違ってるとも間違ってないとも言えない！」と大きな声で言えばいいりだ。いま僕はそれをやっているつものだ。

歩いていると目が乾いてひりひりしてきた。大嶽山が噴火したので、火山灰が飛んでるのだろう。東京にいる友達も「洗濯物は早く取り込もう」とツイートしていた。「火山灰の影響があるのは○○と△△です」と報道されてたけど、ニュースだけを見て安心しちゃいけない。彼は車に薄く粉が積もっているのを確認したらしい。ふと新潟で出会った、余命半年と宣告されたおじちゃんのことを思い出した。大昔のことに思えるけど、まだたった三週間前の話だ。元気だといいな。

須坂の福田さんの家に、十八時頃着いた。いつのまにか日がとても短くなっている。十八時にはもう真っ暗。

福田さんは松代に行く途中のコンビニで出会い、親が住んでいた家が空いてるからいつでも泊まりにいらっしゃいと言ってくれた人。あたたかく歓迎してくれた。旦那さんは自動車工場勤務で、ミニカー収集が趣味らしい。数百台のミニカーが寝室に並んでた。ちなみに先祖は村上水軍とのこと。僕のルーツも瀬戸内海なので、遠い親戚かもしれないと思ったら、一気に親近感が湧いた。

家具がないのに生活感が残る部屋を不気味に感じてしまう。展示前よりもサバイバル力が弱まってる。

9月29日

福田さんの奥さんとお兄さんは写真をやってて、出発後しばらくついてきて、歩いている僕を撮りまくっていた。走って前に回り込んだり、道沿いの花と一緒に撮ろうとしたり。二人とも夢中だった。あとで新聞に投稿するんだろう。良いな。旦那さんは別れ際に、「また近くに来たら、いつでも泊まってけよ。来年でも再来年でも十年後でもいい」と言ってくれた。

だんだん寒くなってきている。早く南下しないと早々に上着を買うはめになる。本当は長野市から北西に進んで富山県に入ったほうが短距離ですむんだけど、深い山道がつづく。最近頻繁に熊出没の噂を聞くこともあり、山道を避けて上越まで北上し、そこから海沿いを西に進むことにした。

今日は、展示中に出会った信濃町に住む女性アーティスト、松田さんの家に行く。須坂市から二十五キロ北に行った、新潟県との県境近くだ。彼女の母親が町で唯一の小学校の学童の先生で、僕を先生としてそこに招いてくれていた。

九時過ぎに学童に着き、わからないまま小学一～三年生十数人を相手に、段ボールや紙箱や新聞で家づくりをはじめた。まずはみんなで壁や屋根や柱をつくり、できてきたら各自が勝手にキッチンやテーブルや番犬や犬小屋やサインをつくった。小さなビルをつくりはじめた女の子もいた。手づくりの矛と盾で、僕が壁に貼り付けた紙の鳥を狩りはじめる奴も出てきた。子どものエネルギーはすごい。すごすぎて疲れるので苦手だけど、一緒になにかをつくるのは刺激的でもある。彼らは「いま」の中に生きている。美術家の山本高之さんを思い出した。彼はこういう経験を繰り返して作品のアイデアを固めていったんだろうな。

昼食中、小学二年生の女の子が、教室にスズメが入ってきたときの話をしてくれた。

「窓からスズメが入ってきて、窓にとまったんだけど、剣道やってる男の子が足で床をドンッ！　ってやったら、気絶しちゃったの」

学童終了後、松田さんの家に行った。山の中のログハウスだ。広い敷地内には他にログハウスが三軒あり、それぞれ人が住んでいるらしい。楽しそう。こんな生活のし方もあるんだ。近所から家族を二組招いてくれて、一緒にカレーを食べた。明日にはもうここを出るんだなあと思ったら、そのめまぐるしさにぞっとした。このスピード感に戻るのには時間がかかりそうだ。

長野で活動している美術関係者の話を聞いた。額縁屋さんの客はほとんどが作家だ。展示用レンタルスペースをはじめようとしている人もいて、その客も作家だ。作家の作品を多くの人に見てもらい、買ってもらえるようにしないといけないのに、お金が身内だけでまわっている。なんか悲しくなった。

僕も出会う人からよく「個展するなら場所代かかるだろ」と言われる。ギャラリーといえば貸画廊のことだと思っている人が多い。作家から場所代取ってどうするんだ。最近よくメールが来るなんとかマインドって会社も、作家に数万円の参加費を払わせてイベントをやってる。いったいなにを考えているんだろう。お金を払っても発表したい人がたくさんいるということなのだろうけど、かなり腹立たしい。近所のお母さんで、駅や大学や会社にパブリックアートを設置する仲介会社に勤めている人がいた。そういう産業もあるんだなあ。

9月30日

裏に住む母子や近所の人と一緒に、ウッドデッキにシートを広げて森を見ながら昼食をとった。焼きそばと蒸しパンでピクニック。長野は長い冬の間外に出られないので、夏の間に少しでも日光を浴びておきたいと、よく外で食べるらしい。

昼過ぎ、松田さんに軽トラで新潟県

妙高市の「道の駅あらい」まで送ってもらった。家を置いて近くを散歩していたら、虚脱感に襲われる。予想はしてた。今日からはまた敷地の交渉をしながら歩かないといけない。まだお昼過ぎだからここから歩くこともできるけど、そんな気にならなかった。虚脱感に苛まれたまま友部正人の「どうして旅に出なかったんだ」を聞き、パラレルワールドについて考えながら歩いた。もし高三の春、友達について美術予備校に行っていなかったとか、もし香川の家を出ていなかったとか、もしすでに死んでいたらとか。歴史に「もしも」なんてあり得ないと言われるけど、いまと違う自分を想像すると自分を相対化できる。死を意識することによって生きている自分に力を与えることができる。

帰ってきて、道の駅の清掃のおばちゃん二人組と話した。

「今夜雨が降るみたいよ。あそこの屋根の下のほうがいいわよ」

あちこちの田んぼから煙が上がっている。刈り取り後は、野焼きを行うらしい。狼煙みたいだ。

今日は近くに日帰りで入れるお風呂がないので我慢する。おばちゃんの言ったとおり、日没後、雨が降ってきた。

二十時半には家の中で横になった。昔書いた「夢と編集」という日記のことを考えた。僕たちは寝ているとき、浅い睡眠と深い睡眠を繰り返しているらしい。浅い睡眠のときに夢を見ているけど、その後の深い睡眠によって忘れてしまう。だから浅い睡眠のとき、夢を見ている最中に目覚めないと、夢を見たことにならない。すごく不思議な話だ。夢を見ているとき、僕は現在進行形で夢の中にいる。でもその経験は「しばらくのちに目が覚める」ことによって担保されている。現在進行形の体験が未来に依存していることになる。夢を見ているときの僕には、現在と未来が同時に訪れているのだ。不思議だ。同様に、自分が死んだ後に生きていた頃を思い出すことはできない。まるで深い睡眠のせいで夢を忘れてしまうみたいに。

10月1日

パソコンをいじってたら、従業員らしきおじさんに「ちょっと話しかけてもよろしいですか」と声をかけられた。

「あの家を背負ってらっしゃるんですよね。うちの者がテレビで見たことあると言っていて」

昨日も別の人から「テレビで見た」と言われた。でも「めざましテレビアクア」は関東ローカルのはずだし、新潟で見られるテレビに出た覚えがない。僕の知らないところでテレビに映っているとしか思えない。おじさんは僕の話をものすごく低姿勢で聞いたあと、上越市の高田地区が面白いかもしれないから行ってみてください、と地図をくれた。雪が多い地区なので、ひさしが全部つながって歩道に屋根をかけているという。

十時頃あらいの道の駅を出発し、高田のほうへ歩きはじめた。県道六十三号線の歩道でモンキチョウがたくさん飛んでいた。地面に倒れてるやつも数羽いた。倒れてて起き上がろうと頑張ってるけどうまくいかないやつや、応援するみたいに周りをパタパタと飛んでいるやつもいた。誰かと一緒に「見て！　チョウがチョウを応援してるみたい！」って騒ぎたい気持ち。

大学生時代にやっていた「東京もぐら」という散歩サークルがある。複数人で歩数だけ決めて、写真を撮りながら町をアテもなく歩きまくる。誰かがその歩数に達したら、その日は終了。次回はまたそこから歩きはじめる、というルールでたしか五回やった。東京の実態がつかめないまま日々生きてる感じがして、駅から駅への移動がまるでチャンネルを変えるみたいだった。「タケコプター」よりも「どこでもドア」が欲しい社会になってるから息苦しい。いま考えるとシチュアシオニストの真似をしていた。またみんなで東京をアテもなく散歩したい。この間、松代で石田君からギー・ドゥボールの最初の本の話を聞いた。本の表と裏の表紙がヤスリ仕様になっていて、本棚からその本を取り出すとき、両隣の本を破壊するようにできていたらしい。かっこいい。

高田のドラッグストア前の広場で、二人組の女子高生を眺めながら休憩した。少し離れたところに男子高校生が一人で座っていた。彼はそわそわしているに違いない。

十五時頃に直江津のあたりまで来た。銭湯「七福の湯」を見つけたので、すぐ入った。昨日入浴できなくて気持ち悪かった。五百三十円。いろいろな種類のお風呂やサウナがあって楽しい。大きな休憩室もあって、小さな町みたいだった。

店長に敷地の交渉をした。写真を見せながらの説明中、一度も相づちを打たなかったので、「だめそうだなあ」と半分諦めながら説明し終わったら、一呼吸おいて彼はポカンとしながらも「ふふふふ」って笑い出し、僕もつられて「ふふふふ」って笑った。この感じは好きだ。

「個人的には応援したいんですが、私一人が許可を出したところで他の従業員が驚きそうで。このあたりは朝までずっと明るいし、朝も早くから人が来はじめますけど、いいですか？　見つかったら吊るし上げられると思いますけど（笑）」

「近くに似たような銭湯があって、そこのほうがまだいいのかなあ。うーん。どうしましょう」と、一緒に考えはじめてくれた。「宿泊はちょっとなあ。家だけ預かるってことなら協力しやすいんですが」と言うので、そうすることに。

「個人的には応援したいんですが……。すいません」

良い人だなあ。

僕は歩いて三十分の漫画喫茶「快活ＣＬＵＢ」で寝ることにした。このパターンは秋田市のホテル以来。こういうときの間取りは面白いことになる。僕の家は銭湯にあるけど、寝室はそこから徒歩三十分のところにある。じゃあこのとき銭湯に置いてある「家」ってなんなんだ。

いま快活ＣＬＵＢからこれを書いてる。店のＢＧＭは鳥の声。

10月2日

久々に海沿いの道に戻ってきた。国道八号線。もう客はいないけど、海水浴場がたくさんある。途中、「フィッシングセンター」（入場料百円）という沖に飛び出た堤防のような場所があり、その下に小さい公園があった。半分海の中のような公園なのに、魚の形をした遊具がたくさんあったり海との境界に柵が設けられていたりと、海ではなく陸上で遊ぶことを強制しててへんな公園だなと思ってよく見たら閉鎖されていた。新潟県でも上越の海岸線は、下越や中越のそれと比べて山が近くてトンネルが多い。このあたりで越後平野が終わるんだろうな。トンネルで、反対側の歩道で自転車を押して歩いてるおじさんを見た。家も乗り物みたいなもんだ。停める場所を探すのに苦労する乗り物。自転車が駐輪場に停まるように、家は敷地に停まる。

ずっと歩道だけど、歩く人がいないので草が生い茂っており、家で草をかき分けながら進んでたら、派手に蜘蛛の巣を壊してしまった。「やべ」と思ったら、足が三本くらいになったクモがよろよろと家の壁を歩いてるのを見つけた。取り返しのつかないことになってしまった。そいつは三本になった足を必死で動かして糸をたぐり寄せ、上下に動いている。草むらに返したけど、生き延びるのは厳しいだろう。ごめんなさい。こういうときごめんなさいとか思うのって人間だけだよな。それも偉そうだ。幼い頃カタツムリを不意に踏みつぶしちゃって、眺めてたら涙がぼろぼろ出てきたのを思い出した。

お昼過ぎに関西からテレビの取材が来た。リポーターとディレクターとＡＤとカメラクルーが三人いた。以前から取材をしたいと連絡をもらっていて、今日来たのだ。直江津から糸魚川方面へ向かう国道八号線を歩いているところにカメラが待ち構え、リポーターが僕を見つけて若干大げさにリアクションした。リポーターと話しながら、「派手な毛虫が歩いてるなあ」と思ってた。取材班はこれから夜、僕が敷地を見つけるまで同行するらしい。「普通断るやろ」って思ったところで「許可もらえたんかい」っていう絵が欲しいみたい。

　リポーターの女性が僕と同い年で取材班のADが僕のひとつ下で、なんか感慨深いものがある。いつのまにか毛虫が踏みつぶされてた。

　そっから四キロくらい西の名立までカメラとリポーターと一緒に歩いた。良い滝の見えるスポットでリポーターと「良い滝ですねえ」と話した。黄色い小さな花がたくさん咲いてる場所では、「なんの花かわからないけど、花が咲いてますねえ」と話した。彼女は「歩いてみないとこういうのって気がつきませんね」と言ってくれた。

　十七時にはもう暗くなってきて、本当なら敷地の交渉をどんどんしないといけないんだけど、取材班と一緒だとどうも動きが鈍くなってしまい焦った。一軒目のお寺は留守で、近くにいた子連れのお母さんに交渉したけど「うちは場所がない」と言われ、三軒目のお寺でOKがもらえた。十八時近くなってた。住職さんは、リポーターに「最初この家を見たときどう思われましたか？」と聞かれて、「いや別になにも。だってみんな家は持ってるじゃない」と答えてて、かっこよかった。

　その後、近くの道の駅で食事をして銭湯に行って、僕が寝るところまで撮って彼らは帰っていった。敷地を見つけるところまで人が一緒にいてくれたのは初めてで、楽しかった。

10月3日

昨日「敷地を貸してくれることになったあとに、いろいろ世話してくれる人もいるわけじゃないですか。そういう人と敷地を貸してくれただけの人を比べてしまうことはないんですか」と聞かれた。考えたこともなかったけど、大事な問題だな。比べたところでその現場がなにか変わるわけではない上に、そんなことやりはじめたらお前は何様なんだって感じになる。しかも、家の中に入れたり世話をすることが必ずしも良いとも限らない。家の置き場だけ貸してくれたほうが良いときもあるし、そうでないときもあるだろう。それは僕がどうこうする問題じゃない。敷地を貸してくれただけでとても大切な、神様みたいな協力者で、そこに良いも悪いもない。僕はただ目の前の状況を、そういうもんだと受け入れてその中で工夫するだけ。与えられた環境やシステムを破壊しようとかは全然思わないし、ナポレオンのように状況からつくるのでもない。状況の中でいかに遊ぶかだけを考えるようにしている。どんな革命家も革命が終わったらみんな保守主義者になると、確かハンナ・アーレントが言ってた。

今日は朝からずっと雨が降ってる。じめじめとした雨で、空気からは潮の匂いがする。僕の家から五分くらいのところの道の駅の休憩室で絵を描いていたら、知らないおばちゃんが突然「私新潟なんですけど、村上のほうを通るとよくお宅に会うんですよ。松之山のほうでも見ました」と話しかけてきた。第一声が「私新潟なんですけど……」だった。まるで知り合いみたいで新鮮。僕のことを「お宅」と呼ぶのは、まさにそうだなあ。

朝十時半には名立を出発したけど、台風が近づいてるせいか、海からの風が強くて歩みが遅い。体調もあんまり良くない。十キロ先の能生町に、また道の駅があった。今日はここでいいやと思い、インフォメーションのお姉さんに僕の活動を説明したら面白がってくれて、「うちの建物、来年の四月で建て替わっちゃうんですよー。二十五周年なんです。描いてくださいって言ったらどうします?」と言われた。「家しか描いてないんです。すいません。あとこの建物は大きすぎてちょっと無理です」と答えたら、すんなり「ああ、そうなんですね」と理解してくれた。彼女も床に紙を敷いて絵具でなにか描いてた。見せてもらうと、「豊漁大感謝祭」というイベントの広告だった。その後ろ姿から、なんとなく職場への愛が垣間見える。良い。

夕方には雨がやんだので、「いまだ」と思って、公衆トイレの水場で服を手洗いして、近くの手すりに干した。乾かしてる間に夜の町を散歩。知らない夜の町を手ぶらで歩くのはとても気持ちが良い。

能生町はコンビニとスーパーが一軒ずつあるだけの小さな港町だけど、国道沿いだから車の通りは多い。大きなトラックが何台もすごいスピードで僕を追い抜いていった。僕は音楽を聴きながら空を見てた。とても高くて薄い雲を透けて半分の月が見える。潮風が気持ちよくて体も軽く、自然とスキップする。昨日名立で出会ったお母さんから、「また名立に来てくださいね!」と応援メールが来ていた。

洗濯物も、雨が降る前までに乾かすことに成功した。

10月4日

「これ、人寝てんのかな?　あ、鍵かかってるわ」って声で目が覚めた。僕の家のすぐ前でがちゃがちゃ音がしたので郵便受けから覗くと、男の人が自転車を組み立ててた。

「ここなら風来ない」と、繰り返し言っていた。外に出ると、ロードバイクに乗った人が何百人もいて、駐車場で行列になってた。今日はレースがあるみたい。みんな派手なウェアを着て自分の順番が来るのを待ってる。ずっと楽しみにしていたんだろうな。雨が降りそうだけど、空はなんとか持ちこたえている。

昨日は移動してない。五、六日動きつづけると、動きたくなくなる日が来る。風も強くて雨も降ってるから、なおさら。朝起きた時点で「今日は歩くのやめよう」と決めた。ネット環境があるので、漫画を読んだり散歩したり、絵を描いたりして過ごした。土曜日なので駐車場もいっぱい。ここらは釣りスポットらしく、朝から堤防で釣り人が何十人も列になって立ってた。雨の中、片道三十分のスーパーまで行ったら靴が濡れた。靴が濡れると行動するのが億劫になる。

道の駅で一日過ごすと、なんとなくさみしい。僕がベンチに座ってパソコンを見てる最中も、親子連れとか夫婦とかカップルとかたくさんの人が来て、お土産を買ったりご飯を食べるお店を選んだり地図を見たりして、最後にはみんな帰っていった。

あと遠藤一郎さんからメールがきた。「さとしーーー。いまどこだーーー。まだ東北にいるのかーーーー」ってきたから、「いまは新潟県の能生町にいます」と返した。またお風呂に入れなかった。

10月5日

雨が降りやまない。今日も留まろうか迷ったけど、音楽を聴きながら絵を描いていたらエネルギーが湧いてきたので、歩くことにした。家の中で「よし。いくぞ。いくぞ」と独り言をつぶやきながら移動の準備をした。雨は降っているけど風はなさそう。でも台風の風は突然強くなったりするから、油断できない。

僕は敵を攻撃するつもりで家の絵を描いている。細かいところまで小さな画用紙に描ききってしまうことは、ひとつの攻撃になると思っている。撮影することをshootというのと同じ。それはすごく地味な行為だけど、家と個人（あるいは社会システムと個人）の関係はとても複雑で、すべてがすべてにつながっていて、人に向かって指した指が自分にはね返ってくるような状況。だからひたすら、博物館に家の絵を陳列させていくように描く。陳列することで距離が生まれる。陳列する対象を客体化できる。

インフォメーションのお姉さんにも

今日発つ旨を伝えて、十二時半頃出発した。引きつづき海沿いの国道八号線を歩く。スズメバチの死骸を最近よく見る。そういう時期なのかな。

たくさんのレーサーとすれ違う。みんな良い表情で、こっちをニヤニヤ見ながらすれ違っていく。

十五時頃、歩道に家を置き、海が見えるセブンイレブンで休憩して出てきたら家のそばにパトカーが停まっていた。久々なのでどきどきした。お巡りさんはにこにこしながら「こんにちは。旅ですか」と話しかけてきた。

「はい。職質ですか？」

「そうですね。いわゆる、そうです」

いつもどおり原付の免許証を出して、荷物検査をされた。ひととおり済んだあとお巡りさんが、「ひとつお願いがあるんですけど、この先親不知《おやしらず》っていう町のあたりの道路がすごく危ないです。狭くて歩道もなくて、くねくねしてる上に大型トラックがバンバン通るから、その区間だけ電車を使ってもらえませんか？」と言ってきた。

「これ電車載りますかね？」

「これくらいなら、言えば載せてくれるんじゃないですかね」

そうしてみよう。

十七時前に糸魚川駅近くに着き、アテにしていた銭湯に行ってみたけど、なんと無くなっていた。銭湯はやっぱり生き残りが厳しいんだろう。なので、お寺を探した。敷地の交渉はいつまでたっても慣れない。緊張で震える。

敷地を貸してくれるということは、ある程度は僕のことを受け入れてくれたということだ。それはとてもうれしいけど、受け入れてくれる人しかいなかったらつまらない。受け入れられる人のところにも受け入れられない人のところにも、どちらにも関係なくとまりたい。ハエがどこにでもとまるように。カバコフのハエのように。人にとって新鮮な果物と犬の糞の違いはすごく大きいけど、ハエには両者が同じように見えている。ハエは世界をそのように見ているはず。カバコフはハエをそのような存在ととらえていた。ハエになればいいのだ。そう考えると、敷地交渉に失敗しても成功しても同じようなもんだと思えるので少し楽になる。

一軒目は「うちはちょっと……。このあたり、たくさんお寺があるので他をあたってみてもらえますか。すみません」とやんわり断られた。二軒目で「敷地だけでいいの？　どこに置くかだな」とオッケーしてくれた。

家を置いたら、即お風呂に向かった。ここから電車で次の駅の「姫川」まで行くと、日帰り温泉がある。二日ぶりの風呂。入りながら「いろいろあったなあ」「いろいろあったからなあ。いま温泉が気持ちいいなあ」「これからもいろいろあるんだろうな。そして気持ちいい温泉に入るんだろうなあ」と独り言が口から自然に出てきた。

帰ってきて寝ようとしたけど、思ったより雨が家の中に浸み込んでくるので、ひさしのある場所に移すことに。いったん寝る体制になってから家を動かすのは結構大変だ。しかも雨だし夜だから暗い。まずは寝袋と銀マットを丸めて先に移動先に持っていく。それから戻って家の中でリュックを背負い前方の窓だけ開けて、目を凝らしてお墓のそばを歩く。

この作業を東京で強固な屋根の下にいるなおこと電話しながらした。彼女はホテルの中にいて「雨の存在を感じない」と言ってた。こっちは雨で一大事だ。家を移動させながら「すごい人生だな」と思った。誰かドキュメンタリー撮ってくれたらめちゃ面白いと思うんだけどな。

10月6日

台風が近づいてるのがわかる。雨と風がだんだん強くなってる。近くのスーパーまで出かけてみたけど、強い風が急に吹いたりして傘があまり役にたたない。今日は家で歩くのは危ないので、お寺の住職の奥さんに、もう一日居させてくださいとお願いしたら、オッケーしてくれた。服がもうないので、近くのコインランドリーを雨の中探す。

結果的に、そのまま一日中コインランドリーにいることに。机と椅子があったので、絵を描いて過ごした。ひっきりなしにいろんな人が来ては洗濯機や乾燥機の中に服を入れてコインを入れて出ていき、服を持ち帰っていった。隣のピザ屋の店員さんも来たし、車でたくさん抱えてきた主婦らしき人もたくさん来た。不思議なことに洗濯が終わるのをコインランドリー内で待つ人はいなかった。それなのに、洗濯終了を知らせる音が鳴ってから五分以内には戻ってくる。みんな忙しいんだろうなあ。今日はずっと雨なので、洗濯物が乾かず久々にランドリーに来た人もいるんだろうな。雨が降ろうが洗濯物がたまろうが、日々の生活はどんどん先へ進んでいくからな。

いま十七時半、ようやく雨が上がって雲が薄くなってきた気がする。もう外は真っ暗。

10月7日

「境鉱泉」という温泉の休憩スペースでこの文章を書いてる。テーブルには富山の地酒・黒部峡を宣伝するチラシ。ここは富山県らしい。でも、僕の家はまだぎりぎり新潟県に置いてある。とてもいい温泉だった。地元の人が集まる温泉らしく、僕には聞き取れない方言で話してる。

今朝起きたら青空になってた。台風

２０１４年10月７日　新潟県糸魚川市外波

が過ぎ去って空気が澄んでる。まだ風は少し残ってるけど、お昼頃お寺を出発した。

一昨日お巡りさんに言われたように、まず糸魚川駅に行く。洞門という地域の道路が狭くて危ないらしいので、電車で家を何駅か運んでもらえるか聞いた。若いお兄さんが少し笑いながら、「少々お待ちくださいね」と言って奥に引っ込んでいった。五分ほど窓口の前で待ってたら、「待合室に暖房入ってるよ！　サウナみたいになってるよー」という大きな声が窓口から聞こえてきた。良いもの見た気がした。しばらくしてお兄さんが戻ってきた。

「車両に持ち込める荷物の大きさが、縦横高さ合わせて二・五メートルまでという決まりはあるんですけど。警察に言われたんですよね？」

「載せてもらえるならそうしなさいって言われました」

「あまり混んでる車両ではないので、車掌次第では載せられると思うんですが……。どうしても他に方法がないのであれば……」

「とりあえず、家を持ってきてみます！」

家を持って戻ると、その若いお兄さんが上司っぽい人（たぶん車掌さん）を連れて見にきた。そして「思ったよりでかいっすね……」と言った。上司っぽい人は家を少し見たあと、窓口の奥に入り、しばらくして出てきて「すいません。ちょっと大きすぎるので……。すいません」と僕に告げた。結局だめだったけど、楽しいやり取りだった。家を持って歩いてきちゃって、この先危ない道があるという状況の僕を見て、みんな一生懸命考えてくれた。でも規則にはかなわない。だから、その危ない道を通るしかない。というかあちら側へ行くにはここを通るしかないのに、なんでその道が車は通れて歩行者が通れないような状況になってるのだ。

十キロ歩いたら洞門に来た。確かに危ない道だ。道幅が狭いトンネルがずっとつづいていて、大きなトラックやダンプカーがたくさん通っている。ただ運がいいことにたまたま工事中で、長い範囲に渡って片側交互通行になっていた。

工事のおじちゃんたちがみんな協力して、僕を誘導してくれた。僕を追い越す車の列（道路の左側を通る）とすれ違う車の列（右側を通る）が交互に来るので、それらと反対側の道の端を通るようにして歩いた。昔のゲームでこういうのあった気がする。そうやってなんとか洞門をクリアした。工事していなかったら、いままでで一番危ない区間だったかも。

その後五キロくらい歩いたら「親不

知」という町に着いた。山と海に挟まれた国道沿いの細長い町。廃校になった学校の駐車場を、なにかの工事関係者が拠点に使っていた。唯一のお寺で敷地交渉しようとしたけど誰もおらず、道の駅のほうに行った。最近の敷地は道の駅とお寺を繰り返している。なんだかつまらない。

家を置いて少し散歩した。ここらは翡翠の採掘地らしく、あちこちにヒスイの文字が見える。民宿がたくさん並んでいる。大きな海水浴場があるから、シーズンには賑わうのかな。イメージが全く湧かない。国道の反対側にある道の駅以外に、町に人が溜まる場所がない。これから冬が来るからかもしれないけど、街全体にどんよりと寂しさが漂っている。町道でも人とすれ違わない。やたらと警備服を着た色黒のおじさんたちが目につく。工事の交通整理をしてるんだろうけど、他に人がいなさすぎるから、全員で僕を騙しにかかってるんじゃないかって、妄想しちゃう。

「親不知交流センターまるたん坊」という市営の宿泊・入浴施設でお風呂に入ろうと思ったら、ドアに「定休日」の札が下がってた。ドアが開いたのでインターホンを鳴らしたけど、誰も出てこない。ディズニーの「七人のこびと」のキャラクターが「WELCOME」と書かれたボードを持って、こっちを見ている。こわい。なので入るのをやめた。

二駅先に温泉があるようなので、そこに向かう。親不知の駅から日本海ときれいな夕日が高速道路ごしに見える。高速道路は景色を見るには邪魔だ。見るためじゃなくて、車を走らせるためにつくられているのだから当たり前だ。越中宮崎の駅まで電車で行き、境鉱泉に来た。

1008 0910

昨晩家を置いたのが国道から一メートルくらいのところで、ものすごくうるさかった。深夜から朝までずーっと車の往来がやまない。「昨日はお寺の境内で静かだったし、たまにはうるさいところで寝てみるのも面白い」とか思って決めてしまったけど、甘かった。数メートル横を通る大型トラックのうるささは尋常じゃない。昨晩はどうにか寝たけど、何日もああいう環境にいたらノイローゼになりそう。

10月8日

ものすごい騒音で目が覚めた。そういえば国道のそばで寝てるんだった。顔を洗いに外に出たら日本海の水平線が目に入って、ロックバンドのU2のことを思い出した。たしか「No Line on the Horizon」ってタイトルのアルバムがある。水平線は自然界には存在しない。それを見ている人がいるから存在する。人の数だけ水平線がある。同じように、敷地の境界も存在しない。国境も。それを見ている人がいるから存在するように見えるだけなのだ。

洞門というのは地名じゃなくて、トンネルのことらしい。よく山の道沿いにある、片方が外に開けているトンネルのこと。親不知の町を出たあともしばらくその洞門がつづいて危なかった。丸太を五十本ぐらい積んだ超でかいトラックが自分の五十センチ横を通り越していくのは、生きた心地がしない。でも、また運のいいことに一部が点検中で片側交互通行で、なんとか洞門区間を乗り切った。途中、お腹が空いたけどしばらくお店もないなあと思っていたら、最高のタイミングで京都の舞鶴から山登りに来た島田さんという夫婦がアンパンとおにぎりを差し入れてくれたりした。

富山県朝日町に着いた頃、ツイッターで「家の置き場を探しています」とつぶやいたら、先輩の美術作家から「前にその町の美術館で展示させてもらったことがある。連絡してみます」とメッセージが来た。行ってみるとその学芸員が帰るところに出くわし、「うちの駐車場ならいいですよ」と言ってくれた。家を置かせてもらってスーパーにご飯を買いにいく頃にはもう夜で、空には赤くて暗い月があった。そういえば今日は皆既月食だとツイッター上で騒がれていた。月が暗いぶん星がよく見える。住宅街を通るとどの家もそわそわしてる。望遠鏡で見てるお父さんとか、一眼レフカメラを三脚に取り付けている若い男の人とか。

いまその駐車場に置いた家の中でこの日記を書いている。昨日と違ってすごく静かだ。やっぱ寝るのは静かなところがいい。虫が鳴いてる。オーケストラみたい。

100912１０

近所の人がこのあたりのことを話してくれた。海沿いの地域の人は言葉遣いが荒くて、仲間意識が強い。外から嫁いだ人がびっくりするような近所づきあいをしている。「良いタコが捕れたから、あんたの家の冷蔵庫に入れておいたよ」と言われて、帰って冷蔵庫を開けたら生きたタコが入ってたり。最初は信じられなかったけど、何年も住むうちに慣れていったらしい。

ここは富山だけど、金沢に行くとまた全然違う。外から人が嫁いできて家を新築すると、町の人がみんな見にくる。部屋だけじゃなく、タンスの中とか押し入れまで隅々見て回る。人が嫁いでくるということは嫁入り道具を持ってくるということで、それを見るとその人の家のレベルがわかる。だから、タンスの中には人に見せるための服を入れておく。そういう風習がまだ残っているところがあるらしい。ちょっと行き過ぎている。嫁いできた人をちゃんと迎え入れようとする町の態度なんだろう。そんな隅々まで見てしまった以上、よそ者扱いするわけにもいかないし、見られてしまった以上は町のコミュニティに入っていかざるを得ないだろう。

僕が大学卒業後二年間住んでいた浅草には、お祭りがあった。路上で綿アメを売るのを手伝ってたら、近くのマンションから子連れの夫婦が出てきて、「お祭りが今日あるなんて今日知りました！　どうやったら参加できるんですかねえ」と聞いてきた。僕はたまたま近所の人たちとの縁があって出店も神輿も参加できてたけど、入り方がわからないせいで参加したくてもできない人もいる。そういうことが浅草でも起こっているのだ。タンスの中まで見るのは行き過ぎてるけど、祭りに参加できないってのもさみしい。近所とのつきあい方は地域差が激しい。なにかひとつ絶対にうまくいく方法があるわけでもない。難しい。

話していたら、「自分探し」というキーワードがまた出てきた。嫌いな言葉。でも考えてみたら、こういう日記を書いてることも自分探し的な、未成熟で過渡期的なものと結びつけられる原因になるな。大学時代に教授から「迷いがない人のほうが強い。迷いをなくせ」と言われたことも思い出した。「そうじゃないだろ」と当時思ったし、いまでも思ってる。自分のやりたいことを探しているつもりもないし、好きなことをやっている気もない。みんな「これが私のやりたかったことだ」と結論をさっさと出して考えるのをやめたがるけど、「自分にはなにかができる」と思った途端になにもできなくなる。答えを出さず問いを立てつづけることのほうが、体力がいるのだ。なんでみんなわからないんだろう。

10091507

徒歩のため、あまり長距離を移動できないことによって、思いもよらない場所に留まることになる。そこで発見がいっぱいあるから面白いと話したら、『ザ！　鉄腕！　DASH!!』のソーラーカーの企画みたいだね」と言われた。そんなのあったな。日が暮れてバッテリーがなくなると動けなくなるやつ。でもあれは、彼らが本当に動けなくなってるわけじゃない。撮影クルーが他にいて、実は彼らの身の安全は保証されてる。仮にその地域で動けなくなったとしても「車が動けなくなったんだな」と、近所の人たちに理解されて終わり。想像の範囲を超えない。視聴者は、彼らが本当にマジで困るわけではないことを心の奥でわかってる。「そういう設定」で、ネタとしてやってるってことを了承した上でそれを楽しんでいる。

震災前はそれでよかったのかもしれない。僕も「ザ！　鉄腕！　ＤＡＳＨ!!」はよく見てたし。でも震災後は楽しめる気がしない。生活の範囲にまで表現を拡げないといけなくなったと思う。ネタをマジでやらないといけなくなった、というか。表現を生活に食い込ませるチャンスなのだ。

でも、いろいろ言われてうれしい。こうやって僕のやってることをある程度批判的に見てくれる人がいるから、僕も対抗して自分の考えを再確認することができるし、「リアカーじゃだめなのか」とか言ってくれるおかげで、「車輪がついたら駐車場に置けるようになっちゃう。敷地を見つけるまで居場所がないのが大事だと思ってる」と答えることができる。なぜだめなのかを考えることができるので、結局のところなにを言われてもされても、オールライトで、僕を面白がる人も面白がれない人も、全員をリスペクトするのだ。死ななければいいだけだ。

10月9日

ここから七キロ山のほうに行くと、「発電所美術館」がある。水力発電所を改修した美術館。敷地を貸してくれた学芸員が、招待券を一枚くれた。お昼頃まで学芸員と話し込み、十四時頃出発。

富山は水の土地という感じがする。あちこちに水路が走り、その流れを利用して水車を回してる家もある。水車の力で庭木に水をやってた。実際に使われてる水車を見たの初めてかも。美術館まであと二キロのところで田んぼの拡張工事中のおじちゃんたちに話しかけられて、歩いてきたルートを話したら、「親不知はどうしたん？」と聞かれた。やっぱり危ない場所として有名みたい。「普通に頑張って歩きました」と言ったら、大笑いされた。

発電所美術館では丸山純子さんという作家の展覧会をやっていた。休憩室に置かれていたカタログの中に、「彼女は最初、コンビニ袋で花をつくるという作品やワークショップであちこち呼ばれるようになり、この方向性でブレイクするかと思っていたら、突然やめた。そして石けんを使った作品づくりに邁進しはじめた。同じような作品ばかりつくることによって、他のことができなくなるのが嫌だったのだろう」みたいな解説文があった。これはとても切実な問題なのだ。僕にとっても。同じ作家がつくる作品にはわかりやすい一貫性がないと評価されにくいみたいな空気が漂ってる気がする。こんな文章を悶々と書きながら制作してる僕も、端からは「迷いがあって評価できない」ととられやすい。

僕は迷うし、目的もない。だけど「迷いをもつ」ということに関しては迷いがないし、目的とかはいらないと思っている。目的はいらないけど、志向性はすごく大事だ。この二つを一緒にして考えるとわからなくなっちゃう。僕の活動には強い志向性がある。面白さや美しさは志向性の中に宿る。アクティヴィズムは転覆への志向性そのものの中に宿り、転覆が成功したらそこで終わり。

美術館のあとは「入善ショッピングセンターコスモ21」に向かった。今日の敷地はそこの駐車場。昨日、歩いてたら事務局長さんが車から話しかけてくれて名刺をくれた。

「警備員にも言っとくから、いつでも来て勝手に寝ていいよ」

すごく大きなショッピングセンターで、コンビニもコインランドリーもソフトバンクショップもマックも本屋も徒歩五分圏内にある。銭湯も歩いて十五分のところにあるっぽい。こんな好条件初めてかも。家を置いて発泡酒を飲みながら銭湯に出かけているとき、事務局長さんが僕の家を発見したらしく、わざわざメールをくれた。めちゃいい人や。

10月10日

僕はただ敷地を借りただけでなにもしていないんだけど、ありがたいことに、活動を気に入ってくれた事務局長さんが出発のとき大量の差し入れを買ってくれたうえに、フードコートでお昼をご馳走してくれた。フードコートの受付の人が「村上さん来たよ!」とキッチンの人たちに言っていた。

それから魚津方面に歩きはじめた。ここ数日、道ばたで声をかけてくれる人が増えている。突然「頑張ってな」と栄養ドリンクを渡されたりする。なにも説明してないのに。家が歩いてるのを見かけた人がネットで調べて「こういうことをやってるらしい」とフェイスブックで公開し、それがシェアされて情報が広がっていく。あるいは撮られた写真が人から人へメールで流れて噂が広まったり。とても面白いことが起こってる。職場や学校の違いを超えて、近所在住というだけの共通点で噂が広がっていく。「あそこに新しいラーメン屋ができるらしいわよ」みたいな噂に近い。この噂の広がりを可視化してみたい。

夕方、そろそろ場所を探さないとなあと思ってた頃に、緑色のハーレーに乗ったサングラスの男性に話しかけられた。僕の日記を読んでくれたらしい。

「今日うち泊まってくださいよ！」と言ってくれたので、行くことにした。魚津市の、道路の向こうに海が見える家に住む谷口さん。春先には蜃気楼が自宅から見られる。いいな。

夜、お酒を飲みつつお話しした。彼は二十年前マグロ釣り漁船の漁師をしていて、僕の活動に近いものを感じたらしい。マグロ漁船。聞いたことはあったけど、実際乗った人には初めて出会った。世界二周したという。一度漁に出たら一年は帰らず、四百トンの船の上で寝泊まりする。船内には階級があり、上位三人は一人部屋だけどその他は二人部屋が基本。食料や燃料は各国の港に入って調達する。まさに移動生活。しかも半分無国籍状態。海の上で消費するものなので、食品、タバコ、お酒には税金がかからない。タバコやお酒を一万本単位で買ってたという。釣ったマグロは船で冷凍保存しておく。針にかかったホオジロザメはヒレだけお金にして全員で山分けにする。ケープタウンが治安悪すぎて、ディスコから道路の向かいのディスコに行くのにタクシーが必要だったとか、パナマ運河を渡るときに船で山を越えたのが忘れられないとか、刺激的な話が聞けた。

10月11日

台風十九号で風が強くなってて、気温も低い。今回のは本当に気をつけたほうがいいみたい。台風は嫌だな。小さい頃は風が強くて楽しいとか思ってけど、この生活で台風に来られるのは心から嫌だ。

お昼頃には谷口家を出発した。別れ際にした握手の手が、すごく大きくて厚かった。さすが海の男の手だ。僕が「手が大きいですね」と言ったら、「はあ」って笑ってた。谷口さんは、自分のマグロ漁船の話を「そんなたいした話じゃないです」と言ってた。僕からしたら滅多に聞けないすごい話なんだけど、本人は自分の経験とずっと一緒に生きていかなくちゃいけないのだから。だから新しい人がいるんだ。新しい人とたまに出会って、自分の経験を新鮮にとらえ直さないと、つまらなくなる。

道中、バイクに乗ったおじさんに話しかけられて、いつものとおり説明したら、「ワタリやっとるのか」と言われた。ワタリっていう単語は初めて聞いた。ウィキペディアで調べると生物が移動する理由は「食料」「繁殖」「気候的要因」の三種類らしい。僕も「気候的要因」で移動している。生物が渡りをする理由にちゃんと合致してる。

富山市に入った頃から暗くなってきたので、近場で温泉を探した。着いたのが十七時くらい。温泉の駐車場を交渉するのにいきなりは気が引けてしまい、お風呂に入ってからにしようと思ったのが間違いだったかもしれない。入浴後に交渉したら、「社長さんがもう帰っちゃって、私では判断できない」と断られた。もう十七時半を過ぎて外はだいぶ暗い。急いでお寺を探した。一軒目も二軒目も留守で、三軒目はどこがお寺なのかわからなかった。十八時過ぎて、夜の暗さになっちゃった。こんな時間まで見つからなかったのは埼玉の浦和で田谷さんと一緒に探したとき以来かも。久々に本気で焦った。半年前だったら焦りすぎて体調が悪くなってたと思うけどいまは少し余裕がある。四軒目のお寺でようやく人がいたので交渉したら、「いま住職がいなくて、判断できないんです。申し訳ないです」と断られた。今日はそういう日らしい。責任者に出会えない日。

もう近くにお寺もなくて他にめぼしい場所も見当たらない。今日は失敗するかもしれない。日が落ちるのがどんどん早くなってて、体がそれに慣れてないのだ。敷地交渉の時間帯をもっと早くしないといけないのだ。

仕方がないので、近くの大きなドラッグストアに行って店長さんに「無理だったら家だけでも」というスタンスで交渉した。

「寝泊まりは無理だけど、家を置くくらいならいいよ。台風近づいてるから気をつけて」

やっぱり。僕は四キロくらい離れたところの漫画喫茶に泊まることにした。危ないところだったけど、ドラッグストアみたいな場所でも交渉できることがわかった。いつか交番とか警察署も行ってみたい。へらへらと敷地交渉したい。

10月12日

朝起きて外に出たら風がやんでた。昨日まであんなに強かったのに。台風が近づいてるからかな。不気味だ。

家を置かせてもらったドラッグストアの近くで絵を描いてからお昼前に出発した。一時間後、小学生くらいの女の子数人から「なにしてるんですかー？　ご飯いりませんか？」と声をかけられる。下飯野地区のお祭りで、公民館の前で宴会をしてるみたい。この「祭りの宴会に呼ばれる」パターンが定期的にあるな。

行ってみると、やっぱり質問攻めにあった。みんな気持ちが高揚しているからいろいろ聞きたがるし、家にも入りたがる。神輿につけてたプラスチックの飾りを窓の上に差された。あれよあれよという間にうどんとかオードブルとかビールが出てきて「食べろ食べろ」と言われる。僕の正面に座っていた水野さんという人が、心から興味をもって親身に話を聞いてくれた。「神輿の担ぎ手が足りないんだ」と言うので、「泊まる敷地があれば、神輿でもなんでも手伝いますよ」と言ったら、「それはなんとかなる」みたいになって、僕は神輿を担ぐことになった。

神輿の主な担ぎ手は十数人の男と二人の中学生男子で、その周りを二人の中学生女子や子どもや町のお偉いさん方がくっついて回る。約百軒の家を回って玄関の前まで神輿を持っていき、家や車にぶつけようとしたり、それを家の人が阻止しようとしたりする。松の木を折ったり家に傷をつけたりしたこともあったみたい。

水野さんは盛り上げ役で、二人の中学生男子に前を担がせたりとかいろいろ気を回してた。かと思ったら突然いなくなったり戻ってきたりする。誰かが担がなくなっても咎める人はいない。でも担ぎ手が少ないのは大変だった。一番少ないときには八人しかいなかった。担ぎ棒は前後左右に二本ずつだから、八人は最低人数だ。とてもずっとは担いでいられず、家の前以外では神輿を台車に乗せて運んでいた。

僕の地元葛飾も浅草も神輿の担ぎ手がいなくて苦労してる。どこも一緒だ。水野さんは「『面白くない』って思われちゃうから駄目なんやろうなあ。若い奴らが次も来たくなるような工夫をしていかんと」と言ってた。担ぎ手は少ないけど、中学生男子二人が彼女らしき女の子を連れてきて、良い感じに祭りにかかわっている。彼らがいるのといないのとでは雰囲気が全然違う。女の子が男を見て、男がそれに答えるように神輿を担ぐのだ。

夕方、すべての家を回り終わって神輿をしまう前に、公民館に置いてある僕の家の目の前でもワッショイワッショイとやってくれた。そんでまた宴会になった。手伝ったことをみんなが感謝してくれた。「一人のときに家が歩いてんの見ても声かけんわあ。みんなで宴会してるときだったからよかった」と言った人がいた。

それから案の定、僕をどこに泊まらせるかという話になった。「敷地さえ借りられれば、自分の家で寝るから外でも大丈夫です」と言うと、水野さんが「いや、それは失礼や。この公民館はだめなんかなあ」と言う。町会長は「町の人間が誰か一緒に寝泊まりするならええよ」と言う。水野さんは明日早朝から山登りに行くらしく、公民館に泊まることはできないみたい。自分は居られないけど、村上さんをどうか頼むって他の人に必死にお願いしてくれた。「神輿を担いで盛り上げてくれた人に『外で寝てください』なんて、町としてどうなんや。台風も来てるし。そんなことできるか」と何度も言ってくれた。他の人から「水野さんおってくれたらなあ」と言われると「それは本当に申し訳ない」と言ってた。どうしても山に行きたいみたいだ。そこがかっこよかった。

僕はそのやりとりをそばで聞いてた。神輿を手伝ってもらったというのは街全体の問題なんだけど、その人をどこに泊めるかという段階になると個人の問題になる。だからややこしい。水野さんの言い分にはみんなが同意していて「じゃあどうするか」と話し合ってくれた。結果的に、町の人二人が僕と一緒に公民館に泊まってくれることになった。うれしい。

10月13日

七時頃目が覚めた。一緒に泊まってくれた二人はもう起きていて、台風のニュースを見てた。今回はかなり危ないヤツらしい。どの局でも沖縄や九州や四国のリポーターが嵐の中マイクを持って「すごい風です！　立ってるのがやっとです！」と大声でリポートしてる。そんな危ないことしなくていいのにと思ったけど、彼らは視聴者の代わりに嵐を体験しているのだ。それは必要なことかも。とか思いながら「大丈夫ですかねえ」と心配してたら、町の人が「でも富山は立山が守ってくれてっから。昔から台風の被害はひどくねえんだ」と誇らしげに言ってたのがとても良かった。こっちまでうれしくなった。

外は風がなく空気が冷たくて不気味だ。嵐の前の静けさ。天気予報を見たら、お昼過ぎまでは大丈夫そうだったので、早いうちに出発することにした。宴会の残りものやお菓子やコンビニおにぎりをたくさんもらった。結構重いけど、人からの差し入れの重さは耐えられる。自分で買った物の重さと、人からもらった物の重さは全然違う。重さもエネルギーになるというか。

雨が降ったりやんだりしたけど、風がないおかげでどんどん歩けた。なんとなく気持ちが焦って、休憩を取る時間がもったいなくて、四時間半ノンストップで歩いてしまった。途中、体が二、三個にちぎれたタヌキの死体がバイパスの歩道に転がってるのを見つける。ハエもたかってる。かなりきつい。自分と同じほ乳類が路上で死んでるのを見るのは虫や鳥よりきつい。

「そろそろ歩くの限界だなー」と思いはじめた頃に、風が出てきた。風向きが不安定で不気味な、明らかに台風の風。やばいやばいと思ってたらちょうど近くに道の駅があったので避難した。もうこれ以上歩けないので、事務所で「家置かせてください」と交渉したら、事務所のおじさんはニヤッと笑って面白がってくれた。

「ここは二十四時間開いてっから。あ

んたの家、危ねえから中に入れな。他にも二、三人おるわ。もう三日くらいここで寝泊まりしてる人もおる」

たしかに「日本一周」と大きく書かれたバックパックのそばで寝袋で寝てる人がいた。結構年上の男性。

外はあっという間に嵐。ものすごい風が吹き荒れてる。危なかった。そんな中、僕はもう服がないので近くのコインランドリーを探し、洗濯後道の駅のそばの温泉に入ってきた。休憩スペースに漫画があったので、風呂上がりに『アオハライド』を読むなど。悠里ちゃんって女の子がめちゃかわいい。

道の駅に帰ってきたら、さっきの日本一周の男が、地元のおじちゃんと話してたので輪に入ってみた。日本一周の男はヒッチハイクで回ってて、地元のおじちゃんは昨日彼を車であちこち連れていった人、という関係らしい。日本一周男は、道の駅の物産館の売り子の女性から電話番号を聞き出そうとしてた。わりと気軽にそういうことができるのは旅人の特権かもしれない。おじちゃんのほうは近所に住んでて、いろんな人と出会えるのでよく来るらしい。道の駅の近所に住むの楽しそう。

1014 1330

「『気の向くままだね』とか『自由だねえ』とか言われるの嫌なんですよ」と言ったら、水野さんは「嫌だよな。それくらいわかる」って言ってくれた。気ままだねえとか言われると、見てる景色が違うんだなあと悲しくなる。ていうか気の向くままの「気」ってなんだ。そんなもの存在しないんじゃないか。「自分の好きな道を選んだんだね」と言われるのも苦手。収入が安定しないことを心配する人とか「将来どうやって生きていくんだ」と言う人も。なんとでも言ってくださいというか、そんなねちっこいこと言うくらいならもっとバカにしてくれ。生きることとか死ぬこととか日本に生まれてきたことの意味とか、福知山線の事故や原発事故を起こしてしまった自分の責任とか考えたことあるのかな。およそこの世界で起こることで自分の責任じゃないことなんてひとつもないのだ。収入の不安定や健康を心配する人は、じゃあその安定した収入で、健康な体で「なにをするか」というところまで考えたことあるのかな。美術が好きだと言える人間で良かった。もう何度も同じようなことを書いてきたけど自戒も込めて書く。何回でも書く。

10月14日

寝すぎた。起きたら九時過ぎてた。雨はやんだみたい。しかしすごい台風だった。早く過ぎ去ってくれて助かったけど、そのうちまた新しいのが来るんだろうな。「ゴジラ」や「エヴァンゲリオン」の使徒が「海から現れて日本を襲う」というシナリオは、台風の発生過程から来てるんじゃないか。台風も同じように南の海上で発生して、日本を襲う。天災が海の向こうからやってくるイメージは、昔からあるんだろう。

絵を描いたり風がやむのを待ったりして、十四時過ぎに道の駅を出発した。道の駅はほんと便利だ。最悪、敷地が借りられなくても逃げ込むことができるし、トイレも洗面台も自動販売機もある。道の駅で敷地交渉するとうまくいくときとうまくいかないときがあるのが不思議。どこも国土交通省の管轄だけど、駅長によって「国のものだから寝泊まりはダメ」というのと、「国のものだから国民は自由に使える」というのに方針が分かれる。「国のものだからダメだ」の理屈はよくわからない。国って僕たちのことじゃないのか。先日の下飯野の水野さんが「神輿を担いでくれた人を外に寝かすのは町としてどうなんや。公民館に寝かせてあげようや」と町の人たちに議論をふっかけたのはとても大事なことで、僕たちには「公共」が「自分たちのもの」という意識がとても薄いのだと思う。「とりあえずダメ」としてしまう。

最近ツイッターで、借りた敷地の写真をアップするようにしている。毎日アップしてると、家は変わらないで敷地だけ日々変わっていくように見えてくる。同じ敷地の上に家が建ったり店が建ったり駐車場になったりと、敷地の上にあるものが変わっていく風景はよく見るけど、敷地のほうが変わっていくのは見たことない。考えてみると、敷地という制度が社会システムの側にあるのに対して、僕の家（寝室）は人間の生活の側にある。泥臭くて熱をもった生活の側にあるものだ。敷地を変えつづけることによって、僕の生活をシステムから取り戻すことができるかもしれない。日々の生活の重心はシステムではなく、この身体のほうに置かないといけない。じゃないと福知山線の脱線事故みたいなことが起きてしまう。小さい頃の、生きている実感が身体と共にあった感じ。あれを思い出すのだ。

夕方まで歩き、そろそろ敷地を探そうと思ってたら職質された。もう四十回くらいになるので、向こうが近づいてきたらなにか言う前に身分証を差し出すようにしてる。「交番とか、警察署の敷地を一晩借りることはできますか？」と、かねてから聞いてみたかったことを聞いたら、「無理です」と言われた。警察署や交番には機密情報がたくさんあるので、なにかのスキに持っていかれたら困るかららしい。行き倒れ状態の人が来たら、「保護する」名目で場所を与えることはある、と言われた。

十七時頃、高岡市の内島地域に着いた。道の駅があったけど、人が多そうだったので、近くにお寺を探してそこで敷地交渉した。そしたら住職さんは僕の話が全部終わる前に「いいよ、そこ置いて」と言ってくれた。それですぐ家の中に引っ込んだ。道の駅の近くで敷地を借りると、住み心地が良い。

10月15日

今日もたっぷり九時まで寝た。いきなり寒くなった気がする。台風が冬を連れてきた。そろそろ上着を手に入れるか寝袋を買い変えるかしたほうがいいかもしれない。

高岡市から西に歩いてたらまた職質をくらった。すかさず身分証を渡したらお巡りさんが「もしかして最近声かけられましたか?」と言う。「昨日すぐ近くで声かけられました」と答えたら身分証を返してくれて、「旅行かなんかされてるんですか? これで寝泊まりするってことですか。あーやっぱりそういうことなんや。お気をつけて」と、すぐに解放してくれた。初めてのパターンだ。彼らはこっちがいくら「すぐ近所でも職質されたんですけどまたですか」と言っても職質をやめない。全然信じてくれない。まあ嘘をつく人間がいるからなんだろうけど。

道ばたに生えてる草の色味が、緑から赤茶色に変わってきてる。日本が冬に入る準備をしてる。冬は好きだけどそれも身の安全が完全に保証されているから言えるせりふなんだな。いまの生活では、とにかく少しでも寒くなくて雪が降らない土地へ行かないと、死にかかわる。

歩いてる僕の前に車が停まり、スーツの男性が降りてきた。なんかの取材かなと思ったら、案の定北日本放送という地元テレビ局の人だった。夕方のニュースで取り上げたいとのこと。大きめのカメラをもち、ヘッドホンをつけてインタビューしてきた。この間の読売テレビの取材ではクルーが六人いた。だから今回一人でカメラマンと音声マンとリポーターを全部やってる感じが新鮮だった。一生懸命話した。そしたら、「そんだけ考えがあってやっていることを、ただ『家が歩いてる』というニュースにするだけではつまらないので、しばらく取材させてください」ということになり、夕方僕が敷地を探す頃にまた来ることになった。

途中休憩した道の駅にはパネル展示スペースがあり、地図や近隣のイベントポスターが貼られていた。退職直後くらいの年齢層の夫婦がいた。地図を見ている旦那さんに奥さんが話しかける。

「おとうさん……おとうさん」
「え」
「トイレ行ってきます」
「……」

そして奥さんのほうがトイレに立ち去っていった。なぜかグッときた。一緒に暮らしてきたであろう長い時間が、その短い会話に表れていた。駐車場にキャンピングカーが何台か停まっていたから、それで暮らしてる夫婦かも。そう思い込むとなおさらグッとくる。

小矢部市の石動にお寺がやたらと多い地域があったので、そこで北日本放送の人も合流して敷地を交渉することにした。一軒目に行ったお寺で一発オッケーをもらった。和尚さんが「今日は寒いから御堂の中で寝るといい」と言って、中に入れてくれた。夕食にも招いてくれて、和尚さんが一番好きだという菊水の一番搾りを飲みながら、いろいろとお話しした。和尚さんは転勤族で、もともとテレビ関係の仕事をしていたけど、奥さんの実家のお寺に人がいなくなったので、急遽仏教の勉強をして住職になったらしい。いろんな生き方があるな。しかもアートディレクターの北川フラムさんが後輩だという。話していて、僕のような活動に対して免疫があるような気がしたのだ。どうりで。

富山県は、加賀百万石前田家の分家の地域だった。力のある加賀藩は幕府から目を付けられていたので「自分は茶や陶芸を愛好する害のない人間だ」と思わせるために、江戸から茶人を招いたりして文化政策に力を入れた。その結果、文化が発達することになった。金沢はもちろん富山県高岡市も、全国の大きな寺の鐘の何割かをつくるほど銅器で有名らしい。またこの石動地域は浄土真宗のお寺が多いけど、江戸時代以前は浄土真宗による共同体で、約百年間、宗教で統治されていた時代があった。その名残がいまもあり、お寺で講話を聞く習慣があったり、信心深い人々がたくさんいる、という話を聞かせてくれた。

10月16日

お寺の奥さんにいろいろな差し入れをビニール袋に入れてもらい、石動地区を出発した。一寸法師のような気持ち。奥さんは「面白い体験ができました」とめちゃ笑って見送ってくれた。差し入れはおにぎりとお茶と鶏の唐揚げとお菓子で、ロッテのキャンディ「カフカ」がうまい。

北日本放送の取材は今日もつづく。
「富山で印象的だったことは、なんですか？」

新鮮な体験が多すぎるので難しい質問だ。

「立山が富山を台風から守ってくれるんだと誇らしげに話してる人がいたのが印象的でした」

「そう言われると、我々もそれを大事にしていかなくちゃと思いますね」

そうかそういうものか。

路上にトカゲを見つけた。というか草と草との間を走り去っていく残影を見た。トカゲを捕まえるのは難しい。敵の接近に気がつくのが早く、スタートから一気にトップスピードまで加速して逃げる。バッタは気がつくのは遅いけど、ジャンプ力があるので目の前から一瞬で消える。多少左右にも飛べるので、見失いやすい。カマキリは全く動かない。徹底的に葉っぱのフリをする。それぞれ戦略が違う。トンボは人に慣れてる個体と慣れてない個体によって逃げ方が違う。トンボの捕まえやすさでその土地に虫を捕る人がいるかが推測できる。

倶利伽羅峠《くりから》のあたりで、大阪ナンバーのトラックの運転手が「テレビ見たよ！　頑張ってな」と言ってきたり、津幡という町で「変わったことが好きなんだな。話のタネに写真撮ってやるよ」とカメラを向けてくるおじさんがいたり、金沢市に入った頃にトラックから「学園祭の出し物か。載せてってやる。どこまで運ぶんだ」と言われて載せてもらったり。彼は金沢の植木屋さんだった。昔ヒッチハイクしてた経験から、ヒッチハイカーをよく乗せるらしい。金沢にお寺が多い理由とか、駅が市街地から離れている理由とか金沢の歴史をいろいろ聞いた。

そんで金沢21世紀美術館まで行った。知り合いのつてでキュレーターを紹介してもらい、自分の活動の話をしたらめちゃ面白がってくれて、意気投合できた。僕が移住をする動機になった怒りと同じ種類の怒りを感じていると言ってくれた。

北日本放送の夕方のニュースで紹介された。予想はしていたけど、案の定ディレクターのシナリオにあわせている感じ。報道してくれるのはうれしいけど、「敷地を借りた家の絵を描いてプレゼントする」みたいに言われると「敷地を借りた家じゃない絵を描けば良かった」と思ってしまう。「絵のコピーなんですけど」という部分も、なぜかカットされている。大きな違いだと思うんだけど。一概には言えないけど、テレビの制作側の人たちは「このくらいなら理解できるだろ」と、視聴者をある意味見下して編集してる気がする。意識的なのかどうかは知らない。「わかりやすく伝える」がいつの間にか「視聴者のレベルを勝手に想定する」にすり替わってしまう。この境目は難しいと思うけど。

10月17日

今日も金沢にいる。金沢21世紀美術館の人が僕の家を招いてくれたので、敷地の心配をしなくていい。薦められた金沢市民芸術村や長町の武家屋敷跡を散歩してまわった。結構寒い。

今日も北國新聞社とテレビ金沢から取材が来た。テレビ金沢のリポーターとのやりとりで、

「これまで生活してきて気がついたことはありますか？」

「僕の家はただの寝室なので、トイレやお風呂や洗面など他の一切の機能は町に依存します。依存しあって生きてるということが、この生活をしてるとよくわかります。普段の生活でも同じですが、それがひとつの家に集まってるから、わかりにくくなってるのだと思います。蛇口をひねると出てくる水は自分で集めた水じゃないし、ガスも電気も誰かが作ってくれたのを使ってるだけです」

「ありがたみがわかるっていうことですか？」

「そんな感じですねえ」と答えてほしいんだろうなと思いつつ、「ていうより、依存しあってるのがよくわかるっていうことです」と言い直した。いかに理解から逃れつづけるかが考えさせるのをやめさせない鍵なのだ。

夕方、美術館から移動するとき、子どもに囲まれて「ヤドコウモリだ！」と連呼された。「ヤドコウモリってなに？」と一人の子に聞いたけどなかなか答えてくれない。子どもは集団では騒げるし気持ちが大きくなって絡んでくるけど、一人になると萎縮しちゃう。もう一度聞くと「妖怪ヤドコウモリ」と言う。もうこんだけの数の子が騒ぐ妖怪といったらひとつしかないと思って、「妖怪ウォッチ」を調べたら「ヤドコウモリ」というレアな奴がいた。家からハネと足が生えてる。キャラかぶせてくるんじゃねえよ。

夜は美術館の人の家で息子二人と四人で食卓を囲んだ。息子二人は母親の現代美術の仕事を「なにやってるんだかよくわからない」みたいに見ていてちょっと意外。おばあちゃんは「最近は変な理由での殺人事件が本当に増えてるから気をつけなさい」と言ってくれた。子どもを育てるときには「家や財産なんかいらない。体に技術を覚えさせればあとから役に立つ」と言ってたのが印象的。

10月18日

朝食を家族のみなさんと一緒にいただく。食卓に茶色くて平べったい見たことのない料理が並んでいた。冷やご飯と卵と牛乳と小麦粉を混ぜて練って焼いた「薄焼き」というオリジナル料理らしい。蜂蜜をつけて食べる。これ

がうまかった。そしてすごく贅沢な気持ちになった。家庭のオリジナル料理はその家でしか食べられない。

　朝食後、中三の長男が近くの銭湯までの地図を描いてくれた。地図を描くのは難しい。描き方やお店の位置でおばあちゃんと言い合いになってた。お母さんは「出かけるとき、いつも喧嘩になるの」と笑っていた。僕も笑ってしまった。地図は家が動かないから描けるものだ。ヒトの定住がはじまった頃地図も描かれはじめたんだろうな。

「大竹伸朗さんがドクメンタで作った移動できる小屋の作品は、津波で家がまるごと流されてるニュースに衝撃を受けたことから、生まれたらしいですよ」

　ますます大竹さんに会いにいかなきゃと思う。

　何人かの人たちが金沢のことを「二つの川に挟まれた町」と言ってた。富山の人たちが「立山に囲まれた土地」と言うのと同じように。頭の隅に「自分はいまこういう地形のところに住んでいる」という感覚を持ってるのだ。これは僕にとって新鮮だった。

　金沢から十六キロ歩き、夕方頃白山市下柏野町という国道沿いの小さな町に着いた。お寺を探して国道から町の中に入っていくと、道ばたで話し込んでるおばちゃん二人に出会った。

「あら、新聞で見たわよ。家背負って歩いてる人でしょ」

　もう新聞に出ているのか。話が伝わりやすくてうれしい。

「いま敷地を探してるんですけど、このへんにお寺ないですか」

「あるある。二つ。こっちのお寺よりこっちのお寺のほうがええわ。おばちゃん親切やわ」

　僕は「親切なおばちゃん」がいるお寺に向かった。ドラクエみたいだ。チャイムを押したら本当に親切そうなおばちゃんが出てきた。新聞を見て僕のことを知っていて、すんなりＯＫしてくれた。裏口のトイレも使っていいと言ってくれた。

　おばちゃんの他に若い夫婦二人と小さな子どもが二人住んでいて、みんな親切だ。夜は僕の家までお弁当を持ってきてくれた。刺身も入っている。

10月21日

　一昨日と昨日は金沢で休んで、今朝、下柏野町に戻ってきた。

　お寺は実は七人家族だった。住職さんは顔を見るだけでほっとしちゃうような、すごく人の良さそうなおじちゃん。職人さんが御堂の中で独り言を言いまくりながら作業するそばで絵を描いた。常時「うわ、ここは◯◯やなあ」「よし。これでまた……」なんて言ってて面白い。西に行くほど、関西弁ぽい話し方をする人が増えていく。絵を描いてたらおばちゃんがお茶とお菓子を出してくれた。

「昨日も葬式で人が出たり入ったりして慌ただしくてなあ」

そういえば十八日にも、「これからお葬式」と言ってた。お葬式ばっかりだな。

絵を描き終わったところで独り言の職人さんが「絵だけ、ちょっと見せてくれるか」と言ってきた。

「ああ、細かいんやなあ。ありがとう。お名前なんちゅうんやったっけ」

「村上です」

「村上さんな。さとし、やったっけ?」

「え。そうです! さとしです」

「なんか、テレビにも出てたらしいな。ありがとう」

昨日テレビで紹介されたらしい。僕は見てないけれど。テレビ金沢のウェブサイトを見たら「家男」って紹介されてた。これはまた新しい呼び方をしてくるなあ。僕を「家男」と呼ぶことによって、彼らはなにかを隠蔽してる気がする。「変人」とか「ホームレス」と呼んで人を括り、ある種の差別をすることによって心のスイッチを切っている。どこまでいっても他人事なんだろうな。池田拓馬さんが「アーティストが作品つくるのだって余計なお世話ですよ」と言ってたのを思い出した。

九時半頃出発して、引きつづき八号線を西に進む。今日は明らかに年下の男に「なにしてんの? 写真撮らして。ちょっと止まって止まって」みたいに言われた。なんだこの野郎、中指立てて写ってやろうかと思ったけど、家壊されたらやだなと思ってやめた。写真を撮られると撮り返したくなるこの気持ちはなんだろう。撮られると、僕は結構オンラインに「居る」んだぞって言いたくなる。

この生活はインターネットがないとできない。ネット上で発表できるからということ以上に、精神的な重心をネット上に置けるから、目の前で起きてることに揺るがずにいられる。この生活の前まではツイッターとかフェイスブックに自分の居場所を持っちゃう感じが嫌だったけど、いまはそういう気持ちはほとんどない。身体感覚がアップデートされてる。

二十四キロ歩いた国道沿いに「平松牧場」という看板を見る。「milk & dessert」の文字につられて入ってみた。牧場併設のカフェでソフトクリームを食べ、そのまま敷地交渉したら快諾してくれた。

「明日はお休みだから、雨降ったらカフェの軒下使ってください」

家を置いて牧場内を散歩したら近所の家族も遊びにきた。そこの奥さんも「寒かったら泊まりにきてくださいね！」と言ってくれた。いい人ばっかりだ。牧場には牛のほかにも動物がいろいろいて楽しい。ヤギがかわいくてたまらん。

夜は徒歩三十分の温泉に行き、歯を磨きながら帰ってきた。歯を磨きながら国道を歩くのは、なんだか刺激的だった。

10月22日

朝、描き終えた絵のコピーをしようとコンビニに行った。途中で財布を忘れたことに気がつき、取りに戻ると、牛乳を集める車が来ていた。これは毎日二回行われていると常陸太田市の牧場で聞いた。牛は乳をどんどんつくっちゃうから、毎日絞らないといけないのだ。牧場と財布を忘れた僕の日常が、そのとき交わったような気がした。

日記を書いてたら、牧場のお母さんがミカンと柿を持ってきてくれた。かつて加賀市には三十軒ほど牧場があったけれど、いまはここ一軒だけ。

「酪農はキツい仕事だからねえ」

「ああ、汚いイメージがあるかもしれないですね」

「そうでしょ。男の子はつづかないの。二年くらいで辞めちゃったり。もっと頑張れって思うんだけど（笑）」

「なんでですかねえ」

「なんででしょうね。震災後に福島から移住してきた家族の娘さんが働きたいって言ってくれたり、ここで体験学習をやった子が、学校出たら働きたいって言ってくれたり。みんな女の子なのよ」

「茨城県の常陸太田市でも、酪農家が減ってるって聞きました。どの地域も高齢化してて、空き家ばかりですね」

「切ない場所もたくさん見てきたのね。でも金沢なんかは、人がたくさんいて全然違うでしょ」

「そうですねえ」

このあたりでは都会といえばやっぱり金沢なんだなあ。

「東京に向かって商売してる人たちはどんどん大きくなっていくんだけど。地域で真面目にやってる人たちはねえ……」

その後、昼食に招待される。家には猫と犬がいた。動物が好きで、ペットとして飼っているヤギとロバとポニーとウサギと犬と猫と鶏と同じように、牛も飼っている感じがとても良い。スパゲッティをいただいてから出発した。

今日は目的地が決まってる。「金津創作の森」に向かう。金沢21美の黒澤さんから福井県の牧井先生を紹介してもらって、その牧井先生から金津創作の森を紹介してもらった。

このところずっと町中を歩いていたので、久々に山の間の太い道路の歩道を、誰ともすれ違わないで歩くと、

「日本に戻ってきた」気がした。僕の頭の中の日本の風景がいつのまにか更新されている。これまで「故郷」と聞くと、山と川と森と民家や田んぼや畑のイメージが頭に浮かんでいたけど、最近の僕にとって日本の風景といえば、片側二車線の太い道路と誰もいない歩道だ。道路は山と山に挟まれていて、脇には雑草が茂っている。圧倒的にそういう景色が多い。

今日は風が強い。ドアの蝶番が外れて、ドアごと壊れかけた。急遽持っていたテーピングテープ（前に津南の高橋さんからもらった）で固定して乗り切る。近いうちに修理が必要だな。歩く速度も遅くなるし、風にイライラしてたけど、風なんか関係なく走る車たちを見ていたら、風に左右されながら生活が変わっていくのはとっても良いことなんじゃないかと思えてきた。風によって歩ける距離が変わるから、当然、その日寝る土地も変わるのだ。これは素敵で贅沢なことだ。

すっかり暗くなった頃に、金津創作の森に着いた。結構な森の中で、あたりは真っ暗。物音に過剰にビビりながら到着した。ちょっと行き違いはあったけれど、ろうけつ染め作家の加藤さんというおばちゃんと旦那さんがあたたかく迎えてくれた。加藤さんは僕の恩師、土屋公雄さんを知っていた。うれしい。創作の森の中に土屋さんの作品があるらしいので、明日見にいってみる。

旦那さんがすごい人で、いろいろお話というか説教を聞いた。「君は面白いけど、まだまだやれる、変われる。まだまだ甘えている」と。「自分の未来が描けない奴に、絵が描けるか。自分の未来を鋭い眼光でビシーっとやったときに、絵がはじけるんやっ！」「Change is growth、変化は成長です」「君のような生き方をしている人はごまんといる。まだまだいける。タケノコや」「岩登りしてるとして、岩の端をつかんでるんかっちゅう話や。岩をつかんで、ぐーっと自分にひきよせるんや。待ってたら来ると思わないほうがいい」――名言がたくさんだ。すごい勢いで言われると怯む。確かに僕にはある種の「がめつさ」がない。仕事をとってきたりする野性みたいなものがないのが弱点だ。意識してみよう。僕はまだまだ変われるのだ。

「こうやって説教して、悔しいーって思わせるのが私なんです。今日は晩飯がうまい。さとしくんのおかげやな！」

10月23日

「It's time to get up! Mr. Murakami, you have only 30 minutes…!!」と叫ぶ声とともにふすまが開き、一気に起こされた。旦那さんは昨夜から全くテンションが変わらない。長く暮らしたイギリスのB&Bではこうやって乱暴に追い出されたらしい。朝食中もいろいろと説教をいただく。「甘えてたら伸びん。歯食いしばっていかんと」「あんたがやってることは否定はせんが、ただの手段や。手段に溺れてたらいかん。自分の夢に溺れんともっと夢を見なさい。ビジョンを語りなさい」などなど。今日は十五キロ南下し、牧井先生の家の駐車場に行く。

　今日も職質された。「美術家です」と言ったら、「なるほど、じゃあお仕事されてるわけじゃないんですか？　どこかに勤めていらっしゃるとか」「いや、美術家です。自営業。個人事業主です」「デザインとかをされてるってことですか？」「いや、だから美術です。現代美術」「げんだいびじゅつ……」みたいになり、全然通じなかった。反論するのも説明するのも面倒くさい。たいていの警官は職質のとき、親近感を与えるためか、僕の活動の説明をさせたり、世間話をふっかけてきたりする。東京で「ここは美術館じゃないんで」と言ってきた警官がいたのを思い出した。笑えてくるな。なんなんだこの現象は。

　たぶんイライラしながら歩いてるのが周りに伝わったのか、今日は話しかけて来る人がいなかった。夕方に一組だけ土方っぽい雰囲気の男性二人が「ほんわかテレビみたで！」と来た。

「今日はどこ泊まるん？」

「この近くで駐車場を貸してくれるっていう人がいて」

「あ、今日はもう決まっとるんや」

　そうだ彼はテレビを見ているので、僕が敷地を探していることを知っているのだ。それが面白い。こういうことを起こせるのはテレビの力だな。

　そういえば、今度、宇川直宏さんがDOMMUNEで「THE 100 JAPANESE TV CREATORS」という企画をやるらしい。これは企画名を見ただけで鳥肌立つ。インターネットの番組がテレビ番組のクリエーターを扱うってのはすごい。テレビというメディアが一気に相対化される。宇川さんはえらいな。

　夕方、小便の我慢が限界に近い頃に牧井先生の家に着いた。しかし牧井先生はまだ仕事から帰っていない。とにかくトイレを探そうと家を駐車場に置いて歩き出したらすぐに大きな芝生の公園を見つけた。大きな公園にはたいていトイレがあるのだ。助かった。うれし過ぎて駆け足で建物に向かっていったら、小さな女の子がお母さんと一緒に「だるまさんがころんだ」をやってた。素直に「だーるーまーさーんーがーころんだ！」とやる子どもをとても久しぶりに見た気がして、無性にうれしくなった。

10月24日

十月二十五日の朝だ。境内が広いお寺にいる。パソコンが電池切れで、iPhoneをソーラーパネルにつなげながら、コンクリートブロックに座ってこれを書いている。朝もやがかかっていて、雲ひとつない空。鳥の声と、遠くの県道からの車の音がする。ときどき目の前の道路を、犬の散歩をするおばちゃんやおじちゃんが通る。自転車の高校生も通る。大抵は携帯をいじりながら自転車を漕いでいる。危ないと思うけど、僕もよくやってた。

昨日はお昼前に牧井先生のところを出発して、「フクイ夢アート」なるものを見た。会場の前に置いた僕の家の前で、小さな子どもを連れたお母さんが「これどこで見たんやったっけなあ。どっかで見たなあ」と言いながら、僕に話しかけてきた。聞けば、半年前に東京の花屋の前で取材された番組が、福井県内では最近放送されたらしい。そんなに遅れるんだな。夢アートは紙からロボットをつくりまくってる高校生の作品がよかった。

そんでまた歩き、十五時には「もう歩きたくない」と敷地を探しはじめた。なかなか見つからず、五軒あたったけど、二軒には断られて、三軒は留守だった。うまくいかないのがつづくと自信がなくなってくる。ツイッターで呼びかけると、何人かが協力してくれたけど、遠かったりして、やっぱりこの近所で探すことに。福井市の三十八社町にある六軒目のお寺でチャイムを鳴らしたら、優しそうなおばちゃんが出てきた。手には細かい野菜や肉がついてる。ハンバーグをこねていたのだ。そこでOKをもらえた。もう暗くなりはじめてた。

僕のことをここ数日追跡しているという金沢の人からメールが来て、夜一緒にラーメンを食べた。追跡者は放浪癖がひどく、昔は世界中を旅していたらしい。「親不知が危なかった」と言ったら、土地の由来を教えてくれた。「親不知」という地名はかつて道路が未整備で海岸沿いを歩くしかなかった頃、激しい波の合間をぬって渡っていた親子がはぐれ、そのまま親が行方不明になってしまったというエピソードからきている。昔から危なくて、道路が整備された現在も危ない場所なのだ。追跡者は「明日また家を見に来ます」と言ってどこかに帰っていった。

お風呂は近くになく電車に乗るのも面倒なので入らなかった。昨日はそんな一日。

自分に何度も言い聞かせていることだけど、いま僕は制作をしているのであって、発表をしているのではない。絵描きがアトリエで絵を描くのと同じことをやってるつもりなのだ、勘違いしてはいけない。僕の頭は既に未来で待っていて、体はいま過去にいる。その未来に向かって体を持っていくだけ。絵を描きためていくだけだ。当面の目的は移動生活をベースにしてしまうこと。人々が家賃を払って家で生活しながら仕事をするように、僕は移動をベースにした生活をしながら仕事をするのだ。

展覧会は何度も開くこと。みんな「いつまでやるの?」と聞いてくる。何度説明してもわからないのだ。だからやるしかない。たまにだらだらもする。本当はなにもしないでいたいけど、体が勝手に動きはじめるから面倒くさい。なにもしないでいられるのは、どれだけ幸せなことか。

10月25日

このお寺には小さい女の子が二人いて、僕が絵を描いてる最中、ずっと境内で遊んでた。どんぐりを拾ったりかけっこをしたり。妹の子が僕にどんぐりを完全なる無邪気さで「はい」って渡してくるので、僕も笑顔になって受け取っちゃう。とてもいい。純粋すぎて眩しい。木の幹にくっついた蛾のサナギの跡を見て「これ誰の家や」と言ったりするかと思えば、前の道路を通る車を指差して「あれスペーシアカスタムや!」と叫ぶ。最近家の車を買い替えたらしく、そのとき車種をたくさん覚えた。あと挨拶がやたら元気。「こんにちは! こんにちはー!」って、道を通る人や停まった車みんなに叫びまくる。されたほうも挨拶を返さざるを得ない。素晴らしい。

お昼頃三十八社町のお寺を出発し、鯖江方面に向かう。六キロで商店街に入った。鯖江市は眼鏡が有名だと牧井先生から聞いていたけど、通りのあちこちに「眼鏡」の文字がある。商店街はなんとなく寂しくなりかけてはいるけど、面白そうなバーなども目について、住んだら楽しそうな町だ。

自動販売機で飲み物を買おうとしている母娘から「これはどういうことですか!?」と話しかけられ、軽く説明したら「気をつけてください!」と言ってくれた。また歩きだしてしばらくしたら、後ろから「村上さーん!!」と大きな声が聞こえて、ふり返ったらさっきのお母さんだった。ものすごい勢いで走ってきて、息を切らしながら「いま、ご飯食べてるんですけど、一緒にどうですか!」と言うのでついていった。さっきの自動販売機の向かいに四階建てのビルがあり、裏に入ると、折りたたみ式のキャンプ用屋根の下にテーブルとイスが並べられてて、四人が座ってコーヒーを飲みながら話していた。木造の小屋もあり、薪ストーブとピザを焼く鉄製の窯がある。商店街のど真ん中のビルの裏にこんな山小屋みたいな世界が広がっているなんて、思いもしない。

ビルのオーナー藤田さんは、本人曰く「仕事は印刷屋で本業は遊び人」。今日は藤田さん主催の「穴子のさばき方講座」だったらしく、その後魚を焼いて食べてたところ、たまたま通りかかった僕を見つけた。ピザ窯で焼いためちゃおいしいパン（薄く切ったジャガイモとトマトとチーズ等がのっているトースト）とコーヒーをいただいた。薪の火で湧かしたお湯を使っているというだけでよりおいしく感じる。藤田さんも「火で湧かすと違う。柔らかくなる」と言ってた。車通りの多い商店街の裏側にゆるやかに開かれたプライベートな公共空間。とても良い場所。なかなかできることじゃない。

そのままそこに泊まらせてもらうことになり、夕食まで一緒に食べた。「アコウ」と呼ばれるキジハタの煮付けがとてもおいしかった。

お皿に魚の絵が描かれていて良いなと思っていたら、藤田さんが「もともと僕は魚をそんなに食べなかったけど、昔骨董市に行ったときにこのお皿に一目惚れして、値切って買ったんだ。そしたら、釣り好きの知り合いが大きなスズキをくれた。YouTubeでやり方を見ながらさばいて、みんなを呼んで食べた。それから魚が好きになったんだ。このお皿を買ってからそういうことが起こるから、大事にしなきゃなって」と話してくれた。これには魚を盛りつけたい。そんな皿なのだ。

10月26日

昨日まであんなにいい天気だったのに、今日は朝から雨。さっきドアの蝶番を交換した。これで、足を出す窓以外の蝶番は全部一回ずつ交換したことになる。とりあえず東京に着くまでの半年はこのまま行けるはず。六か月半あの家と一緒に暮らしていて、いろいろと改良案が浮かんでる。早く二軒目をつくってみたい。より快適に持ち運び、より快適に眠れるようなつくりにしたい。

昨日は疲れもあったので、藤田さんにもう一日置かせてもらうようお願いして鯖江を散策した。鯖江市内のいろんなメーカーがブース展示をするイベント「さばえものづくり博覧会」に行った。眼鏡や眼鏡洗浄機メーカーがいくつかあった。やっぱり眼鏡の町なのだ。坂井市の牧井先生も来ていて、一緒に見て回った。制作費数千万円の漆塗りの山車が展示してあり、使うのももったいないくらいだなあと思ってたら、やっぱり普段は使わず保管してあるらしい。それももったいないな。

博覧会で知り合った河和田町の若者

と意気投合し、明日そこに行くことになった。軽トラで迎えにきてくれるらしい。どんどん知り合いが増えていく。

お昼に食べた鯖江名物〝歩くソースカツ丼〟「サバエドッグ」がおいしかった。ご飯と肉に衣をつけて揚げたものに割り箸がささっていて、ソースで食べる。

夜は、福井駅近くの現代美術ギャラリーで角文平さんの展示を見た。駅近辺はお店が多く若者で賑わってるけど、ちょっと離れると、ただのがらんとした大通りになる。散策ができない。

10月27日

雨だったので、ずっと屋内で絵を描いたりしてた。夕方、藤田さん家族と別れて西山公園に行き、昨日出会った山口君と合流。軽トラに家ごと載せてもらい、河和田に向かった。

河和田にはいわゆるIターンで住み着いた若い人が十数人いて、山口くんもその一員。メンバーの約半分は京都精華大学の美術系専攻出身で、仕事をしながら暮らしている。結構な山奥の町で、やっぱりたくさん空き家がある。みんな安い家賃で広い家に住んでる。移住のきっかけはそれぞれだけど、多くは数年前にあった豪雨災害のボランティアで京都から来て、その後気に入って住み着いたらしい。鯖江市が若い人の定住促進体制を整えようとしているんだと思う。

今夜はそんなメンバーの会議があるので、ついていってみた。彼らのモチベーションはどこからくるのか気になる。集まった七人は環境系のNPO法人で働いてる人とか市役所職員とか、木工の工芸品をつくる会社で働いてる人とか眼鏡職人とか職種は様々だけど、みんな二十代後半だった。結婚して夫婦で暮らしてる人もいれば、この町に昔から住んでるおばあちゃん（親戚とかではない）となぜか二人で一軒家に暮らしてる人もいた。議題はいくつかあり、聞いていてわかったのは、彼らは使われなくなった眼鏡工房を改装して木工や漆器や眼鏡制作ができる「PARK」という名の共同スタジオをオープンすべく準備してることと、そのオープンをきっかけに河和田を盛り上げていこうとメディアや行政や大学と手を組んで動こうとしていること。

「永住の覚悟を決めているんですか？」と聞いてみたら、「自分たちで永住したい場所にしていく」という答えが帰ってきた。そうだよな。なんか瑞々しいエネルギーにあふれてて良い。生まれた場所ではないけど面白くなりそうなこの町をどうしていきたいかという公共のことと、各自がやりたいことを自然に結びつけながら生活してる。すごい。こういう生き方ってもう普通に

２０１４年10月27～28日
福井県鯖江市尾花町にある
一軒家のガレージ

なってるのだな。仲間のような気持ちになった。僕は僕の仕事がある。それをやればいいのだ。それぞれがそれぞれやっていれば、それぞれの仲間に出会うのだ。

10月28日

ポカリをすすめてくれるあの勿来町のおばちゃんから久々に電話が来た。昨日のテレビのニュースで僕を見たらしい。

「元気そうで安心したよ」

お昼頃散歩してたら、道ばたで話し込んでるおばあちゃん二人組がいたので、「こんにちはー」と挨拶したら、「はい。どこの、坊ちゃん？」と言われた。やっぱり見ない顔の人がいたらわかるのだな。ここはそのくらいの規模の町だ。その後山口君の家の絵を描いていると、向かいの家から、やっぱりおばあちゃんが出てきて話しかけてきた。この町はおばあちゃんが多い。

「ここに引っ越してきた人？　ええ人が来たわあ」

「いや、僕は友達です。向かいに住んでる方ですか？　漆器店の看板がありますね」

「ああ、友達の方ね。いやあどんな人が引っ越してきたのかよく知らんかったからなあ。漆器はいまはやっとらん。いまはもう買う人がおらんでな。ここは空き家だったんでなあ。ああ。ようこそようこそ。隣が空き家だとな、さみしくてなあ」

「そうですよね。いつから空き家だったんですか？」

「ん？　ああ、最近やなあ。おばあさんとおじいさんと息子さんと三人で住んどってな。じいさんばあさんが亡くなってな、息子さんひとりでどうしようものうなってな。広い家やし、働きにいくのにも不便やしな。ほんで隣が空き家だとさみしくてなあ。ようこそようこそ。楽にな。ここらは田舎やからな。みんないい人や。隣にも若い人住んどるしな。向かいの若い兄ちゃんが物知りでな。わからないことあったらなんでも正確に教えてくれるでな。嫁さんも物知りでな」

「そうですかー」

「そうやな。向かいの若い夫婦は何でも知っとる。ほんで隣にも若い人おるしな」

この「向かいの家の若い夫婦はなんでも知っているからなんでも聞くといい」というセリフは会話の中に六回くらい出てきた。よっぽどいろいろ教えてもらったんだろう。そしてたぶんこのおばちゃんは、僕がこの家の人の友達ってことを忘れている。僕が引っ越してきた当人だと思って話している。

「そうですか。ありがとうございます」

「うん。ようこそようこそ。楽にな。あの柿の木はおたくの木や。冬柿っていって甘いんや。食べてみるとええ」

そしておばちゃんは帰っていった。あとで山口君に聞いたところ、何度も挨拶してるけど忘れてしまうらしい。そして「物知りの若い夫婦」は、全然若くないらしい。おばあちゃんとたくさん話した日だった。

10月29日

今日は家を動かす。先日ツイッターで「越前市を通ることがあれば敷地お貸しします！」と連絡をくれたオーダーメイド家具屋の「ファニチャーホリック」に行く。

お昼頃山口君の家を出発して歩いていたら、スーツ姿の男性から「こんにちは」と声をかけられた。急いでいたので「こんにちは」とだけ返して通り過ぎようとしたら、「このあたりに保育園てあります？」と言われた。家をせおって歩いてるときに道を聞かれたのは初だ。「このへんの人じゃないのでわかりません」と答えた。このへんの人じゃないってのは嘘だな。今朝まで二日間住んでたし。男性は笑って「そうですか、ありがとうございます」と言って去っていった。

夕方頃、越前市のファニチャーホリックに着いた。ここの人も山口さんで、河和田の山口君とも知り合いみたい。山口さんはもともと香川で会社に勤めていたけど七年ほどで辞めて、家具職人になるため学校に入り直し、独立して三年らしい。店舗は持たず、個人やショップからのオーダーで家具をつくってる。越前箪笥の金具だけ再利用して現代向けにつくり直しているらしい。「昔からあるような桐の箪笥はいまあんまり売れないからねえ」と言ってた。受注から家具製作まで全部一人でやってる。すごい。

「床は冷たいだろうから」と、山口さんが工場にあった合板とイスとシンナーの一斗缶と梱包用の毛布を使って簡易ベッドをこしらえてくれた。家具職人だ。

1030 1509

長野県で「まつしろ現代美術フェスティバル」が終わったのがまだ一か月前だなんて。インプット量が多すぎて、ずっと脳がオーバードライブしている感じだ。そしていまという一瞬にピントを合わせる力が少しずつついているような気がする。一日の中で、ぼーっとしている時間がどんどん削られていく感覚。頭がアップデートされて、時間がどんどん伸びていく。不思議だ。僕は歩きなので、毎日の移動距離は普通の人よりもずっとずっと短いはずなのに、生きるスピードが増している。

もっといまに焦点を絞らないといけない。時間は伸び縮みするから、いまという瞬間への集中力をもっと高めていけば時間は伸びる。そのぶん考えることができる。

この生活をして七か月目で、だんだん自分が違う社会に生きている感覚になってきた。同じ空間にいるんだけど、違う社会を生きている。もっと自覚的にやっていけば、かつて僕がいた場所、いまは奴等のいる場所がどんな場所か、よりよく見えてくるだろう。それをちゃんと絵にしていきたい。まるで別の社会のフィールドワークをするかのように、各地の家のスケッチを描きためていきたい。今和次郎や南方熊楠をもっと知らないといけない。僕がやっていることにはまだまだ不純物が多い。もっと濾過できる。無色透明で無味無臭の猛毒のように。

1031０730

今日から四日まで東京に帰省する。家はファニチャーホリックさんに預かってもらう。

鯖江市はメガネの全国シェア九十パーセント以上らしい。まさかそこまでとは。

10月31日

高速バスで東京に来る予定が、いろいろあって新幹線になった。新幹線は速かった。米原駅を通過する新幹線をホームから見たけど、その場にいたみんながちょっとぎょっとするくらいの速さだった。ホームのみんなが「そんなに速いの!?」って顔してた。そんな新幹線を使った福井から東京までの三時間半は、移動生活の一日よりも長く感じた。なんでだろう。時間が歪んで感じられた。その歪みが、新幹線の窓から外を撮ったときの電柱の傾きに表れてる。iPhoneで窓の外を撮ると、なぜか手前にあるものが斜めに歪んで写る。

東京の密度にも改めて驚いた。僕は一日で二十五キロ歩くこともあるけど、それは東京都文京区湯島から小金井市の東小金井駅まで行ける距離だった。山手線の輪も狭すぎて、目を疑った。東京駅から新宿駅までは一時間半で歩ける。山手線に乗ると三十分かかる。歩きの一時間半と電車の三十分は感じ方が全く違う。

1104185１

GEZANのライブを観て、この人たちのスピードについていかないとって思えた。誠実な表現は、内容の明るさとは無関係に人を元気にする。マヒトくんとはいつかちゃんと話してみたい。今夜福井に戻る。「なにをやってるのかはさっぱりわからないけど、お前のことは信用しているから味方でいよう」と思えるかどうかは、職業とか収入とか友達関係とか補導歴とかそんなつまらないオプションじゃなくて、そいつの誠実さや人間性による。個性は社会の中でみんなで育てていくものだから、自分の世界を超えたところで判断していかないと、すぐにつまらない世界になっちゃう。本が焼かれる世界になっちゃう。

11月5日

いまファニチャーホリックの事務所にいる。今朝、高速バスで東京から福井に帰ってきた。福井駅から乗った電車内にすごくよくしゃべる女性二人組がいて、面白かった。話題が切り替わるスピードがすごい。「痴呆は治るのか」を話していたかと思うと、車窓に見えた柿の木をきっかけに、一気に切り替わる。

「だからな、痴呆ってのはな……。あ、柿の木か。柿好きなんや」

「ああ、おいしいわあ」

「きれいなオレンジ色やもんね、いま」

「おいしいわ」

「あんまり熟してないのがおいしいわ。べちゃべちゃにしてスプーンで食べんのも、甘みは増すやろうけど」

「べちゃべちゃのやつな」

東京ではあらゆるものが自分の近くにあったけど、ここでは遠くにあるもののほうが多い。東京は異常な密度で人や情報や物が集まっている。この落差はやっぱりおかしい。僕がやってることは間違ってない。自分の中でうごめいているモノともっと深くコミュニケートしていい。一人で考えながら過ごすということは、自分以外のすべての他者と一緒に過ごすということだ。

今日は歩かず散歩したり絵を描いたりして過ごした。東京での日々を思い出しながら落書きをしてたら「アイフォンモンスター」というキャラクターが生まれた。

11月6日

起きたら雨。昨日ファニチャーホリックの山口さんと「一週間は天気もちそうやな」なんて話したばかりなのに。やっぱり天気予報はアテにならない。

外は雨だけど、工場の中は朝の光に包まれて神々しい。今日ここを出ると思うと少しさみしくなった。

一週間ぶりに家を動かす。まずは海沿いの道路まで出て、「しおかぜライン」沿いを南下する。途中毛虫を二回見た。まだ毛虫がいるのがちょっと意外だ。

このへんは新潟の親不知や岩手県の海岸線沿いに近いリアス式海岸だ。海のすぐそばに山がある。海と山の間になんとか道路を通してる感じ。歩道がないに等しいトンネルも多く、ヒヤッとする場面が二度あった。

道ばたに、雨でふやけすぎてゼリー状になった「ジャンプ」らしき週刊誌が落ちてた。そのままギャラリーに持っていって作品にできそう。

十五時半頃に「横浜」に入った。山と海に挟まれた、坂の多い小さな町。空き家も目立つ。コンビニが一軒、見たところスーパーはない。ここを過ぎると敦賀の市街地まで十五キロほどなにもないので、ここらで敷地を探すことにした。一軒目の高雲寺で早速OKをもらえた。住職さんがとても粋な人で、僕の話を聞いた直後に「すごいな！」と言って、雨だからと僕を離れに案内してくれた上にお風呂も貸してくれた。このお寺は住職さんが一人で住んでいるみたいだ。

「つくり過ぎたから食べてくれ」と出されたクリームシチューをいただきながら、お話しした。住職さんは飛驒高山の出身で、十年前、少年院の先生を退職してから入寺した。それまで七年間この寺には住職がいなかったらしい。

「最後まで『悟りを開いた』と言わず、煩悩に苛まれて死んでいった親鸞上人に惚れ込んで真宗の住職になった」

高雲寺は真宗大谷派で、真宗大谷派は東本願寺が本山。かつて「本願寺」だったところから大谷派が別れた結果、西本願寺と東本願寺ができた。

「そういえば富山、金沢、福井と、真宗のお寺が多い気がします」

「そう。新潟もな。北陸は真宗王国というくらい、真宗が盛んな土地なんです」

「そういうの全然知らないです……」

「宗教離れ、寺離れがありますからね」

高雲寺の檀家数は少ない。にもかかわらず建てられたのは、「北前船」で財を成したスポンサーがいたかららしい。このあたりはそういうお寺が多いという。そういえば来る途中「北前船の里河野」という看板があった。

いまでこそ東京が首都で、波の穏やかな太平洋が主流になったけど、江戸時代以前、この国の主な運送ルートは日本海だった。船はみんな大阪から出て、下関から北陸を通って北海道をつないでいた。北海道で仕入れたニシンや昆布を北陸経由で大阪に届けていたのが「北前船」。だから昆布なんか全くとれない敦賀の名物が塩昆布なのだ。リアス式海岸のため海と山が近いけど、山がある＝水が湧くということ。船にとって最も大切なのは飲用水の補給だから、敦賀港は重要な港として機能し、すごく栄えていた。福井県に原発が多いのにはそういう背景がある。昔は栄えたという自覚があるから、経済発展は自分たちの幸せになると信じている。そんな話をしてくれた。聞きながらなぜか泣きそうになった。

「安倍首相が経済政策を第一にしているのは、どうなんだろう。親鸞を生んだ国の日本人なら『経済を発展させることだけが幸せではない』と考えるDNAが備わっているはずだ。なのに敗戦後、『経済発展こそが幸せのすべてだ』となってしまった。バブルで一回こけてもまだ懲りない」

僕は震災のことを思い出した。僕たちはバブルで一回こけて、震災でもう一回こけた。いま安倍政権が強いのは「敗戦コンプレックス」の延長線上にある「震災からの復興コンプレックス」に憑りつかれた勢力が強いことを意味している。

「このへんは高速道路も北陸新幹線もあるけど、山の中をくり抜いているから、景色を楽しむことができない。みんな『速くて便利』なのが良いと信じ込まされ、麻痺させられているから、考えるのを面倒くさがる」

僕は、十和田湖周辺の温泉街も新幹線の影響でさびれているという話をした。住職さんは、「北陸本線の沿線もひどいもんです。新幹線の通過点になってから一気にさびれてしまった」と言った。聞けば聞くほど、住職さんと僕の問題意識がとても近いことがわかる。僕は美術で、住職さんは仏教で問題をとらえ、同じ方向を向いている。真宗の勉強をちゃんとしてみようかと思った。住職さんはつづけた。

「みんな自分の中にある闇を見ようとしなくなっている。『人に迷惑をかけ、煩悩にまみれながらも生きていかなくちゃいけない』事実と向き合おうとしない。だからボランティアが流行る。すべてのボランティアがそうだとは言わないけども、自分は『人に迷惑をかけない人間』でいたい、『人のために尽くす自分』でいたいというのは傲慢だ。知り合いの民生委員は、明らかに生活保護が必要な人から『構わないでくれ』と言われるらしい。『迷惑をかけたくない』と思うあまり交流を断ってしまう。だから孤独死も増える。かつて火事と葬式は村全体の行事だった。地域の皆を葬儀に呼んで、呼ばれた人は香典を払う。『お互いさま』の意識をみんなもっていた。だけどいまはなるべく人に迷惑をかけたくないと、都会で家族葬が多い」

いま僕は高雲寺の離れの一室で、住職さんとの会話を思い出しながらこの日記を書いている。もっとたくさん話したことがあった。録音しておけばよかった。

11月7日

朝早くに高雲寺を出発した。出発直

後、前方に犬を散歩中の女性が歩いてるのを発見。「こんな朝早くから家せおってる人見たらびっくりするだろうな」と思ったのでさっさと抜き去ろうとしたら、意外にも「なにやってるんですか」と話しかけられた。軽く説明したら、「私も東京から来て絵を描いてます」と言う。女性が描いたというiPhoneのカバーを見せてもらった。最近東京から来て、空き家だった古民家を改修したシェアハウスに体験入居中らしい。つい昨日「この町も空き家が目立つなあ」と思ったところだったので、他人事とは思えない。

招いてくれたので行ってみた。歯科診療所を地元の土建屋がリノベーションした物件で、キッチンがバーみたいにお洒落に改修されてた。共同生活者たちがお酒を飲みながら談笑してるのが目に浮かぶ。こんなお洒落なキッチンがこんなへんぴな町にあるなんて。

女性は松尾たいこさんというイラストレーターで、ジャーナリストの佐々木俊尚さんの奥さんだった。超びっくりした。まさか「敦賀市街まで一日じゃ行けないからこのへんで一泊しよう」くらいの軽い気持ちで立ち寄った小さな町で、こんな人に会えるとは。十年勤めた地元の自動車会社を辞め、上京して人気イラストレーターになった人。一時間ほど話して記念写真を撮って別れた。

福井県から滋賀県に入るルートは、琵琶湖の東側か西側かでルートが二つある。東側は西側より二十キロくらい長いけど、彦根や草津など知名度の高い町が多い。ルートの分岐点にある疋田にお昼頃着いた。ここで敷地を探そうと思ってお寺を探す。一軒目の前に家を置いてチャイムを押したけど留守。「いないなあ」と思って自分の家のところに戻ったら近くに軽トラが停まり、元気なおじさんが出てきて、いきなり「これで旅してはるんですか?」と聞かれた。びっくりしてすぐに答えられなかった。置いてある状態の家を見て「旅をしてるんですか?」と聞かれたのはたぶん初めて。よくわかったなあ。

彼は西側ルートで十五キロ先のマキノ町在住の青谷さんという人だった。「うち敷地あるから来たらええわ!」と、電話番号を教えてくれた。また見知らぬ人とすごい出会い方をした。しかしもうお昼過ぎで、ここから山道を十五キロ歩くと、着くのは完全に夜になる。それはちょっと危ない。なので青谷さんが仕事終わるのを待ってから、軽トラで送ってもらうことに。

それから青谷さんが来るまでの約六時間、家をコンビニに仮置きさせてもらい、僕は絵を描いたり散歩をしたりした。夕方、寒くなって居場所に困る。仮置き中の家の中で寝袋にくるまるわけにもいかないし、コンビニでいつまでも立ち読みしてるのも悪い。なにかないかと歩いてたら、バスの待合室を見つけた。必死で探せばなにかしら居場所はあるものだな。日没後は待合室からじっと外を観察してた。コンビニの駐車場が近く、国道沿いなので大型トラックが入ってきては出ていった。それぞれがタバコやカップ麺やコーヒーを買ったりしてるんだろう。まさかすぐそばのバス待合室の中に人がいるなんて思いもしないだろうな。でも僕にとっては切実な居場所だった。ここのほかに居場所はないのだ。

青谷さんが二十時半頃現れ、家（青谷さんさんは館と呼んでくれる）を積んで出発した。青谷さんは「うちでもええんやけど、敷地が狭いから、この先の峠の上の願力寺がええかもわからん。ボランティア活動やったり旅人を受け入れたりしてる親切な人やから。一度行ってみよう」と言って、連絡をとってくれた。福井県と滋賀県の県境にある小さな山あいの町だった。

お寺を訪ねると、夜遅くにもかかわらず元気なおばちゃんが迎えてくれた。僕のことをテレビで見たらしく、「熊も出るし、中入って寝なさい。お寺ってそういう場所やからな」と言ってくれた。「お寺ってそういう場所やからな」に感激。

願力寺は青谷さんの言ったとおり、本当にいろんなことをやってるお寺だった。震災後に福島から大津に移住した人の展覧会や入園前の子どもと親対象の「子どもサロン」をやったり、ヒッチハイクの旅人やホームレスの若者を泊めたり。みんなの居場所になろうとしている感じがした。

「昔は建物といえばお寺しかなくてな。集まる場所になってたんやな。映画の上映会や会議をやったり、子どもが来て勉強したり。電話もお寺にしかなかったしな。昔は八百屋でも散髪屋でも、段ボールに人が座って話し込めるような場所があったけどな」

おばちゃんは現代社会への抵抗という意味でも、携帯電話もインターネットも使っていないらしい。

「昔は居場所なんて至るところにあったのにな。住みづらい生きづらい世の中になってしもうたな。こんな田舎でも、心を悪くしてしまう人も増えてきてなあ」

ずっと歩いていて思うけれど、そもそも町中に座るところが全くない。今日僕は小さなバス待合室の中が居場所だった。あの場所があって本当によかった。

震災後福島から大津に移住した人の作品写真を見せてもらった。生まれ育った故郷のかつての風景を布で表現してる。とてもグッときた。一度会ってみたいな。

11月8日

食事をしながら、願力寺のおばちゃんとNHKの連続テレビ小説「マッサン」を見て朝を過ごす。実家にいるみたい。おばちゃんがあらすじを説明してくれる。

「大正時代にな、欧州にウイスキーのつくり方を学びに行った若い兄ちゃんが外人の嫁さんを連れて帰ってきた話や。この頃は国際結婚なんてしてる人おらんかったからな。近所の人がみんな見にきてな……」

僕は聞きながら、その「外人の嫁さん」が熱を出して介抱されているシーンを見ていた。

「福島から大津に移住してきた人に会ってみたいです」と言ったら、すぐ電話をかけてくれた。おばちゃんは「ご無沙汰してますーー！」と盛り上がり、川内原発の再稼働に知事が同意したという昨日のニュースの話をしている。

「もう再稼働はないと思っとったけどなあ」

十一時頃、再び青谷さんが登場した。

「ここから山を下るのは道も狭いし危ない。下まで降ろしたるわ」

家を青谷さんの軽トラに積み、願力寺を出発。青谷さんは僕がツイッターで願力寺のことを投稿したのを見たらしい。意外だ。これは偏見だけど、見た感じインターネットなんて使いそうにないおっちゃんなのに。青谷さんは不思議な人だ。すごく声が大きくて元気で、イベントを主催したりもしている。人のためにあれこれと手が出ちゃうんだと思う。この人も「公共の人」なんだ。

数キロ走ったところの道の駅で降ろしてもらい、青谷さんとはわりとあっさりと別れた。歩き出してしばらくすると、琵琶湖が見えた。湖の周りをぐるっと歩道が囲んでいる。とても歩きやすく気持ちの良い道。琵琶湖の観光客に加え、地元の人もよく歩いてる。

いつものとおりiPhoneを見ながら歩いてたら、段差につまずいて家ごと九十度前方に回転し、めっちゃ派手に転んだ。結構あちこち壊れたけど、なんとか直した。「ながら歩き」はやめよう。

夕方、再び青谷さんから電話がかかってきた。

「どうもどうも！　いまどの辺ですかー？」

「風車村の近くまで来ました」

「今日の寝床でな、いけそうなところがあるんです」

「おお」

「今津っていうところの山の上で、自給自足生活しとる夫婦がおるんです」

電話越しでも青谷さんのテンション

の高さに圧倒される。「山の上で自給自足生活」の響きがすごい。

「そこがいけそうなんで、また連絡します！」

「はい！　どうも！」

　数分後、「オッケーです！　また迎えにいきます！」ということで、僕は近くのコンビニで青谷さんと再び合流し、その夫婦の家に行った。ほんとなにがあるかわからない。

　その家はかなりの山奥にあった。見るからに手づくり感のある家が二軒。薪や丸太や工具が転がっている。近くに畑と田んぼもあるらしい。「熊出没注意」のでかい看板も。夫婦はまだ帰ってきてなかった。青谷さんと別れ、その家の中で待つ。一軒は母屋で、もう一軒はゲストハウスらしい。寄せ集めの建具があちこちに使われていて、ロフトもロケットストーブも薪ストーブもある。三線演奏家の奥さんは書もやるらしく、あちこちに飾られてる。この家は「志我の里」というみたい。

　しばらくして夫婦が帰ってきた。夜遅かったけれど少しお話しできた。

「経済が止まったとき、自分たちで生きていけるように」がモットーだという。食事の七割は自分でつくった食材で賄っているけど、ストイックになりすぎても苦しいから外食も普通にする。四年前に大阪から来て、少しずつ家を建ててきた。水道も電気も通っている。トイレは「バイオトイレ」だ。大便のときだけおがくずをかけるボットン便所みたいなやつ。薪でお湯を沸かすお風呂もある。こんな暮らし方もあるんだな。夫婦であれこれ楽しみながら生活してる感じが伝わってきた。

「雨水は降りはじめの十五分は空気中の汚れがついてるけど、それ以降はきれいだから使える」「薪ストーブは百五十～三百度の間で燃やす」などと教わる。

11月9日

「滋賀県は環境大国のイメージだなあ。合成洗剤を琵琶湖に捨てない生活を考えるとか。あと、ここらは三十キロ圏内に原発銀座もあるしな」と奥さんが言っていた。琵琶湖は日本最大の湖だけど、全部県内に収まっている。滋賀県人にとっては土地の中心が琵琶湖で、現在地を琵琶湖の右か左かで判断する感覚なんだろう。西は田舎、東は都会。中心にこんなでかい湖があったら、環境問題に自覚的になるのも頷ける。

　お昼頃、旦那さんにトラックで安曇川の道の駅まで送ってもらった。すでに十五時だったので、道の駅で敷地交渉をしたら、「申し訳ありません。テント等も全部禁止させていただいてるんです」と丁寧に断られた。もう少し歩こうと思い、湖沿いを南下する。

　空は曇っていて、だんだん暗くなってくる。湖は水平線と空の境界線が曖昧で、白い奥行きを持ったぼやっとしたものが目の前に浮かんでるみたい。十和田湖でも思ったけど、曇り空の日暮れ前の湖はすごくきれいだ。でも琵琶湖は十和田湖とは比較にならないくらい大きい。道路にどれだけ電灯を灯しても照らしきれない奥行きがある。湖は海と違って土地に開いた穴みたいなものだから、この世から外れた妖しさ、不気味さがある。こういう場所が家の近くに広がっているのは羨ましい。BGMはRadioheadの「Reckoner」がいい。

　町に入ったので、お寺を探した。一軒目で奥さんが出てきたので説明したら、半分笑いながら「ちょっと待ってね。ちょっとちょっと、なんか変な学生みたいな人が来たから話聞いてよ」と奥に引っ込んでいき、住職さんを連れて戻ってきた。関西人っぽいリアクションだ。住職さんにも説明したら、了承してくれた。近所の人も来て、軒先で少し話し込んだ。

「どこの大学を出たのか」「生まれはどこか」「親は心配してないのか」等々聞かれて答えているうちに打ちとけた。すごく懐っこい人たちだ。奥さんが「敷地貸したら、次はトイレ貸してとか言わないでしょうね!?」と笑いながら言う感じ。

　住職さんは「展覧会の案内を送ってほしい」と名刺をくれた。

「このあたりは風が強くて、雪も積もる。最近はそんなに積もらないけどな」「昔は家の中で冠婚葬祭を全部やってたから、ふすまを外せば大きな広間になる家が普通だったけど、阪神大震災以降法律が変わり、壁がないとだめになった。地面と家を固定する鉄や木は十年、二十年で老朽化する。昔からある家は、地面に載せて重い瓦で押さえつけてるだけだ」などと話してくれた。

「京都に行ったら本願寺も来てみるといいですよ」

　家を置いたあと、湖沿いを散歩した。日没後どんどん暗くなり、足下が見えなくなってくる。釣り人がたくさんいる。地面にブラックバスの子どもが数匹捨てられていた。まだ生きてるやつもいて苦しそう。外来種のブラックバスは雑食性で繁殖力が強く、日本の生態系を荒らすという悪いイメージの一方、食いつきが面白いので釣りの対象として人気がある。琵琶湖では、釣った外来魚を湖に返すことが禁じられているらしい。生態系を荒らすとはいっても、彼らは人の手で本来とは違う場所に連れてこられただけで、こいつを苦しめていい権利が人間にあるのか。こんな死に方をする生き物がいていいわけがない。しかしこの怒りの矛先がわからない。

11月10日

お昼頃お寺を出発し、志我の里の二人が紹介してくれた北小松の人の家に向かった。

「長野県で自給自足生活を教わっていたときに出会った人で、家はシェアハウスになってる」とだけ聞いてた。

湖のすぐそばの三角形のその家「琵琶湖みたから集いの家」には、女性二人が暮らしていた。「みくさのみたから」という術を身につける人々のコミュニティ拠点のよう。

管理人の三品さんは震災後に宮城県から移住してきた。かつて愛知から東京まで一か月半かけて徒歩で旅したことがあり、原発も見て回っていた。

「こんなに地震が多い国でこんなに多くの原発があったら、いつか動かなくちゃいけない日が来るだろうな」と思い、震災発生の二年前から物を減らし、移動を前提にした生活を送っていた。豊富な旅経験から「必要のあるものとないもの」がわかっていたのだ。そんなとき福島で原発事故が発生、四日後には関西に来ていたという。

「いつか動く日がくるかもしれない」という意識のもとでの生活には緊張感があって、日々が全然違って見えるだろう。

「室町時代頃まで、日本人の半分は移動しながら生活してたというし、これからもっとそういう人が増えて『通りすがりの者ですが』と訪ねて来る人を『来た来た』って受け入れる土壌ができていけばいいなと思います」

震災以降、自分の家を持つ気にはならなくなったそう。

謎の液体が入った酒瓶がたくさんある。「いろいろな野草を入れて乳酸菌で発酵させた飲み物」とのこと。一口もらった。微炭酸が効いてて意外とおいしい。体に蓄えてしまった放射能を外に出すのに良いと聞いてからつくっている。

台所には洗剤がないし、お風呂に石けんやシャンプーもない。日が落ちたら最低限の明かりだけつける。とっても落ち着く。

「蛇が路上で死んでるのを見たら報告している」という話をしたら、『Ｉ《アイ》』という漫画を薦められた。読んでいると、「暗かったら明かりつけてもいいですよ」と蛍光灯をつけてくれたけど、最低限の明かりの下で数時間過ごしていたからか、蛍光灯は眩しくて耐えられない。すごく不自然に感じた。

11月11日

朝琵琶湖の湖畔に行ってみた。家を出て十秒で着く。風がなく、嘘みたいに静かだった。巨大な水の塊が目の前にあるのに。夢の中にいるみたい。

お昼頃、絵を描き終わってコンビニにコピーをとりに行ったとき、店員さんがビニール袋を取る動作がものすごく乱暴に見え、大量消費社会に戻ってきた感じがした。僕の中に新しい社会がひとつできたのだ。いままでただ「知らなかった」だけで、同じ空間に全く別の社会もあったのだ。あの家で一晩過ごして、世界の見え方が少し変わった。いずれ元に戻っていくだろうけど、いまのこの「見え方が変わっている時間」はとても幸せだ。自分の中に複数の社会をもつことは救いになる。

お昼頃出発し、願力寺で紹介してもらった、福島から移住した人の家に向かう。八キロ歩いた。その人の家も湖の近くだった。玄関先で迎えてくれた奥さんは目に光があり、会った瞬間から緊張が解けた。

奥さんは震災以降、原発に反対する詩を書いたり、布を切り貼りした平面作品をつくったりしている。放射能のせいで避難させられた理不尽さを作品にぶつけると、気持ちが落ち着くらしい。旦那さんは四十年前から、原発の反対運動をやっている。福島第一原発が動き出して、第二原発が建てられようとしていた頃。建設中止を求める裁判をやったけど負けた。一審から最高裁まで十八年かかったらしい。福島県南相馬市の彼らの家は原発から二十三キロ地点。「避難指示の出た二十キロ圏内から三キロ離れてるから大丈夫ってわけでもないでしょう」と思い、事故の五日後宮城へ避難した。その五日間は窓を閉め切って生活したという。

宮城滞在中、近所の人たちは原発事故をどこか遠い場所での出来事と思っているところがあり、洗濯物や布団を普通に外に干していた。「自分たちは窓も閉め切ってマスクもしてるのに、こんなに意識が違うのか」と思っていたら、知人が滋賀県の空き家を紹介してくれた。「困ってるんだったらとりあえず来なさい」ということで、五月には宮城から滋賀県へ引っ越した。ラッキーだった。娘は反対したけど、説得して出てきた。四人家族は二か所にばらばらになった。

その滋賀の家も三年が過ぎると出て行かなくてはいけなくなり、すぐ近くの現在の家に引っ越してきた。でもここも、大家の甥が退職後に住むことになっているため、五年が限度だ。また次の家を見つけないといけない。

「流浪の民ですよねえ。でも、福島にはもう帰れないかなと思っている。そういう状態の人が十三万人いる」

福島から避難中の人がいま十三万人いる。事故直後、六万人が全都道府県に散らばった。滋賀県には三百人くらいいるらしいけど、全然会わない。神奈川や京都では、福島からの移住者が団結して、完全賠償を求める裁判を起こそうと動いている。滋賀県はまだ団結できてないけど、福井県の原発再稼働差し止めの裁判を市民と一緒に起こしているところ。県内各地で原発の話をするうちに、少しずつ意識が高まってきた。一番説得力があったのは「琵琶湖が汚染されたらどうする」ということ。琵琶湖が汚染されれば、一帯の飲み水が全部だめになる。滋賀県では生活・工業廃水による水質汚染が深刻化して以降、決まりが厳しくなった。各家庭に下水濾過層の取り付けを義務付ける条例があるなど、環境への意識はもともと高い。

　川内原発の再稼働を知事が承認したニュースに旦那さんが怒りをにじませていた。

「福島からなにを学んだんだ」

僕はなにも言えなかった。

　滋賀県で福島の子どもを短期保養させるサマーキャンプをやっている人たちがいる。京都では二〇一一年五月からやっていたという。すごいことだと思う。自分の時間を削って場所を確保し、お金を集めて人の家の子どもを招致するのだ。日本をせおっている感じがする。子どもたちの宿泊先探しから大変だ。民宿を借り、民宿が満室になったら移動して、廃校になった学校を使ったりとか。で、そのキャンプの資金提供を滋賀県の行政に掛け合ったら、「なぜ福島の子どもに滋賀県の税金を使わなくてはいけないんだ。県民の総意でもあるまいし」と言われたらしい。旦那さんは「こっちでなにかあったらどこにお世話になるかわからないだろう。それが人の道ってもんだろう！」と怒った。一方で県の文化課は、福島からの避難民をオペラ公演に招待してくれたりする。

「その気持ちだけで、とてもうれしくなる」

　夕食後、奥さんに詩と平面作品を見せてもらう。詩はもろに怒りをぶつけてる感じで、読んでいて息が詰まりそうになった。当事者だからこその説得力だ。事実かどうかは問題じゃない。外の人間にはなにも言い返せない。

　布の作品は、子どもの頃に見た福島の景色を表していて、五十点あるうちの十五点を広げてくれた。これもすごい。一見牧歌的だけど、舞台が福島というだけで、それがすごくラディカルな表現になっている。胸が詰まった。素晴らしい展覧会だった。

11月12日

　旦那さんが「ヴォーリズという建築家が設計した堅田教会に、ぜひ行ってみてほしい」と、教会に電話をかけてくれた。牧師とは反原発運動で一緒の顔なじみらしい。

　十六時頃堅田教会に着き、牧師の竹内さんと会った。顔を見ただけで、経験値の高さが伝わるようなおじさん。教会は紅葉したツタに覆われていて、くもんの教室も併設している。町に馴染んでいて良い感じ。

　ヘイトスピーチに関する講演会のチラシが目に入った。この人も戦っている。僕は午前中から体調が悪く、二階の和室で夜まで寝かせてもらった。押し入れには布団が何組かある。泊まりにくる人がいるんだろう。

　竹内さんが「これから勉強会があるから、もし聞いてて面白そうだと思ったら、参加したらええ」と言う。どうも起き上がる気力が出ず、半分寝ながら聞いていた。

　勉強会の参加者は、竹内さんを含む四人。キリスト教とその時代の歴史を、一冊の本を読みながら議論しあう。いまようやく四世紀。フロイトやハイデガーの名前も出てくるなど、参加者の教養の高さが伝わってくる。「買った本を全部読まないといけないと思ってしまうのはフロイトでいうと超自我なんですよ。超自我の言うことは聞かなくていいんです（笑）」なんて冗談も飛んでた。

　教会批判も出ていた。

「一方で教会批判やっとかんと、安倍さんみたいな歴史観になっちゃうからな。歴史上最も人を殺してきたのはキリスト教やしな」

　勉強会のあとは僕も起き上がって、みんなでラーメンを食べに行った。一緒にいてすごくリラックスできる人たちで楽しい。ある男性は、ハイデガーの勉強会を月一回教会で開いていて、「滋賀に留まって一緒に読みましょうよ」と誘ってくれた。このへんに住むのも楽しそうだ。

11131336

この世界には、金を儲けたい、モテたいとかいうのを超えたものがあるんだ。好きでやってるわけじゃない。こんなのいつも辞めたいと思ってるし、それは「生きるのをやめたい」とあっという間につながってしまう。「奇抜なことやって目をひいてる」とか「半分は婚活のためでしょ」とか「暇なんだね」とか「お金があるんだね」と言う人たちはいつもいるけど、そう思われることなんてはじめからわかってるし、言われるのが怖くないわけがないだろ。それでも他に方法が見つからない以上はやるしかない。だってやらないってことは、殺されるのと一緒だから。なんとか生き延びようとした結果、論理も体裁も空気も超えて体が自動的に動き出す。しょうもない空気に負けて、自分がやるべきと思ったことをやめてはいけない。空気なんかぶち破ってイキがっていい。

11月13日

寒い日。十二月並みの気温らしい。今日は動かないことにした。

教会の和室は不思議と落ち着く。昨日の日記を書いていたら、教会員の木村さんが入ってきた。木村さんもボールペン画を描く人。目がすごくやさしい。絵については「京都の近代美術館でホイッスラー展を見てぎょぎょぎょっとしまして、否定されたような気がして、自分の限界を感じました」と言ってた。

夜は木村さんと竹内さんと、ホルモン焼きを食べに出かけた。竹内さんはヘイトスピーチ反対のデモ活動もやっていて、デモの帰りに大津の在特会の人たちと出くわし、仲間と在特会が喧嘩をはじめたので仲裁に入ったところ、在特会が竹内さんを警察に突き出し、留置所に入れられたことがあるらしい。パワフルな人だ。

11月14日

僕は家を持ち歩いて生活している「だけ」で、パフォーマンスをしてるつもりはない。みんながこっちをジロジロ見てくるのがなぜなのか忘れそうになることがある。合成洗剤を使わない人や自給自足で生活してる人と同じように、家を持ち歩いて生活している「だけ」だ。だから「重くないんですか?」という質問には困る。家賃の安い田舎で週二日しか労働しない人が、週五日労働の都会人に「忙しくないんですか」と聞くのと似てる。僕は別の社会を見つけて、自分の体をそこに逃がす練習をしている。これまでも普段属すコミュニティの外で人が人と出会うことを扱った作品をつくってきたのだ。すべてつながっている。

新しい社会を見つけて、そこに体を逃がすのは大事なことだと思う。この生活は天候にすごく左右されるし、暗くなっても敷地が見つからないと不安で吐き気すら感じる。自分の家で寝るときは虫も入ってくるし、ヒト以外の生き物と一緒に寝るような感覚だから、「敵」をヒトに設定するのが不可能になる。ヘイトスピーチとか、なぜやる気になるのか全く理解できない。

お昼頃に教会を出発した。竹内さんが「見送りはせんけどな」と言って見送ってくれた。

今日は、埼玉で出会った田谷さんの実家(京都市山科区)に泊めてもらう。二十キロ歩き、暗くなった頃に着いた。大津から峠をひとつ越えたら京都に入る。この「峠を越えたら都に入る」というのが時代劇っぽくて良い。

そこは浄土真宗大谷派の法衣店だった。真宗大谷派のお寺にはもう何度もお世話になっている。ここでも出てきたか。これまで僕は宗教なんて葬式のときぐらいしか意識したことなかったけど、仏教を「宗教」で括って遠ざけてしまうのはもったいない。生きるのに当たり前のことを言っているのだ。

家ではおばちゃんが晩ご飯を出してくれた。田谷さんに似てとっても賑やかな人で、僕はもう笑顔が止まらなかった。「北陸から滋賀県にかけて、大谷派のお寺には大変お世話になりまして」と言ったら、とても喜んでくれた。

「宗教っていうより、生きていくのに当たり前のことを言っているだけですよね」

「そうやそうや。お寺で聞いた話でひとつ良く覚えてるのが、精子と卵子の組み合わせで人が生まれるやろ。それはものすごい確率で、二度と同じ人間は生まれないってこと。いまの子どもはすぐ死んだり殺したり。もうちょっと教育現場で宗教の話をしてくれたらなって思うんやけどね……」

なんて話をしてたら、たまたま見ていたテレビでＮＨＫが白川郷の報恩講行事を特集していてぐっときた。親鸞聖人の恩に報いるために、命日近くに行う年に一度の大切な行事。白川郷では「生活」と「教え」が密接に結びついていた。彼らに変な偏見のついた「宗教」って言葉を使うのは、失礼でさえある。

11月15日

田谷さんが紹介してくれた倉田さんに左京区を案内してもらった。「狂人企画」という音楽やパフォーマンスのイベントをやってる人で、倉田さんと歩く左京区は、僕の知っていた京都とは別世界だった。

11月17日

わりと暖かい日。曇りときどき、かすかな雨。

11月18日

今日も暖かい。陽があるけど雲もあちこちに浮かんでる。ときどき、肌に感じない程度の雨が降る。京都はこういう雨が多いのかな。

田谷さんの実家を十三時半頃に出発、奈良方面へ向かう。三時間くらい歩いて宇治駅の近くに着いた頃には、もう暗くなってきた。

「ほんわかテレビ」や京都新聞で取り上げられたこともあり、道ばたでよく話しかけられた。みんなすごく親切で、丁寧に話を聞いたり面白がったりしてくれるんだけど、敷地を貸すかどうかは別、という人が多い。

お寺を五、六軒回った。一軒は廃墟で、一軒は住職不在で判断不可、一軒では「在家の寺のため、そういうことはできない」と断られる。残りはチャイムを押しても反応なし。

もう十八時半で、いよいよヤバいと思ってコンビニにあたるも、店長不在で無理だった。その後、かなり勇気を振り絞って教会にアタックした。フィリピン人の優しそうな牧師さんが出てきて、不慣れな日本語で「ちょっといま責任者に電話するからね」と電話をかけてくれた。電話越しにもう一人の牧師の方と交渉し、名前と住所と電話番号を聞かれるなど、やりとりした結果、「一晩なら大丈夫かと思います」と言ってくれた。十九時。あぶなかったけど、ここの立地はすごく良い。

このあたりは数年前旅行で来たときには観光地のイメージだったので、夜手ぶらで歩くと不思議な感じがする。僕の家から宇治駅まで徒歩五分で、宇治川も平等院も近い。あちこちに抹茶やお茶のお店がある。休日は人がたくさん来るんだろう。

11月19日

晴れていて、さして寒くもない。とても過ごしやすい。普段は半袖にセーターくらいがいいけど、家をせおって歩きはじめると、半袖一枚でちょうどいい。

朝、近くのガストで安いトーストとドリンクバーのセットで数時間粘って絵を描いていたら、後ろの席で一人客の男性が電話をはじめた。

「いまガストにおる。俺に幻聴をゆうてくるおばちゃんがな、名前ついてんやけど。そのおばちゃんがな『モーニング行け』と……」と、電話相手に向かって話している。なんだそれ。

今日は奈良方面に向かって歩いた。アーティストの東山佳永さんが木津川町に住むおばちゃんを紹介してくれて、今夜はそこに泊まらせてもらう。

途中、原付の兄ちゃんに話しかけられた。

「え？　なんすかこれ。なにしてんすか？」

「家を持って、旅みたいなことをしてます」

「え？　家？　いやいやいやいや。ちょっとちょっとちょっと、いつからやってるんですか？」

「四月からです」

「しがつ？　よん？　いやいやいや。すげえな！　こんなこと言ったら元も子もないですけど、家いらないでしょ！　僕も北海道までヒッチハイクしたことありますけど、それはいらないっすね！　邪魔でしょ！」

「そうですねえ、邪魔ですね」

「まあまあまあ。すげえな。正直、しょうもないことだと思いますけど、突き詰めるとすごいことになりますね。

今日の宿は決まってるんですか」

「今日は決まってます」

「そうですか。まあ、頑張ってください！」

という会話をした。面白い兄ちゃんだった。

木津川到着は十七時半頃。立派な家の多い住宅街。紹介されたおばあちゃんの家は大きなお屋敷で、母屋の他に母屋と同規模の離れがある。四方を塀に囲まれていて、大きな門もついてる。築百四十年で、改装を重ねながらきれいに保っている。おばあちゃんは家を背負う僕を見た途端「それで歩いとるんか！」と叫んで、両手を叩いて笑い転げていた。東山さんが「徳の高い方」と言ってたのがわかった気がする。夕食をご馳走になりながら、話した。おばちゃんは旦那さんを亡くしてから、この大きな家で一人で暮らしている。大きな声ですごく楽しそうに笑って話すけど、たまにハッとする鋭い目つきになる。生きてきた八十年の歳月が表情に滲み出てる。

11月20日

気温は低いけど、カラッとした秋らしい気候。お昼までは曇りで、午後からは快晴。空がとても高い。住宅街を出ると京都のイメージとはかけ離れた田園と山々の景色が広がっている。あまりにも気持ちがよいので、一時間くらい散歩してしまった。

絵を描くのに五時間もかかったので、奈良に向かうのは明日にした。おばあちゃんは足が悪いので重い物が運べない。「なにか手伝えることがあったらいつでも言ってください」と言ったら、「いま頼んどこうかしら。植木鉢を運んでもらえる？」と言われたので、玄関の植木鉢を家の外に出して十メートルほど運んだ。これは僕にとってはなんでもない労働だけど、おばあちゃんにとっては「不可能なこと」なのだ。僕とは世界の見え方が全然違うんだろうと思う。

おばあちゃんはいつも明るいけど、旦那さんを亡くして離れもある大きな家に一人で暮らしていてさみしくないわけがない。よく机に向かって本を見ながら文章を書いたり、畑に行ったりしている。その日々に二日間だけ入り込めたことがうれしい。

11月21日

きれいに晴れている。明け方は冷え込んだけど、日が出てからは気温も上がって過ごしやすい気候。

朝九時頃、木津川のおばあちゃんの家を出発して奈良に向かう。ここにはまた来たいな。そのときも、本を読みながら文章を書いて、日々を過ごしていてほしい。大きなお屋敷に一人で住むお年寄りって、いま日本中にいるんだろうな。日中屋敷を出てデイサービスとかに行き、若い人にお金を払って相手をしてもらう。おかしな話だ。いままでいくつもデイサービスセンターは見てきたけど、どこも異様な雰囲気だった。時間を潰すために時間を潰してる感じ。奇習としか思えない。

奈良には二時間で着いた。僕と同い年でこの日記の読者だという木津川在住の男の人が訪ねてきた。二年勤めた東京の会社を辞めて、田舎に戻ってきたらしい。前にもこういう人に会ったような気がするけど、思い出せない。

まず、奈良の「Gallery OUT of PLACE」に行った。今夜はギャラリーの中を敷地として借りることに。家を預けて、奈良県立美術館の大古事記展を観た。島根県の「石見神楽提灯蛇胴」の舞の映像とそれに使うオロチのかぶり物が凄まじかった。いつか生で観てみたい。

11月22日

東京の友達から久々のメールが来た。「元気？」と送ったら「それが元気じゃないんだよねー。一週間くらい会社休もうかと思って」という返事。「はー人生めんどい」という。「それは百パーセントわかる」と返した。

元気じゃないんだよとか、人生めんどいという言葉がこぼれちゃうのは、わかる。それはその人が元気じゃないから、やる気がないから出るわけじゃない。この社会の装置が、人の口に「休みたい」というセリフを言わせている。騙されちゃいけない。自分の意志からではないセリフに騙されて死んだりしてはいけない。

今日はいきなり暖かい。日向は春みたい。

ギャラリーの人に教えてもらったお店「アカトキ」に行ってみた。古民家を最小限に改装したカフェ。店主の森田さんがとてもいい。ふわふわとした印象だけど、話し込んでいくと強い意志が伝わってきて、毒もある。コーヒーもおいしい。

家はギャラリーから徒歩十五分のスタッフの津嘉山さんの家の駐車場に移動させた。今夜はここが敷地。静かな住宅街で、コンビニも近い。スーパーがちょっと遠い。

11月23日

昨日に引きつづき小春日和。明け方もあまり冷えなかった。家は動かさなかった。

大和郡山の人からメールがきて、奈良駅で待ち合わせた。僕の日記を読んでて「近くを通ったら敷地使ってください」と言ってくれた人。一緒に食事をし、OUT of PLACEに案内する。「こ

歩く家と会った\(^o^)/笑
村上慧さんっていう美術家の人らしい！写真撮ってもらった(*´∀`*)♪
ほのか@京セラ 2days!!!@hono_chil
2014年11月22日

んなところ歩いたことないです」と言ってた。ギャラリーの隣のコーヒー屋さんに寄って帰っていった。僕はその人にとっての新しい場所の開拓を手伝えたのだ。うれしかった。

夜、津嘉山さんとおでん屋に行っていろいろ話した。津嘉山さんは、幼少時の経験をヒントに荒川修作研究をしていたことがあるらしい。僕の「歩くってのは土地とダンスをすることだ」とか「轢かれた蛇の死体を見つけたら報告するようにしてる」という話を聞いて荒川さんを思い出したらしく、話が盛り上がった。

そこで僕はとても大切な気づきを得た。大学時代散歩サークル「東京もぐら」で考えていたことから現在考えていることまで、全部が実は体の問題とつながっていて、それは荒川さんがやっていたことと直結してる。この社会装置が、無意識のうちに人の体にその社会での「ふるまい方」を学習させてしまう。そのことへの抵抗を荒川さんはやろうとしていたのだ。

僕は、たとえ半年前のことでも、日記を読んだり自分の家を置いた場所の写真や描いた絵を見たりすると、その日の天候や空気の感じを体で思い出すことができる。

電車や車で平行移動したときに起こる「断絶」は、土地と土地を切り離してしまう。それは「ある土地の時間」と「別の土地の時間」を切り離すことにもなる。僕はほぼ歩いて移動しているので断絶が起こりにくい。いまいる奈良県と青森県を完全に同じ地平上でイメージできる。なぜ「奈良」と「青森」と呼び方を変えるんだろうとさえ思う。

それは日本全体が自分の体になっていく感覚だ。だから「移動している感覚」もないし、天候や空気を思い出すこともできる。日付や土地の名前からではなく、「雨で、靴が濡れていて海が右側に見えて……」という五感の記憶から、そのときの「感じ」を体が思い出す。

歩くことは土地とのダンスだ。それが荒川修作とつながってくる。ミック・ジャガーとシチュアシオニストとヘンリー・デビット・ソローと坂口恭平と荒川が全部つながってくる。

交通機関が止まることを「事故」と呼び、それを排除するのが正義とされているけれど、それでは「事故」に出遭ったときの体の学習可能性をつぶすことになる。それに抵抗するために荒川は、床が傾いてでこぼこで、あちこちに変な突起があって、色がやたらカラフルな家を設計したのだ。

11241316

ICCの「移動する聖地」展のカタ

ログに収録されていた港千尋さんの「大いなる移動の予感」という文章を奈良県立図書館で読み、もうひとつ大切な気づきを得る。「日本全体を自分の体として感じる」ことはシャーマニズムと密接に関係していたということ。そしてそれは荒川修作ともつながる。

シャーマンが太鼓のリズムとダンスとボディペインティングによって体を動かさずにエクスタシーに到達し、意識を彼方まで飛ばす儀式。いつだったか、家を温泉の駐車場に置いて、ローリング・ストーンズを聞きながら来た道を戻っていたとき、僕は本当にどこまでも飛んでいけそうな気がした。歩行のリズムにあわせて意識がどんどん遠くに飛んでいった。あれはシャーマンのエクスタシーとほとんど同じだと思う。ラスコーやアルタミラの洞窟絵画にシャーマニズム的な要素があることは十九世紀から指摘されていた。暗い洞窟の中で、その硬い岩の向こう側に「なにか」を見て絵にしようとした人々の気持ちがなんとなく理解できる。

荒川修作の「車道は広いのに、歩道はこんなに狭い。これは間違っている。徹底的に間違ってるんだよ、人間の生き方は」という言葉も、いまなら完全に理解できる。歩行による上下のリズムが体に与える影響の大きさを言っているんだ。車によるリズムのない平行移動が体に、ひいては社会に及ぼす悪影響のことを。

この公共事業のあり方とかバリアフリー化を正義とする傾向は、体をなめている。それは人間を気づかないうちに殺していくと思う。

僕はクラブやライブハウスで踊るのも大好きだし、夜行バスで寝るとき、もっともリラックスできる体の置き方を見つけるのも得意だと思う。いつか書いたステートメントで「変態」という言葉を使ったけど、僕は身体の問題を理解していたんだ。いまそれがようやくわかった。

11月24日

昨日より少し気温は下がったけれど、まだまだ暖かい日。雲もあるけど、おおむね晴れている。

午前中は奈良県立図書館に行って、志村ふくみさんのエッセイと「移動する聖地」展のカタログを読んだ。休日で人がたくさんいた。それぞれが思い思いに過ごせる、とても良い図書館。貸し出しのパソコン席には幅広い年齢層の、論文を読む人や、スポーツニュースを見る人や、為替か株の棒グラフを睨む人や、麻雀に興じる人がいた。

今日は大和郡山市まで家を動かした。昨日一緒に食事した人のマンションの玄関前に家を置かせてもらった。玄関前を敷地にするのは初めて。建物の入口の鍵を貸してくれた。マンションのドアを鍵で開けて自分の家に帰ってくるのは、奇妙な感じだ。このマンションは、ロビーになぜか共用のトイレと洗面台があって不自由しない。

　夜、東北の仮設住宅から電話がきた。旦那さんを亡くしたばかりの人。突然だったらしい。「そうそうそう。突然だった。びっくりした。でもね、いろんな人が集まってくれて、あったかいお葬式だった」と、いつもの調子で話してくれた。

「来年は仮設を出て公営住宅に引っ越すから、遊びにきてな。部屋が余るから」

「また来年そのへん通りますよ。行きますから元気にしててくださいよ」

「元気元気。ありがとう」

　と電話を切った。「近くを通りかかったんで」と言ってそこを訪ねる、それが僕の仕事だ。

11251038

「寒くないの？」とか「ご飯は、お風呂は、トイレはどうしてるの？」としょっちゅう聞かれるけど、「いや、普通に生活してるだけです」と答えるしかない。「寒くないの？」と聞かれて「寒いですけど生きてます」としか答えられない。「重くないの？」もそうだ。「そりゃあ重いですよ」としか答えられない。だって家持ち歩いてるんだから。公衆トイレやコンビニのトイレを使ったことがない人なんているのか。スーパーで弁当を買ったことない人なんているのか。銭湯に行ったことない人や友達のお風呂を借りたことのない人なんているのか。

　質問の内容は、その人の生き方や社会のあり方をそのまま表している。荒川修作はそれを「建築的身体」と呼んだ。荒川は偉大だな。彼の「徹底的に間違ってるんだよ、人間の生き方は」というせりふは百パーセント正しい。彼が死んだなんて認めない。

11月25日

　朝から雨。明け方は雨脚がかなり強かったけど、お昼前にはだいぶ弱まり、やんできた。気温は昨日とほぼ同じ。

　今日は、三年前の飛鳥アートプロジェクトで知り合った写真家の越智さん一家に会うため、家を大和郡山市から桜井市に移動させる。まさきくんとだいきくんという男の子がいて、三年前一緒にベイブレードをやって、長芋をふんだんに使ったお好み焼きをいただいた覚えがある。久々の越智家は、低い円卓から高い四角テーブルに変わってたけど、二人は相変わらずベイブレードをやってて、夕食もお好み焼きだった。だいきくんがめちゃ元気で、ムードメーカー的存在なのも変わらず。今日初めて見せてもらっただいきくんの絵はすっごく良かった。

11月26日

朝から小雨。すぐにでもやみそう。気温もさほど低くない。

だいきくんが三年前に僕とベイブレードをやったことを覚えていて、また一緒にやりたそうだったので、ちょっとやる。親戚のおじちゃんみたいな気持ち。最後は越智さんも加わって三人でバトルした。だいきくんが一位で僕が二位、越智さんが三位という結果。

今日は家を奈良市の西大寺付近に住む松村さんの家に移動させる。メールで僕に「うちの敷地使っていいですよ」と言ってくれた人。出発前に東京からTBSの人たちが取材に来た。朝のニュースバラエティ番組らしい。今回のディレクターは僕の気持ちをかなりくみ取ってくれてやりやすい。彼は風邪を引いていて、冷えピタを貼りながら撮影を指示していた。熱があるのを表に出さずに仕事をしていてすごいけど、僕にうつさないでくれよ。

松村さんの家は奥さんと小さな男の子が三人いる。奥さんはあれこれ言ってくる男の子三人を同時にさばきながら、ご飯の準備をしたり、いろいろと気を回している。数日前までタイ人の学生をホームステイさせていたらしい。すごい。頭の構造が変わりそうだ。

松村夫妻が「よかったらもう一泊していってください。平城宮跡とか東大寺とか行けますよ」と言ってくれたので、明日もここに泊まることにする。

11280939

松村家のお母さんは九か月の赤ちゃんをだっこ中、よく体を上下に揺らしてる。そうすると落ち着くらしい。赤ちゃんをあやすのにもリズムがいるのだ。ゆりかごもそうだ。そういう動作もすべて荒川修作やシャーマニズムとつながっていると思う。

11月28日

晴れときどき曇り。今日も朝から暖かいけれど、暗峠《くらがりとうげ》を越えて大阪に入った頃から気温が数度上がった。

11月29日

上着を着てると暑いくらい。晴れときどき曇り。

11月30日

昼までは晴れてたけど、夜は雨。相変わらず暖かい。

2014年12月1日〜2015年4月8日

12月1日

曇り時々小雨。午後から二月並みの気温になると聞いていたけど、そんなでもない。

12月2日

快晴。とても寒い。昨日までが暖かすぎた。

12月3日

今日も寒い。雲は少しあるけど、晴れている。夕方から急に曇ってきて、夜には雨が降ってきた。

12月4日

今日は朝からずっと雨で、昨日と同じくらい寒い。夜には雨があがり、満月が見えている。空港が近いので、飛行機が頻繁に低空飛行していく。

ここ七日くらい、くそガキにいじめられたり、なにかに憑かれて神経衰弱になったり、人と会ったり熱出して寝込んでたりして、絵はなんとか描きつつも、日記をいっさい描く気になれなかった。持ち直してきたのでまとめて書く。なかなかいろいろあった。体調が悪くなると自分を俯瞰できず、ひたすら落ち込む。絵は頭がぼーっとしていても描けるけど、日記は無理だった。

二十八日に奈良の松村さんの家から大阪市浪速区の友達のアパートへと移動した。

奈良と大阪の間には山がいくつかあり、紅葉がとてもきれいで観光客もいたけど、僕は「紅葉狩りの人とは別種類の感動」を自分がしているような気がした。それは僕が冬を越すために南へ向かっているからだ。茨城あたりで「葉っぱが青々としてきれいだな」と思ったのを覚えてる。あのとき僕は夏を迎えるために北へ向かっていた。あの葉っぱも、きっといま頃は役目を終えるべく赤くなり、冬を越す準備をしているだろう。

「冬を越す」のがこんなに大きなことに感じられるのは初めてだ。ユニクロでヒートテックを何枚買えばいいかと考えたり、各地の平均気温や降雪量を調べたりする。すべては無事に冬を越すために。紅葉が美しいのは、単なる色の鮮やかさ以上に、生命の終わりや時間の移ろいを重ねて見るからだ。生命体としての木々の運動を感じるから美しいのだと思う。

でも、紅葉が美しいとか思う余裕はすぐになくなった。奈良と大阪が近いと思ってたのは、とんでもない誤り。直線距離は近いけれど、笑っちゃうくらいの急勾配がずーっとつづいてる。すぐ汗だくになって足にマメができた。車もきつそうに上っている。歩く人は他にいない。暗峠と呼ばれる坂道を上りきったあたりで大阪府に入る。そっからは急勾配な下り坂。足を滑らせたらたぶんアウトなやつ。

疲れすぎて、途中の公園で昼寝した。ようやく山道を越えて東大阪市の街中を歩いていたら、今度は自転車に乗った小学五年くらいのガキ集団が後ろから寄ってきて、五十センチはある木の枝（太め）を僕にいきなり投げつけてきた。びっくりしてふり返ったら、「きしょいねんハゲ！」と罵声を浴びせてきた。かなり腹が立ったけど、もう疲れてるし家を壊されてもたまらんので、「孫の代まで呪われろ」と思いながらさっさと立ち去った。

十分後、また別のガキ集団が自転車で近づいてきて、家を殴った。殴ったらすぐ逃げるからタチが悪い。大阪怖すぎる。見かけた選挙ポスターに「大阪に活気を」とあり、「これ以上活気とかいらんから」と本気で思った。

そんな感じでふらふらと浪速区の友達の家に辿りつき、夜はそこで寝かせてもらったけど、そのアパートが昔ひどい殺人事件があった事故物件で「家を置いてる駐輪場が現場だった」と言われ、「もう勘弁してくれ」と思った。

そのせいか翌朝から急に体調が悪くなり、ファミレスでぼーっとしていた。もう一泊置かせてもらう予定だったけど、この体調悪化はあの場所のせいだと思い、急遽家を動かすことにした。

淀川区に住む藤巻さんという人がツイッターで「家置けます」と言ってくれていたので、連絡をとって向かった。約九キロの道のりはもう満身創痍で、しかも途中で草刈り中のおっちゃんの草刈り機から飛んできた小石が首に命中したりして、神経もすり減った。絶対になにかに憑かれている。岩手のトンネルでも同じように体調が悪くなったことがあったなあ。

藤巻さんの家は淀川区のビルだった。「一階のテナント部分が空いているので好きに使ってくれていい」と言ってくれた。僕があまりに疲れていたので夕食後ホットカーペットの上で寝かせてくれた。これが救いになった。夜三十七・九度あった熱が、朝までに平熱に戻った。

平熱に戻った三十日の午後、大阪在住のアーティスト大歳芽里さんに此花地区を案内してもらった。元・梅香堂で、いまは「ＡＳＹＬ」と名前を変えたスペースで展示中の下道基行さんとも、少しお話しできた。武蔵美の先輩にあたる。下道さんの話を聞けば聞くほど、興味の対象が僕と近いところにあるような気がした。

下道さんは「写真家」というよりも、「写真を使って」作品をつくっている。有名な鳥居の作品群について、「実際は（鳥居を探すのに）すごい距離を移動しているんだけど、写真を並べるとその距離を飛ばして見せることができる。展示枚数は、三〜五枚が一番縛りが強く、それ以上になると逆に解釈が拡がっていく」。写真を何枚か展示することで、その先にあるものを見せようというのは、僕が考えている展示プランにも通じるものがある。また下道さんの活動には「生活」というキーワードが欠かせないような気がして、そこにも勝手ながらシンパシーを感じる。「the three konohana」というギャラリーにも行ってみた。ＡＳＹＬとはだいぶ雰囲気が違う。

展示を見たりトークを聞いたりして、少し消耗した。夜は芽里さんと飲みに出かけたところ、彼女の「良い女」っぷりにより隣の席のおじちゃん二人組から日本酒をおごってもらう。その後芽里さんの友達の古本屋「メガネヤ」に押しかけて、泊まらせてもらう。普通のマンションの一室を古本屋にしているので、外からは全くわからない。オーナーの市川くんと芽里さんと三人で話すのは、朝まで起きていたいくらい面白かったけど、体調がまた悪化してきたので早めに寝た。

そんで十二月一日の昼に藤巻さんの家に戻ってきた。夜、僕のことをテレビで見て刺激を受け、学校の自由研究で自分の家をつくったという小学二年生の男の子とその両親が訪ねてきた。男の子の家には鳥が載ってた。

翌朝は藤巻さんの職場まで忘れ物を届けにいったり、「de sign de」というミュージアムで建築の展示を見たり。この展示がなかなか良くて、建築のゾーニングを考える、あの懐かしい面白さを思い出した。学生時代はこの面白さだけが設計をやるモチベーションになってた。展示を見たら消耗し、ふらふらと家に帰ってきて寝た。

三日の朝に喉の痛みが悪化。病院で薬をもらってきた。薬はすぐに効いて、夜には大阪ナンバーワンディープスポット「味園ビル」に藤巻さんとその友人と三人で飲みに出かけた。

で、今日はもうずっとほとんどなにもせずに寝ている。いまも自分の家の中でごろごろしながら日記を書いている。だいぶ体調も戻ってきた。明日は椿昇さんに会いに、急遽、京都造形芸術大学に行くことになった。

12月5日

快晴。相変わらず寒い。まだのどが痛い。ぶり返した風邪は長引く。だけど、のど以外はだいぶ回復した。

午後から椿昇さんに会いに京都造形大へ。美術工芸科の研究室にはレム・コールハースのリサーチ本とか、建築や都市に関する本がたくさんあり、本棚を見てたら椿さんが「うちはシステム工学を教えてるから建築リサーチ系が多いねん」と言った。現代美術はシステムをつくれば回りはじめる。いくら体当たりでやってもシステムを回せないとうまくいかない。宮島達男さんがデジタルカウンターを見つけ、名和晃平さんがピクセルを見つけたように。それを回せば食っていける。だから建築系の本を置いているらしい。僕の育った環境と全然違う。システムを回すとはどういうことか、最近薄々感じてはいたけれど、Ｏ．Ｍ．Ａ．の『Ｓ、Ｍ、Ｌ、ＸＬ』を参考に使うなんて目から鱗だった。というか、大学で現代美術を教えるってことはつまりこういうことなのか。それは数分間の会話だったけど大変な刺激で、もうかなわないのでは、と思ってしまった。

研究室ではあるプロジェクトのミーティングが行われてて、学生も混じってる。椿さん曰く、学生には徹底的に現場をやらせるらしい。楽しそうなので会話に混じってたら、プロジェクトに乗ることになった。

その後「ウルトラファクトリー」に連れていってもらう。名和晃平さんやヤノベケンジさんや、やなぎみわさんのプロジェクトを学生とともに進めるための工房で、複数のプロジェクトが同時進行で動いていて、そこにいるだけで熱量にくらくらした。大学での一、二時間で刺激をもらいまくり、自分の中の確信を勝手に固めて出てきた。

大阪に戻って中津のスペース「シカク」で原田ちあきさん企画の展示を見た。原田さんが、ツイッター上で絵描きや漫画家に声をかけ、Ｔシャツやトートバッグに絵を描いてもらったものを展示販売していて、結構売れてるみたいだった。

原田さんは「一緒に死にたい人を見つけたい」と言ってた。すごい言い回しだ。頑張って「自分たちの支持層を見つけ」、お客さんと一緒に成長していきたいということだと思うんだけど、大学で美術を教え込まれた人はどうも（あるかどうかもイマイチわからない）アートワールドの中でいかに自分をたてるかだけを考え、それに失敗したらもう絵で食うのは無理、みたいな、ゼロか百的な勝負を無意識にしている。それはもっと大きな未発掘のマーケットを無視していることになるんじゃないだろうか。

椿さんは美術市場を拡げるために卒業制作展で作品の売買ができるようにカタログをつくったり、美術作品のリースプロジェクトをやると同時に経済界にも働きかけて美術への投資を促そうとしているけれど、それはもしかしたら原田さんがやってることとすごく近いのでは。

ふたつの場所が対照的でくらくらしながら帰ってきた。明日は、藤巻さんが友達を何人か呼んで、「たこ焼きパーティー」をするらしい。僕も朝から手伝うらしい。

12月6日

今日も晴れ。相変わらず寒い。

起床直後から、たこ焼きパーティーの準備を手伝いはじめた。二階はキッチンもテーブルも食器もあって、友達を呼んでパーティーができる。お昼には四人が集まってお酒を飲みはじめた。僕以外はみんな三十代の女性で、妊婦さんや韓流アイドルの超ファンの人など、関西人だけあって話が絶えることがない。僕はみんなの話を聞くのみ。話題がどんどん変わりながらお酒がすんでいく。

東方神起ファンのナガイさんはユンホへの貢ぎっぷりが凄まじく、聞きながら新しい世界の住人を目の当たりにした気分だった。七ロのファンクラブ会員権を所持してチケットをとってるけど、日本でのよりも韓国のコンサートでハングルを聞くのが好きらしい。

他の人も年上の人との恋愛とか、生まれて来る子どもの名前とか、たこ焼き器でアヒージョができるんじゃないかとか、職場の二十代の男子が全然使えないとか、出てくる出てくる。たこパは夜までつづいた。僕は途中から集中力が切れて眠くなり、横になってた。

12月7日

今日もほとんど雲のない快晴。気温は昨日より少し高い気がする。散歩すると気持ち良い。

体調もだいぶ回復したので、昼から「堀川団地」という建物の絵を描くために京都に行ってきた。

風邪をひいたせいで藤巻ビルには八日間滞在したけど、明日は神戸方面へ向けて家を移動させることにした。藤巻さんが「最後の晩餐」と言って鍋をやってくれた。僕の伸びた髪を切りたいと言うのでお願いすると、かなりうまく切ってくれた。長くいたところを出発するのは少し寂しい。藤巻さんが昨日のたこ焼きパーティーのメンバーでライングループをつくっていて、僕も入っている。メンバーの恋愛の実況と彼女への励ましやアドバイスが流れてきて、僕も「ドンマイ!」とか言ったりする。藤巻さんが僕の出発を報告し、「気をつけて」とメッセージがきたりする。グループの関係性が面白くて笑っちゃう。

12月8日

快晴。気温も昨日と同様。お昼頃に藤巻ビルを出発。家ごと移動するのは久々なので荷物が重く感じる。

十五キロ歩き、暗くなり出した十六時には西宮駅付近で敷地を探しはじめたけど、全然見つからない。一軒目のお寺は留守で、二軒目の神社は「朝早く氏子さんたちが来るからびっくりする」と断られた。三軒目のお寺は「いま住職がいないので協力できない」、四軒目のお寺は普通に「それは無理やわ」。ツイッターとフェイスブックでも呼びかけたけど、なかなか良い場所が見つからず、日はどんどん落ちてくる。五軒目のお寺で、ようやくOKがもらえた。

久々の移動で敷地が見つからず焦ったけど、夜銭湯で湯船につかりながらふり返って「やっぱりこれは楽しいのかもしれない」と思ったりした。ある一定の日数以上移動しない日がつづくと、移動したくなくなってくる。そうするとなぜか思考が暗黒面に陥りやすくなる。絶望する暇を頭に与えないためにも移動は良い。

かなり良い気持ちで銭湯を出たけど、脱衣所のロッカーを開けようとしたら荷物が大きいせいで鍵が開かず、結局ロッカーを壊すことになって千円取られた。

12月9日

昨晩はあまり寒くなかったので油断して寝入ってしまったけど、明け方に寒さで目が覚めた。iPhoneを見ると体感気温一度と書いてある。寒いけど、一度でこんなもんか。このくらいならもう少し防寒対策すれば乗り越えられそう。冬を越すってのは大変なことだ。冬眠する動物が多いのもよくわかる。最近、体調のせいか季節のせいか「積極的に移動したい」という欲求が湧かない。じっとしていたい。

アニメのムーミンの第一話は冬眠から醒めるところからはじまる。「四か月眠ってたら、みんな忘れちゃうんだな」と、ムーミンがリトルミイに向かって言う。すごく羨ましい。ヒトも四か月くらい冬眠して、その間は経済活動も政府も全部凍結して、春からまた再開にしたら良い感じになるんじゃないか。嫌なことを忘れられて、争いも減りそう。この国はなんだかスピードが速すぎるので、ムーミン谷のゆったりとした感じが羨ましい。

今日も快晴。出発前に、敷地を借りたお寺の人がミカンと柿を十二個ずつ渡してくれたけど、そんなに持って歩けないので、各四個に減らしてもらって出発した。三十分後にはミカンを完食。ミカンはおいしくて食べやすい最高の食べ物だ。

数キロ歩くと神戸市に入る。このへんはどこを歩いても北側に山、反対側には海があるので東西南北がわかりやすい。「海と山の間の少ない平地につくられた街の中を歩いてる感じ」がいつもある。

知らないおばちゃんが「頑張って」と言って千円をくれた。この千円をなにに使おうかと思ってツイッターを見ていたら、昨日の僕の「敷地を探しています」ツイートを拡散して協力してくれたカフェ「お八つとお茶　いろは」が通り道の六甲駅近くにあるのを発見、行ってみることにした。

「いろは」は客席八席の小さなカフェで、かわいい女の人が一人で経営してる。彼女は僕の日記を六月から読んでるらしく、すぐ打ちとけた。基本的にのんびりしてるけど、突然予想外のリアクションをしたりと、リズムがずらされる感じが心地良かった。しかもカフェはしっかり経営させてる。すごい。創業三年目らしい。ここで敷地のアテを聞き出せればラッキーだなあと思い相談したら、まさかの「ここ使っていいですよ」という返事。

12月10日

今日も朝から晴れてる。十時くらいまで寝てた。

「いろは」で開店前の掃除とテーブル拭きを手伝っていたら、バイト時代の感覚を思い出した。

「四角いテーブルは四角く拭くんだよ」と教えてくれた社員さんは、店のレジからお金を抜いた疑いをかけられて会社を辞めていった。

「いろは」を十三時頃出発し、須磨区方面に向かう。「大阪ほんわかテレビ」を見たという須磨在住の人が僕を招いてくれていて、今日お邪魔する約束だ。神戸はどこも歩道が広くて歩きやすい。住みやすそうな街。しかし途中で、小学生の下校集団に出くわして家をいじられた。集団の小学生は本当に嫌いだ。かわいげがない。「触るな」と言えばよけい触ってくるし、それで家が多少壊れても全然気にかけない。加減を知らないし、自分の物と人の物の区別、壊していいものといけないものの区別もつかない。一人で挑む勇気はないのに、集団になると調子に乗るのも嫌だ。警察を呼びたくなる。口で言っても全然聞かないので、頭を強めに叩くか、ランドセルの中身を路上にぶちまけてやろうかと思ったけど、ヒステリックな親がいるかもしれないし、逆上されて家を壊されてもたまらんので、目の前のそいつらの顔をつかんで一人ずつ植木の中に押し込む想像をしながら、気持ちを抑えて振り切った。

須磨区の家に着いたのは、十七時前。四歳のかわいい女の子と十か月の男の子がいる家。男の子はもう歩行を覚えていた。夕食後、お父さんとそのお義父さんと三人で近くの銭湯に行った。

車の中で僕が「住民票は高松にあるので、神戸からフェリーで高松に行って投票してこようと思う」と言ったら、お義父さんが「ぜひうちが応援している党も考えてほしい」という話をしてくれた。聞きながら、なぜか懐かしい気持ちになった。「選挙は普段の生活とは違う世界の話なので、家族同士で話すようなことではない」みたいなあの空気は他の家庭にもあるのかな。「友達と政治の話をするな」と誰かに言われた覚えもある。友人の音楽家が「原発反対のデモに参加してます」とツイートしたら「アーティストがそんなこと呟くな」と返されてるのも見た。この気持ち悪い空気はなんだ。

　夕方まではずっと天気がよかったけど、夜、雨が降りはじめた。冷え込みはそれほど厳しくない。最近僕の家は雨漏りがひどいので、ブルーシートを貸してもらってかぶせた。

12月11日

　雨は昼前にはやみ、晴れ間も見えてきた。気温は昨日とあまり変わらない。

　今日から数日間、家を須磨で預かってもらい、高松に行く。この移動生活をはじめる前に住んでいた家に残っている荷物を回収して、住民票も実家に戻す。過去を清算しにいくようだ。高松の家はもう僕が帰る場所じゃない。この八か月で僕の周りはすごく変わった。本当にいろいろあった。いちいち書かない。あと投票もする。

　神戸から高松のフェリーは一日四便。夜の便乗船前に「神戸ルミナリエ」に行ってみた。「派手なイルミネーションが街を飾っている」くらいの認識だったけれど、実際はかなり広範囲にわたる大規模なイベントで驚いた。元町駅から三宮駅をつなぐ太い車道が歩行者天国になっていて、ルミナリエを見るには仮設通路を十五分くらい歩かないといけない。ＢＧＭ以上に警備員や警察官がメガホンで「立ち止まらないでください」と叫ぶ声が気になる。阪神淡路大震災の鎮魂のためにはじまったらしい。それなら一月にやればいいのに。

　その後入った近くの「サイゼリヤ」でこの日記を書いてる。店内は混んでいて、あっちむいてホイしてるカップルもいるし、至近距離で顔を触りながら見つめ合うカップルもいる。中学生男女五人のグループもいる。店員さんがめちゃ忙しそうにしてる。

121131541

　過去も未来もない、世界にはいまこの瞬間しか存在しないという考えのもとで精一杯生きている人たちがいる。守れない約束はしないし、過去をノスタルジックにふり返ったり、未来を必要以上に憂いたりしない。あらゆる人との出会いを肯定的に受け入れて、自分の人生に果敢に取り込んでいく。その結果人生がどう変わったとしても、出会わなければよかったとは絶対に考えず、ただその瞬間を一生懸命生きて「楽しいよ」って言える人たち。そういう人が同じ時代に生きていることを思うだけで深い喜びが湧いてくる。

高松の人たちと久しぶりに会った。彼らは、僕が移動生活をはじめる前、最後に会ったときから今日までつづいている日々を、引きつづき送っているだけだった。もちろんそれぞれ少しずつ環境は変わっている。でもそこに流れる日々のリズムは、僕が高松を出ていく前と変わっていない。安心した。僕はそこで、いち登場人物になれたことを誇りに思う。

12月15日

晴れ。雲もある。神戸も高松も気温はあまり変わらない。朝六時十五分発のフェリーで、高松から神戸に戻ってきた。

須磨では、ブルーシートで僕の家を縛ってくれてた。お宅の人たちと再会し、お昼ご飯に招待してもらう。「関西といえばお好み焼きとたこ焼きやからな」と、お好み焼きを焼いてくれた。

この家オリジナルのお好み焼き用鉄板があった。ガスコンロの上に鉄板を載せてお好み焼きを焼き、鉄板ごとテーブルの上に持ってきて食べる。テーブルに直に当たらないよう、鉄板の下に木製のフレームがついていてびっくり。お父さんが仕事のスキルを家庭でも発揮してつくったのだ。

今日は大分行きのフェリーに家ごと乗る予定だったけど、大分行き「さんふらわあ」は三宮ではなく、六甲から出ていることが判明。なので六甲のカフェ「いろは」の店主に再度連絡をとり、今夜はそこで寝かせてもらうことにした。

須磨から六甲まで一気に歩いて戻った。ルミナリエの最終日で、ライトアップがはじまる前に着かないと混雑することに気がつき、ノンストップで十二キロ歩いた。いろはに着いたら店主のゆりさんが、相変わらずほわっとした雰囲気で出迎えてくれて力が抜けた。

明日は大分に向けて家を移動させる。家をフェリーに乗せたことがないのでどういう料金をとられるのか全然わからない。バイクと同じ特殊手荷物になるのかな。たぶん交渉次第。

12月16日

雨が降って寒い。寒いとなにもしなくてもエネルギーを使うので、すぐ眠くなるし、お腹もすきやすくなる。移動する気にもならない。やはり冬眠したい。一日中こたつに入って日本酒を飲みながら、なにも考えずにゲームしたり映画見たりして冬眠したい。でもそうしたらそうしたで、二日もしないうちに「なんかしなくちゃ」と、体が自動的に動き出しちゃうのも知っている。満足はいつもつづかない。

天気予報によると、史上まれに見るレベルにまで発達した低気圧が北海道のあたりにあり、その影響で今日の夕方から全国的にめちゃ寒くなり、風も吹き荒れるらしい。十七時の予想風速が十二メートル。

「いろは」に面白いお客さんが来て、店主と三人で話し込む。もう少しいたかったけど、昼過ぎから風が強くなってきたので、動けなくなる前に出発することにした。

神戸で「いろは」を見つけられて本当によかった。ゆりさんは同志のような気がするので、また会いに来たい。

六甲アイランドに「さんふらわあ」の発着場があり、どんな強風かと思ったけど、海のほうの風はたいしたことなかった。

フェリーのりばに家を置いて受付で「大きな荷物があるんですが、料金はどうなりますか？」と聞く。

「ああー、今日は空いているので、客室に持ち込んでもらって大丈夫だと思いますよ。キャリーケースとかですか？」

「いやあの、外に見えるアレなんですけど」と窓の外の家を指差したら、受付の人が楽しそうに笑って、

「うわーあの家ですか」

「はい。あの家なんですけど」

「ちょっと前例が……。お待ちください」

と奥に引っ込んで、上の人を連れてきた。その人も僕の家を見て「え！わははは」って感じになって、もう僕も受付の人も全員で笑った。

「これがなににあたるのか船の人とも相談しないといけないんで、ちょっと待ってもらえますか？」と奥に引っ込んだあと、「今回は特別に、手荷物ってことで別料金なしで載せます」と言ってくれた。そのうえ家をよりスムーズに船内に誘導できるようスタッフ二人が手順を考えてくれて、「他のお客様の乗船が終わってから、家を入れましょう。船内のどこに置くかは中のスタッフが誘導します」と言ってくれた。大分到着は明朝なので、今日の敷地は船の中ということになる。

さんふらわあにはお風呂もレストランもゲームセンターもついてる。

1217 1020

大分に着いたら、雪がちらついてる。めちゃ寒い。二、三度しかないんじゃないか。

いま「ガスト」にいるけど、長いこと波に揺られてたので、立ち上がるとふらふらする。地面が揺れてるみたい。

むしろフェリーに乗ってるときよりも強く感じる。いま昼寝したら、揺れながらすごく気持ちよく眠れそう。

12月17日

朝大分に着いて、まず去年大分で展示したときにお世話になったカフェギャラリーの「the bridge」に行った。フンドーキンという醤油メーカーの倉庫を改装したお洒落なお店で、いつも盛況。オーナーの裏さんは大分でいろいろなイベントにかかわりまくっているので、あまりお店にいない。彼が全部でいくつのプロジェクトにかかわっているのかもどこに住んでるのかもわからないし、連絡もつきにくい。面白いことを実現するためのお金をどう集めるかをいつも考えて動き回ってる感じ。裏さんをアテにして来たけど、やっぱり連絡がつかないので、家をお店の前に置いてふらふらと散歩した。

大分は雪が降っていて、神戸よりも寒い。the bridgeに戻り、スタッフの本田さんと一年ぶりに再会した。本田さんも「裏さんは今日店に来てなくて、全然わからないんだよね」と言ってた。お店でコーヒーを頼んで絵を描いていたら、本田さんがお昼ご飯を出してくれた。

フェイスブックで僕とつながってる大分在住の池辺さんが彫刻家の森さんと一緒に現れた。そこからなりゆきで、池辺さんの車で三人で大分を回ることになった。

八十歳の画家、児玉さんの家に連れていってもらう。児玉さんはかなりぶっ飛んでる人で、話を聞きながら脳みそが刺激されっぱなし。会ってすぐに「連絡先を書いてくれ」と言われたので、「住所がないので電話番号しか書けないんです」と言ったら、「そうか。家はあちこちにあるからな。近くの倉庫も空いてるからな、そこ泊まっていいぞ」と返ってきた。まだなにも説明してないのに。とにかく言葉が途切れない。手元にある紙に鉛筆で言葉や図や円みたいな絵を書きなぐりながら、ずーっと話しつづける。次から次へと話が飛躍するんだけど、でたらめじゃない。発した言葉が言葉遊びみたいに別の言葉につながって、そのまま別の話題に移る。

「生きることがアートやからな。修行せなあかん。修行ってのは、滝に打たれることだけじゃなくて、毎日生活することや。働くことも修行やし、働かないで暮らすのも修行」

隣には奥さんがいて、ほとんど動かずに静かに彼の話を聞いてる。この奥さんもすごい。

夜the bridgeに戻り、ようやく裏さんと会えた。僕がやっていることの説明をして、「もう身体が年末モードになっていて移動する気力が起きないので、年明けまでここに家を置かせてほしい」と相談したら快諾してくれ、しかも「the bridgeで皿洗いのバイトをしないか」と提案された。それも面白そうだと思い、年末実家に帰省するまで夜はthe bridgeで働くことになった。その直後から二十二時半まで店内の整理や掃除をした。仕事のあとも一年ぶりの人と再会したりした。一日中ばたばたして、今朝大分に着いたとは思えない。

長い一日が終わって自分の家に戻ると、「頑張ってください。冷めてたらごめんなさい」という手紙と一緒に、すっかり冷たくなったココアが置いてあった。

12182010

大分在住で珈琲屋のさくらに連れられて、「カモシカ書店」に来た。古本と新書を置く本屋で喫茶スペースもある、めちゃ居心地の良い場所。オーナーが僕のことを知っていた。そこで手に取った荒川修作と藤井博巳の対談集『生命の建築』を読んだメモとして書いておく。

日本人は古来より「おばけのようにうつろい住む」民族なので、暮らしは「仮のもの」であり、住宅は「どっちみちすぐ消えていく、仮設のもの」であるとする思想が染みついている。だから「建築する」ことや「住宅を構築する」ことの必要性を感じないというのが多くの日本人の本音だ。うつろい住む民族には体系化された思想が育たない。むしろわざと育てさせないようにしている。なのでこれからは「住む」ということを徹底的に考え直さないといけない、と荒川は考えている。

そして彼によれば、人類の最も大きな誤解は「時間と空間」らしい。時間も空間と同じように考えられるとしたら？　時間も身体の行為によって「生まれたり殺されたりする」ものだとしたら？　こんな面白いことない。僕自身がいま「過去も未来も、近いも遠いもない。すべてが同じ箱の中にごちゃっと入れられている、なにがなんだかさっぱりわからない状態」になっていることへの説明がつくのでは。様々な情報がこの身体に記憶されているような、「出来事」や「場」を身体の中に取り込んでいっているような不思議な感覚に説明がつくのでは。

12月18日

相変わらず寒いけど、快晴。午前中は市内を散歩した。

ミニチュアみたいな可愛い建物が並ぶ通りに巨木が突然現れたので、びっくりした。こういうものがないと、その土地に歴史があることを忘れてしまう。きれいな建物だけが並んでいたら、その土地ができたばかりであるかのような錯覚をしてしまうなあ。どんな土地にだって、長い歴史があるのだ。

お昼はthe bridgeにずっといて、夕方から夜まではカモシカ書店にいた。夜人と飲んだ。

自分の職場だけで日常が完結している人は、その職場の中で敵をつくってしまう。せまい世界の中で簡単にいがみあったりしちゃう。映画「インディペンデンスデイ」で、地球が宇宙人から攻め込まれた途端に、あらゆる国が争いをやめて団結し、宇宙人に立ち向かうのと逆だ。

漫画家の水木しげるの事務所に客が来たとき、水木先生が「こちらのお方は?」とスタッフに聞き、スタッフが「スキャンをお願いしてる製版会社の方で」と必死に説明してたら、「いいんですよ。人間なら」と笑顔で会釈したっていうエピソードがすごく好きだ。夏、家の中に虫が入りまくってきて、「虫さんたちのところにお邪魔します」という気持ちにならないと寝れたもんじゃなかった。このとき僕は出会う相手のことを「人か虫か」で区別していた。だから水木先生の「人か妖怪か」みたいな感覚はすっごくわかる。

12月19日

快晴。しかも昨日ほど寒くない。寒波が去ってくれたみたい。

昨日カモシカ書店にいるときに、例の児玉先生から「明日池辺さんが来るからな! 村上君も来なさい! 宴会だから。誰か連れてきなさい!」と相変わらずのハイテンションの電話が来たんだけど、池辺さんに聞くと、それは宴会ではなくて、児玉先生の奥さんの髪の毛を染めに行くという用事があるだけで、「誰かが家に来るとなると、いつも児玉先生は他にも大勢呼んで、宴会みたいになるのよー」とのこと。

そこに全然関係ない友達を連れていったら面白いんじゃないかと思い立ち、大分在住の作家友達の小野愛ちゃんを連れていってみたら、他にも、やたらたくさん料理を持って来た人がいた。まるで僕たちが来るのを知ってたみたいだ。

夜は作家仲間の勝さんに会いに別府に行ったら、たまたま飲み会をやってて、アーティストの淺井裕介さんがいたのでお話ししたり。

一日中刺激がたくさんあってとても疲れたので、温泉に行って、そのまま清島アパートの勝さんの部屋に泊まらせてもらった。

12月20日

朝起きたら雨。でもそんなに寒くなくて過ごしやすい。別府駅で慌てて電車に乗ったら、愛用の手ぬぐいをベンチに忘れた。ステンドグラスを作ってる秋田県のおじちゃんにもらったやつ。別府でなくすことになるなんて。

今日は週末ということで、the bridgeで八時間掃除をしたり皿を洗ったりおしぼりを整えたりした。人手が全然足りてなくて笑ってしまった。

久々にやった時給バイトは、やっぱり苦手だった。バイトをやる前の世界とやったあとの世界がなにも変わらないことに腹が立つ。時給のバイトはやっぱり時間の切り売りで、死ぬまでの時間つぶしで、その場しのぎのお金を稼ぐためでしかない。お金がちょっと増えるだけで、他になにも起こらない。堪え難い。時給制には、倫理的に問題がある気がする。バイトをすると音楽の好みが変わってくる。ダウナーなやつが聞きたくなる。

12月21日

油断するとすぐに、自分の身内から学ぶことを忘れる。自分が学ぶべきことは、本やテレビやインターネットや有名人のセリフの中にだけあるように思い、友達や家族からは学ばなくなる。これはこの社会の刷り込みだと思う。二次情報三次情報があふれ、それだけに価値があるかのように錯覚してしまう。危ないことだ。人と話すとき、いつも授業を受けるような気持ちで向き合う姿勢を忘れないようにしたい。

今日は快晴。昨日より少し寒い。夜、the bridgeでクリスマスパーティー&忘年会があったので参加した。クリスマスと忘年会を一緒にやってしまう我々のセンス。五人組のゴスペルグループが歌う賛美歌を聞きながらお酒を飲みまくるという会で、それなりに楽しんでたけど、途中で一気に醒めて周りを冷ややかに見てしまったりもした。難しいことを考えず、空気を壊さないように、無自覚で無思想に日々を楽しむことに人生のすべてを注ぎこんでる、とめちゃひいた時間があったけど、人に話しかけられて、僕はまたその中に戻っていった。

12月22日

快晴。昨日より少し暖かい。

昨年の展示で知り合ったディレクターのれあさんに寿司屋に連れてってもらい、四時間くらい、震災やこの移動生活やテレビの未来のことについて話した。

テレビは戦後の復興期に「共通の幸せな未来像」のようなものを掲げて視聴者を導き、経済成長を後押しした。そんな幻想がとっくに崩壊したいまでも、未だにその体質が抜けてないためにおかしなことになっている。テレビの人に会ったら、「複数人をまとめて語ると必ず誤解や差別や無用な争いが生まれる。二人以上の人を一緒に語った時点でアウト」と、とにかく伝えたかった。彼女もやっぱりその問題意識は持っていて、それを聞けてうれしかった。

　最近特に、この国はいったいどうなってしまっていて、今後どうなっていくのか、もうさっぱりわからなくなっていた。その気持ちも少し共有できてうれしい。なにがなんだかさっぱりわからないから、とにかく歩くしかないし、少しでも良くなるように頑張りながら生きていくしかない。それはどんな仕事でも同じだ。

12月23日

今日も快晴。暖かいくらいの気候。

　昨日寿司屋で話したことをずっと考えている。僕は自分の活動について「ああ、なるほどそういうことね」と「理解」されてしまうのが嫌なので、家を持って道路を歩いてるときに「〜してるんですか？」と話しかけられたら、「いや、そうじゃないんです」「そういうことでもないんです」「そんな簡単なことじゃないんです。それじゃあ、そろそろ失礼します」と、やりとりを終わらせたいと常々思っている。

　相手が「なんかモヤモヤするなあ」という気持ちのまま別れられたら良いんだけど、なかなか難しい。適当な答えで相手に「なるほど」と思わせてその場をやり過ごしてしまう。相手の空気を乱さないようにしてしまう。

　でも「腑に落ちる」というのは、とても危ないことだ。自分の想像力の範囲内に相手を押し込めてしまうことになる。そんなの絶対にどこかに誤解がないとできない。だから「なるほど」と思うのは相手に不誠実なことで、「わからないなあ」という気持ちのまま考えつづけるのが一番いいけど、それには体力がいるので、僕たちはすぐに腑に落とそうとする。僕がテレビや新聞で紹介されたときに生じる違和感はそれなんだな。あれはマスにむかって発信するものだから、「わかりやすさが正義」という前提のもと編集がなされる。いまのテレビや新聞は、「取材対象をどこかで誤解する」ことによって、「発信が可能になる」という体質になっている。

12241630

薄い雲がかかっていて、昨日より少し寒い。昨日the bridgeから向かいのフンドーキンマンションへと二十メートルくらい家を動かした。店は閉店時間の〇時までわいわいやってるし、人通りも多いから家への出入りがしづらかったんだけど、「そうだ、動かせばいいんだ。僕の家は動かせるんだし」

と昨日気がついたのだ。

最近ますます、なにがなんだか全然わからない。この世界のなにが問題なのか勉強すればするほど、なにが本当なのか良いのかさっぱりわからなくて発狂しそうになって勉強をやめて、制作とお酒と睡眠と音楽で中和する。音楽しか信用できない状態になるのも時間の問題な気がする。自分の目で見たことしか信用できないし、もう本当にわけがわからないので、やっぱり歩くしかない。地球が丸いってのさえ疑わしい。

そもそも、いま自分が正気なのかも怪しい。考えぬいて「わかった」と腑に落ちたその瞬間、たぶん僕は発狂している。なにがなんだかさっぱりわからんていう状態がぎりぎりセーフだ。

自分と異なる見解の相手に出会ったとき、それを「キチガイ」とか言って「キチガイの言うことだから聞くだけ無駄」と耳をふさぐのだけは、やってはいけない。右も左も有名無名も関係なく、あらゆる人を自分の心の中に飼って、分裂症のような状態になって、それでかろうじて「こうとしか思えない」っていう道が、ゆっくりと開かれていく気がする。

12月25日

今日も快晴で過ごしやすい。

遠藤一郎さんが突然現れた。「いまこのへんにいるから来た」みたいな感じで。カフェでモーニングしながら話した。彼もずっと移動生活なので、いろいろと話が合って面白い。おすすめの寝袋やインナーを教えてもらった。

「こっちの日々に流れがあるように、向こうの日々にも流れがあって、たったひとつの交差点で交わっているだけだから、一点だけを見て相手のことを決めつけないほうがいい。ただぼーっと見てるくらいのほうが楽だし」というようなことを言われて、とても楽になった。僕と一郎さんが、こうやってたまたま時間と場所が一致して鉢会って、一緒に食事する、みたいなのはその交差点がとてもわかりやすいけど、考えてみれば生きてる人と生きてる人が出会うのは全部そういうことなのだ。

こうやって日記を書くことも、日々の出来事を気にしすぎないようにするための防衛手段だ。日々出会うことを頭にすべて留めておいたら、正気でいられる自信がない。日記に書くことによって、いまこの瞬間が「一点の交差点」であることを確認できる。遭遇した出来事を消化して、受け流すことができる。

今日飛行機で東京に帰省するので、家をフンドーキンマンションの中に入れた。

12月26日

東京は快晴。日差しのあるところは耐えられるけど、日陰は寒い。

昨晩、東京駅の高層ビル群を眺めていたら、怒りが底なしに湧いてきた。それは武者震いにも似ていた。

12月27日

今日も快晴。昨日より気温は低いかも。東京国立近代美術館の高松次郎展で鉄板の裏にランプが置いてある作品を見て、突然ぐっと涙が出てきそうになった。他にも「この七つの文字」とか、本の見開きのすべての行に取り消し線を入れるドローイングとか最高。高松次郎の仕事を年代順に三つに分け、壁とベンチでやさしく仕切りながら展示し、最後に全体を俯瞰するステージがあった。これは作家としてはうれしい展覧会だろうなあ。

12月28日

快晴。風が冷たい。日差しが暖かくて気持ち良い。

12月29日

朝から昼間にかけて雨。午後はやんでた。寒い。

12月30日

雲ひとつないくらいの快晴。ぐっと暖かくなった。

高校の同級生で量子力学を研究してる友達が、

「この世界は三十二次元であるという説と三十三次元説があって、僕は三十二次元派」

というような話をしていて全然意味がわからなかったと、彼と会った友達に聞いて大笑いした。友達の撮った彼の写真は、山から下りてきた仙人みたいだった。

12月31日

今日も快晴だし、全然寒くない。春みたい。

2015年1月1日

今日は一気に曇って、めちゃ寒い。都内で、雪が降ってるところもあるらしい。

正月なので実家に帰省中。「正月には実家に帰るべき」というのはなぜか疑う余地がない。それで良いと自分でも思っている。ツイッターに「居心地が悪いけど実家にいる」という人が何人かいて面白い。

ズボンのベルトがなくて、でも外出しなくてはならず、ほとんど無意識にビニールひもをズボンに通してたら、母親に「そんなの使わないでよ。なに考えてんの」と言われた。なにかが足りないとき、手近にあるもので代用するということを、これまで無意識にやっていた。だから「なにかが足りないためにやりたいことができなかった」思いをした記憶はない。

ベルトがなければビニールひもを、爪切りがなければカッターを使い、筆記用具がなければ地面に木の棒で描いてiPhoneで写真を撮る。この感覚は小さい頃、寝る前に部屋の電気を消し、自分の周りに布団を立てて飛行機のコックピットに見立て、「部屋から空に飛び立ち、敵を倒してまた戻ってくる」ごっこに夢中になった感覚と同じ。ある目的のためにつくられたものをそのとおりに使うよりも、違う使い方をするほうが楽しいし、当時はほかに想像力を使う場所がなかった。

かゆいところに手が届きすぎるのは良くない。想像力が殺されるし、サバイバル意識も育たない。そういうことを考えつづけるためにも、正月だろうがなんだろうが、家の絵は描きつづけないといけない。

01012247

友達の母親が死にそうらしい。頭がくらくらする。

その人の母親は父親の再婚相手。家には母と父と祖父がいるけど、父親は仕事であまり帰ってこないらしい。母親は長年、家でひたすら留守番をする日々を送っていた。友達づきあいが少なく、趣味もないし料理もあまりつくらないので、ずっとテレビを見るか犬の散歩に行くかの生活。気がつくと鬱病になっていた。病院で重症と診断されると、ますます悪化した。しかし父親は奥さんを心配するどころか「俺は頑張ってるのにお前はなんでそうなるんだ」という態度で、相変わらず帰ってこない。このままでは危ないと、入院させられたらしい。犬は入院前に死んだ。

友達は母親が死にそうなことは知っているけど、「正月も実家には帰らない」と言っていた。家族にある程度見切りをつけているのだ。でも決して未練なくさっぱりしているわけではない。僕はその人が両親や祖父と話すところに何度も立ち会ったことがある。会いたい気持ちがないわけがないと思う。

病院で死にそうなその人の母親のことを考えると、たくさんの感情が吹き出てくる。「かわいそう」なんていう単純な話ではない。母親一人のせいなのか。あるいは父親のせいなのか。症状に気がつかなかった友達のせいなのか。祖父、近所の人、母親の友達のせいなのか。絶対に「こいつのせいだ」とは言えない。「そういう状況になってしまった」としか言えない話だ。

友達のいたたまれなさや、その母親の苦しみを考えたときに湧き上がる怒りを、忘れちゃいけないのだ。

僕たちはいつも説明のつかないたくさんの出来事と、すごく複雑な人間関係にもみくちゃにされながら生きている。その結果人が自殺してしまったりすることを、「その人が弱いから」と切り捨てていいわけがない。「なんかよくわかんないけど猛烈に許せない」っていう気持ちを忘れちゃいけない。

幼い頃、知らずに踏んで殺してしまったカタツムリを見て涙を流したときの気持ちに似てる。踏んだ自分への怒りだけじゃない。カタツムリが「死んでしまったこと」が許せないっていう気持ち。死に対する抵抗。

1月2日

快晴。昨日ほど寒くない。

1月3日

快晴。過ごしやすい。

1月4日

曇りときどき晴れ。昨日と同じくらいの気温。過ごしやすい。上野公園の不忍池が凍っていて、鳥が立ってた。

1月5日

超快晴。あったかい！

1月6日

東京から大分に帰ってきた。東京と同じく曇り。昨日より暖かい。地面が濡れてる。

大分市の大通り沿いにある大きな建物「オアシスタワー」一階の広場にいる。暖房が効いていて誰でも入れて、イスもテーブルもコンビニもあるし静かにクラシックも流れている素晴らしいスペース。こういう広場は貴重だ。人が集うし交流が生まれる。いままでたくさん町を歩いてきたけど、「この町は座るところがないなあ」と何度思ったかわからない。こういう場所があるだけで、この町にまた来たいなと思える。

年末年始で、東京の友人とたくさん話した。人は変わるんだな。僕が二年間住んだアトリエ空鼠の現メンバーもそれぞれ経験を積み、毎日少しずつ生まれ変わってる。空鼠は来年度以降、契約更新するか未定らしい。空鼠がなくなったとしても、近くで新しい運動が起こっていたし、阿部はこれから本気でアートディレクターとして活動していく気らしい。十年以上勤めた職場を辞めて新しい人生に踏み出そうとしている人もいた。高校の同級生には結婚した人もいたし、この世界が三十二次元か三十三次元かに悩む世界に生きてる人もいた。

僕は他人に「それじゃだめだ」と言えない。自分のことを棚に上げて語ることが極端に怖い。でも「言えばいいじゃん。それを受け止めるかはその人が決めればいいんだから」と言ってくれる人がいて、ふっと楽になった。そうだ、その人が決めればいいんだから、僕は僕の言いたいように話をすればいいのだ。これからはそうします。

昨日、三ノ輪にできた「undo」というスペースで人と話をしているとき、大学時代のことを思い出した。あの頃の僕には自分が置かれた環境への怒りと焦りがあり、同じ環境にいる同期があまりに能天気なことに、すごく怒っていた。大学に限らない。自分の生活のし方に対して無自覚だったり、人の幸せを勝手に決めて手を出そうとしたり、自分の不愉快を社会の不愉快だと思っていたり、偏った妄想で物事を理解したつもりになって人に語ったり、自分が妄想でしゃべっていることにさえ無自覚だったり。こっちがおかしいのかと思うくらい、わけのわからないことがあまりにもたくさんあって、そう口から出そうになってセーブするのに精一杯だった。とにかく、他者への想像力に欠けたふるまいがこの世界には多くて、「ちゃんとやろうや」と叫びたかったんだ。

もう年末年始は終わった。時間が過ぎるのが早い。ふと気がつくと、みんな過去の出来事になってる。とにかくいまを追いかけるのみ。

家をフンドーキンマンションの中に入れたまま、家の中で寝た。

1月7日

今日も晴れ。昨日よりは寒いけど、過ごしやすい。夜は風もあって寒かった。

道ばたですれ違った佐藤さん（フリーランスの情報系エージェント）に連れられて、「コーヒーミーティング」に参加した。毎週水曜日十九時から二十一時まで同じ喫茶店に佐藤さんがいて、集まった人で話をする。いつ来ても帰っても来なくても来てもいい。議題も決めない。ただ時間と場所だけを決めて、人が集う機会をつくってる。

今日は佐藤さんと僕を含め、七人が参加（全員男性）。年齢層はバラバラだったけど、みんな僕より年上だと思う。職業は、一人がデザイナーをやっていることしかわからず、誰も僕に職業を聞こうともしなかった。

最初は「イングレス」という地図ゲームの話。現実とネット上の地図がリンクしていて、実際の移動を通し、ネット上で陣取りをする。他に「LINEはなぜ一気に普及したのか」「フェイスブックが最近テレビCMを打ちはじめてきた」などの話題があがった。

僕の隣に座ってたおじさんの話が面白い。

彼は佐藤さんの「フェイスブック講

座」をきっかけにフェイスブックをはじめ、韓国・釜山旅行でたまたま知り合った現地の女性とフェイスブックでつながった。一年後彼が再び釜山を旅した際にはその女性が観光スケジュールを組んでくれ、案内してくれた。お互い相手の言語が話せないので、スマホの翻訳機能を使いながらコミュニケーションをした。すげえ話だ。おじさんはとてもうれしそう。フェイスブック、いい仕事してんじゃん。

後半は「2ちゃんねるでなにかを叩く人たちはなぜ叩くのか」という話から、いま社会では自分の理解できない物事に不寛容な人が多くてまずいんじゃないかという話題に。「みんな傷つくのを恐れている」というセリフを繰り返すメンバーがいて印象的だった。

その話がぐっと盛り上がってきたところで時間がきて、コーヒーミーティングはぱたりと終了した。

0108 1430

昨晩は昨日と同様、フンドーキンマンションの中で寝たけど、明け方に目が覚めたとき、どこかでドアが「ギー」と開く音や、「パタンパタン」「カラカラ」と金属がぶつかる音がしばらくして、十分くらいでやんだ。このマンションには誰も住んでないし、こんな夜中に来る関係者もいないはず。怖いのが、足音が一切聞こえなかったこと。なるべく物音を立てないようにして二度寝した。

1月8日

昨日より少し寒いけど、良い天気。

「いつまで家を動かさずにいるつもりだ」という声が聞こえてきそう。約二十日間、家をこの近辺から動かしてない。半定住状態だ。ここは居心地がいい。ネット環境も電源もあるうちにやりたいこともある。

でもそろそろだろう。ずっと同じところにいるとうずうずしてくる。文化人類学者の関野吉晴さんは「人類が誕生した地から移動していったのは、好奇心からだと思う」と言っていた。好奇心とは「うずうずする」ことなので、こういうときは十分にうずうずさせたほうがいい。うずうずが飽和して爆発したときに、移動が起こる。

夜、日記の編集作業をはじめようと一年くらい前の日記や絵を見返していたら、文章がとても純粋でシャープでハッとした。過去の描きなぐったような未熟な絵からは「描いてる人が追いつめられてる感じ」がすごく伝わってくる。文章はしょっちゅう同じフレーズを使っていて読みにくく、同じことばかり言ってるけど、最初の気持ちを思い出して面白かった。

気がついたら一時だった。昨日変な物音でビビったばっかりなのに、同じマンションのロビーで暗闇の中黙々とやってた自分に笑った。

　でも寝るときは家をマンションの外に出した。

1月9日

　何日か前に近所（長いこと大分市中央町にいるので「近所」という言葉が自然に出る）で、カラフルな服の兄ちゃんと知り合った。「別府で店はじめたんです」と、ヤバいチラシをくれたので、今日行ってきた。

　サイコーな店だった！　オーナーは僕と年がひとつ違いの旅人。「ずっと〝基地〟が欲しいと思っていた」という。別府にいい物件を見つけ、元旦にオープンさせた。

　店内はクロマニヨンズとかオアシスとか友部正人とかがBGMでずっと流れていて、オーナーが描いた絵や紙粘土作品やいろいろな小物が展示されている。甘酒がサイコーにおいしかった。豚汁風の「朝見汁」で日頃の栄養不足が全部解消された。暗くなるまで雑誌や『HUNTER×HUNTER』を読んで過ごす。

1月10日

　仕事を頼まれて、急遽、京都にいくことになった。約一週間滞在する。家は大分に残していくので出張になるのかな。こういう移動もやれるときはやって「これは旅なので村上の身体はいつも家と一緒にいる」みたいな理解を宙づりにしたい。僕はただの「家が動かせる人」だ。

1月11日

　京都はめちゃくちゃ寒い。

1月13日

　昨夜、武蔵美時代の師匠だった横山さんと京都で久々に話し、良いワークショップの話を聞いた。

　それは神戸の震災以降二十年つづいていて、美大生と震災経験者と神戸の子どもが一緒に震災当時のことを話し、体験を共有しながら布絵をつくっていくというもの。大事なのは、それらの作品が良いかどうかよりも、一緒に話をしながらつくった体験が参加者の中に残ること。

01151226

　京都で絵の仕事をしていて思ったこと。絵を描くとき、「線を一本描く」というのはとても素朴ですぐに終わる作業だし、やっているときは「全体のこの部分を描いてる」とは考えず、ただ一本の線を引くことだけに集中している。でも繰り返し線を引いていくうちに、全体像が浮かび上がっていく。これは僕の移動とよく似ている。

これまで僕は家を連れて東京から青森まで行き、そこから大分まで来た。こう書くとすごく長距離移動のようだけど、一回一回の移動は「長い散歩」くらいでしかないし、移動中は「今日の移動は、日本を回っているうちの一部分」なんて考えてない。でもそれが知らず知らずのうちに膨大な移動距離を生み出し、「日本を回る」という行為を浮かび上がらせる。

1月22日

十九日に京都から大分に帰ってきた。「PARASOPHIA　京都国際現代芸術祭」のオープニングに合わせて、三月にまた京都に寄ることに。

描いた絵に自分のサインを入れるとき、いつも違和感がある。サインを入れると「自分を表現しました」みたいなメッセージが生まれる気がする。「制作」は「自分を表現すること」ではない。市場で美術が取引されるずっと前、「私」「あなた」の区別が生まれるずっと前から、ヒトは作品を作っていたはずだ。

01241452

日本人二人が人質に取られたニュースは「中東の問題は、そういえば身近な問題だった」と気づかされる衝撃的な出来事。地球の反対側の遠い話と思いがちだけど、シリアとイスラエルーパレスチナとイラクの直線的国境線を見たり、日本が敗戦国であることを思い出せば、すぐに自分たちの問題でもあると気づける。これだけのことがあっても問題を自分の身に引き寄せられないとしたら、もうどうしようもないんじゃないか。

01251035

できるかじゃない。やるんだ。やれ。お前はやるんだ。

圧倒的な強さと誠実さでやれ。

このための日々があったのだ。エスカレーターに乗るのが少し怖いのと似てる。乗ってしまえばなんともないけど、みんな途中で降りてしまうから、もう一度乗るのが怖くなるんだ。

向き合え。この日々と。覚悟を決めろ。あの話し合い。あのお昼ご飯。あの飲み会。あの朝。あの昼下がり。あのすべての日々の責任を取れ。いのちを燃やすんだ。大丈夫だ。

1月25日

実に一か月ぶりの移動。フンドーキンマンションを十一時頃出発。ここに家を置いて、目の前の店でバイトしたり、東京に帰省したり、京都に出張したりして、半定住状態になってた。そのせいで土地に根が生えてしまい、出発前に覚悟を決め直す必要があった。

でも歩き出すと、以前の感触をすぐに取り戻した。

僕は自分の生活に「移住を生活する」というタイトルをつけることによって「生活をつくる」意識をもとうとしている。「自分の生活にタイトルをつける」のは、日々を自覚的に生きるためには効果的だし、人間にしかできないことだ。タイトルはそれぞれが好き勝手つけていい。村上という名前の人を佐々木って呼んでもいい。

出発時、財布に三百円しかなかったけど、日曜日にコンビニでお金をおろすと手数料を取られるからと、おろさずに出発した。あとで後悔した。

大分から海沿いに臼杵まで歩こうと東に向かった。途中、三人の女性から「写真撮ってもいいですか」と声をかけられ、一人の男性からミカンを七個もらった。

坂ノ市を超えると建物をあまり見かけなくなる。コンビニもなくなり、「このミカンが晩ご飯になるかもな」と思った。

二十三キロ歩いた。十六時半頃、海の目の前に小さな道の駅「さがのせき」を見つけた。交渉して断られたら退路がなさそうな環境なので、もう勝手に敷地にした。売店では「くろめ」という食べ物を大プッシュしていて、客はみんな「くろめソフトクリーム」を食べていた。

この道の駅は歩道もない道路にいきなり現れるタイプで、夜歩くのは危ない。最寄りの店までかなり距離があるし、海も見飽きたので、十九時頃寝ることにした。

ごろごろしはじめてすぐにこっちにまっすぐ向かってくる足音が聞こえてきて、ひやひやした。懐中電灯が僕の家を照らしたかと思うと、「こんばんはー」という声が聞こえた。なんだなんだと思ってドアを開けたら人が二人立ってて「差し入れ持ってきました」と言ってきた。二人とも大笑いしてた。

二人は近所のファミレス「ジョイフル」の店員の渡辺さんと大海さん。路上で家が歩くのを目撃し、僕のツイッターの「今日の敷地は道の駅です」の投稿を見て、車で駆けつけてきたという。渡辺さんはやたらテンションが高くて面白い。差し入れを届けると言ったら、旦那さんから「そういう人は自分の思いがあってやってるんだから、他人が手を出すものじゃない」と止められたらしい。とても良いせりふだ。おにぎり二つとお茶と、お湯を入れたどん兵衛を持ってきてくれた。そのとき僕の財布にはもう六十一円しかなかった。奇跡が起きたのだ。

二人とも気さくですぐ仲良くなり、「朝はジョイフルにおいで！　モーニングおごったる」と言ってくれた。

1月26日

朝九時前に、ジョイフルの渡辺さんから「店においでなー」という電話が来たので、すぐに家ごと向かった。店長がモーニングをご馳走してくれた。財布には六十一円しかないのに、ありがたいことに昨日の夜から食べ物に困ってない。

今日は夜までずっと雨の予報で、渡辺さんが「歩かないでここにおったら」と言うので、そうすることにした。今日の敷地はジョイフルの駐車場に決まった。ファミレスの駐車場で寝るのは初めて。

朝九時過ぎから二十二時半頃まで、僕はずっと同じテーブルにいて、その間にスタッフのシフトが二回変わった。ファミレスに一日中いるなんて贅沢だなー、なんでもできるなーと思ってたけど、絵を描いてたらあっというまに暗くなった。

夕方、渡辺さんと大海さんと二、三人の店員仲間と、店長の奥さんとその子どもまでが、僕の家や絵を見にやってきた。みんなで家を担いで歩いたりしてたら、スタッフ二人と全然関係ない三人組のお客さんも加わり、「お前は担ぐのうまいなー」と言い合ったり写真を撮りまくる祭りみたいになった。

帰り際、大海さんは食べ物、渡辺さんは靴下と歯ブラシとタオルを差し入れてくれた。歯ブラシとタオルは断った。またまたありがたいことに夕食も渡辺さんたちがご馳走してくれて、僕は今日一円も使っていない。

01272117

イスラム国の戦闘員と日本人がツイッターでやりとりしたという内容をネットで読んで涙が出そうになる。本当に知らないことがたくさんあるんだな。悔しい。生後間もない赤ちゃんは、真っ白で罪のない存在ではない。生まれた国と時代と家庭環境によってあらゆることが事前に決まってしまっている。生まれた瞬間にせおった業から逃げることはできない。この世界には正義VS正義の構図しか存在しないし、日本人として生まれた以上、どんな事情があろうと、敵にならなくちゃいけない相手がいる。そういうことがツイッターでのやりとりににじみ出ていて、胸に突き刺さった。これは相手方の戦略で、僕はまんまとはまっているだけなのかもしれないけど。

1月27日

朝、渡辺さんがおにぎりとお弁当をつくって持ってきてくれた。

十一時頃までジョイフル店内でなにも注文もせずに水を飲みながら絵を描いたり日記を書いたりしてた。他に客がいないので、店員さんの話し声が聞こえてくる。メニューを入れる向きについて議論したり、世間話をしたり。そういう話を聞くのは、とても気持ちが良い。

僕は土地の話が聞けるのがうれしい。自分の話をするよりも、人の話を聞くのが楽しい。ふらっと入ったファミレスでバイトの面接をやってるのを見たり、高校生同士がだべってるのを聞くのがうれしい。そういう話し声のすべてが、生きてることへの讃歌のように聞こえてくる。それは僕が移動しているからだと思う。

十一時半頃にジョイフルを出発し、臼杵方面に向かった。途中長いトンネルがあって緊張したけど、歌を歌いながらなんとか通過した。トンネルはいつまでたっても慣れない。音が反響して不気味だし、空気も淀んでいる。一人で一時間いたら、気がおかしくなるだろう。

今日は道中三人の知らない人からそれぞれ「デカビタC」と「アクエリアス」と「おばあちゃんのぽたぽた焼き」四枚を差し入れにもらった。

十六時前に臼杵市の熊崎駅あたりに着いた。グーグルマップで「寺院」と検索して出てきた一番近くのお寺に行って敷地の交渉をしたら、あっさりOKをもらった。住職さんと「いいけど、何日間おるの?」「一日です」「そうか、なら大丈夫です。明日は二時から人がたくさん来るからそれまでにな」という会話をした。

坂の多い住宅街で、歩いてて楽しい。静かなのでぐっすり寝れそう。お寺は丘の上で眺めがいい。新しくて立派な本堂で、住職さんもめっちゃ良い人だった。

夜は電車で一駅先の銭湯に行き、帰りにマクドナルドに寄って帰宅。ハンバーガーとジョイフルの大海さんにもらった「カロリーメイト」と「ソイジョイ」とぽたぽた焼きが晩御飯。

1月28日

九時半頃、和尚さんが朝食に招待してくれた。

ここは臨済宗のお寺で、息子さんは神戸で修行中らしい。禅宗なので和尚になるには座禅の修行が必要なのだ。通常は三、四年で終わるけど、息子さんは八年やってる。二十代をほとんど修行で過ごしてる。すごい。

その修行の話がまた凄まじい。一か月に一週間、ほぼ一日中座禅をして過ごす期間があり、その間の食事は他の人が支度してくれる。夜は二十三時まで、翌朝三時からまた座禅に入るという。十二月は八日がお釈迦様が悟りを開いた日なので、一日から八日間は布団も取り上げられて、ひたすら座禅。修行中は托鉢のときと、ちょっとした

2015年1月28日　大分県津久見市下青江にあるお寺の駐車場

買い物の数時間以外は外に出ることもできない。外の世界の情報からも遮断されるだろう。

僕たちは人の手によってわかりやすくまとめられた情報だけを大量に消費する日々を過ごしている。情報は暴力であり、自分で善し悪しを判断する感性を僕たちは奪われている。その修行の日々に二十代の八年間を息子さんは費やした。本当にすごいことだと思う。

正午過ぎにお寺を出発。和尚さんと奥さんが見送ってくれた。今日は十キロ南東の津久見市まで行く。道は二種類。くねくねの旧道（山道）を行くか、二キロのトンネルがあるバイパスを行くか。旧道はバイパスの二倍の距離。長距離は嫌だけど、トンネルもすごく嫌なので、もう和尚さんに決めてもらおうと聞いたら、「新しい道のほうがええな。旧道は倍時間がかかる。トンネルが長くてしんどいけどな」と言われたので、バイパスにした。この和尚さんは長距離を歩いて旅（もしくは托鉢）した経験があるんだろう。距離が倍あるとか、トンネルを通るのがつらいというのは、経験した人じゃないとわからない。

そのトンネルには申し訳程度に歩道があるけど、幹線道路なので、でかいトラックやタンクローリーが、僕のすぐそばをすごい音を立てながら通り過ぎる。緊張しっぱなしで、本当に勘弁してくれという感じだったけど、歩道に残る足跡や自転車の跡を見て、「先人たちは生きてここを通過したのだ」と自分を励ましながら歩いた。長いトンネルを抜けると、生まれ変わったような気持ちになる。生まれるときに産道を通るイメージに似てる。

トンネルを抜けたところで、パトカーに声をかけられた。通例どおりの職質が終わると、警官が「これじゃ、轢かれるよ」と、細長い反射板を二枚くれた。

津久見市に入ってすぐに見つけた「解脱寺」というかっこいい名前のお寺で敷地の交渉をしたら、またもやあっさりＯＫをもらう。ここでも住職さんに「何日おるの？」と聞かれて「一日です」「あ、今晩だけか。ええよ」という会話をした。

1月29日

朝、家の中で絵を描いてたら、車のドアが開く音と人が近づいてくる足音がして「すいません」と声がした。「またなんか事件発生だな」と思いドアを開けたら、ミカンのたくさん入ったビニール袋を持った女の人が立って「この近くにあるフラワーキッズという施設の者なんですけど、ツイッターで見て来ました」と言う。

「もしこのあとお時間あったら、施設

まで来ていただけませんか」と言うので、「行きます」と答えた。あとで聞いたところによると、彼女は事前にお寺に「白い家はまだありますか？」と電話したらしく、お寺の人が「ホワイトハウスならまだあります」と答えたらしい。面白い。

なにか起こりそうな予感がして、わくわくしながら向かった。

「こども交流センターフラワーキッズ」はＮＰＯが運営する児童施設で、発達の遅い子どもを預かる保育施設でもあり、学童も兼ねている。ちょうど昼食前で、何人かの子どもは興奮して喜んでくれた。いきなり超ハイテンションになって飛び回る子とか、不思議な質問をしてくる子とかいろいろいて、家を持っている僕という存在もその中の一人のようで、楽な気持ちで接することができた。職員さんたちも、いろいろな子どもを見るのに慣れているのでかなりタフ。なにをやっても受け止めてくれる器の大きさがあった。

午前中は子どもたちと遊び、午後は絵を描きに出かけた。昼過ぎから雨が降ってきた。今日はこのままここの敷地を借りることになりそう。

昼は園長さんがお弁当を用意してくれて、職員や子どもたちと一緒に食べた。ひろくんとかなくんという男の子が「一緒に食べよう」と誘ってくれた。

夜、理事長さんと会った。かなり経験値の高そうな男性。「これからお風呂に行きます」と出かけようとしたら、車で送迎までしてくれた。「塩湯」という日帰り温泉施設がまたサイコーで、海鮮料理が安くておいしい。

寝る前に、同じＮＰＯが運営する近くの福祉施設「地域活動支援センターぱれっと」の人が訪ねてきた。「日記を読んだんですけど、お寺が良く出てきて仏教のことが書いてあるので訪ねてみようと思いました」と、僕にメモをくれた。今度の土曜日に「初期仏教」の勉強会が大分市のお寺で開催され、しかも住職さんが武蔵美の彫刻学科出身ということで、これは行くしかない。

そういうわけで土曜まで津久見に滞在することに。

1月30日

朝、フラワーキッズ職員の村上さんがおにぎりを差し入れに持ってきて「今日家の置き場所なかったら、うちに来ても大丈夫ですよ！」と言ってくれた。基本的にいろんなところで寝てみたい欲があるので、今日は村上さんの家に行くことにした。

午前中に大分合同新聞の人が取材に来た。人のよさそうなおばちゃんで、僕の話に反応して「私もねえ」と自分の話をするのが面白かった。

「車や電車で目的地まで一気に行ってしまうのは、もったいないと思います」

「私も車が運転できないから、自転車をよく使うんですよ。そしたらあそこに菜の花が咲いてるなあとか気づいて主人に話すんですけど、主人は普段車で移動してるのでわからないんです」

お昼から夕方までずっと津久見の町を散歩していた。ここは山には石灰石の鉱山（地元の人は「石山」と呼ぶ）があり、海にはセメント工場がある。鉱山施設から海まで太いパイプで石を運んでいる。歩いていると「セメント町」という住所があったり、巨大な工場が住宅地の中にあったりして面白い。

暗くなる前に、僕の家を村上さんの家の車庫に移した。

村上さんとその娘さんとお母さんと四人で鍋をつつきながらお話しする。僕も村上なのでややこしい。二、三か月前に三人そろって僕のことをテレビで見たらしく、お母さんは「いかに自分の家の中に無駄な物が多いかを思ったわ。これで生活できるんやってなあ」と言ってた。

1月31日

朝、村上さんが車で津久見市内を回ってくれた。津久見はミカンとセメントの町で、太平洋セメントの工場がかっこいい。

午後、一昨日誘われた初期仏教の勉強会に参加した。

前半は仏教の歴史を学び、後半は経典の注釈を読み込む二部構成で、前半は予備知識がない僕にはよくわからなかったけど、後半は楽しく聞けた。

日本で広まっている仏教はほとんどが大乗仏教で、歴史の授業では「小乗仏教がだめだったから大乗仏教が広まった」みたいな言い方をされるけど、全然そんなことはない、という話が印象的。講師は日本では少ない初期仏教（テーラワーダ）の和尚さんで、日本の仏教学会に批判的だった。「大乗仏教の地位を下げるような研究は日本では人気がない」と言ってた。そういうことって仏教の世界でもあるんだな。

勉強会に行く道中、風邪をひいた。車の中で突然喉が痛くなり、村上さんの家に帰ってきた頃には身体が全体的にだるくて、インフルエンザっぽいなあと思った。

村上さんたちと一緒の夕食後、すぐ寝た。

0206 1900

ある人が以前「自分は選挙には行かない」と話していたのを突然思い出した。彼は「社会と自分との距離をどう取るかっていうことや」と言っていた。

政治や社会問題のことを「自分には

わからない」と言って、「それっぽいわかったような顔をして話している人」をあざ笑うような態度を取る人もいる。

　考えたくないと思うことはたくさんあるし、考えたくないときは考えなくていいと思うけど、商売ができたり、整備された道路を歩けたりするのはこの「国」があるからで、それと距離なんて取れるわけがない。距離を取るとしたら、どの国の領土でもない場所で電気や水道を全部自分で整えて自給自足の生活をするしかないと思うんだけど、そういうことじゃないのか。

「社会と距離を取る」の意味がわからない。社会学者の人に会ったら、聞きたい。

0207 0828

　一週間寝込んでた。三十七・一度の微熱で、病院では「熱が低いからインフルエンザとは考えられない」と言われた。ともかくずっと寝てたんだけど、その間にＩＳＩＳとかいう人たちに日本人の人質が殺される事件が起き、「日本も中東紛争の当事者だったのだ」と衝撃を受けた。震災で大変なことになってかなり参っているのに、その上にこれだ。ずいぶんなダメージ。まだ寝る前に動悸で苦しくなることがあるけど体調はようやく回復した。

　僕は基本的に自分の身の回りのことしか考えられないので、なにか大きな事件が起きると自分に引きつけて考えるようにしてる。だけどこれをやりすぎると闇に飲み込まれる。ニュースを見ないようにすることが必要なときもある。

0207 2155

　孤独になればなるほど、音楽は心の奥に響く。

2月7日

　フラワーキッズの理事長さんが、軽トラックで運んでくれるというので、お昼頃、一週間ぶりにフラワーキッズに家を運んだ。二時間で宮崎県日向市に着いた。

　車の中では理事長の話を聞いてた。昔、仕事のストレスで脱毛症になってみんながいろいろ声をかけてくれたけど、中でも一番救われた言葉が、軽度の知的障害の人が発した「あれ、髪型変わったな。前のほうがいいなあ」だった、という話を聞いて、涙が出そうになった。そうだよなあ。それが一番当たり前の反応だよな。変に知識を詰め込んでいる僕たちは、「ストレスではげた」という予備知識のせいでねじ曲がった反応しかできず、「髪型変わったなあ」という「ごく普通の反応」ができなくなっちゃうのだ。気をつけよう。

自分が当事者としてかかわるようになったことで、障害者に対して厳しくなった、という話も面白い。「あなたが頑張っているから、こっちもあなたを頑張って応援できるんだ。頑張りもしないで応援はできない」と言えるようになったという。すごいけど、当たり前の話だ。なにも頑張っていない人を応援する気にはなれない。その人が障害者だからという理由だけでやさしく応援しなくちゃいけないと思うことは、ある種の差別かもしれない。

夕方暗くなる前にトラックから降ろしてもらい、敷地を探した。お寺を二軒あたったけどどちらもNG。一軒目の住職さんは「昔、旅の学生が来てお寺をめちゃくちゃにしていった。それ以来断ることにしてるんだ」と、本当に申し訳なさそうに見送ってくれた。二軒目では「うちは法人だから、役員さんの許可が必要になっちゃうんだよ。ごめんなさいねえ」。三軒目の五十猛神社で「全然大丈夫ですよー」と言われた。久々の神社泊。

この神社は、交差点の名前になってた。昔から親しまれてるんだろう。

2月8日

朝、出発前に宮司さんが子どもを連れてきてくれた。

「十号線沿いに南下すると〝おふなでのゆ〟という温泉がある。そこを超えると風呂はないなあ」

「おふなでのゆ」が漢字でどう書くのか想像できなかったけど、なんとなく響きが気になった。

宮崎県に入ったからなのか、たまたま今日がそういう日なのか、とても暖かい。春が近いのがわかる。十号線を歩いてると、三人組の家族と六、七人のグループと、小学生くらいの男の子から「写真を撮ってもいいですか？」と聞かれた。

十キロ歩いたところに「お船出の湯」があった。道の駅と公園とレストランとキャンプ場とセットで「サンパーク」というエリアになってる。海がきれいに見え、遠くには小島が浮かび、灯台が立っている。不思議な形の岩が並ぶ広い岩場もあり、見ていて飽きない。「お船出の湯」には絶対に露天風呂があって海が見えるだろう。泊まれたらサイコーだな。

道の駅の駅長さんに敷地を交渉したら、すんなりOKしてくれた。この時点でまだ十四時くらい。敷地確保と同時に絵にする家を探して歩き、すぐ描きはじめた。

夕方「お船出の湯」に行った。やっぱり露天風呂があり、海が見渡せた。室内の大浴場も大きなガラス張り。日曜日なので客もたくさん。

夜、温泉から外に出たら、鬼のよう

に寒くなっていた。道の駅のお店も閉まっているので、徒歩三十分のところにあるコンビニに夕食を買いにいこうと思っていたけど、あまりにも寒いので断念し、併設のレストランへ。

閉店間際で、客は僕しかいない。「特製カレー」を注文する。すでにお店の締め作業中で、エプロン姿のおばちゃんたちが大きなケースをせわしなく運んだり、レジを締めたりしている。二十時五十八分に閉店の看板を出してた。僕はここにまた来ることがあるだろうか。

移動しているせいか、「レジを締める」など「明日も行われるであろう動作」の一つひとつが面白い。でも、移動してなくても同じように感じるべきなのだと思う。たぶん、この視点さえ身につけることができれば、実際に移動する必要はない。この視点を維持するためだけに、僕は移動している。

0209939

この生活にシフトしてから、二度体調を崩して熱を出してるけど、どちらも原因は「人の家の屋内に泊まった」か「人がたくさんいる建物内に泊まった」からだと思う。いまのところ自分の家で寝てる限り、体調を崩していない。この生活の場合は屋内で寝ると体調を崩すことがあるみたい。普通と逆だ（僕の家の中も「屋内」と言いたいけど、とりあえずここでは言わない）。同様に、僕は移動をしてるほうが、食べ物をもらったり仕事をもらったりしてお金がかからない。同じところに留まっているとお金が減っていく。でもみんなは「普通は移動するのにお金がかかるもんだ」と言う。これも逆だ。

2月9日

告知

二〇一四年四月から制作してきた「移住を生活する」を発表する展覧会の詳細が決まりました。

およそ一年間の生活自体を展示する試みです。僕はこの展覧会をあらかじめ想定して、一年間の生活を営んできました。

ぜひお越しください。一軒目の家が古くなったため、展示期間中二軒目の家を公開制作します。

村上慧『移住を生活する 1～182』
会期 二〇一五年四月十七日（金）～四月二十九日（水・祝）＊二十二日（水）のみ休廊 十二時～十九時
オープニングパーティ 四月十八日（土）十七時半～
アーティストトーク 四月二十五日（土）十七時～十八時半
ゲスト・岸井大輔（劇作家）
会場 Gallery Barco（ギャラリーバルコ）

東京都葛飾区亀有三の二十七の二十七
LA CAMERIA 一階
入場無料

0210224

朝起きて自分の家を出て、「寒い寒い」と小さく呟きながら道の駅のトイレで顔を洗おうとしたら水道からお湯が出てきて、「うわ、お湯が出る！」と声に出すほど感動したり、行く先々でインフルエンザ感染者やその家族に会うので「インフルエンザが全国的に猛威をふるってるというニュースは本当なんだな」と思ったり、「今夜は冷え込むから晩ご飯をたくさん食べておかないとまずいな」と思い温泉併設のレストランで特製カレーを食べたり（この「冷え込むからたくさん食べておかないと」という発想はふだんなかなか出てこない）、今日の新聞がレジ脇に置いてあったので「これを丸めて服に入れれば暖かいのでは」と思い、「もらっていってもいいですか？」と聞いたら、「もう閉店なんでいいですよ」と言われ、「古新聞をもらえたことでこんなにうれしかったことはない！」と感激したり。きついこともあるけれど、こういう一つひとつをクリアしていくことで、夜に眠るというなんでもないことが最高のご褒美になる。すべて自分の身をもって体験しているので、僕はこの毎日をパーフェクトに信用することができる。

テレビやネットや新聞を見て右往左往することはよくあるし、そればかりに気を取られてなにもわかんなくなっちゃってる人もいるけれど、自分で経験したことはすべて信用することができる。この体験してきた日々に確信がもてる。

そうやって、嘘でもまた聞きでもない日々が積み重なっていく。これを突き詰めていくと、人生を肯定できるような気がする。

2月10日

歩いてるときにもらった「宮崎で一番有名なチーズケーキ」が、とてもおいしい。

午前中に道の駅日向を出発し、二十キロほど南下すると、川南町のガソリンスタンドの店員さんたちが話しかけてきた。

「ラインとかフェイスブックで、すっごい話題になってますよー」

僕はそんなことは知らなかった。

社長さんが「そのへん使っていいよ」と言ってくれて、敷地があっさり決まった。

夜までガソリンスタンドの休憩室で絵を描く。同じ部屋で従業員が世間話をしている。九州を下るに従って、方言がきつくなっている気がする。聞き取れないのでBGMみたい。

　集中力が切れそうだ。僕の集中力は十か月が限度らしい。もうすでに頭が四月の展示向けに切り替わりつつある。あと、夜がどうしても寒い。新しい寝袋を買おう。やっぱり冬はあまり移動したくない。来年の冬は移動せずにどこかに留まって別のことをしたい。

2月13日

　宮崎市佐土原の、ビジネスホテルにいる。

　一昨日、川南町（この町の名前がすでに懐かしい）のガソリンスタンドから、宮崎出身の友達が紹介してくれた「ポンちゃん絵画教室」に家を移動させた。

　夜は、絵画教室の島嵜先生が集めてくれた何人かでお酒を飲んだり、炭火焼き鳥を食べたりした。「宮崎市のクリエイティブ関係者が羨ましがるようなハードコアなメンツ」らしい。漆芸家と彫刻家と、段ボールで作品を作ってる面白い兄ちゃんとで深夜まで話をした。僕もいろいろしゃべってたら、帰り際に漆芸家の人から「人前で言葉に出すっちゅうことは、覚悟が必要やからな。俺はそういうの覚えてるからな。頑張らなあかんぞ」と言われて、背筋が伸びた。

　その会はとても楽しかったのだけど、やっぱりどうにも体調がよくない。

　整理するために書き出してみる。
・起床時に身体が重く、歩くと軽いめまいでふらつく。
・起きてから寝つくまでずっと頭が興奮していて、横になっても休まらない感じがする。
・三十七度前後の微熱がある。
・ときどき人と一緒に座ってじっとしていると、なぜかきつくて死にそうになる。お酒を飲んで夢中で話してるときは元気なので、これは精神的なものだろう。
　少し一人になって休んだほうがいい気がしたので、ホテルの部屋をとるに至った。この移住生活で初めてホテルをとった。今夜で二泊目。プロ野球のキャンプシーズンのため街中はどこもいっぱいで、佐土原でようやく一部屋見つかった。

　今日は宮崎市内の総合病院の内科で血液検査を受けた。どの数値も正常値で「内科としては問題ない」と言われ、安心した。この生活をしてても血液検査で問題ないだけのバランスは保てているらしい。

　血液検査の結果表が面白い。全然飽きない。

　僕の血の一マイクロリットルの中には白血球が四千八百十個、赤血球は四百九十九万個いる。血液の総量は体重の八％らしいので、僕の身体には約四・七リットルの血が流れている。一リットル=百万マイクロリットル。つまり僕の身体全体で、二百億個以上の白血球が身体に入ってきた敵や不要なものを排除する仕事を日々行ってる。これらの運動は無意識に行われている。ちょっと狂気を感じる。

闇に飲み込まれそうなときは、中島らも師匠の落語を見る。

2月15日

ポンちゃん絵画教室に家を残したまま、僕の体は昨日、宮崎市の街中にある湯浅さんの実家に運ばれた。「来た」というよりは「運ばれた」という感じ。湯浅さんのお父さんが車で迎えに来てくれて、そのときに絵画教室の島嵜先生が僕を指して「彼をよろしくお願いします」と言った。僕は自分がバトンになったような気持ちがした。

こういうことがあるから面白い。湯浅さんというのは大学の同級生で、たしか三年のとき、設計の授業で僕は彼女と共同設計をすることになったが、お互いに我が強くて作業が全然うまくいかず、提出二週間前で関係が破綻した、という強烈な思い出がある。

卒業以来連絡したことなかったけど、僕のこの日記を読んでくれていたらしい。それを聞いてとてもうれしかった。いま彼女はドイツに住んでるので、ここにはいない。ここには湯浅さんのお父さんとお母さんと僕がいる。

お父さんが僕の体調を気遣って迎えに来てくれた。お母さんは宮崎名物「チキン南蛮」や「冷や汁」や「がね」をつくってくれたり、お父さんは焼酎を飲ませてくれたりする。自分でもよくわからないうちに、みんながとても良くしてくれる。僕はただ感謝をしながら、あまり深く考えずになりゆきに任せるようにする。そうしてときどき「面白いなあ」と思ったりする。

2月17日

湯浅さんの家に『夜と霧』があったので、読んでいる。このタイミングで出会えて良かった。

強制収容所での生活におけるユーモア、芸術、自然、愛について書いた部分がある。「ユーモア」は周辺と距離をとり、自分の魂を保つための力であること。「芸術」（ここでは演劇）は収容所生活を送る上で、なにかをいっとき忘れるために極めて有用であること。極限状態で見る夕焼けは美しく、ただ日が沈むのを見逃すまいとするためだけに、疲れた身体をひきずって外に出たこと。ぼろぼろの身体を労働現場に引きずりながら、強い想像力で愛する人を出現させられたこと。愛を感じる上で、その人がそばにいるかどうか、あるいは生死さえも全く問題ではなかったということ。V・E・フランクルは繰り返し書いている。

「妻が生きているか死んでいるかなど、そのときは全く問題ではなかった」

人間は目の前の苦しみから逃れるために、心をどこまでも遠くへ飛ばすことができる。やっぱり芸術は本質的にはテクネーと呼ばれた技術を指すのだと思う。狂った環境に置かれたとき、自分の魂を正気に保つために行われる工夫が文化活動なのだ。

血液検査の結果を思い出す。この身体に満ちている「生きたい」という意志は強くて無自覚で、狂気じみている。「健康」を過度に求めると、身体の可能性を潰す。僕は芸術のテクネーとしての側面をちゃんと継承していきたい。二〇〇八年の「新建築」で磯崎新さんが、『商品としてのアート』という言葉を使ったら、国内のキュレーターからバッシングをくらった。自分は国際的な美術の状況を鑑みての、常識を言っただけだ」というようなことを言っていた。

2月18日

今日も快晴。お昼頃、家を置いて、湯浅家から宮崎駅までふらふらと歩いてみることにした。宮崎市内に漫画喫茶はあるかと聞いたら、湯浅さんのお父さんがタウンページを開いたのを見て、小さい頃を思い出した。タウンページには地域のことがなんでも書いてあるからと、なにかと開いていたな。

散歩したり、スタバで本を読んだり、絵の仕事をしたりする。ツイッターで宮崎在住の人から「会いたい」というメールが来て、会ったら地元のラジオ局のレポーターだった。火曜日の生放送のネタを探しているとのことで、もし火曜にまだ宮崎県内にいたら、取材に来るらしい。

夜、ファミレスでご飯を食べてたら橋口さんから電話がくる。橋口さんは大学時代に知り合った「竹で大きなものをつくるのが好きな人」。いま鹿児島に住んでる。今週末にワークショップのため宮崎大学に来るらしく、会う約束をした。

ファミレスのテーブルで本を読んでいたら、不意に闇がきた。急いでファミレスを出て、大きな音で音楽を聞きながら歩いたら、少し回復した。

二十二時半頃、湯浅家の庭に置いてある自分の家に戻ってきた。湯浅さんのお父さんが厚手の寝袋を譲ってくれた。数十年前に買って、あまり使わずにしまわれていたらしい。最高のタイミングで出会った。

2月19日

お昼に湯浅家から宮崎港へ移動。風はあまりない。三か月くらい前から僕にメールで「宮崎に来た際はうちへ来てください」と連絡をくれてた一ノ瀬さんという人が、宮崎港の近くに住んでるので、そこへ行く。湯浅家から一時間ちょっと歩いたところ。

歩いてたら、車からクラクションを鳴らされた。久々にやられた。腹が立った。車から歩行者にクラクションを鳴らすのは強い者が弱い者を一方的にやっつけるみたいで、やってはだめだと思う。考えてみたらおかしな話だ。そこをどけ！　という意味のクラクションはあるのに、危ないだろ！　という意味で鳴らすクラクション、遅いものが速いものに対して鳴らすクラクションがない。歩行者用の対自動車クラクションをつくろう。可能な限り大きな音が鳴ればいい。

吉村町は新しく開発された土地らしく、真新しい家や大きなパチンコ店やドラッグストアが並んでる。一ノ瀬さんと合流して、駐車場に家を置かせてもらった。四人＋犬二匹の家。

一ノ瀬家のお父さんは僕の日記をかなり読み込んでるらしく、僕の代わりにどんどんしゃべってくれて、僕はほとんど話さずに済んだのが、とても新鮮でうれしかったし、楽な気持ちでその場にいられた。

僕に会いにきた他の人や家族に、「たのむから『どこから来たんですか』とか、いままで村上さんが何百回もされたであろう質問はすんなよ。一回もされたことのない質問をしてみろ」とか「日記に全部書いてあるから、それを全部読んでから、それでもなにかあったら質問せえよ」と繰り返し言ってて、感激した。「自分で調べてから聞いてください」って言えばいいのだ。僕はたぶんいちいち丁寧に答え過ぎている。

2月20日

絵を一枚完成させたら疲れた。ときどき発作的に「なんか知らないけどめっちゃ死にそうなんですけど状態」になって、もう笑わないとやってられない。なにかの病気だと思いたい。いよいよ志布志まで行くのをやめて、宮崎からフェリーで神戸に行くことにした。取材もキャンセルさせてもらおう。「いろは」に行ってゆりさんに会おう。そんでいったん東京で休んだり病院に行ったりしよう。それから三月の京都に臨みたい。

今日は鹿児島の橋口さんが宮崎に来るので、かなり迷ったけど橋口さんには会ったら元気をもらえそうな気がしたので行ってみた。ワークショップを主催している戸田さんは、小豆島で「愚放塾」を開いてるめちゃかっこいいおっちゃん。会った瞬間から緊張がない。「この人の前ではなにも構えなくて大丈夫だ」と初見でわかった。僕が「寒い夜が来るとわかっていたとき、新聞紙が断熱材に見えた」とか「コンビニはなにかを買う場所というより、トイレとWi-Fiがある場所だと思っている」という話をしたら、「そうやって世界を再編していくことが生きることだ」と、ハイデガーの言葉を教えてくれた。橋口さんは宮本常一が好きで、僕のことを「各地を歩いて、各地の家の絵を描いて回ってる人」という民俗学的な見方もできるって言ってた。これはうれしい言葉。

2月23日

　昨日の夕方、一ノ瀬さんのところから宮崎港へ向かった。フェリーで神戸へ。いったん家を神戸に置いて、東京に戻る。病院と整体に行く。

　僕は寝ているとき、寝返りをほとんど打ってない気がする。家が狭いから身体が寝返りを打たないように日々変化していってて、しかもこの冬は重い布団で寝ることも多かったからだ。そしてこれは直感だけど、この異常な倦怠感とふらつきは、寝返りを打たないことと無関係ではない。身体の軸が歪んだままで、それがそのまま気持ちと身体の不調につながっている。次つくる家は、寝返りをちゃんと打てるようにしよう。誰に教わったわけでもないけど、寝返りはとても大事だということはわかる。希望をもちつつ、力を抜く。自分のことばかり考えない。人の役に立つほうに考える。悪いほうには考えない。愚放塾の戸田さんには「力が抜けてて良い」って言われた。

　一ノ瀬家を出る前に、みんなで誕生日占いをやった。一ノ瀬夫婦の誕生日が、お互いに運命の人と書かれていて盛りあがったりした。その感じはとても良かった。新之助くんが前日から泊まりがけで出かけていて、出発のとき挨拶できなかったのが心残りだけど、まあまた会うだろうし、大丈夫。でも僕が感じる一年と、彼が感じる一年の長さは全然違うんだろうな。

　フェリーにはすんなり乗れた。荷物料も取られなかった。最初は一般客用通路をぎりぎり通って乗船したけど、船員さんが「神戸の通路は宮崎のよりも狭いから、下船できないかもしれない」と心配してくれて、車両用の大きな入り口から乗船しなおした。

　今朝、神戸に着いた。まず六甲のカフェいろはに行ってゆりさんに会い、上京中の一週間家を置かせてもらうべく、いろはの目の前の大きな神社に行った。宮司さんから「テントじゃだめだったのか」とかいろいろ聞かれて話をしていたら、「本来は絶対にしないんだけど、あなたはなぜやっているのかを話してくれたので、預かりましょう」と、シャッター付きの月極駐車場を貸してくれた。「三月一日までに取りに来ず、連絡もつかなくなった場合、この家を処分してもかまいません」という誓約書を書いて預けた。

**0228
1628**

いったいなにと戦っているのか全然わからないけど、実家で休んでいる。実家にいると運良くカニが食べられたりする。昨日は千円引き券の期限が今日までだからという父親のモチベーションで焼き肉を食べにいった。

いろんな人に自分の症状を話し、アドバイスを聞いて、一つひとつ実行している。田谷さんの言うとおり、寝る前にプロテインを飲んだりビタミン剤を飲んだり野菜酵素をとったら、今日は少し調子が良い。田谷さんからは、ここからもっとダークサイドに落ちるか持ち直すかの瀬戸際だと言われた。

父が軽くお祓いをしてくれた。父はもう還暦で、今年度いっぱいで退職するので、なにかプレゼントを考えたりしている。家族みんなを「大江戸温泉物語」に連れていくのはどうだろう。あそこはとても楽しい。お風呂上がりの一杯が良い。水上さんを思い出した。

明日から京都。六甲にある家と一緒に軽トラに乗せてもらって京都まで行く。できれば京都造形大の卒制を見たい。トラやんを卒制にしようとしてた下野さんの作品を見たい。五日には経済同友会のパネルディスカッションに参加する。六日には「PARASOPHIA」のオープニングに合わせて「清掃員村上3」を勝手にやる。八日にはトークイベント「とまらないひとをめぐる鼎談とホームパーティー」に参加する。合間に絵の仕事をやる。そんで九日になおこと軽トラを借りて、家ごと東京に戻る。

いまはあまり先のことは考えないようにする。横井庄一さんの『無事がいちばん』と宮城音弥さんの『精神分析入門』と、小さい頃通ってた塾の先生大竹稽さんの『ニーチェの悦び』を読んでいる。横井庄一さんの話はヤバい。グアム島で終戦に気づかず、見えない敵から三十年近く逃げつづけていた人。足跡を消して歩いてたとか、カタツムリと毒カエルとネズミがタンパク源だったとか。「不況になっても大丈夫」というセリフの説得力もヤバい。

3月7日

今日までのこと。三月一日、神戸にいる僕と家を京都に運ぶため、椿昇さんが直々にトラックを出してくれた。道中一時間半くらい話した。椿さんはISのことや、ロシアの政治家暗殺事件などを、ごく自然に自分のことのように話題に混ぜて話す。ぼくはそれがなかなかできない。「国際的な問題を自分に引き寄せて考えるのは、どうやってるんですか」と聞いてみたら、「昔から世界史オタクだったし、そういう時代やったからな。いまの若い人が興味をもつものと同じように、赤軍派とかに入れこんでたからな」と言ってた。椿さんの若い頃は全共闘時代で、周りはみんな毛沢東を読みまくっていたらしい。

京都到着後は、経済人の八木さんが全面的に協力してくれて、彼が所有するマンションの駐車場に家を置かせてもらい、僕は空き部屋に泊まらせてもらっている。

一日から四日まで、八木さんや「アルトテック」の柳生さんに連れられて、京都の経済人や文化人の方々と顔を合わせて絵の仕事をもらったり、体調を心配されてご飯を食べさせてもらったり、初めて見るような栄養ドリンクを七十本くらいもらったり、良い鍼灸院に連れていってもらったり、その先生からお灸を百八十回分もらったりしていた。とにかく椿さんや彼が率いるアルトテックの柳生さんと京都経済同友会の信頼関係が素晴らしく、おかげで僕も八木さんなど京都の経済人たちと面識をもつことができた。僕には僕の仕事をとにかく誠実にやること、それだけが課されている。

体調は現状維持を保っていたけど、四日の夜に突然なにかにアタったような猛烈な吐き気に襲われて目が覚め、トイレに這っていったんだけど吐けず、便器に座り込んでうんうんとなっていた。救急車を呼ぼうかと思うほどしんどかったけど、座ってしばらくしたら水のような下痢が出て少しおさまった。一時間半後、再び吐き気で目が覚め、便器に倒れ込んだ。そうして戦っているうちに朝になって、なおこが東京から到着、アクエリアスなどを買ってきてくれた。一人から二人になるだけで全然違う。

五日の夕方から行われる経済同友会主催のパネルディスカッションまで、ずっと寝込んでた。ディスカッションにはどうにか出席できた。不思議なことに、こういう場に出ると精神が肉体を凌駕してくれる。まだ話し足りないなあというところで時間切れになり、僕はその後、懇親会の代わりに病院に行った。

感染性胃腸炎と診断されて、胃炎の薬と整腸剤をもらった。電解質補給飲料「アクアサポート」があとで効いた。

六日にはパラソフィアのオープニングレセプションに潜入した。すごく盛大で、おいしそうな料理がたくさん並んでいて、人も大勢いた。スピーチではみんな「新しい京都をつくる」を連発している。「新しい〇〇をつくる」

というのは目標にはならないような気がする。「かたち」は漠然と新しいものを目指した結果ではなく、目の前の問題への危機感から起こした行動によって生まれる。そしてそのあとに「らしさ」がついてくるのだと思う。

「イカれようとしてイカれたらダメなんですよね。普通にやっていって、いつの間にかイカれてないと」とトラックの中で椿さんに話したら、大笑いして同意してくれた。

今日は一般公開初日で、京都市美術館と鴨川デルタのスーザン・フィリップスの作品を見てきた。体調はだいぶ良い。倦怠感はだいぶなくなった。胃腸炎になる前よりも良いかもしれない。もしかしたら僕は一か月近くずっと脱水症状気味だったのかも。下痢したり吐いたり汗をかいたりすると、身体から水分のほかにいろんな大事なものが流れてしまって、倦怠感を生むらしい。それは水を飲むだけでは回復しない。

パラソフィアはJoost Conijnというオランダの作家がサイコーだった。

3月10日

昨夜、京都から東京の実家へ家を動かした。なおこが軽トラックをずっと運転してくれた。

今日から当分の間は、展示の準備のために手や足を動かす日々にする。

京都滞在以来、意識が変わった。僕は宮本常一をもっと具体的に自分の中に召還する必要がある。パラソフィア的なモノを自分の中に飼い、それを押し進める。この世界にバラバラに点在している市井の知性や、交わらない問題意識をなにひとつ取りこぼさないように統一し、自分の身体に内面化して、語ること。人からの話を自分の経験として語る。そのためには民俗学的な視点が重要だと思う。原広司のような態度も。より具体的な問題意識をもち、なるべく「例え」で語ること。それらを実践するには外への目が必要になるけど、それは「内への目の反転」でないといけない。内への目を反転して外への目にする。内省を反転して社会へのアクションにする。

03200256

展示用に過去の写真を整理しながら日記をちらちら読み返していた。どうも内省的なことを書かないとダメだと強く思い込んでいたのがわかる。今度は、もっと行った先々で聞く会話を採集するような気持ちで回ってみたい。それを素直な風景の描写と一緒に記録していきたい。どんどん平らになっていくこの世界だけど、情報や知恵はまだまだ各地の村や町にまだらに存在する。それぞれの土地に住む人が、知恵や工夫を絞りながら、複雑な人間関係の中で生活している。それをもっと聞いていきたい。市井の知性を聞き取りながら、自らも生活を営んでいきたい。常一と折口を飼う。

04081924

とにかくそわそわしていた。そわそわで気が狂いそうになった。そわそわの原因を考えていくと、自分の生活そのものに対する目を新鮮にもちつづけないといけないという必要性に迫られた。そのために生活そのものを制作しようと思った。なぜなら原発事故によって、僕たちがつくりだした放射能というものがどういうものなのかが少しわかったから。彼らは十万年を生きる。僕たちはせいぜい百年程度しか生きられないし、とても飽きっぽくて、現状に慣れるようにできていて、昔のことをすぐに忘れてしまう。そんな僕たちよりも遥かに長い時間を生きる敵をつくりだしてしまっている。そして制御できなかった。原発事故によって、放射能という生き物との永遠に近い戦いが、すでにはじまっていた、ということに気づかされた。彼らにどう対抗しうるか。このような事態にあっても可能なことはなにかを考えたとき、「自分の生活を制作する」という態度しかなかった。

それによって、自分の日々のあらゆるふるまいは、「これはつくられた生活である」という、上空からの視点を獲得する。だらしなくのびていくアメーバのような僕たちの生活に、輪郭ができる。

移住を生活する1〜182

2015年4月17日〜4月29日

@ Gallery Barco

撮影＝斧澤未知子

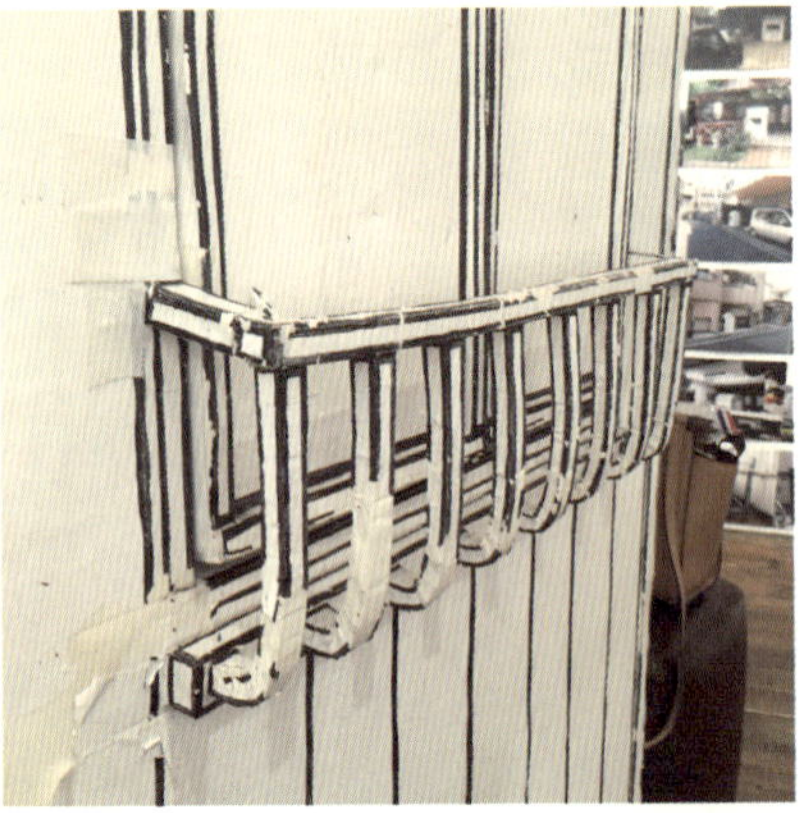

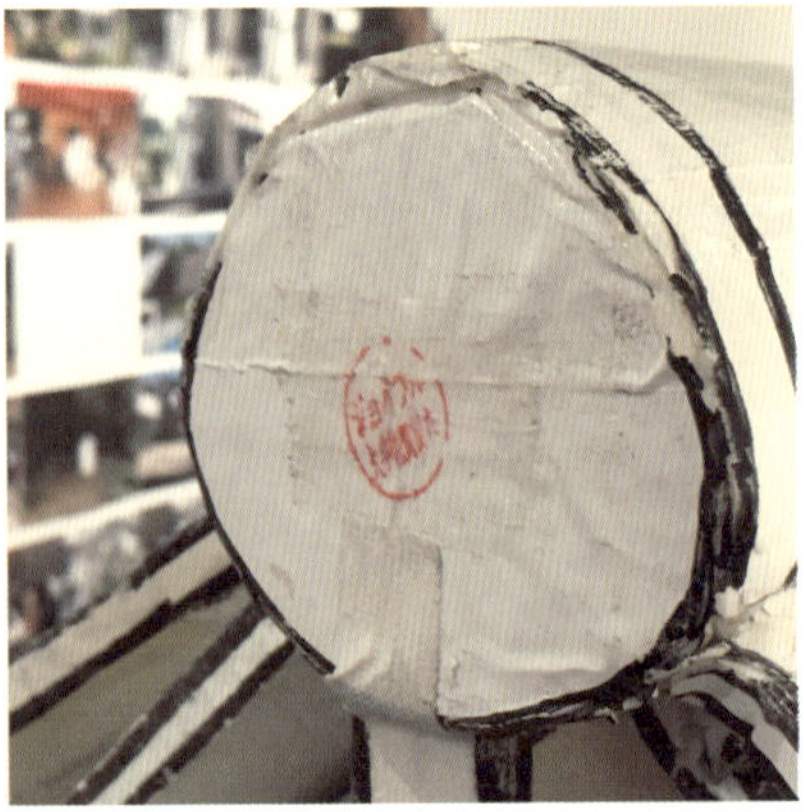

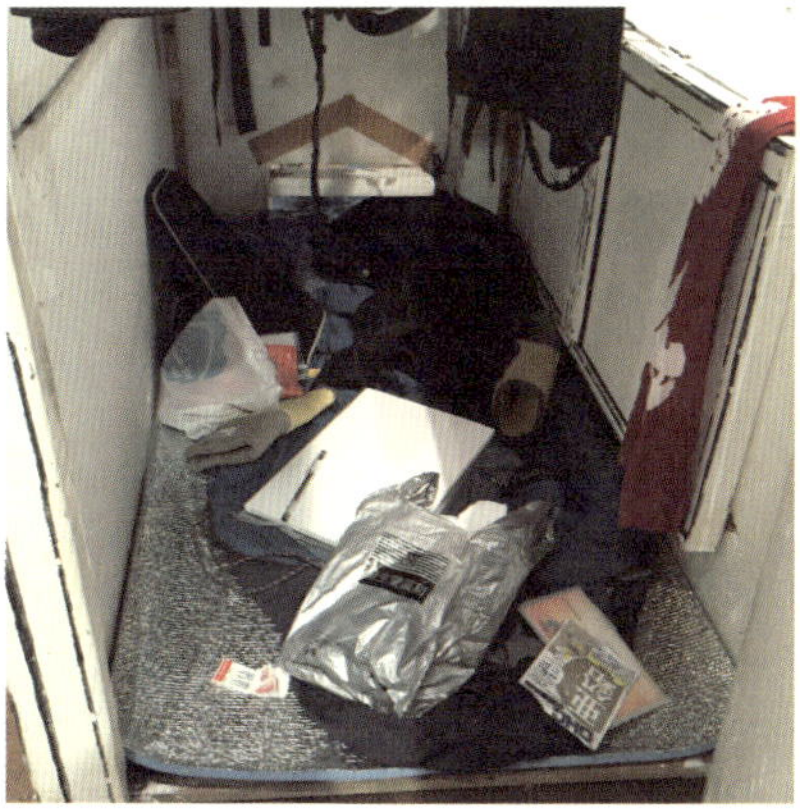

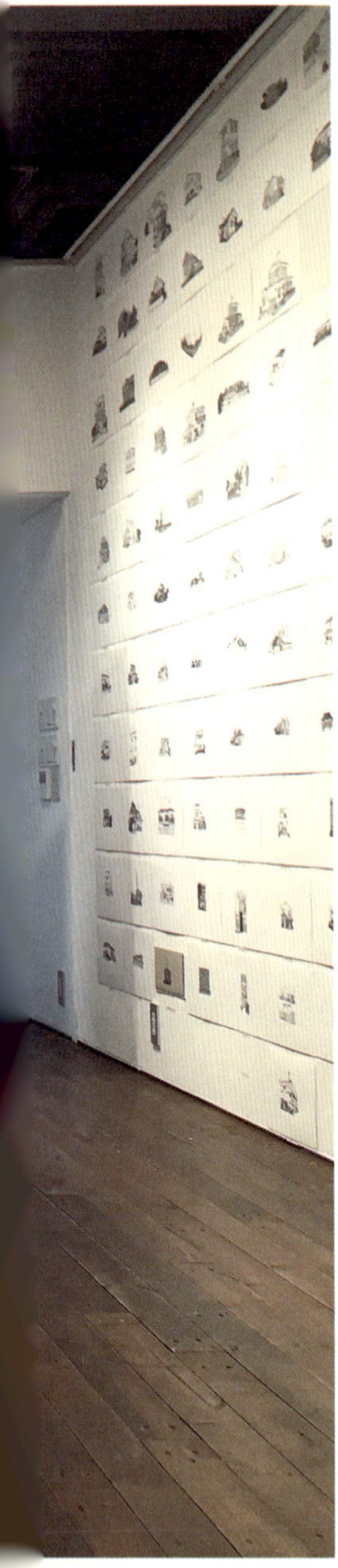

仕様

[素材] 発泡スチロール板(厚さ30㎜)／ガムテープ(白)／木工用ボンド／角材(スギ)／ラワンベニヤ(厚さ2.5㎜)／平型蝶番／ビス／L型アングル／丸棒ラッチ／掛金／水性ペンキ(白)／油性マジック(黒)／針金

[付属品] 銀マット／携帯用ソーラーチャージャー／寝袋

[重量] 15kg(推定)

村上

あとがき

この日記は二〇一四年四月五日にはじまり、二〇一五年四月八日で終わっている（この一年間で一八二回も引っ越していた）。このあと僕は東京で個展を開き、新しい発泡スチロールの家をつくり、再び日本を歩きはじめた。いまは、その家にさらに改良（庇を深く出すことで雨漏りが大幅に改善された）を加えた三軒目の家を移動させている。ただし、いま手元にはない。僕は八月十三日からの日記に出てくる「なおこ」と昨年入籍し、今年四月には結婚式をあげる。その費用をつくるために、いま東京の実家に身を置かせてもらってアルバイトをしている。例の「職場が定めたダンス」を毎日踊っている。費用のためではあるけれど、たまには嫌でも「ダンス」を踊ってみることで得るものもある。家は熊本に置かせてもらっている。結婚式が終わり、時が来たら家に戻り、また歩きはじめると思う。最近はこうやって家を離れることも多くなった。

「どこから来たんですか？」という質問に、ますます答えられなくなった。何日同じところにいたら定住で、何日なら移動していることになるのか。家を動かして生活する日々と、家を動かしてはいないが生活はしている日々が溶けあってしまって、もうどちらも大差ないんじゃないかと感じる。しかしここは基本的には定住化社会で、僕もそこに組み込まれている以上、定住民であることから逃れられはしない。いま僕は飲食サービス業のアルバイトをしている。文明もよくここまで発達したもんだと思う。人の置き換えが可能なシステムが各地でつくられ、人々は同じダンスを踊らされている。でも僕はあの発泡スチロールの家があることを思い出すだけで、目の前の出来事と距離をつくることができる。バイトに疲れきり、明日のシフトのことしか考えられなくなりかけても、「そもそもレストランは人間に必要なのか？」と思うことができる。これは一つの成果だけど、まだ出発点でしかない。見足りていないし、引きつづき見ていかなくてはいけないことも多い。考えることも、できそうなことも、まだまだある。

この日記は僕のウェブサイトで公開していたものだ。二〇一四年の夏頃から友人の勧めもあって本にまとめてみたいと思い、動きかけたのだが、頓挫してしまっていた。

そんな中、夕書房という個人出版社を立ち上げる決心をした編集者の高松さんが、最初に世に出す本としてこれを取り上げ、出版にご尽力くださった。二人でどんな本にするか話し合った時間は、バイトで消耗しきっていた日々で唯一、自分に自信をつけることができる救いの時間だった。また、顔合わせの際四時間近くも話し込んでしまったデザイナーの佐々木さんも、お忙しい中、装幀を引き受けてくださった。お二人には特に感謝申し上げたい。

家を背負って歩く中で、越喜来のワイチさんをはじめ、新座の田谷さん、陸前高田の佐藤さん、滋賀の青谷さん、勿来のおばちゃんたち、三条のヤッサン、六戸モリランドの山田さん、取手の徳澤さん、つくばの成島さん、常陸太田の菊池さん、いわきの志賀さん、十和田の西塚さん、京都の椿さんや八木さん、柳生さん、金沢の黒澤さん、津久見の村上さんとフラワーキッズの人たち、能代の能登さんと平山さん、奈良の松村さんや越智さん、宮崎の島嵜さんや湯浅さんや一ノ瀬さんなどなど、挙げればキリがないほど多くの素晴らしい方々に出会った。個展開催に尽力してくださった新藤さん、福音館書店の北森さん、写真を提供してくださった斧澤さん、いまも熊本で家を預かってくださっている池澤さんにも、深くお礼を申し上げたい。

二〇一七年三月八日

村上慧

村上慧（むらかみ・さとし）

１９８８年東京都生まれ。２０１１年、武蔵野美術大学造形学部建築学科卒業。美術家。友人と借りたアトリエの鍵を受け取った日に東日本大震災が発生。２０１４年4月より発泡スチロール製の家に住む。著書に『家をせおって歩く かんぜん版』（福音館書店）がある。主な個展に「労働をつかむ」（馬喰町ＡＲＴ＋ＥＡＴ、２０１７）、「移住を生活する １〜１８２」（Gallery Barco、２０１５）、グループ展に「東アジア文化都市金沢２０１８ 変容する家」（２０１８）、「風を待たずに――村上慧、牛嶋均、坂口恭平の実践」（熊本市現代美術館、２０１７）、「瀬戸内国際芸術祭」（２０１６）など。第19回岡本太郎現代芸術賞（ＴＡＲＯ賞）入選。

satoshimurakami.net

二〇一七年四月二十七日　初版第一刷発行
二〇一九年五月三〇日　初版第二刷発行

家を せおって 歩いた

Days with My Small Mobile House

著者　村上慧
装幀　佐々木暁
発行者　高松夕佳
印刷・製本　モリモト印刷株式会社

発行所　夕書房
〒三〇五ノ〇〇三五
茨城県つくば市松代三ノ十二ノ十一
電話＝〇九〇・六五六三・二七六二
http://www.sekishobo.com

乱丁・落丁本はお取り替えいたします。
NDC915／304ページ／20×14センチ
ISBN978-4-909179-00-5

Published by Seki Shobo, Tsukuba, 2017
Printed in Japan

この日記が書かれた二〇一四年から五年が経った。国の政権は変わっていないけれど、二十五歳だった僕は三十歳になり、左肩は軽い四十肩になった。重いものを持つのは良くない、と医者に言われた。しかし肩が後ろに下がりにくくなっただけで、不自由はあまりないのでまだ大丈夫。

また、前回の「あとがき」で書いたとおり僕は「なおこ」と入籍したのだけど、昨年離婚した。申し訳ない。という報告をしなければいけない。

この二年間にも色々なことがあった。この生活をスウェーデンのオレブロや、韓国の釜山でも行った。先月はアーティストのJohn Wellsとウランバートルに行き、モンゴルでもこのプロジェクトをやろうと模索している。土地の感覚が全然違うので、日本のことを客観視できるんじゃないかと思っている。というこの文は、三鷹市にあるアトリエで書いている。ここには庭があって、最近新しく作った四世代目の家も手元にある。

この本を読み返すと所々に、どこまでが人の話でどこからが僕の考えなのかが曖昧な部分がある。それは生きていると普通に起こることだし、どこまでがその人でどこからがその人ではないのか、なんてことは、本当は決められない。これは僕の日記ではあるけれど、僕以外の人の記録でもある。そんなことを考えながら庭の桜を眺めていると、この木の種がどこから飛んできて、何割は自分のもので、何割は隣の家のものなのか、を議論するようなことが世の中でたくさん行われていて腹立たしくなるので、今後も反抗を続けていきたい所存である。

日記が本になったことで、このプロジェクトは「展覧会」とはまた違った形で皆が共有できるものになり、人から感想を聞くたびに本という物の凄みを感じた。今回の増刷で、より多くの人にこの本から少しでも何かを受け取っていただけるとしたら、とてもうれしい。

二〇一九年四月二十三日

村上慧